"圣杯神器"系列
第五部

CITY OF LOST SOULS
CASSANDRA CLARE

失落灵魂之城

〔美〕卡桑德拉·克莱尔 著 茹静 管阳阳 龚萍 译

人民文学出版社
PEOPLE'S LITERATURE PUBLISHING HOUSE

著作权合同登记号　图字 01-2016-9571

CITY OF LOST SOULS: Copyright © 2012 by Cassandra Claire LLC
Published by agreement with Baror International, Inc., Armonk,
New York, U.S.A. through The Grayhawk Agency

图书在版编目(CIP)数据

失落灵魂之城/(美)卡桑德拉·克莱尔著；茹静，
管阳阳，龚萍译．—北京：人民文学出版社，2017
("圣杯神器"系列)
ISBN 978-7-02-013253-9

Ⅰ.①失… Ⅱ.①卡…②茹…③管…④龚… Ⅲ.
①长篇小说-美国-现代　Ⅳ.①I712.45

中国版本图书馆 CIP 数据核字(2017)第 205123 号

责任编辑　卜艳冰　　周　洁
封面设计　汪佳诗

出版发行　人民文学出版社
社　　址　北京市朝内大街 166 号
邮政编码　100705
网　　址　http://www.rw-cn.com

印　　刷　上海利丰雅高印刷有限公司
经　　销　全国新华书店等

开　　本　720 毫米×1000 毫米　1/16
印　　张　21.25
字　　数　379 千字
版　　次　2018 年 1 月北京第 1 版
印　　次　2018 年 1 月第 1 次印刷

书　　号　978-7-02-013253-9
定　　价　79.00 元

如有印装质量问题，请与本社图书销售中心调换。电话：010－65233595

献给瑙、蒂姆、大卫和本。

没有人因为邪恶而选择邪恶，
他只是错将邪恶当作其所追求的良善。

——玛丽·沃斯通克拉夫特[①]

[①] 玛丽·沃斯通克拉夫特（Mary Wollstonecraft, 1759—1797），英国启蒙时代著名的女性政治家、哲学家、作家与思想家，更是西方女权主义思想史上的先驱。

目 录

序　言 … 1

卷·一　罪恶天使

第一章　　最后的议事会 … 3

第二章　　荆　棘 … 16

第三章　　坏天使 … 28

第四章　　永　生 … 38

第五章　　瓦伦丁的儿子 … 50

第六章　　这个世界没有武器 … 61

第七章　　巨　变 … 79

卷·二　某些黑暗的事物

第八章　　真金不怕火炼 … 97

第九章　　钢铁修女 … 111

第十章　　狂野的捕猎 … 126

第十一章　一切罪恶的归因 … 139

第十二章　　天堂之物 … 155

第十三章　　人骨吊灯 … 174

第十四章　　逝如灰烬 … 195

第十五章　　玛格达莱娜 … 206

第十六章　　兄弟姐妹 … 221

第十七章　　告　别 … 236

卷·三　一切都变了

第十八章　　拉结尔 … 251

第十九章　　爱与血 … 263

第二十章　　进入黑暗之门 … 276

第二十一章　升起地狱 … 290

后　记 … 305

致　谢 … 328

序 言

西蒙站在那里呆呆地望着他家的前门。

他从来没有别的家。他出生后父母就带他来了这里：他在布鲁克林排屋的墙内长大。夏天，他在街上浓密的树荫下玩耍；冬天，他把垃圾桶盖当作临时雪橇。父亲去世后，他们一家就在这座房子里服丧。在这里他第一次吻了克拉丽。

他从未想象过有一天这扇房门会向他关闭。他最后一次见到他妈妈的时候，她叫他怪物，祷告着要他走开。他使用魔力，让她忘了他是个吸血鬼，可是他不知道这魔力会持续多长时间。当他站在寒冷的秋日下，看着面前的景象，他知道魔力持续的时间不够长。

门上覆盖着符号——用油漆涂泼成大卫星①的形状，还刻上了表示生命的符号。门把和门环上挂着塔夫林②。一个法蒂玛之手，即上帝之手的图案，遮盖住了猫眼。

他麻木地把手放到安装在大门右边的金属门柱经卷上，看见烟从他触碰到这一圣器的地方冒了出来，可是他却什么也感觉不到。没有疼痛，只有可怕的空虚茫然，慢慢升级为冰冷的愤怒。

他用脚踢门的底部，听见踢门的声音在室内回响。"妈妈！"他喊叫道，"妈妈，是我！"

没有应答——只有门闩插上的声音。他敏锐的听觉听到了他妈妈的脚步声、呼吸声，可是她没有说话。即使隔着木门，他都能闻到强烈的恐惧和惊慌的味道。"妈妈！"他的声音沙哑了，"妈妈，这太荒唐了！让我进去！是我，西蒙！"

门震动了，好像她踢了门。"走开！"她的声音由于恐惧而粗粝，变得无法辨认，"杀人犯！"

"我不杀人。"西蒙把头倚靠在门上。他知道他能把门踢开，可是那有什么意

---

① 大卫星为两个等边三角形叠加，代表犹太人。
② 也叫经文匣，为一组黑色皮质小盒子，盒子内放有羊皮纸，上面写有经文。犹太人祈祷时佩戴。

义？"我跟你说过,我喝动物血。"

"你杀了我儿子,"她说,"你杀了他,让一个怪物进入他的身体。"

"我就是你的儿子——"

"你戴着他的脸,用他的声音说话,可你不是他!你不是西蒙!"她的声音几乎提高成了尖叫,"在我杀了你之前,从我家滚开,怪物!"

"贝琪。"他说。他的脸上湿漉漉的。他举起手摸了摸,手放下时脏了:他的泪水中带着血。"你跟贝琪说什么了?"

"不要靠近你姐姐。"西蒙听到房里传来咔嗒一声,好像撞翻了什么东西。

"妈妈。"他又叫道,可是这次他叫不出声了,成了嘶哑的耳语。他的手开始颤抖。"我要知道——贝琪在吗?妈妈,开门。求你了——"

"不要靠近贝琪!"他能听见她从房门向后退。然后是厨房门推开时发出的吱呀声,他不会弄错的,还有走在油地毡上面的嘎吱声。一只抽屉打开的声音传来,突然他想到他的妈妈正在抓其中一把刀。

在我杀了你之前,怪物。

想到这个,他摇摇晃晃地站直了身体。如果她攻击他,那个印记就会被激活。这会毁灭她,正如它毁灭了莉莉丝。

他垂下手,慢慢退后,跌跌撞撞地迈下台阶,走过人行道,靠在一棵遮蔽街区的大树的树干上。他站在那里,望着他家房子的前门,那上面贴满了符号,变得面目全非,表明了妈妈对他的恨意。

不,他提醒自己,她不是恨他,她以为他死了。她恨的是某个不存在的东西。我不是她说的那样。

若不是他的手机响起,在外套口袋里振动,他还不知道要在那里站着望多久。

他下意识地伸手拿出,注意到门柱经卷前面的图案——镶嵌着大卫星的形状——烙在了他的手掌上。他换了只手,把手机贴在耳边。"喂?"

"西蒙?"是克拉丽。她听起来上气不接下气。"你在哪儿?"

"在家。"他说,然后停了一下。"我妈妈家。"他修正道。他的声音在他自己听来空洞而遥远。"你为什么不回学院?大家都好吗?"

"我就是回了学院,"她说,"你刚离开,玛丽斯就从楼顶上下来了,杰斯应该等在那里的。那里没有人。"

西蒙走开了。他都没怎么意识到自己的行动,就开始像只机械玩偶一样沿着街道向地铁站走去。"你什么意思,那里没人?"

"杰斯不见了。"她说。他听得出她声音中的紧张。"塞巴斯蒂安也不见了。"

西蒙在一棵光秃秃的树的树荫下停住。"可是塞巴斯蒂安是死的。他死了,克拉丽——"

"那你告诉我为什么他的躯体不在那里。因为他没死,"她说着,声音终于嘶哑了,"那上面什么都没有,只有很多血和碎玻璃。他们都不见了,西蒙。杰斯不见了……"

卷·一

罪恶天使

爱情是常客。

爱情是魔鬼。

爱情是独一无二的罪恶天使。

——莎士比亚,《爱的徒劳》

第一章
最后的议事会

两周后。

"你觉得裁决还要多长时间?"克拉丽问。她不知道她们已经等了多久,可是感觉像有十个小时了。伊莎贝尔黑色和艳粉色装饰的女性卧室里没有钟表,只有成堆的衣服、一摞摞的书、一叠叠的武器、一个堆满了亮闪闪化妆品的梳妆台、用过的刷子,开着的抽屉里塞满了蕾丝衬裙、连裤袜,还有带有羽毛装饰的皮毛长围巾。房间有舞台剧《一笼傻鸟》的某种后台设计美学,可是过去的两周里,克拉丽有足够多的时间待在这些闪亮的东西中间,于是已经开始觉得自在了。

伊莎贝尔站在窗边,怀里抱着丘奇,心不在焉地抚摸着猫咪的脑袋。丘奇用凶巴巴的眼神注视着她。窗外十一月的暴风雨正猛烈,雨水一道道地冲刷下来,好像泼下透明的油漆。"不会很长时间。"她慢条斯理地说。她没有化妆,显得年纪更小一些,黑眼睛也更大了。"可能再过五分钟。"

克拉丽坐在伊莎床上一摞杂志和一叠哐当响的六翼天使中间,用力咽下喉咙里的苦涩滋味。我会回来的,五分钟。

那是她对自己最爱的男孩说的最后一句话。现在她觉得这或许是她此生跟他说的最后一句话了。

克拉丽清楚地记得那一刻。楼顶花园。水晶般澄澈的十月夜晚,无云的黑色夜空中星星散发出冰冷的白光。地砖上涂画着黑色的如尼文,洒溅了脓液和鲜血。杰斯的嘴唇吻着她的唇,在这令人颤抖的世界上唯一温暖的东西。紧紧握着脖子上的摩根斯特恩戒指。正是这爱推动太阳和其他群星。电梯带走她时她转身去寻找他的身影,然后电梯将她又带回到下面大楼的阴影中。她来到门厅,拥抱她的妈妈、卢克、西蒙,可是她的一部分,正如一直以来那样,还和杰斯在一起,在楼顶城市的上空飘浮,仿佛在这座寒冷而灯光璀璨的城市里只有他们两人。

玛丽斯和卡迪尔上了电梯去楼顶找杰斯,察看莉莉丝仪式的遗迹。又过了十分钟后,玛丽斯独自一人回来了。门打开了,克拉丽看见她的脸色——苍白、僵硬、狂乱——就已经知道出事了。

接下来的事情像是一场梦。门厅里的一群暗影猎手都冲到玛丽斯身边，亚历克从马格纳斯的拥抱中挣脱，伊莎贝尔一下跳了起来。天使之刃照亮了阴影，迸发出的光线划过黑暗，仿佛犯罪现场的相机闪光灯轻轻闪亮，一下又一下。克拉丽挤到前面，东拼西凑地听说了情况——楼顶花园空无一人，杰斯不见了。装着塞巴斯蒂安的玻璃棺材被砸开了，玻璃碎片到处都是。仍然新鲜的血液沿着放棺材的台基流淌下来。

暗影猎手们迅速制订计划，以一定的半径散开搜寻大楼周围的区域。马格纳斯站在那儿，双手发出蓝色的火星，转身问克拉丽有没有杰斯的什么东西，他们可以用于追踪他。她麻木地把摩根斯特恩戒指给了他，然后退到一个角落给西蒙打电话。她刚挂了电话，一个暗影猎手的声音响起来，盖过了其他的声音。"追踪？只有他还活着才有用。那么多的血，不太可能——"

从某种程度上说那是最后一根稻草。长时间体温过低、疲惫以及震惊的后果发生了，她感觉膝盖软了下去。她妈妈在她还没倒在地上时扶住了她，之后就是黑乎乎的模糊一片。第二天早上她在卢克家她的床上醒来，一下笔直地坐了起来，心脏像一只夹板锤一样跳着，她确信她只是做了个噩梦。

她挣扎着起了床，胳膊和腿上消退的淤青却诉说着另一个故事，她的戒指也不在手上。她套上牛仔裤和连帽衫，跌跌撞撞地来到客厅里，发现乔斯琳、卢克，还有西蒙坐在那里，他们的脸上神情阴郁。她甚至都不需要问，可还是问了："他们找到他了吗？他回来了吗？"

乔斯琳站起来。"亲爱的，还没找到他——"

"不过也没死？他们没有找到尸体？"她瘫坐在沙发上西蒙旁边，"不——他没死。我就知道。"

她记得卢克告诉她他们查实的事情的时候，西蒙一直握着她的手：杰斯还没找到，塞巴斯蒂安也是。坏消息是基座上的血已经确认是杰斯的。好消息是血量比他们以为的要少；血里混进了棺材里流出的水，让人以为血量比真实的情况更多。他们现在相当肯定，不管发生了什么，他还活着。

"可是发生了什么？"她问。

卢克摇头，他的蓝眼睛暗淡下来。"没人知道，克拉丽。"

她感觉血管里的血变成了冰水。"我想帮忙。我想做点什么。我不想杰斯失踪的时候只是坐在这里。"

"我担心的不是这个，"乔斯琳严肃地说，"圣廷想见你。"

克拉丽站起来,她的关节和肌腱上看不见的冰裂开了。"好。随便。如果他们能找到杰斯,我会告诉他们任何他们想知道的事情。"

"你会告诉他们任何他们想知道的事情,因为他们有圣剑,"乔斯琳的声音中透出绝望,"哦,宝贝,对不起。"

而现在,两周一再重复证言、数十个证人被召唤、举起圣剑若干次之后,克拉丽坐在伊莎贝尔的卧室里,等待长老会对她的命运做出裁决。她不禁想起拿着圣剑是什么感觉。那就像微小的鱼钩嵌进你的皮肤里,从你身上拉出真相。她举着它,跪在会说话的星星的圆圈里,听见自己的声音把一切向长老和盘托出:瓦伦丁怎样召唤出天使拉结尔;她怎样通过擦掉沙滩上他的名字,在上面写上自己的名字,从他手中夺取了控制天使的力量。她告诉他们天使怎样提出满足她一个愿望,而她用这个愿望让杰斯起死回生;她告诉他们莉莉丝怎样附体杰斯,以及莉莉丝计划用西蒙的血复活克拉丽的哥哥,塞巴斯蒂安,莉莉丝将他视若己出;西蒙的该隐印记怎样结果了莉莉丝,他们以为塞巴斯蒂安也被结果了,不再是一个威胁。

克拉丽叹了口气,打开手机查看时间。"他们在那里一个小时了,"她说,"这正常吗?是坏兆头吗?"

伊莎贝尔放下丘奇,丘奇发出一声号叫。她来到床边,坐在克拉丽旁边。伊莎贝尔看起来甚至比平常更苗条了——像克拉丽一样,她在过去的两周里也瘦了——可还是一如往常地优雅,穿着黑色紧身直筒裤和紧身灰色丝绒上衣。伊莎眼睛周围都糊上了睫毛膏,本来应该使她看起来像只浣熊,可反而却让她像个法国电影明星。她伸出胳膊,金银色的镯子随着它们的如尼文魔力发出悦耳的响声。"不,不是坏兆头,"她说,"只表示他们有很多事要讨论。"她转了转手指上的莱特伍德戒指。"你会没事的。你没有违犯《大律法》。重要的是这个。"

克拉丽叹了口气。就连挨着她的伊莎贝尔的肩膀散发出的温暖都不能融化她血管里的冰。她知道从技术上来说,她没有违反任何法律,可是她也知道圣廷对她十分愤怒。暗影猎手让死去的人复活是非法的,可是天使这么做却不是。虽然如此,请求让杰斯死而复生却是特别重大的事,以至于她和杰斯一致决定不告诉任何人。

现在这件事传了出来,震动了圣廷。克拉丽知道他们想惩罚她,只是因为她的选择造成了如此灾难性的后果。从某种程度上来说她希望他们惩罚她——打断她的骨头,拔掉她的指甲,让无声使者用他们尖利的思想扫荡她的头脑。这会有助于减轻她将杰斯留在楼顶的内疚感,即使伊莎贝尔和其他人已经跟她说过一百次她这样想很荒谬——他们都以为他在那里是绝对安全的，而且假如克拉丽留在那里，很可能她现在也失踪了。

"不要这样。"伊莎贝尔说。有一会儿克拉丽不知道伊莎贝尔是在跟她说话还是在和猫说话。丘奇正在做它下床后经常做的事——躺在地上，四脚朝天，假装死了以引起主人的罪恶感。可是接下来伊莎贝尔把她的黑发拨到一边，瞪着眼睛，克拉丽才意识到是跟她说话，不是猫。

"不要什么？"

"病态地老想将要发生在你身上的可怕事情，或者是你希望发生在你身上的坏事，因为你活着而杰斯⋯⋯失踪了。"伊莎贝尔的声音卡了一下，像录音带跳针一样。她从来不说杰斯死了，甚至不说不见了——她和亚历克都拒绝承认有这种可能。伊莎贝尔一次也没有责备过克拉丽守着这样一个巨大的秘密。事实上，整个过程中，伊莎贝尔都是她最坚定的捍卫者。她每天都在议事大厅的门口迎候克拉丽，紧紧扶着她的胳膊和她一起昂首走过窃窃私语的暗影猎手们众目睽睽的目光。她等待一次又一次漫长的长老会审问结束，对任何敢侧目克拉丽的人投掷出匕首一样凌厉的目光。克拉丽惊讶不已，她和伊莎贝尔未曾极其亲密过，她们两人都是那种比起女伴，和男孩相处更舒服的女孩。可是伊莎贝尔却不离她左右，克拉丽既困惑又感激。

"我没办法不想，"克拉丽说，"如果允许我去巡逻——如果允许我做些什么——我想不会这么糟。"

"我不知道。"伊莎贝尔听起来很疲惫。过去的两周，她和亚历克由于每天十六小时的巡逻和搜查都精疲力竭。当克拉丽得知，长老会对她让杰斯起死回生这一事实做出决定之前，禁止她参与巡逻和任何寻找杰斯的行动时，她把她卧室的门踢了个窟窿。"有时候感觉都是徒劳。"伊莎贝尔又说道。

克拉丽的骨头仿佛冰在碎裂。"你的意思是你认为他死了？"

"不，不是。我的意思是我认为他们不可能还在纽约。"

"可是他们也在其他城市里巡逻，对吧？"克拉丽伸手去摸她的脖子，忘了摩根斯特恩戒指已经不再戴在那里了。马格纳斯仍然在追踪杰斯，虽然还没有结果。

"他们当然也在巡逻。"现在克拉丽脖子上挂着那只精致的银铃，取代了戒指。伊莎贝尔好奇地伸手去摸。"那是什么？"

克拉丽犹豫了。银铃是希丽宫女王送给她的礼物。不，这样说不太准确。精灵女王送的不是礼物。铃铛是克拉丽想要希丽宫女王帮助时用来给她发送信号的。克拉丽发现，随着日子一天天过去却没有杰斯的信息，她的手越来越频繁地去摸铃铛。唯一让克拉丽停下来的是她知道，希丽宫女王不管提供什么帮助，必然期待某种可怕的东西作为回报。

克拉丽还没来得及回答伊莎贝尔，门开了。两个女孩都坐得笔直，克拉丽紧紧抱着伊莎的一只粉色枕头，上面的莱茵石都嵌进了她的手掌里。

"嗨。"一个修长的身影进了房间，关上了门。伊莎贝尔的哥哥亚历克穿着长老会的袍子——一件黑色的长袍，上面有银色的如尼文，敞开着，里面穿着牛仔裤和一件黑色的长袖T恤。全身黑色更衬托出他白皙的皮肤和水晶般蓝色的眼睛。他的头发跟他妹妹一样，黑而且直，不过更短，剪得刚刚到下巴上方。他的嘴巴紧紧闭着，呈一条细线。

克拉丽的心脏开始咚咚跳起来。亚历克看起来不开心，无论是什么消息，都不会是好消息。

伊莎贝尔开口了。"情况怎么样？"她平静地说，"裁决是什么？"

亚历克在梳妆台旁边坐下来，扭过身体回头看着伊莎和克拉丽。在别的时候这会看起来很滑稽——亚历克非常高，有一双舞者似的大长腿，他在椅子上缩着的别扭样让整个画面看起来像玩具屋里的家具。

"克拉丽，"他说，"吉亚·潘海洛宣布了裁决。你没有不法行为。你没有违反法律，吉亚觉得你已经受到了足够的惩罚。"

伊莎贝尔大声吐了口气，笑了。克拉丽一下子松了口气，打破了覆盖在心上的那层冰。她不会被惩罚了，不会被锁在无声之城里，困在某个她无法帮助杰斯的地方。卢克作为长老会中狼人的代表，宣布裁决的时候在场，他答应会议一结束就给乔斯琳打电话，不过克拉丽还是去拿她的手机，告诉她妈妈好消息、让自己换个心情，这对她太有吸引力了。

"克拉丽，"她打开手机时亚历克说道，"等等。"

她看着他，他的表情仍然像一个殡仪员那样严肃。克拉丽突然有种预感，于是把手机放到了床上。"亚历克——怎么了？"

"让长老会用了这么长时间的不是你的裁决，"亚历克说，"讨论的还有另一件事。"

她的心被冰封住了。克拉丽打了个寒战。"杰斯？"

"不完全是，"亚历克向前倾了倾身体，双手抓着椅背，"今天一早从莫斯科学院传来一份报告。弗兰格尔岛的魔法屏障昨天被打破了。他们已经派出了维修小组，可是这么重要的魔法屏障被打破这么长时间——这是长老会要优先处理的。"

魔法屏障——克拉丽的理解，是作为一种魔法屏障系统——包围着地球，是由第一代暗影猎手设置的。恶魔能避开它们，却并不容易，因而挡住了绝大部分恶魔，使世界免于受到大规模恶魔入侵。她想起杰斯曾跟她说过什么，感觉就像好几年前的事一样：以前只有很少的恶魔入侵这个世界，很容易加以控制。然而自我有生以来，越来越多的恶魔穿过魔法屏障钻了进来。

"嗯，那很糟糕，"克拉丽说，"可是我不明白这有什么关系——"

"圣廷有它优先要处理的问题，"亚历克打断了她，"搜查杰斯和塞巴斯蒂安是过去两周里最要紧的事情，可是他们已经查遍了所有的地方，却在任何暗影魅族常去的地方都没有发现他们两人的任何踪迹。马格纳斯的追踪魔法一个也没有奏效。那个把真正的塞巴斯蒂安·维兰德养育大的女人艾洛蒂，证实说没有人和她联系过。总之很长时间了。在瓦伦丁旧集团的已知成员中，情报人员没有发现任何反常的举动。无声使者们也确定不了莉莉丝举行的仪式要干什么，也不知道仪式有没有成功。大体的共识是塞巴斯蒂安——当然了，他们说到他的时候叫他乔纳森——绑架了杰斯，可是还有很多事我们不清楚。"

"所以呢？"伊莎贝尔说，"这是什么意思？更多的搜查？更多的巡逻？"

亚历克摇头。"他们没有讨论扩大搜查，"他平静地说，"他们取消了这件事的优先权。已经两个星期了，他们一无所获。从伊德里斯派来的特别任务小组就要被安排回去了。现在魔法屏障的情况是优先考虑的事项。更别提长老会正处于微妙的谈判之中，要更新《大律法》以允许长老会新的组成结构，要任命新执政官和大审判官，要决定对暗影魅族的不同处理方式——他们不想完全脱离轨道。"

克拉丽的目光凝住了。"他们不想因为杰斯的消失，而脱离改变一堆愚蠢旧法律的轨道？他们放弃了？"

"他们不是放弃——"

"亚历克。"伊莎贝尔尖声叫道。

亚历克吸了口气，用双手捂住了脸。他纤长而布满伤痕的手指，跟杰斯的手指一样。暗影猎手目状的印记装饰着他右手的手背。"克拉丽，对你——对我们——这一切一直都是为了要寻找杰斯。而圣廷是要寻找塞巴斯蒂安。当然也找杰斯，可是首要的是找塞巴斯蒂安。他很危险。他摧毁了阿利坎特的魔法屏障。他是个杀人狂。杰斯是……"

"只是另一个暗影猎手，"伊莎贝尔说，"我们一直都在死去，消失。"

"他因为是圣战的英雄有一点特殊，"亚历克说，"可是最终圣廷很明确：搜查会继续进行，可是现在是在等待。他们在等着塞巴斯蒂安采取下一步行动。同时对圣廷来说，如果搜查的话，也是放在第三位考虑的事情。他们希望我们都回归到正常生活中。"

正常生活？克拉丽简直无法相信。没有杰斯的正常生活？

"麦克斯死后他们就是这么说的，"伊莎说，她的黑眼睛没有流泪，可是却燃烧着怒火，"如果我们回归到正常生活中，我们就会从悲痛中恢复得更快些。"

"这应该是个好建议。"亚历克捂着脸说。

"把这个告诉爸爸。他到底有没有从伊德里斯回来开会？"

亚历克摇了摇头，放下他的手。"没有。如果有值得安慰的，就是会上很多人愤怒地大声说着，主张继续全力寻找杰斯。显然马格纳斯、卢克、潘海洛执政官，甚至撒迦利亚使者都是如此。可是最后这还不够。"

克拉丽紧盯着他。"亚历克，"她说，"你没感觉到什么吗？"

亚历克的眼睛睁大，显得更蓝了，克拉丽一下想起她第一次来到学院时讨厌她的那个男孩，那个咬指甲、毛衫上有破洞、肩膀上的箭袋仿佛拿不下来的男孩。"我知道你很难过，克拉丽，"他说，声音很严厉，"但是如果你是暗示伊莎和我没有你那么在乎杰斯——"

"我不是这个意思，"克拉丽说，"我是说你的生死搭档感应。我在《法典》中读到过这个仪式。我知道成为生死搭档将你们两人绑定在了一起。你能感觉到杰斯的情况。在战斗中会对你有所帮助。所以我想我的意思是……你能感觉到他还活着吗？"

"克拉丽，"伊莎贝尔听起来很担心，"我想你没有……"

"他活着，"亚历克小心翼翼地说，"你觉得如果他不在世了我还会这样吗？肯定出了什么根本性的问题。我只能感觉到这么多。不过他仍在呼吸。"

"这个'问题'可能会是他被囚禁了吗？"克拉丽小声说。

亚历克向窗户看去，上面打着灰色的雨帘。"也许吧。我说不清。我以前从来没有这样的感觉。"

"但是他还活着。"

亚历克直视着她。"这个我肯定。"

"那么去他的长老会。我们自己找他。"克拉丽说。

"克拉丽……如果这么做可行……你不觉得我们已经……"亚历克说。

"我们以前一直在做圣廷想让我们做的事情，"伊莎贝尔说，"巡逻、搜查。还有别的办法。"

"你的意思是违反《大律法》的办法。"亚历克说。他听起来有些犹豫。克拉丽希望说到《大律法》时，他不再重复暗影猎手的格言：法律无情。"《大律法》

9

很严格，可它就是法律。"她觉得自己无法接受。

"希丽宫女王提出要帮我个忙，"克拉丽说，"在伊德里斯的焰火派对上。"想到那个晚上她是多么开心让她的心脏一阵紧缩，不得不停下来喘口气。"还给了我联系她的办法。"

"精灵族女王的任何东西都不是免费的。"

"我知道。无论是什么债我都愿意背负。"克拉丽记得递给她铃铛的那个精灵女孩说的话。你会做任何事情去救他的，无论要你付出什么，无论你可能欠地狱或天堂什么，不是吗？"我只想让你们其中一个人和我一起去。我不擅长翻译精灵的语言。至少如果你们和我一起去，无论发生何种伤害，你们可以有所防治。可是如果她能做点什么——"

"我和你去。"伊莎贝尔立即说。

亚历克阴沉地看着他妹妹。"我们已经和精灵族谈过了。长老会盘问了他们很多问题。而且他们不能说谎。"

"长老会问他们是否知道杰斯和塞巴斯蒂安在哪儿，"克拉丽说，"而不是他们是否愿意去寻找他们。希丽宫女王认识我父亲，知道他召唤和围困的天使，清楚我和杰斯的身世。我想发生在这个世界上的事情她不知道的不多。"

"说得对，"伊莎贝尔说，她的声音中有了一些活力，"你知道的，你要问精灵精确的事情，才能从他们那里得到有用的信息，亚历克。问他们问题很难，即使他们必须讲真话。可是，帮忙，那就不同了。"

"而这也会招致无穷尽的潜在危险，"亚历克说，"如果杰斯知道我让克拉丽去找希丽宫女王，他会——"

"我不在乎，"克拉丽说，"他会为我这么做的。告诉我他不会。如果我失踪了——"

"他会把整个世界烧成废墟，直到把你从灰烬中挖出来。我知道，"亚历克说道，他听起来疲惫不堪，"该死，你认为我现在不想把世界烧成废墟吗？我只是努力要做……"

"一个哥哥，"伊莎贝尔说，"我懂。"

亚历克看起来好像在努力控制自己。"如果你出了什么事，伊莎贝尔——在麦克斯、杰斯之后——"

伊莎站起来，走过房间，抱住亚历克。伊莎贝尔在她哥哥耳边耳语了些什么，他们颜色完全一样的黑发混在一起。克拉丽看着他们，非常羡慕。她一直都想有个哥哥。她现在有了一个，塞巴斯蒂安。这就好比一直想要只小狗作宠物，却收到一只地狱狗。她看着亚历克满怀关爱地拉着他妹妹的头发，点了点头，然后松开她。"我们该出发了，"他说，"不过我至少要告诉马格纳斯我们在干什么。不告诉他不合适。"

"你想用我的手机吗？"伊莎贝尔问，把那个摔坏了的粉红色东西递给他。

亚历克摇头。"他在楼下等着，和其他人在一起。你们也要跟卢克说个什么借口，克拉丽。我肯定他在等着你和他一起回家。他说你妈妈对这整个事件感到非常恶心。"

"她为塞巴斯蒂安的存在而责备自己，"克拉丽站了起来，"即使她那么多年都一直以为他死了。"

"这不是她的错，"伊莎贝尔把她的金鞭从墙上挂着的地方拿起来，裹在手腕上，看起来就像是一层层闪亮的手镯，"没人怪她。"

"这无关紧要，"亚历克说，"当你责怪自己的时候。"

他们三人默默地穿过学院的走廊，现在那里奇怪地挤满了其他的暗影猎手，其中有些是从伊德里斯派来的特别任务小组人员，来应对局势的。他们没有人真正好奇地看伊莎贝尔、亚历克或是克拉丽。一开始克拉丽总感觉人们似乎盯着她看——还有很多次听到人们窃窃私语"瓦伦丁的女儿"——以至于她开始害怕来学院，但是现在她面对长老会的次数够多了，新奇感已经没有了。

他们乘电梯下楼，学院的正厅很明亮，亮着巫光，也有平常的细长蜡烛，里面挤满了长老会成员和他们的家人。卢克和马格纳斯坐在一条长凳上谈话；卢克身边是一个个子很高的蓝眼睛女人，和他长得很像。她烫了鬓发，把灰发染成了棕色，可是克拉丽还是认出了她——卢克的姐姐，阿玛提斯。

马格纳斯看到了亚历克，走过来和他说话；伊莎好像认出了长凳那边的某个人，用她惯常的方式跑掉了，都没有停下来说一声她要去哪儿。克拉丽过去问候卢克和阿玛提斯；他们两人都显得很疲惫，阿玛提斯正同情地轻拍着卢克的肩膀。卢克看见克拉丽，站起身来拥抱她。阿玛提斯祝贺克拉丽长老会裁决她无罪，她点了点头；她觉得自己只有一半在那里，她的一大半身体是麻木的，剩余的部分在机械地回应着。

她眼角的余光能看见马格纳斯和亚历克。他们在说话，亚历克和马格纳斯靠得很近，躲在他们自己的世界里。她很高兴看到他们开心，可是这也让她难过。她想着自己还会不会再次获得喜悦，甚至是否还想要那样。她想起杰斯的声音：我只想要你。

"想什么呢，克拉丽？"卢克说，"你想回家吗？你妈妈急着要见你，她还想在阿玛提斯明天回伊德里斯前和她聊聊。我想我们可以一起吃晚餐。你来选餐厅。"他努力掩饰声音中的忧虑，可是克拉丽还是能听出来。她最近都没吃什么，她的衣服挂在身上，都开始变得宽松了。

"我不太想庆祝，"她说，"在长老会不优先搜寻杰斯时不想。"

"我知道。这只是——他们说到搜救任务时好像现在成了搜寻尸体一样。听起来就像这样。"她吞咽了一下口水。"反正，我想和伊莎贝尔还有亚历克去塔基吃晚餐，"她说，"只是……做些正常的事。"

阿玛提斯向门口瞥了一眼。"外面雨下得很大。"

克拉丽感觉自己的嘴唇伸展成了微笑的形状，她不知道是不是看起来像她感觉的一样假。"我不会淋坏的。"

卢克塞了一沓钱到她手里，显然是听到她要做一些像和朋友一起出去吃饭这样的正常的事后，松了口气。"答应我吃点东西。"

"好的。"在一阵负罪感中，她设法对他露出了一丝真实的微笑，然后转身走开了。

马格纳斯和亚历克已经不在刚才的地方了。克拉丽环顾四周，在人群中看见了伊莎熟悉的黑色长发。她站在学院的大双扇门旁边，和一个克拉丽看不见的人说话。克拉丽向伊莎贝尔走去，走近些后，她有点吃惊地认出了这群人中的其中一位是艾琳·潘海洛，她亮泽乌黑的头发剪成了时髦的齐肩发。站在艾琳身旁的是一个苗条的女孩，浅金色的头发有许多小卷，从脸上拨开后，露出了她的耳朵，有点尖。她穿着长老会的长袍，克拉丽走得更近些后，看见这个女孩的眼睛非常明亮，是很少见的蓝绿色，这种颜色让克拉丽两周以来第一次有种拿起她的霹雳马牌油性彩色铅笔的欲望。

"你的妈妈做了新任执政官肯定让你感觉很奇怪，"克拉丽加入她们的时候伊莎贝尔正和艾琳说着话，"吉亚来做不是更好吗？比——嗨，克拉丽。艾琳，你记得克拉丽吧。"

两个女孩互相点点头。克拉丽有一次撞见艾琳亲吻杰斯。当时感觉糟透了，可是现在想起也并不觉得心痛了。现在这个时候如果撞见杰斯亲吻别人，她会感到欣慰的，至少这意味着他活着。

"这是艾琳的女朋友，海伦·布莱克索恩。"伊莎贝尔强调着说道。克拉丽瞪了她一眼。伊莎贝尔觉得她是白痴吗？而且，她还记得艾琳告诉过她，她亲杰斯只是试试看有没有哪个男孩是自己喜欢的类型。显然答案是否定的。"海伦的家族管理着洛杉矶学院。海伦，这是克拉丽·弗雷。"

"瓦伦丁的女儿。"海伦说。她显得很惊讶，还有点钦佩她。

克拉丽眨眨眼。"我尽量不太想那个。"

"对不起。我能明白你为什么不。"海伦脸红了。她的皮肤非常白皙，还有淡淡的光泽，仿佛珍珠一般。"顺便说一句，我投票赞成继续优先搜寻杰斯。很抱歉我们被驳回了。"

"谢谢。"克拉丽不想说这个，她转向艾琳。"祝贺你妈妈成为执政官。这肯定让人很兴奋。"

艾琳耸了耸肩。"她现在忙多了。"她看向伊莎贝尔。"你知道你爸爸申请大审判官的职位吗？"

克拉丽感觉身边的伊莎贝尔僵住了。"不。不，我不知道这个。"

"我很吃惊，"艾琳又说道，"我还以为他很乐于管理这里的学院——"她停了下来，目光越过克拉丽。"海伦，我觉得你弟弟在那边正要做世界上最大的融蜡堆。你也许想去阻止他。"

海伦恼怒地吐了口气，嘟哝着有关十二岁男孩的事情，消失进了人群。就在这时亚历克挤过来了。他拥抱了艾琳并问候她——有时候，克拉丽都忘了潘海洛家族和莱特伍德家族已经交好了多年——然后看着人群中的海伦。"那是你女朋友？"

艾琳点点头。"海伦·布莱克索恩。"

"我听说那个家族有精灵血统。"亚历克说。

啊，克拉丽想，这解释了那对尖耳朵。拿非力人的血统占主导地位，精灵和暗影猎手的孩子也是暗影猎手，可是有时候精灵的血统会以奇异的方式显现出来，哪怕是隔了很多代以后。

"有一点，"艾琳说，"对了，我还想要感谢你呢，亚历克。"

亚历克显得困惑不已。"为什么？"

"感谢你在天使大厅的所作所为，"艾琳说，"这给了我需要的勇气，告诉我父母……真相。如果我没那么做，遇到海伦的时候，我想我不会有勇气说什么。"

"哦，"亚历克看起来大吃一惊，他似乎从来没想过他的行为会对除了他自己直系亲属以外的人产生什么影响，"你父母——他们还好吗？"

艾琳翻了个白眼。"他们有点不理不睬，好像他们不谈这事，它就会不存在似的。不过可能会更糟。"

"肯定会更糟。"亚历克说，他的声音有点阴沉，这让克拉丽警觉地看着他。

13

艾琳的脸上露出同情的神色。"对不起,"她说,"如果你父母不——"

"他们对这个还好。"伊莎贝尔有些严厉地说。

"嗯,随便怎样。现在我不应该多说什么,在杰斯失踪的时候不该说。你们肯定都很担心,"她深呼吸了一下,"我知道,关于他的事人们可能会跟你们说各种各样愚蠢的话,他们不知道说什么的时候就会这样。我只是——我想跟你们说点事。"她不耐烦地避开一个从她身边走过的人,靠近莱特伍德兄妹和克拉丽,压低了声音。"亚历克,伊莎——我记得有一次你们来伊德里斯探望我们。我十三岁,杰斯——我想他那时十二岁。他想去看布罗斯林德森林,所以有一天我们借了几匹马,骑马去了那里。当然,我们迷路了。布罗斯林德是无法穿越的。天越来越暗,森林变得更茂密,我吓坏了。我以为我们要死在那儿了。可是杰斯没有害怕。他十分肯定我们会找到出去的路。用了好几个小时,可是他成功了。他带我们走出了那里。我感激得不得了,可是他只是看着我,好像我疯了一样,好像他当然会带我们出来。失败根本不是选项。我只是说——他会找到回到你们身边的路。我知道。"

克拉丽不记得看见过伊莎哭,她现在显然在努力克制着不哭。她的眼睛很可疑地睁得很大,闪着光。亚历克在看他的鞋子。克拉丽感觉伤心的泉水就要从内心溢出,可是她强压了下去。她无法想象杰斯十二岁的样子,无法想象他在黑暗中迷路,也无法想象现在的他,迷失在某个地方,困在某个地方,需要帮助,期盼着她的到来。她会打破这一切。"艾琳,"她说道,发现伊莎贝尔和亚历克都说不出话了,"谢谢你。"

艾琳脸红了,露出羞涩的微笑。"我是说真的。"

"艾琳!"是海伦,她的手紧紧抓住一个小男孩的手腕,他的手上全是蓝色的蜡。他肯定一直在玩正厅两边用于装饰的巨大枝形烛台上的细长蜡烛。他看起来大概十二岁,淘气地咧嘴笑着,和他姐姐有同样让人惊异的蓝绿色眼睛,不过他的头发是深棕色的。"我们回来了。在朱尔斯毁掉这个地方之前,我们可能要走了。更不用提我都不知道提比略和莉薇去哪儿了。"

"他们在吃蜡。"那个男孩——朱尔斯——乐于助人地提供了信息。

"哦,上帝,"海伦叹息道,然后显得很抱歉,"别介意。我有六个弟弟妹妹,还有一个比我大。总是像个动物园。"

朱尔斯从亚历克看向伊莎贝尔,然后又看向克拉丽。"你有几个兄弟姐妹?"他问。

海伦的脸变得煞白。伊莎贝尔的声音格外平稳。"我们一共有三个。"

朱尔斯的目光停留在克拉丽身上。"你们看起来不像。"

"我和他们没关系，"克拉丽说，"我没有兄弟姐妹。"

"一个也没有？"男孩的语气中充满了疑问，仿佛她告诉他她的脚有蹼似的，"所以你看起来那么难过吗？"

克拉丽想起塞巴斯蒂安，他雪白的头发和黑色的眼睛。要是，她想，要是我没有哥哥，这些就都不会发生了。一股仇恨涌过她的全身，让她冰冷的血升温。"是的，"她轻声说，"所以我很难过。"

第二章

荆　棘

　　西蒙在学院外面等着克拉丽、亚历克和伊莎贝尔,他站在突出的石头屋檐下,这只能让他免于淋得浑身湿透。他们走出门时,他转过身来,克拉丽看见他的深色头发贴在前额和脖子上。他把头发拨开,看着她,眼睛里带着疑问。

　　"我无罪了,"她说,他开始微笑起来,她却摇起了头,"可是他们不再把搜寻杰斯当作当务之急了。我——我相当肯定他们认为他死了。"

　　西蒙低头看着他淋湿的牛仔裤和 T 恤衫(一件皱巴巴的灰色领口拼接 T 恤,前面用粗体字印着"我显然做了一些错误的决定")。他摇摇头。"对不起。"

　　"圣廷是会那样的,"伊莎贝尔说,"我想我们不应该期望别的。"

　　"Basia Doquum,"西蒙说,"或者随便他们的格言是什么。"

　　"是'Descensus Averno facilis est.''下地狱易',"亚历克说,"你刚才说的是'亲吻厨师'。"

　　"可恶,"西蒙说,"我知道杰斯在耍我。"他湿漉漉的棕色头发又掉落到眼前。他把头发拂到一边,动作显得非常不耐烦,刹那间克拉丽瞥到了他额头上的该隐印记。"现在怎么办?"

　　"现在我们去找希丽宫女王。"克拉丽说。她摸着脖子上的银铃,跟西蒙解释凯莉去了卢克和乔斯琳的订婚宴,还有她向克拉丽承诺,希丽宫女王要帮助她。

　　西蒙显得很怀疑。"那个红头发、态度恶劣、让你亲吻杰斯的女人?我不喜欢她。"

　　"你记忆中的她就是那样的?她让克拉丽亲吻杰斯?"伊莎贝尔的语气有些不快,"希丽宫女王很危险。那次她就是玩玩而已。通常她喜欢在每天早餐前至少让几个人类疯狂尖叫。"

　　"我不是人类,"西蒙说,"不再是了。"他仅仅短暂地瞥了一眼伊莎贝尔,就垂下了目光,然后看着克拉丽。"你想要我和你一起去吗?"

　　"我想你在那儿是好事。日光行者、该隐印记——就连女王都会印象深刻。"

　　"我可不相信这个。"亚历克说。

克拉丽看向他那边，问："马格纳斯在哪儿？"

"他说他不来更好些。显然他和希丽宫女王有些过往。"

伊莎贝尔挑了挑眉毛。

"不是那种过往，"亚历克恼怒地说，"某种宿仇。然而，"他又小声补充道，"看他在我面前回避的样子，即使那样我也不会惊讶。"

"亚历克！"伊莎贝尔回头和她哥哥说话。克拉丽砰的一声打开了她的伞。这是好几年前西蒙在自然历史博物馆买了送给她的，伞上有恐龙的图案。她看见他认出这把伞的时候，显现出好玩的神情。

"我们走走吗？"他问，然后伸出他的胳膊。

雨一直下，排水沟变成了溪流，经过的出租车溅起车轮那么高的水花。西蒙想，虽然他感觉不到冷，可奇怪的是，湿漉漉、黏糊糊的感觉仍然很不舒服。他稍微移动了一下目光，回头看亚历克和伊莎贝尔。他们从学院出来以后，伊莎贝尔就没有真正直视过他的目光，他疑惑着她在想什么。她似乎想和她哥哥说话，他们在公园大道的转角停下脚步的时候，他听见她说："那，你是怎么想的？关于爸爸申请大审判官的职位？"

"我觉得这像是一个无聊的工作。"伊莎贝尔举着伞，这是一把透明塑料伞，上面装饰着五颜六色的花朵贴画。这是西蒙见过最女性化的东西之一了，所以他不责怪亚历克躲开伞，任由雨水淋着。"我不知道他为什么想要这个。"

"我不管它是不是无聊，"伊莎贝尔生气地耳语道，"如果他做这个，会一直待在伊德里斯。是一直。他不能既管理学院，又做大审判官。他不能同时做两份工作。"

"如果你注意到了，伊莎，他反正一直都在伊德里斯。"

"亚历克——"随着光线变化，车辆向前冲去，冰冷的雨水溅到人行道上，她其余的话被淹没了。克拉丽躲开一股水柱，差点撞到西蒙身上。他抓起她的手稳住她。

"对不起。"她说。她的手握在他的手里，小小的，很冰凉。"没太注意。"

"我知道。"他尽力让话音中显不出担忧。她在过去的两周里都不太"注意"。一开始她哭，然后是生气——生气她不能参加找寻杰斯的巡逻，生气长老会无休止的盘问，生气她因为受到圣廷的怀疑而被软禁在家。她最生自己的气，气自己不能想出能帮得上忙的如尼文。夜晚，她会在书桌前一连坐上几个小时，紧紧握着石杖，手指都握得发白，西蒙担心她的手指都要握断了。她会努力强迫自己的脑海中出现一幅画面，告诉她杰斯在哪儿。可是一夜又一夜，什么都没有。

他们走到第五大道，穿过石墙的开口进入公园的时候，他想到她看起来长大些了。这没什么不好，而是她和那天晚上的那个女孩不一样了，那晚他们走进群魔殿俱乐部，之后一切都变了。她长高了，可是不止这个。她的神情更严肃了，走路的样子更优雅有力，她的绿眼睛不再那么忽闪，目光变得更集中了。他突然一下子意识到，她开始看起来像乔斯琳了。

克拉丽在一圈滴落着雨水的树下停住了。这里的枝叶挡住了大部分的雨水，伊莎贝尔和克拉丽将伞靠在附近的树干上。克拉丽取下脖子上的项链，银铃滑落在她的手掌里。她看了看周围所有的人，神情严肃。"这是冒险，"她说，"我非常肯定，如果我冒这个险，就不能反悔了。所以如果你们有谁不想和我一起去，没关系。我理解。"

西蒙伸出手放在她的手上。不需要想，克拉丽去哪儿，他就去哪儿。他们一起经历了这么多，没有别的可能。伊莎贝尔跟随西蒙，最后是亚历克；雨水从他长长的黑睫毛上滚落，仿佛泪水一般，可是他神情坚定。他们四人的手紧紧握在一起。

克拉丽摇响了铃铛。

感觉仿佛世界在旋转——克拉丽觉得，和穿过移空门被抛进强漩涡中心的感觉不同，更像是坐在一架转得越来越快的旋转木马上。当这种感觉突然消失、她又静止地站立着的时候，她头晕目眩，大口喘气，手还紧紧握着伊莎贝尔、亚历克和西蒙的手。

他们互相松开手，克拉丽环顾着四周。她以前来过这里，来过这条仿佛用虎睛石雕刻出的深棕色闪亮走廊。几千年来精灵穿行的脚步把地面磨得很平整，光线来源于墙上闪着亮光的碎片。通道的尽头有一道五彩缤纷的帘幕来回飘动，似乎是风吹起的，然而地面下的此处并没有风。克拉丽走近后，才看见它是由蝴蝶缝制而成的。有一些蝴蝶还活着，它们的挣扎让帘幕飘动，好像被微风僵硬地吹动。

她咽下喉咙里涌起的酸味。"喂，"她喊道，"有人吗？"

帘幕窸窸窣窣地拉开了，精灵骑士米利翁走进过道。他穿着克拉丽记忆中的白色铠甲，可是现在在他的左胸处有一个魔符——四个C组成的图案，卢克的长老会长袍上也装饰有这个图案，表示他是其中的成员。米利翁的脸上还有一道伤疤，是新添的，就在他树叶色的眼睛下面。他冷淡地注视着她。"人们不用野蛮人类的

第二章 | 荆　棘

'喂'问候希丽宫女王,"他说,"好像你在招呼仆人。正确的问候语是'很高兴见到你'。"

"可是我们还没有见到,"克拉丽说,"我连她在不在这里都不知道。"

米利翁鄙视地看着她。"如果女王不在,不准备见你,摇铃不会把你带来。现在来:跟着我,让你的同伴和你一起。"

克拉丽转身向其他人做了个手势,然后跟着米利翁穿过那道忍受着煎熬的蝴蝶做成的帘幕,她弓起肩膀,希望蝴蝶的翅膀不要碰到自己。

他们四人一个一个走进女王的宫室。克拉丽惊讶地眨巴着眼睛,这房间和她上次在这里的时候已经完全不同了。女王斜靠在一张白金相间的软垫长椅上,她周围的地面交替着黑色和白色的方格,就像一只巨大的棋盘。看起来很危险的荆棘从天花板上悬垂下来,每颗尖刺上都挂着一簇磷火,这光正常情况下亮得刺眼,熄灭后,变得忽闪忽闪的。整个房间在磷火的余光中闪亮着。

米利翁走过去站在女王旁边;除了他,房间里没有别的侍臣。女王缓缓地坐起身来。她和往常一样美,她的裙子非常轻盈,用金银色的丝线织就,她玫瑰般的红铜色头发松散地挽着,垂在其中一边白皙的肩上。克拉丽不知道为什么自己为此而烦恼。那里的所有人中,唯一一个可能会被她的美貌打动的是西蒙,而他恨她。

"见到你们很高兴,拿非力人,日光行者,"她向他们的方向扬了扬头,说道,"瓦伦丁的女儿,什么风把你吹过来了?"

克拉丽张开手,铃铛在那里闪闪发光,像是在指责什么。"你派你的侍女告诉我,如果任何时候需要你的帮助,就摇这个。"

"而你说你什么都不需要,"女王说,"你拥有你想要的一切。"

克拉丽拼命地回想以前他们拜见女王时杰斯说了什么,他是怎么奉承她、吸引她的,他似乎突然学会了某种新的语言似的。她回头看了看伊莎贝尔和亚历克,可是伊莎贝尔只向她做了个烦躁的动作,表示她应该继续。

"事情是会变的。"克拉丽说。

女王懒洋洋地伸了伸腿。"很好。你从我这里想要得到什么?"

"我想让你找到杰斯·莱特伍德。"

随后的寂静中,能轻微听到磷火痛苦的哭声。最后女王说:"如果你相信精灵族可以做到圣廷做不到的事,那你肯定认为我们非常强大。"

"圣廷想找到塞巴斯蒂安。我不在乎塞巴斯蒂安,我想要杰斯,"克拉丽说,"而且,我已经知道你知道的比透露的多。你预测到这会发生。别人都不知道,可是我想你派人送给我那只铃铛时——就是杰斯消失的同一个晚上——你一定知道有些事正在酝酿。"

"也许我知道。"女王说着,一边欣赏着她闪闪发光的脚指甲。

"我注意到了精灵族想要隐藏真相时经常说'也许',"克拉丽说,"这让你避免直接回答。"

"也许如此。"女王微笑着说。

"'或许'也是一个很好的词。"亚历克建议道。

"还有'可能'。"伊莎说。

"我看'貌似'也不错,"西蒙说,"有点时髦,可是主要意思一样。"

女王挥手打断了他们,仿佛他们是围绕着她的头嗡嗡叫的蜜蜂。"我不信任你,瓦伦丁的女儿,"她说,"我曾经想让你帮我个忙,可是已经结束了。米利翁在长老会中有了位置。我不确定你有东西可以报答我。"

"如果你这么想,"克拉丽说,"你就不会送我这只铃铛了。"

她们的目光交织了一会儿。女王很美,可是她的外表之下有什么东西,这东西让克拉丽想起小动物的骨头,在日光下发着白光。最后女王说:"很好。我也许能帮助你。可是我想要回报。"

"可恶。"西蒙嘟哝。他双手插进口袋里,带着仇恨看着女王。

亚历克大笑起来。

女王的眼睛闪了一下。片刻之后亚历克大叫一声,跟跟跄跄地向后退去。他的手臂伸在身前,张开着,上面的皮肤皱了起来,手朝里面弯曲,关节变得肿大。他弓着背,头发变得灰白,蓝眼睛褪了颜色,陷进深深的皱纹里。克拉丽喘着气。亚历克先前站着的地方出现了一个老人,佝偻着背,头发银白,站在那里发抖。

"凡人的美貌褪色得多快,"女王洋洋自得,"看看你自己,亚历山大·莱特伍德。我让你看一眼仅仅六十年后的自己。那时你的巫师朋友会对你的美貌说些什么?"

亚历克的胸膛起伏不停。伊莎贝尔快步走到他身边,抱住他的胳膊。"亚历克,没事。这是魔法。"她转向女王。"从他身上去掉它!去掉它!"

"如果你和你的同伴对我说话更尊敬些,那么我也许会考虑的。"

"我们会的,"克拉丽很快说,"如有任何无礼,我们道歉。"

女王不以为然。"我相当想念你的杰斯,"她说,"你们所有人中,他是最漂亮、最有礼貌的。"

"我们也想他,"克拉丽低声说,"我们不是有意无礼。我们人类痛苦时很艰难。"

"哼。"女王说道，可是她打了个响指，然后魔法就从亚历克身上去除了。他又变回了原来的样子，虽然脸色煞白、惊魂未定。女王高傲地看了他一眼，然后就把注意力转移到了克拉丽身上。

"有一组戒指，"女王说，"它们以前属于我父亲。我想要回这些东西，因为它们是精灵做的，拥有巨大的能量。它们能让我们通过意念彼此交流，就像你们的无声使者那样。目前我有充分理由相信它们陈列在学院里。"

"我记得看见过那样的东西，"伊莎慢慢说道，"两只精灵戒指，在图书室二楼的一个玻璃柜子里。"

"你想让我去学院偷东西？"克拉丽吃惊地说。在所有她可能想到的女王会要的好处里，这是她始料未及的。

"不是偷，"女王说，"而是把东西归还给它真正的主人。"

"然后你会为我们找到杰斯？"克拉丽说，"不要说'也许'。你到底会怎么做？"

"我会帮助你们找他，"女王说，"我保证我的帮助将是无法估量的。比如我可以告诉你们，为什么你们所有的追踪咒语都无效。我可以告诉你们最可能在哪个城市找到他——"

"可是圣廷盘问过你，"西蒙插话道，"你是怎么跟他们撒谎的？"

"他们从来没有问到正确的问题。"

"为什么跟他们撒谎？"伊莎贝尔问，"你的忠诚哪儿去了？"

"我没有。乔纳森·摩根斯特恩可能会是一个强大的盟友，假如我没有先把他当作敌人的话。既然对我们自己没有好处，为什么要陷他于危险之中或是激怒他呢？精灵是古老的族群，我们从不匆忙做决定，而是先等着看风向哪个方向吹。"

"可是这戒指对你如此重要，如果我们得手，足以让你冒险惹他生气？"亚历克问。

然而女王只是露出懒洋洋的微笑，这笑容中饱含着笃定。"我觉得今天就这样吧，"她说，"带着戒指来找我，我们再谈。"

克拉丽犹豫了，转头看亚历克，然后又看着伊莎贝尔。"你们没问题吗？从学院偷东西？"

"如果这意味着能找到杰斯。"伊莎贝尔说。

亚历克点点头。"无论要怎么样。"

克拉丽又转向女王，她正用期待的眼神看着她。"那么，我想我们今天达成了交易。"

女王伸了伸腰，露出满意的微笑。"再见，小暗影猎手。虽然你们没做什么，不过还是提醒你们一句。你们可能要考虑一下寻找你们朋友的举动是否明智。因为正如丢失了某样珍贵的东西时那样，你再找到他的时候，他可能不再是你离开他时的样子了。"

亚历克到马格纳斯位于绿点的公寓大门时已经快十一点了。伊莎贝尔劝亚历克和克拉丽、西蒙一起去塔基餐厅吃晚餐，他虽然一度反对，可还是很高兴自己去了。希丽宫的事情发生之后，他需要几个小时平复一下情绪。他不想让马格纳斯看出来女王的魔法对他有多么大的震动。

他已经不再需要按门铃让马格纳斯在楼上为他开门了。他有钥匙，为此他隐约有些骄傲。他开门上楼，经过一楼邻居家门口。亚历克从没见过一楼住户，可是他们似乎正处于热恋之中。有一次地上散落着某个人的一堆东西，外衣的翻领上贴着一张给"一个撒谎的骗子"的纸条。现在门上又别了一束鲜花，花朵中间插着一张卡片，上面写着"对不起"。纽约就是这样：你本来不想知道邻居这么多事情的。

马格纳斯的门微微开着，音乐声轻柔地飘荡到门厅里。今天是柴可夫斯基。公寓门在亚历克身后关上时，他感觉肩膀放松了。他一直都不太确定这个地方会是什么样——现在是极简主义，摆放着白色的长沙发、红色的长方桌，墙上挂着色彩对比鲜明的巴黎黑白照片——可是这地方开始感觉越来越熟悉，像家一样。闻起来有股和马格纳斯有关的味道：墨水、古龙香水、拉普山小种茶、魔法的焦糖味。他抱起正在窗台打盹的喵大帅，走进书房。

亚历克进去时，马格纳斯抬起了头。马格纳斯的穿着比他一贯的风格阴沉些——牛仔裤，黑T恤，领口和袖口周围装饰着铆钉。他的黑发垂落着，乱糟糟的，似乎由于烦恼用手抓了很多次，他猫一样的眼睛疲惫地耷拉着。亚历克出现后，他丢下笔，咧开嘴笑了。"喵大帅喜欢你。"

"谁抓它耳朵后面，它就喜欢谁。"亚历克说着，把沉睡的猫换只手抱着，这样猫的咕噜声好像是从亚历克的胸腔中吼出的一样。

马格纳斯靠在椅背上，他打哈欠的时候，手臂上的肌肉收缩起来。桌子上铺满了纸张，上面写满了难以辨认的小字和图画——同样的图案一再重复，将杰斯消失的楼顶地面上泼画的那个图案作了各种变动。"希丽宫女王怎么样？"

"和平时一样。"

第二章 | 荆 棘

"那么，凶巴巴的泼妇？"

"差不多。"亚历克简要地向马格纳斯复述了一下发生在精灵王宫的事。他善于这个——简短叙述，没有一句废话。他从来都不懂不停唠叨的人，也不理解杰斯对玩弄复杂文字游戏的喜爱。

"我担心克拉丽，"马格纳斯说，"我担心她满头红发的脑袋进水了。"

亚历克把喵大帅放到桌子上，它立即就蜷成一只球，又睡了起来。"她想找到杰斯。你能责怪她吗？"

马格纳斯的目光柔和下来。"你说如果是我失踪了，你也会那么做吗？"

亚历克扭过脸，扫了一眼马格纳斯刚放到旁边的那张纸。"你又看这个了？"

马格纳斯显得有点失望。"应该有一把钥匙，"他说，"解开它们。某种我还没见过的语言。某种非常古老的东西。这是古老的黑魔法，非常邪恶，和我以前见过的都不一样。"他又看起了那张纸，头歪到一边。"你能把那边那只鼻烟盒递给我吗？银色的那个，在桌边上。"

亚历克随着马格纳斯手指的方向走去，看到大木桌的那边放着一只小小的银盒子。他伸手拿起它，像是一只置于微小箱腿上的微型金属箱，盒顶呈弧形，上面有钻石，镶嵌出 W. S. 的字样。

W．，他想，威尔？

威尔，卡米尔拿别人奚落过亚历克，亚历克问马格纳斯是谁时马格纳斯说过这个名字。天啊，那是很久以前的事了。

亚历克咬着嘴唇。"这是什么？"

"是只鼻烟盒，"马格纳斯说，仍然看着那些纸，"我告诉你了。"

"鼻烟？就像把人呛死？"亚历克看着它说。

马格纳斯抬起头笑了。"就像烟草。在十七、十八世纪时非常流行。现在我用这只盒子放些零碎东西。"

他伸出手，亚历克把盒子拿高。"你有没有想过，"亚历克说道，"你是不是为卡米尔不知去向感到烦恼，也就是她逃掉这事？"而这是我的错？亚历克心里想着，可是却没有说出来。马格纳斯没必要知道。

"她一直都不知去向，"马格纳斯说，"我知道圣廷不太高兴，可是我总想她在过自己的生活，也不和我联系。即使烦恼，也只是一小会儿。"

"可是你的确爱过她。曾经。"

马格纳斯用手指划过鼻烟盒上镶嵌的钻石。"我想是的。"

"她还爱你吗？"

23

"我不觉得，"马格纳斯淡淡地说，"我上次见到她时，她不太高兴。当然这可能是因为我有一个有耐力如尼文的十八岁好友，而她没有。"

亚历克急切地说："作为被评论的对象，我……反对你这么说我。"

"她一直都喜欢嫉妒。"马格纳斯咧嘴笑了。亚历克想，他真是善于转变话题。马格纳斯以前表示过，他不喜欢谈论过去的爱情生活，可是当他们的谈话进行到某个阶段，亚历克感受到的熟悉、舒适与自在都消失了。无论马格纳斯看起来多年轻——现在，他光着脚，头发直竖着，看起来大约十八岁的样子——不可跨越的时间之海都横亘在他们中间。

"嘘。"

克拉丽把手指放在唇上，然后才招手让西蒙走在她前面，进入卢克房子的前门。灯都灭了，客厅黑洞洞的，一片沉寂。她嘘着声让西蒙去她房间，然后去厨房倒杯水。走到半路她僵住了。

过道那边传来她妈妈的声音，克拉丽听得出声音里的紧张。正如失去杰斯是克拉丽最糟糕的梦魇，她知道她妈妈也在做着最糟糕的噩梦。知道她的儿子活着，在世界上的某个地方或许为所欲为，让她肝肠寸断。

"可是他们认为她无罪，乔斯琳，"克拉丽听到卢克回答道，他的低语断断续续，"不会惩罚她的。"

"都是我的错，"乔斯琳的声音有些闷，像是伏在卢克的肩上说的，"如果我没有把那个……东西带到世界上来，克拉丽现在就不用经历这些了。"

"你又不会知道……"卢克的声音变小，成了嘟哝，虽然克拉丽知道他说得对，可是她还是短暂而充满负疚感地对妈妈感到愤怒。她想，乔斯琳应该在塞巴斯蒂安还在襁褓里时就杀死他，这样他就不会有机会长大毁掉他们所有人的生活，然后她又马上被自己的想法吓到了。她转身跑回到房子的另一边，冲进她的卧室，然后在身后关上了门，就像她被跟踪了一样。

西蒙一直坐在床上玩着他的 DS 游戏机，这时吃惊地抬头看着她。"一切都还好吗？"

她努力要对他微笑。他是这个房间的常客——他们成长的过程中，经常在卢克家留宿。她尽可能地把这个房间变成自己的房间而不是客房。她和西蒙、莱特伍德兄妹、她和杰斯以及家人的照片随意地插在梳妆台的镜框上。卢克给了她一只画架，她的绘画用具整齐地放在旁边的架子上。她还把她最喜欢的动漫海报钉了起来：《钢之炼金术师》《浪客剑心》《死神》。

她暗影猎手生活的证据也散落在各处——一大本《暗影猎手法典》，页边上有她的笔记和勾画的图画；一书架关于神秘和超自然事物的书籍；她的石杖在书桌上；一只新地球仪，卢克给她的，位于欧洲中心的伊德里斯用金色圈了起来。

盘腿坐在床中央的西蒙，是既属于她旧生活又属于她新生活为数不多的人之一。他用苍白脸上的黑眼睛看着她，前额上该隐印记的幽光依稀可见。

"我妈妈，"她倚靠着门说，"她的情况真的不太好。"

"她没有松口气吗？我是说你被认定无罪了？"

"她没办法不想塞巴斯蒂安的事。她没办法不怪罪自己。"

"他那个样子，不是她的错，是瓦伦丁的错。"

克拉丽没有说话。她回想着刚才那个可怕的想法，她妈妈应该在塞巴斯蒂安出生后杀了他。

"你们两个，"西蒙说，"都为不是你们过错的事责怪自己。你怪自己把杰斯留在楼顶——"

她猛地扬起头，犀利地看着他。她不记得自己说过这话，虽然她的确这么做过。"我从来没有——"

"你有，"他说，"可是我也离开了他，伊莎离开了他，亚历克离开了他——亚历克是他的生死搭档。我们对将会发生什么一无所知。而且如果你留在那里可能会更糟糕。"

"也许。"克拉丽不想说这个了。她避开西蒙的目光，钻进卫生间刷牙，还穿上了她毛茸茸的睡衣。她避而不看镜中的自己。她痛恨自己看起来那么苍白，还有眼睛下面的黑眼圈。她很强大，她不会倒下。她有个计划，即使有点疯狂，而且还要抢劫学院的东西。

她刷了牙，走出卫生间的过程中，把波浪形的头发向后扎成一个马尾，正好看见西蒙把一瓶血液塞进他的邮差包里，几乎可以肯定是他在塔基餐馆买的。

她走近，拢了拢头发。"你可以把那些瓶子放到冰箱里，"她说，"如果你不喜欢室温的话。"

"实际上，冰血不如室温的，温的最好，可是我想你妈妈不会允许我用深平底锅热血。"

"乔丹在意吗？"克拉丽问，想着乔丹到底还记不记得西蒙和他住在一起。几个星期以来，西蒙每天晚上都在她家。杰斯失踪后刚开始的几天，她无法入睡。她在自己身上堆了五条毛毯，可还是觉得冷。她浑身发抖地躺在那里，苏醒着，想象着她的血管因为冰冷的血液而变得僵硬，冰晶在心脏周围织出了珊瑚般闪亮的网。她的梦总是充满了黑色的大海、浮冰、冰冻的湖泊，还有杰斯。他转身离开她时，他的脸总是躲开她，藏在阴影里，或一片云里，或他自己光亮的头发里。她一次能睡着几分钟，醒来时总有种恶心的溺水感觉。

长老会审问她的第一天，她回家就爬上了床。她躺在那里，根本睡不着，直到有人敲她的窗户，然后西蒙爬了进来，差点摔到地板上。他爬上床，在她身边四仰八叉躺着，一句话也没说。他的皮肤带着室外的冰冷，有种城市空气和即将到来的冬季寒流的味道。

她的肩膀碰到了他的肩，消融了一小部分仿佛紧握的拳头一样钳着她身体的紧张。他的手冰冷，可是很熟悉，就像他的灯芯绒外套那样，挨着她的胳膊。

"你能待多久？"她对着黑暗小声说。

"你想多久就多久。"

她侧过身看他。"伊莎不会介意吗？"

"就是她跟我说我应该来这儿的。她说你不会睡的，如果我和你待在一起能让你好受些，我就可以留下。或者我可以待到你睡着。"

克拉丽放松地吐了口气。"整晚都待着，"她说，"求你了。"

他留下来了。那个晚上她没有做噩梦。

只要他在那儿，她便一夜无梦。没有痛苦的沉睡。

"乔丹根本不在意血，"西蒙这时说，"他的任务就是让我对自己的身份感到舒服自在。和住在你身体里的吸血鬼建立联系，等等。"

克拉丽爬上床坐在他身边，抱着一只枕头。"你内在的吸血鬼和你……外在的吸血鬼不同吗？"

"当然了。他想让我穿露脐装衬衫，戴浅顶卷檐软呢帽。我在斗争。"

克拉丽微微笑了。"所以你内在的吸血鬼是马格纳斯？"

"等一下，你倒提醒我了。"西蒙在他的邮差包里翻找一通，拿出两本漫画书。他胜利地挥了挥，然后递给克拉丽。"《魔法爱情绅士》十五、十六卷，"他说，"除了'城中喜剧'，别的地方都卖完了。"

她拿起书，看着彩色的封面和封底。很久以前，她会挥舞起胳膊，充满粉丝会有的喜悦；可是她现在能做的只是向西蒙微笑，感谢他。可是她提醒自己，他是为了她买的，这是好朋友的心意，即使她现在根本无法想象自己能通过读书转移注意力。"你真好。"她说，用肩膀碰了一下他。她靠着枕头躺下，把漫画书在腿上放平。"谢谢你和我一起去希丽宫。我知道对你来说它会引起糟糕的记忆，可是——你在那儿，我总感觉好些。"

"你做得很棒，对付女王像个老手。"西蒙在她旁边躺下来，他们肩挨着肩，两个人都仰望着天花板，上面有熟悉的裂缝，贴在上面的黑暗中会发出光亮的星星旧了，已经不再发光了。"所以你要那么做？为女王偷戒指？"

"是的，"她吐了一口屏住的气息，"明天。本地的圣廷人员中午开会，每个人都会参加。我打算那时候去。"

"我不喜欢，克拉丽。"

她感觉身体绷紧了。"不喜欢什么？"

"你和精灵有牵扯。精灵们撒谎。"

"他们不能撒谎。"

"你明白我的意思。虽然'精灵将人引入歧途'听起来站不住脚。"

她转过头看着他，下巴抵着他的锁骨。他自然而然地伸过胳膊，搂着她的肩膀，把她拉过来靠着他。他的身体冰凉，T恤因为淋雨还很潮湿，通常笔直的头发干了，被风吹出了小卷。"相信我，我不喜欢和希丽宫有瓜葛，可是我会为你去做的，"她说，"你也会为我去做的，是不是？"

"我当然会。可这仍然是一个坏主意，"他转过头看她，"我知道你的感受。我父亲死的时候——"

她的身体绷紧了。"杰斯没有死。"

"我知道。我不是那个意思。只不过——你没必要说我在那儿，你会感觉好些。我会一直和你在一起。悲伤让你感觉孤单，可你不孤单。我知道你和我一样，不信仰——宗教，可是你可以相信你的身边都是爱你的人，好吗？"他的眼睛睁得很大，充满了希望。它们还是和过去一样的深棕色，可是现在有些不同了，似乎又多了一层颜色，像他的皮肤一样，看起来既细密又晶莹剔透。

我相信，她想，我只是不确定这有关系。她用肩膀又轻轻碰了碰他的肩膀。"那么，你介意我问你件事吗？是私事，可是很重要。"

他的声音中有丝疲倦。"什么事？"

"该隐印记那事，那是不是说假如我夜里不小心踢到你，会有一种看不见的力量以七倍的力度踢我的小腿？"

她感觉到他笑了。"睡觉吧，弗雷。"

第三章

坏天使

"伙计，我还以为你都忘了你住在这儿。"西蒙刚一走进他们的小公寓，乔丹就说道，西蒙的钥匙还在手里晃荡着。乔丹通常会仰卧在沙发床上，他的长腿悬挂在一侧，手里拿着 Xbox 游戏机遥控器。今天他是在沙发床上，可是他坐直了，宽阔的肩膀向前耸起，双手插在牛仔裤的口袋里，遥控器不见了。见到西蒙他好像松了口气，很快西蒙就明白了原因。

公寓里并不是只有乔丹。坐在他对面橙色天鹅绒粗面单人沙发里的——乔丹家的家具都不配套——是迈亚，她鬈曲得很厉害的头发编成了两条辫子。西蒙上次见到她的时候，她在派对上穿得光彩照人。现在她又穿回了往常的衣服：裤边磨损了的牛仔裤、长袖 T 恤，还有一件焦糖色的皮夹克。她看起来和乔丹一样不舒服，背部挺得很直，目光迷离地看着窗户。她看见西蒙后，感激地站起来，然后给了他一个拥抱。"嗨，"她说，"我就是顺路看一下你们怎么样。"

"我很好。我是说，发生了这一切，我最多只能这样。"

"我指的不是杰斯的事，"她说，"我是说你。你是怎么挺到现在的？"

"我？"西蒙吃了一惊，"我没事。我担心的是伊莎贝尔和克拉丽。你知道圣廷调查她——"

"我听说还她清白了。这是好事，"迈亚放开他，"可是我在想你的事，还有你妈妈的事。"

"你是怎么知道这个的？"西蒙看了乔丹一眼，可是乔丹几乎难以察觉地摇了摇头。他没有告诉她。

迈亚拽着一条辫子。"我碰巧遇见了埃里克，他告诉了我发生的事，因为这个，你已经退出千年林特爵士乐演奏会两周了。"

"实际上，他们改了名字，"乔丹说，"他们现在叫'午夜卷饼'。"

迈亚恼怒地瞪了乔丹一眼，他于是在椅子上往下滑落了一点。西蒙疑惑他到家前他们在聊什么。"你和家里其他人谈过吗？"迈亚问，声音很温柔。她琥珀色的眼睛充满了关切。西蒙知道这很无礼，可是被人这样看着，让他不自在。她的关切似乎让问题真实起来，不然他还可以假装没有发生。

"嗯，"他说，"我家人一切都好。"

"真的吗？因为你把手机忘这儿了，"乔丹从墙边的桌子上拿起了手机，"一整天你姐姐每五分钟就给你打个电话。昨天也是。"

一种冰冷的感觉在西蒙的胃里扩散开来。他从乔丹手里拿过手机，看了看屏幕。来自丽贝卡的十七个未接来电。

"糟糕，"他说，"我希望不要这样。"

"好吧，她是你姐姐，"迈亚说，"她还是会打给你的。"

"我知道，可是我一直有点躲着她——知道她不在的时候给她留口信之类的。我只是……我想我在逃避躲不开的东西。"

"那现在呢？"

西蒙把手机放到窗台上。"一直躲下去？"

"别这样，"乔丹把双手从口袋里拿出来，"你应该和她谈谈。"

"说什么？"西蒙本来没想让这个问题这么尖锐的。

"你妈妈肯定跟她说了什么，"乔丹说，"她肯定很担心。"

西蒙摇头。"再过几星期她会回家过感恩节。我不想让她掺和到我和我妈妈的关系中。"

"她已经掺和了。她是你的家人，"迈亚说，"而且，这——你和你妈妈的事情，所有这一切——这是你现在的生活。"

"那，我认为我想让她别管这个。"西蒙知道自己不理性，可是他似乎对此无能为力。丽贝卡——很特殊，很不同，来自他过去的生活，那时的他还没有接触到这一切的诡异。

迈亚挥了下手，转向乔丹。"跟他说些什么。你是他的护卫。"

"哦，拜托，"乔丹还未能开口，西蒙就说道，"你们谁和父母联系了吗？你们的家人？"

他们迅速看了彼此一眼。"没有，"乔丹慢慢地说，"可是我们和他们的关系都不好，在——"

"到此为止吧，"西蒙说，"我们都是孤儿，这场风暴的孤儿。"

"你总能不理你姐姐吧。"迈亚坚持道。

"看着我。"

"丽贝卡回家了，而你家看起来就像驱魔人的家？你妈妈又解释不清你在哪儿？"乔丹双手放在膝盖上，向前倾斜着身体，"你姐姐会叫警察，而你妈妈会进精神病院。"

"我只是觉得还没准备好听到她的声音，"西蒙说，可是他知道自己已经讲不出道理了，"我还要出去，可是我保证会给她发短信。"

"好吧。"乔丹说。他说话的时候看着迈亚，而不是西蒙，似乎希望她注意到他劝说西蒙有进展，并且为此高兴。西蒙想着过去的两周他大部分时间都不在的时候，他们到底有没有见过面。从他进来时他们别扭的坐姿上，他觉得没有，可是这两人的事他很难确定。"这是个开始。"

嘎吱响的金色电梯在学院的三楼停住了，克拉丽深呼吸了一下，然后走进了过道。这个地方就像亚历克和伊莎贝尔跟她说的那样，空寂无人，非常安静。外面约克大道的交通变成了轻声的呢喃。在想象中，她能听见灰尘在从窗户透进来的光线中飞舞的声音。沿着墙壁有一些挂钩，学院的住户进来时可以挂外套。杰斯的一件黑夹克还挂在一只钩子上，袖子空荡荡的，样子诡异。

她打了个寒战，沿着过道往前走。她还记得杰斯第一次带她穿过这些走廊，漫不经心地轻声跟她讲着暗影猎手、伊德里斯、她从来都不知道其存在的整个秘密世界。他讲话的时候她看着他——她原以为他不会发现，可是她现在知道杰斯将一切都看在眼里——看着他浅色头发上泛着的光、他漂亮的手的快速移动、他做手势时手臂上肌肉的伸缩。

她没有碰到别的暗影猎手就到了图书室，然后推开了门。这个房间还像她第一次看见时那样，让她颤抖。因为是建在塔楼里的关系，房间是圆形的。二楼有长廊，带有栏杆，沿着中心绕了一圈，就在书架的上方。那张桌子就在房间的中央，是用一整块橡木板刻成的，宽大的桌面放在两个跪着的天使背上，克拉丽仍然觉得霍奇就坐在那里。她还想象着霍奇会从桌子后面站起来，目光锐利的乌鸦雨果站立在他的肩头。

她甩掉回忆，快速向房间那头的圆形楼梯跑去。她穿着牛仔裤和橡胶底的运动鞋，脚踝上刻了一道无声如尼文；她跳上通往楼上长廊的楼梯，周围寂静几乎诡异。楼上也有书，可是锁在玻璃柜子里。有些书看起来非常旧，封面都磨损了，装订线只剩下几根。还有些显然是黑暗魔法或危险魔法书——《不能言说的崇拜》《恶魔天花》《复活死者实用指南》。

锁起来的书架间是玻璃展示柜。每一个展示柜里都装着某种珍稀漂亮的工艺品——精致的小玻璃瓶，瓶塞是一块巨大的翡翠；中间镶着钻石的皇冠，但看起来好像并不适合人类的脑袋；一只天使形状的吊坠，天使的翅膀是顺时针运转的齿轮；最后一个柜子里正如伊莎贝尔说的那样，是一对闪着微光的金色戒指，呈蜷曲的叶子状，精灵的工艺像婴儿的呼吸一样精巧。

柜子是锁着的，可是打开如尼文——克拉丽咬着嘴唇画打开如尼文。为了不让它的力量太强大、把玻璃柜炸开、惊动旁人，她小心翼翼——锁解开了。她轻轻打开柜子，直到把石杖塞回口袋时，她犹豫了。

这真的是她吗？从圣廷偷东西回报精灵女王？杰斯曾经告诉过她，精灵的诺言就像蝎子，尾巴上有倒刺。

她摇了摇头，仿佛要把怀疑抛开——然后僵住了。通向图书室的门开了。她能听见木头的嘎吱声、压低的嗓音、脚步声。她没有多想便趴到了地上，伏身在长廊冰冷的木地板上。

"你说得对，杰斯，"传来了一个声音——带着冷酷的笑，又非常熟悉——是从楼下传来的，"这个地方空无一人。"

克拉丽血管里的冰似乎冻结了，使她僵在了那里。她无法动弹，无法呼吸。自从她目睹她的父亲用剑刺透杰斯的胸膛以来，她还没有如此强烈地震惊过。她非常缓慢地挪到长廊的边缘向下看。

她用力咬紧了嘴唇，以防自己尖叫起来。

倾斜的屋顶挑成一个尖顶，装着一块玻璃天窗。阳光透过天窗倾泻下来，照亮了一小块地板，就像舞台上的聚光灯。她能看见玻璃条、大理石，还有珍贵的石头镶嵌在地板上形成了一个图案——天使拉结尔、圣杯和圣剑。此刻站在天使张开的一面翅膀上的，是乔纳森·克里斯托弗·摩根斯特恩。

塞巴斯蒂安。

所以她的哥哥是这个模样。真正的他，活的，动着的，活蹦乱跳的。一张苍白的脸，棱角突出，又高又瘦，穿着黑色战斗服。他的头发是银白色的，不是她第一次看见他时的黑色，那时他染了头发，好让自己和真正的塞巴斯蒂安·维莱克一样。他本身的浅色更适合他。他的眼睛是黑色的，迸发着生命和活力。上一次她看见他时，他像白雪公主一样漂浮在玻璃棺材里，其中一只手受伤了，绑着绷带。现在那只手又完好如初了，银色的镯子在手腕上闪闪发光，却不见任何伤痕——连一点蛛丝马迹都没有留下。

他的旁边，金色头发在浅淡阳光下泛着光芒的，是杰斯。不是她过去两周里常常想象的他——挨打或流血、受苦、挨饿，被关在某个阴暗的牢房里，痛苦地叫喊着，或呼喊着她。这是她记忆中的杰斯，在她让自己回忆的时候——脸红红的，很健康，精力充沛，非常好看。他的手漫不经心地插在牛仔裤口袋里，透过

31

白色的T恤可以看见他的如尼文。他外面披了一件她不熟悉的驼色仿山羊皮外套，给他的皮肤投下一层金色的底色。他仰起头，似乎在享受阳光照射在脸上的感觉。

"我总是对的，塞巴斯蒂安，"他说，"现在你应该知道了。"

塞巴斯蒂安缓缓看了他一眼，然后笑了。克拉丽目不转睛。这确实是真正的笑容。可是她又知道什么呢？塞巴斯蒂安以前也朝她笑过，后来却证明是天大的谎话。"召唤的书在哪儿呢？这里乱糟糟的有顺序吗？"

"不太有。没有按字母顺序排序，是按照霍奇特别的系统排列的。"

"他不是我杀的那个人吗？那可太不方便了，"塞巴斯蒂安说，"要不我去楼上，你在楼下？"

他向通往长廊的楼梯走去。克拉丽的心脏开始害怕地咚咚跳个不停。她觉得塞巴斯蒂安同谋杀、鲜血、痛苦和恐怖是连在一起的。她知道杰斯和他交过手，有一次还赢了，可是在那个过程中他自己差点没命。在徒手对打中她永远也打不过她哥哥。她能跃过长廊的栏杆，跳到地上而不摔断腿吗？如果她跳了，然后会怎么样？杰斯会怎么做？

塞巴斯蒂安的脚迈上了最低的那级台阶，这时杰斯向他喊道："等等，在这儿。放在'非致命魔法'这里。"

"非致命？那有什么好玩的？"塞巴斯蒂安嘟哝着，可是他的脚离开了台阶，转身向杰斯走去。"这图书室真不错，"他说着，边走边读出那些书的标题，"《小恶魔宠物的谨慎处理和喂养》《原形毕露的恶魔》。"他从书架上抽出那本书，发出长长的低声轻笑。

"什么书？"杰斯抬头看，嘴角向上扬起。克拉丽是那么想跑到楼下，扑到他怀里，于是她又咬紧了下嘴唇。这种疼痛酸楚而尖锐。

"色情书，"塞巴斯蒂安说，"看，恶魔……原形毕露。"

杰斯走到他身后，越过他的肩膀看那本书，他把一只手放在塞巴斯蒂安的胳膊上以保持平衡。感觉像是看到杰斯和亚历克在一起，杰斯和他在一起时总是很自在，他可以不加思考地触碰他——可是太可怕了，完全乱了。"好吧。你怎么知道？"

塞巴斯蒂安合上书，用书轻轻打在杰斯肩膀上。"有些事情我懂得比你多。你找到书了吗？"

"我找到了，"杰斯从旁边的一张桌子上抱起一摞看起来很重的大部头书，"我们有时间去一下我的房间吗？如果我能拿点我的东西……"

"你想拿什么？"

杰斯耸耸肩。"大部分是衣服，还有一些武器。"

塞巴斯蒂安摇摇头。"太危险了。我们需要快去快回。只能拿急需的东西。"

"我最喜欢的外套是急需的东西。"杰斯说。这真像听他和亚历克或他的任何一个朋友说话。"它很像我自己，既暖和又时尚。"

"听着，我们想要多少钱都有，"塞巴斯蒂安说，"去买衣服。几周后这个地方就会归你统治。你可以把你最喜欢的外套挂在旗杆上，当作锦旗飘扬。"

杰斯笑了起来，是那种克拉丽喜欢的柔软而又浑厚的笑声。"我警告你，那件外套很性感。学院会燃起性感的火焰。"

"对这个地方倒很好，现在太沉闷了，"塞巴斯蒂安抓着杰斯现在穿着的外套后背，把他拽到一边，"现在我们要走了。抱紧书。"他低头看着他的右手，那里有一枚纤细的银戒在闪光。他用那只没有抓着杰斯的手的拇指转动着戒指。

"哎，"杰斯说，"你觉得——"他停住了，有一会儿克拉丽以为这是因为他抬头看见了她——他的脸向上倾斜着——可是就在她依然屏息静气的时候，他们两个便不见了，像幻影一样消失在空气中。

克拉丽慢慢地把头趴到胳膊上。被她咬过的嘴唇在流血，她能尝到嘴里血的味道。她知道她可以站起来，动身跑开。她不该在这里。可是她血管里的冰已经变得如此冰冷，她害怕如果她动了，就会粉碎。

马格纳斯摇着亚历克的肩膀，亚历克醒了。"快点，甜豆，"他说，"该起床了，面对今天。"

亚历克睡眼惺忪地从枕头和毯子里翻过来，朝朋友眨着眼睛。马格纳斯虽然睡得很少，却令人恼怒地显得精力充沛。他的头发湿漉漉的，披落在白衬衫的肩头，衣服都变透明了。他穿着一条边缘磨损的带洞牛仔裤，这通常表示他打算一天都待在公寓里不出去。

"'甜豆'？"亚历克说。

"我试一下这个称呼。"

亚历克摇头。"不要。"

马格纳斯耸耸肩。"我会坚持这么叫。"他递给他一只有豁口的蓝色咖啡杯，咖啡是按照他喜欢的方式配的——黑咖啡加糖。"醒醒。"

亚历克坐起身，揉着眼睛，接过杯子。喝下一口苦苦的咖啡，让他有了一些活力。他记得昨天晚上一直躺着等马格纳斯上床睡觉，可是后来他疲倦极了，大概凌晨五点时睡着了。"我今天不去议事会了。"

"我知道,可是你要去公园乌龟池旁边见你妹妹和其他人。是你让我提醒你的。"

亚历克双腿越过床边。"几点了?"

咖啡洒出来前马格纳斯轻轻从亚历克手里拿走杯子,放在床头柜上。"还好,还有一个小时。"

他站起来,脱下衣服,走到衣柜那里。他有一只放衣服的抽屉,卫生间里有放牙刷的地方,有前门的钥匙,可以在房子里体面地居住,然而他却无法抛开胃里冰冷的恐惧。

马格纳斯翻身躺在床上看着亚历克,一只胳膊枕在头下。"戴那条围巾,"他指着挂在钩子上的一条蓝色羊绒围巾说,"它和你的眼睛颜色很配。"

亚历克看着围巾。突然他充满了恨意——恨围巾,恨马格纳斯,最恨的是自己。"不要告诉我,"他说,"这条围巾有一百年了,是维多利亚女王临死前送给你的,感谢你提供给女王的特殊服务或别的什么。"

马格纳斯坐了起来。"你在想什么呀?"

亚历克盯着他。"我是这个公寓里最新的东西吗?"

"我想那个荣誉是喵大帅的。它只有两岁。"

"我说最新的,不是最年轻的,"亚历克凶巴巴地说,"谁是 W. S.?是威尔吗?"

马格纳斯好像耳朵里进水了似的摇头。"到底怎么了?你是说那只鼻烟盒吗?W. S. 是伍尔西·斯科特。他——"

"建立了卢普斯护卫队。我知道,"亚历克穿上牛仔裤,拉上拉链,"你以前提到过他,而且,他是历史人物。他的鼻烟盒在你放杂物的抽屉里。那里还有什么?乔纳森暗影猎手的指甲刀?"

马格纳斯猫一样的眼睛冷了下来。"怎么说起这些来了,亚历山大?我从不对你撒谎。如果你想知道我的任何事,你可以问我。"

"废话,"亚历克扣着衬衫的纽扣,直言不讳,"你人好,有趣,一切都很棒,可是你也有不好的地方,甜豆。你可以讲一整天别人的问题,可是你不讲你自己和你的历史,而我问你的时候,你就像只穿在钩子上的虫子一样扭来扭去。"

"也许是因为你只要问我的过去,就会因为我将一直活着而你不会的事情吵架,"马格纳斯厉声说道,"也许是因为永生很快就会在我们之间产生裂痕,亚历克。"

"我们之间不会有裂痕。"

"没错。"

亚历克的喉咙缩紧了。他有一千件事想说，可是他从来都不像杰斯和马格纳斯那样善于言辞。相反，他一把从钩子上取下那条蓝色围巾，挑衅地裹在了脖子上。

"不要等我，"他说，"我今天晚上可能要巡逻。"

他摔门离开公寓时，听到马格纳斯在后面喊道："那条围巾，我想让你知道，是盖璞牌的！我去年买的！"

亚历克翻了个白眼，慢跑着下楼来到门厅。平常照亮这个地方的那只灯泡灭了，所以这里变得很昏暗，以至于有一会儿他都没有看见阴影中朝他走近、戴着风帽的人影。他看见后，惊讶得掉落了钥匙链，发出哐啷一声响。

人影向他滑过来。他什么都辨认不出——看不清年龄、性别，甚至都看不清是什么物种。风帽底下传来的声音沙哑而低沉。"我有消息给你，亚历克·莱特伍德，"他说，"卡米尔·贝尔科特传来的消息。"

"你今天晚上想一起去巡逻吗？"乔丹有些突兀地问。

迈亚惊讶地转身看着他。他背靠着厨台，双肘撑在台面上。他的这个姿势里有种漫不经心，但是太刻意了，一点都不真实。她想，和太了解的人在一起就有这个问题，很难假装，他们假装时也很难视而不见，哪怕这样更容易。

"一起巡逻？"她回应道。西蒙在房间换衣服；她刚才说要和他一起走到地铁，现在她希望没有这么说。她知道上次见到乔丹以后，她应该联系他，那时候她相当不明智地亲了他。可是那时杰斯消失了，整个世界仿佛都坍塌了，而这正好给了她借口，她需要避开这整件事情。

当然，当那个伤了你的心、把你变成狼人的前男友不站在面前时，不想他会容易得多。而现在，他穿着一件绿色的T恤，恰到好处地紧贴着精瘦而肌肉发达的身体，映衬着他浅绿褐色的眼睛。

"我想他们取消了搜寻杰斯的巡逻。"她看着别处说。

"呃，不是取消，是减少。可我是护卫队成员，不是圣廷的人。我可以用自己的时间找杰斯。"

"是的。"她说。

他在玩着台面上的什么东西，排列着，可是他的注意力还在她身上。"你要，你知道……你以前一直想去斯坦福。你还想去吗？"

她的心跳暂停了一下。"我已经不想着上大学了，自从……"她清了清嗓子，"自从我变成狼人后。"

他的双颊红了。"你——我是说，你一直想去加利福尼亚。你要去学习历史，而我要搬到那里冲浪。记得吗？"

迈亚将双手插到她的皮夹克口袋里。她感觉自己似乎要生气，可是没有。很长一段时间她都怪乔丹使她不再能梦想一种属于人类的未来，梦想读书，有一幢房子，也许，某一天成立家庭。可是警察局狼群里一些别的狼人仍然在追求梦想，追求艺术。比如巴特。是她自己选择停止她的生活的。"我记得。"她说。

他的脸红了。"关于今天晚上。没有人搜查布鲁克林海军造船厂，所以我想……可是自己去不好玩。可是如果你不想去……"

"不，"她说，她的声音听起来好像是别人的，"我是说，好。我跟你去。"

"真的？"他的浅绿褐色眼睛发出神采，迈亚内心里骂着自己。她不应该撩起他的希望，在她不确定自己的感觉时不应该。只是很难相信他那么在乎。

他身体前倾时，卢普斯护卫队的徽章在他的脖子上发着光，她闻到他身上散发出的那种熟悉的香皂味，那种香味下面——狼的气息。她抬起眼睛看着他，就在这时西蒙房间的门开了，他走了出来，一边耸起肩膀带上风帽。他在门口站住了，目光从乔丹看向迈亚，慢慢挑起了眉毛。

"你知道的，我可以自己去搭地铁，"他对迈亚说，一丝微弱的笑容牵动着嘴角，"如果你想待在这儿……"

"不，"迈亚匆忙从衣袋里拿出手，刚才她的手在口袋里紧张地攥起了拳头，"不，我跟你一起去。乔丹，我——以后见。"

"今晚。"他在后面喊着，可是她没有转身看他；她已经跟着西蒙匆忙走了。

西蒙一个人走上低矮的山坡，听到身后绵羊草地上玩飞盘的人在叫喊着，仿佛遥远的音乐。这是十一月晴朗的一天，秋高气爽，有点风，阳光照耀在枝头剩余的树叶上，呈现出明亮的红色、金色和琥珀色。

山顶上散落着圆石。你可以看出这个公园怎样从曾经树木丛生、石头横陈的荒野变成了现在的样子。伊莎贝尔坐在其中一块石头上，她穿着一条深绿色的长丝裙，外面罩了件有刺绣的黑色和银色外套。她抬头看着西蒙大步向她走来，一边把她长长的黑发从脸上拨开。"我还以为你和克拉丽在一起，"他走近的时候她说，"她在哪儿？"

"正离开学院，"他说着，坐到石头上伊莎贝尔的身边，然后把手放进防风衣的口袋里，"她发短信了，很快就到。"

"亚历克正在路上——"她说道，然后他的口袋振动起来，她就停住了。或者，更准确地说，是他口袋里的手机振动了。"我想有人给你发短信了。"

他耸了一下肩。"我等会儿再看。"

她长长睫毛下的眼睛看了他一眼。"无论如何，我是说，亚历克也在路上。他要从布鲁克林赶过来，所以——"

西蒙的手机又振动了。

"好吧，又振动了。如果你不看，那我看。"伊莎贝尔在西蒙的抗议下，向前倾了倾身体，把手塞进他的口袋里。她的头顶碰到了他的下巴。他闻到她的香水味——香草味的——还有在那之下她皮肤的气味。她把手机掏出来收回手后，他既松了口气，又有些失望。

她斜眼看着屏幕。"丽贝卡？谁是丽贝卡？"

"我姐姐。"

伊莎贝尔的身体放松了。"她想见你。她说她还没有见过你，自从——"

西蒙从她手里抢过手机，然后关上塞回到口袋里。"我知道，我知道。"

"你不想见她吗？"

"比什么——比什么都想。可是我不想让她知道。关于我，"西蒙捡起一根树枝，扔到一边，"看看我妈妈发现后都发生了些什么。"

"那就在某个公开场合和她见面。她不会被吓到的地方。离你家远远的。"

"即使她不会被吓到，她还是会像我妈妈那样看我，"西蒙小声说，"就像我是个怪物。"

伊莎贝尔轻轻摸着他的手腕。"我妈妈想到杰斯是瓦伦丁的儿子，是个间谍的时候，把杰斯赶出去了——后来她后悔极了。你妈妈也会接受的。把你姐姐拉到你这边，会有帮助的，"她稍稍歪起头，"我觉得有时兄弟姐妹比父母更能理解。期望值不同。我从来、永远也无法和亚历克断绝关系，无论他做什么，永远也不会。对杰斯也是如此。"她捏了捏他的胳膊，然后放开了。"我的小弟弟死了。我永远也见不到他了。不要让你姐姐经历同样的事。"

"经历什么？"是亚历克，他沿着山坡上来，一路把干树叶踢开。他穿着平日里破旧的卫衣和牛仔裤，但是一条深蓝色的围巾围在脖子上，很配他的眼睛。西蒙想，那肯定是马格纳斯送的礼物，亚历克自己可想不到去买那样的东西。他似乎没有搭配的概念。

伊莎贝尔清了清嗓子。"西蒙的姐姐——"

她只说了这么多，一阵冷风吹来，卷起一圈枯叶。空气开始闪闪发光，他们没看错，透明的移空门打开了。伊莎贝尔伸开手把灰尘从面前挡开，然后克拉丽出现在他们面前，一只手拿着石杖，脸上满是泪水。

第四章
永　生

"你真的确定是杰斯？"伊莎贝尔问，克拉丽觉得这都是她问的第四十七遍了。

克拉丽咬起她已经疼痛的嘴唇，数到十。"是我，伊莎贝尔，"她说，"你真的认为我会认不出杰斯？"她抬起头看着站在他们面前的亚历克，他的蓝色围巾像面三角旗一样在风中飘扬。"你会把别人错认作马格纳斯吗？"

"不，永远不会。"他每一个音节都说得非常清楚。他的蓝眼睛很不安，由于忧虑而阴沉。"我只是——我是说，我们当然在问。这说不通。"

"他可能是人质。"西蒙背靠着一块圆石说。秋日的阳光将他的眼睛变成了咖啡粉的颜色。"比如，塞巴斯蒂安威胁杰斯，如果杰斯不实行他的计划，塞巴斯蒂安就会伤害他在乎的某个人。"

所有的视线都看向克拉丽，可是她沮丧地摇起了头。"你们没有看见他们在一起的样子。做人质的时候没有人是那样的。他似乎非常高兴。"

"那他就是被附体了，"亚历克说，"就像他被莉莉丝附体一样。"

"我开始也是那样想的。可是他被莉莉丝附体的时候，像个机器人一样。他一遍又一遍不停地说同样的话。可这个人是杰斯。他像杰斯那样开玩笑，像他那样微笑。"

"也许他是斯德哥尔摩综合征，"西蒙发表意见，"就是你被洗脑了，然后开始同情劫持你的人。"

"发展成斯德哥尔摩综合征要好几个月，"亚历克反对道，"他看起来怎么样？受伤了，或者生了什么病？你能描述一下他们两个吗？"

这不是他第一次问了。风吹起他们脚边的枯叶，克拉丽又给他们讲了一遍杰斯看起来的样子——活力四射，非常健康。塞巴斯蒂安也是。他们似乎十分平静。杰斯的衣着干净、雅致、普通。塞巴斯蒂安穿着一件看起来很昂贵的黑羊毛长大衣。

"像是邪恶的巴宝莉广告。"她讲完后西蒙说道。

伊莎贝尔看了他一眼。"也许杰斯有个计划，"她说，"也许他是在迷惑塞巴斯蒂安。努力博得他的欢心,弄清楚他的计划。"

"如果他那么做,他会想办法告诉我们的,"亚历克说,"不让我们惊慌。那太残忍了。"

"除非他不能冒发送消息的风险。他觉得我们会相信他的。我们确实相信他。"伊莎贝尔提高了声音,她发起抖来,抱着双臂。他们站立在鹅卵石小路上,路两侧的树木摇动着光秃秃的枝条,哗哗作响。

"也许我们应该告诉圣廷,"克拉丽说,她听着自己的声音仿佛来自远处,"这——我不知道我们怎么才能独自处理这件事。"

"我们不能告诉圣廷。"伊莎贝尔的声音很坚决。

"为什么不能?"

"假如他们认为他在和塞巴斯蒂安合作,会命令当场杀了他,"亚历克说,"《大律法》这样规定的。"

"哪怕伊莎贝尔的想法是对的?哪怕他只是在和塞巴斯蒂安演戏?"西蒙说道,他的声音中带着怀疑,"假装跟他一伙以获取信息?"

"没有办法证明这一点。而且如果我们声称他这么做,消息传到塞巴斯蒂安那里,他很可能会杀了杰斯,"亚历克说,"如果杰斯被附体了,圣廷自己就会杀了他。我们什么都不能告诉他们。"他的声音很坚定。克拉丽吃惊地看着他;正常情况下亚历克可是他们所有人中最遵守规则的那一个。

"我们谈论的是塞巴斯蒂安,"伊莎说,"圣廷最恨的就是他,除了瓦伦丁,不过他死了。可是实际上每个人都有熟人在圣战中死去,而破除魔法屏障的就是塞巴斯蒂安。"

克拉丽用运动鞋摩擦着脚底的鹅卵石。整件事仿佛是一场梦,好像她随时会醒来。"那么,接下来怎么办?"

"我们和马格纳斯谈谈,看看他有没有什么见解,"亚历克拽了拽围巾的一角,"他不会告诉长老会的,如果我让他别去他不会去的。"

"他最好不去,"伊莎贝尔义愤填膺地说,"不然,就是有史以来最糟糕的朋友。"

"我说了他不会——"

"现在去见希丽宫女王还有意义吗?"西蒙说,"既然我们知道杰斯被附体了,或者也许特意藏起来——"

"希丽宫女王的约会不能不去,"伊莎贝尔坚定地说,"除非你不珍视你的容貌。"

"可是她只会从克拉丽手里拿走戒指，而我们什么消息都得不到，"西蒙争辩道，"我们现在知道得更多了。我们现在要问她别的问题。可是她不会回答的。她只会回答那些老问题。精灵就是这样。他们不给人恩惠。她不可能让我们去找马格纳斯谈，然后再回来。"

"这没关系。"克拉丽用手抹了抹脸。她的手没有被泪水打湿。感谢上帝，不知什么时候她的泪水止住了。她可不想面对女王的时候，看起来像是刚刚大哭过，把眼睛都哭肿了。"我根本没有拿到戒指。"

伊莎贝尔眨巴着眼睛。"什么？"

"看到杰斯和塞巴斯蒂安后，我太震惊了。我直接冲出了学院，通过移空门到了这里。"

"那么，我们不能见女王，"亚历克说，"如果你没有做她让你做的事，她会大发雷霆的。"

"她不止是大发雷霆，"伊莎贝尔说，"上次我们去王宫的时候，你看到她对亚历克做了什么。那只是用了魔力。她很可能会把克拉丽变成龙虾或别的什么东西。"

"她知道，"克拉丽说，"她说过：'当你找到他的时候，他可能不再是你离开他时的样子了。'"希丽宫女王的声音飘过克拉丽的脑海。她颤抖了。她能理解为什么西蒙那么讨厌精灵。他们总是确切地知道会像根刺一样戳在你头脑中的那些话，痛苦而无法无视，也无法摆脱。"她只是在玩弄我们。她想要那对戒指，可是我觉得她不可能真的帮我们。"

"好吧，"伊莎贝尔怀疑地说，"但是如果她知道那些，就可能知道更多的事情。既然我们不能去找圣廷，还有谁会帮助我们？"

"马格纳斯，"克拉丽说，"这段时间他一直想要破解莉莉丝的咒语。如果我把看到的情况告诉他，也许会有所帮助。"

西蒙翻了个白眼。"我们认识马格纳斯的朋友可真是好事，"他说，"不然，我觉得我们都对接下来到底怎么办一筹莫展。要不就去卖柠檬水筹钱聘请马格纳斯。"

亚历克看起来被这话惹恼了。"如果通过卖柠檬水你能筹够聘请马格纳斯的钱，那你只能往里面加冰毒。"

"只是说说罢了。我们都知道你朋友很贵。我只是希望我们不要一有事就跑去找他。"

"他也希望这样，"亚历克说，"马格纳斯今天有别的事，可是晚上我会跟他说的，我们可以明天上午去他的公寓。"

克拉丽点点头。她甚至等不及第二天的到来。她知道他们越早和马格纳斯谈越好，可是她感觉精疲力竭、疲惫不堪，好像她把几品脱的血都流在了学院的地板上似的。

伊莎贝尔向西蒙身边挪过去。"我想这样我们接下来的下午就有空闲了，"她说，"我们要去塔基吗？他们会给你血液。"

西蒙看向克拉丽，显然很担心。"你想去吗？"

"不，我没事。我打车回威廉斯堡。我要和我妈妈待一会儿。所有这些塞巴斯蒂安的事情已经让她崩溃了，现在又……"

伊莎贝尔来回转动脑袋的时候，她的黑发在风中飘扬起来。"你不能告诉她你看到的事情。卢克是长老会成员，他一定会告诉他们的，而你也没有办法让她向他隐瞒。"

"我知道。"克拉丽看着他们三个人目光焦虑地盯着自己。她想，这是怎么回事？她在乔斯琳面前从来没有秘密——总之没有真正的秘密——现在却要回家，向她妈妈和卢克隐瞒一件至关重要的大事。这件事她只能和像亚历克、伊莎贝尔·莱特伍德兄妹以及马格纳斯·贝恩这样的人谈，六个月以前她都不知道还有这样的人存在着。你的世界发生了翻天覆地的改变，你所相信的一切被完全颠覆，好像根本没有存在过似的，这种感觉太奇怪了。

至少她还有西蒙。不变的、永远的西蒙。她亲了一下他的脸颊，跟其他人挥手再见，然后转身走了。她知道她大步走过公园时，他们三个人都在担心地看着她。最后几片枯叶踩在她的运动鞋下，仿佛微小的骨头。

亚历克撒谎了。那天下午有事的不是马格纳斯，是他自己。

他知道他做得不对，可是却无法控制自己：想要获知更多信息的欲望就像是毒品。现在，他在地下，手里举着巫光石，想着自己究竟在干什么。

就像纽约所有的地铁站一样，这个地铁站也有股铁锈和水的气味，金属和腐烂的气息。但是不同于亚历克曾经去过的任何别的地铁站，这里安静得诡异。除了水渍留下的痕迹外，墙面和月台很干净。他的上方是拱形天花板，不时点缀着一只枝形吊灯，拱顶呈现出绿色的瓷砖图案。墙砖上显示着地点：粗体的"市政厅"。

市政厅地铁站从一九四五年以后就已废弃不用，但是作为地标仍然保留了下来；六号线列车偶尔因为转向经过，但是这里的月台再没有人来过。在市政厅公园亚历克爬过一个周围被棵树环绕的洞口，来到了这个地方，掉落的距离很可能会摔断一个盲呆的腿。现在他站在这里呼吸着尘土味的空气，心率加快。

在马格纳斯家门口，一个吸血鬼附属人递给了他一封信，那封信指引他来到了这里。起初他决心永远也不使用里面的信息，可是他还是不能说服自己把信扔掉。他把它攥成一个纸团，塞进了牛仔裤口袋里，一整天，即使是在中央公园的时候，这封信都让他如芒刺在背。

它似乎能告诉他关于马格纳斯的全部。他没法不担心，就像一个人会担心病牙一样，知道自己正让情况变得更糟糕，却又无法阻止。马格纳斯没有做错什么。他好几百岁了，以前曾经爱过别人，这都不是他的错，但还是同样侵扰了亚历克平静的心态。而现在，比前一天或多或少地知道了杰斯更多的情况——这超过了他的负荷。他需要和某个人谈谈，需要去某个地方，做点什么。

所以他来到这里。她在这里，他知道。他沿着月台慢慢地走下去。上方是拱形的天花板，来自上面公园里的光线从中间的天窗里透进来一些，四排瓷砖从那里延伸开来，像是蜘蛛的腿。月台的尽头是一小段楼梯，楼梯上面阴沉昏暗。亚历克发现这里有魔法伪装：凡人抬头看会看到一堵水泥墙，他却看到一条开放的通道。他悄悄地走上了台阶。

他发现自己走进了一个天花板很低的昏暗房间，紫晶玻璃天窗照射进一丝光线。房间一个阴暗的角落里放着一只精美的天鹅绒沙发椅，拱形靠背镀了金，坐在沙发上的是卡米尔。

她和亚历克记忆中的一样美，虽然他上次见到她时，她被拴在一栋在建中的大楼里的一根管道上，脏兮兮的，状态并不好。她现在穿着一套整洁的黑色套装，脚上是红色高跟鞋，波浪形的鬈发披在肩膀上。她的膝头翻开着一本书——帕特里克·莫迪亚诺的 La Place de l'Étoile。他的法语足以让他翻译出书名，《星形广场》。

她抬头看着亚历克，好像知道他会来。

"你好，卡米尔。"他说。

她慢慢眨了下眼睛。"亚历山大·莱特伍德，"她说，"你上楼梯的时候，我就听出了你的脚步声。"

她把手背放在脸颊上，对着他微笑。她的微笑带着冷漠，夺去了灰尘中的全部暖意。"我不觉得马格纳斯有消息要你告诉我。"

亚历克什么都没说。

"当然没有，"她说，"我太笨了。好像他知道你在哪儿似的。"

"你怎么知道是我?"他说,"在楼梯上时。"

"你是莱特伍德家的人,"她说,"你们家族从不放弃。我知道那天晚上我跟你说了那些事情以后,你不会置之不理的。今天的消息只是戳痛了你的记忆。"

"我没有忘记你答应我的事。抑或你那时在撒谎?"

"那天晚上为了获得自由我说什么都可以,"她说,"可是我没有说谎。"她前倾着身体,眼睛明亮又乌黑。"你是拿非力人,是圣廷和长老会的人。因为我杀了暗影猎手,他们悬赏抓我。可是我知道你来这里不是为了要把我带给他们。你想要知道答案。"

"我想知道杰斯在哪儿。"他说。

"你是想知道这个,"她说,"但是你知道我没有理由知道答案,我也不知道。如果我知道我会告诉你。我知道他被莉莉丝的儿子带走了,我没理由忠诚于她。她已经不在了。我知道有巡逻队找我,以发现任何我可能知道的东西。我现在可以告诉你,我什么都不知道。如果我知道你的朋友在哪儿,我会告诉你的。我没有理由继续和拿非力人对着干。"她用手挠了一下浓密的金发。"可是你来这儿的原因不是这个。承认吧,亚历山大。"

亚历克感到呼吸加快了。他想象过这样的时刻,醒着躺在马格纳斯身边,一边听着巫师的呼吸,一边听到自己的呼吸声并且数出来。每一下呼吸都令他离衰老和死亡更近一步。每一个夜晚都把他推得离一切的终结更近一步。

"你说你知道让我永生的办法,"亚历克说,"你说你知道马格纳斯和我可以永远在一起的办法。"

"我说过,是吧?多么有趣。"

"我想让你现在告诉我。"

"我会的,"她说着,放下了书,"但是有代价。"

"没有代价,"亚历克说,"我放了你。现在你要告诉我我想知道的事情。不然我就把你交给圣廷。他们会把你拴在学院的屋顶上,等太阳升起。"

她的目光变得冷酷而暗淡。"我不喜欢威胁。"

"那就给我我想要的东西。"

她站起来,用手拂了一下外套前面,抚平皱褶。"来我这里拿,暗影猎手。"

仿佛几周以来所有的沮丧、惊慌和绝望都从亚历克的身体中爆发了出来。他向卡米尔扑去,就在这时她也扑向了他,她的尖牙突然伸了出来。

亚历克刚刚从皮带上拔出天使之刃她就扑到了他身上。他以前和吸血鬼交过手,他们的速度和力量惊人,就像在和龙卷风的前缘奋战。他扑到旁边,翻身站起来，飞脚将一架倒落的梯子向她的方向踢去。梯子暂时挡住了她，让他有机会举起天使之刃低声叫道："纽利尔。"

天使之刃好像一颗星星一样发射出亮光，卡米尔犹豫了——然后又向他扑了过去。她攻击着他，用长指甲划破了他的脸颊和肩膀。他感觉到鲜血的温度和潮湿。他旋转着向她挥砍过去，可是她跳到空中，刚好躲开，还笑着嘲弄他。

他向通往月台的楼梯跑去。她立即追上；他躲到一边，旋转身体，蹬着墙壁一下跳到空中，就在她要跳下去的时候向她扑去。他们在半空中撞到了一起，她尖叫着向他发起猛烈的攻击，他紧紧抓住她的胳膊，他们同时摔到地上，力道大得几乎令他昏厥。让她待在地面上是打赢她的关键，他默默地感谢杰斯让他在训练室一遍遍地练习空翻，直到他几乎能利用任何平面翻转一两次。

他们滚过地板时他挥舞着天使之刃乱砍，她却轻松挡开他的出击，动作快得连她的身影都模糊了。她用高跟鞋踢他，用鞋跟踹他的腿。他痛得龇牙咧嘴，咒骂起来，而她则用一堆令人难以忘却的下流话回应他，要不是他们到了房间中央，可能还会说更多。上方的天窗将一圈阳光投射在地上，亚历克抓着她的手腕，使劲往下拖着卡米尔的手，把她拖到阳光下。

她尖叫起来，皮肤上出现了巨大的白色水泡。亚历克能感觉到她起泡的手上的热气。他的手指还和她的手指握在一起，于是他猛地把她的手竖直举起来，又放回到阴影里。她对他咆哮着，厉声喊叫着。他用胳膊肘撞击她的嘴巴，撞破了她的嘴唇。吸血鬼的血——闪亮的红色，比人血更鲜艳——从她的嘴角流淌下来。

"够了吗？"他吼道，"还要吗？"他又把她的手往阳光下拖拽。她的手已经开始愈合，起泡的红色皮肤褪成了粉红色。

"不！"她喘着气，咳嗽起来，然后开始颤抖，她的整个身体都在痉挛。过了一会儿他意识到她在笑——满嘴鲜血地嘲笑他。"这让我感觉活着，小拿非力人。这样的打斗——我应该谢谢你。"

"要谢我就告诉我答案，"亚历克喘着粗气说，"不然我让你变成灰。我烦透了你的把戏。"

她的嘴唇咧成了一个笑容。她的伤口已经愈合了，虽然她的脸上仍然满是血污。"没有办法让你永生。除非是黑魔法，或者把你变成吸血鬼，而你两种选择都拒绝了。"

"可是你说过——你说有另一种办法可以让我们在一起——"

"哦，有，"她的目光跳跃起来，"你可能没办法让你自己永生，小拿非力人，但是你可以带走马格纳斯。"

第四章 | 永　生

克拉丽坐在卢克家她的卧室里，手里握着一支笔，面前的书桌上摊着一张纸。太阳已经落山了，台灯开着，照射着她刚刚开始画的如尼文。

她坐在回家的L线地铁上时不经意地看着车窗外，这时脑海里突然出现了这个如尼文。这是一个陌生的如尼文，趁着它还鲜活地停留在她的头脑中，她从车站急忙赶回家，没有理会妈妈的询问，就把自己关在房间里，用笔在纸上勾画——

有人敲门。妈妈进来时，克拉丽迅速把她正在画的这张纸塞到一张白纸下面。

"我知道，我知道，"乔斯琳说，一边举起一只手阻止克拉丽的抗议，"你想自己待着。可是卢克做了晚饭，你应该吃点东西。"

克拉丽看着妈妈。"你也是。"乔斯琳和她女儿一样，在压力下没有胃口，她的脸看起来有些凹陷。她现在本来应该准备她的蜜月，准备打包去某个美丽而遥远的地方。相反，婚礼无限期延迟了，克拉丽夜里还能听到墙那边传过来的哭声。克拉丽知道那种哭声，出于愤怒和愧疚的哭声，诉说着："这都是我的错。"

"你吃我就吃，"乔斯琳挤出一丝笑容说，"卢克做了意大利面。"

克拉丽把椅子转过来，故意用身体的角度挡住她妈妈投向桌子的视线。"妈妈，"她说，"我有事想问你。"

"什么事？"

克拉丽咬着笔头，这是她开始画画时就有的坏习惯。"我和杰斯在无声之城时，无声使者告诉我，暗影猎手出生时要实行一种仪式，一种保护他们的仪式。由钢铁修女和无声使者实行。我在想……"

"你有没有实行这种仪式？"

克拉丽点点头。

乔斯琳吐了口气，理了一下头发。"实行了，"她说，"我通过马格纳斯安排的。一个无声使者在场，他发誓保密，还有一位女巫师代替了钢铁修女。我差点不想那么做。我这么小心地把你藏起来以后，不愿意面对你会面临超自然危险的可能性。可是马格纳斯说服了我，而他是对的。"

克拉丽好奇地看着她。"那个女巫师是谁？"

"乔斯琳！"是卢克在厨房里喊，"水开了。"

乔斯琳快速地吻了一下克拉丽的头。"对不起。厨房紧急情况。五点钟见？"

克拉丽点点头，她妈妈匆忙离开了房间，然后她转身伏在桌子前。她开始创造的如尼文还在那里，撩拨着她意识的边缘。她又开始画起来，完成开了头的设计。画完后，她靠着椅背看着她画的东西。有点像打开如尼文，可是不是。这个图案非常简单，像是个十字，如同新生的婴儿一样，刚刚诞生在这个世界上。它有种潜在的威胁，感觉像是源自她的狂暴、负疚和无力的愤怒。

这是一个强大的如尼文。但是虽然她确切地知道它意味着什么，以及怎么使用它，却想不到一种方法可以帮助应对目前的情形。就像是你的车在一条偏僻的路上抛锚了，你在后备厢里绝望地翻找，胜利地抽出一段电子延长线而不是跨接电缆。

她感觉她的力量仿佛在嘲笑自己。她咒骂了一句，把笔放到桌子上，双手捂住了脸。

旧医院的内部被仔仔细细地粉刷成了白色，每一面都发出诡异的微光。大部分窗户都用板子封了起来，可是即使在昏暗的光线中，迈亚非同常人的视力仍然可以找出蛛丝马迹——光秃秃的过道地面上筛过的灰泥、建筑用灯安装的标记、用团团油漆粘到墙上的电线头、在阴暗角落里扒寻的耗子。

一个声音在她身后响起。"我搜查了东边。什么都没有。你呢？"

迈亚转过身。乔丹站在她身后，穿着一条深色牛仔裤，一件黑色的毛衣，拉链拉了一半，里面是件绿色的T恤。她摇摇头。"东边也什么都没有。一些摇摇晃晃的漂亮楼梯，精美的建筑细节，如果那种东西吸引你的话。"

他摇摇头。"那我们从这里出去吧。这地方让我发毛。"

迈亚同意了，庆幸不用自己开口。她走到乔丹身边，他们一起走下楼梯，楼梯的扶手上满是灰泥屑，简直像雪片一样。她不知道自己究竟为什么会同意和他一起巡逻，但是她不能否认他们组成的团队不错。

乔丹很容易相处。不管杰斯失踪前他们之间发生了什么，他还是让人尊敬的，跟她保持着距离，没让她感觉尴尬。他们从医院里出来，来到医院前的开阔地，月光明亮，洒在他们两人身上。这是一栋漂亮的白色大理石建筑，封起来的窗户看起来像茫然的眼睛。一棵歪斜的树正在掉落最后的叶子，矗立在门前。

"唉，这是浪费时间。"乔丹说。迈亚凝望着他，他正看着旧海军医院，而这更合她的心意。她喜欢在乔丹不看她的时候看着他。这样她可以放心地看他下颌线的角度、他的黑发鬈在他脖子后面的样子、他T恤的V领下锁骨的弧度，而不会担心他希望从她那里得到什么。

她遇见他时他是一个时髦的男孩，棱角分明，长着长长的睫毛，可是他现在看起来长大些了，指关节有了伤疤，紧身绿色T恤下面是平滑的肌肉。他仍然用橄榄色的色调衬托他的皮肤,以呼应他的意大利血统,还有她记忆中的浅绿褐色眼睛,虽然现在因为变形为狼人瞳孔有了一圈金边。同样的瞳孔她每天早上都在镜子里看见。因为他,她有了这样的瞳孔。

"迈亚,"他怪怪地看着她,"你怎么想?"

"哦,"她眨巴着眼睛,"我,啊——不,我觉得搜查这个医院没太大意义。我的意思是,坦白说,我根本不明白他们为什么派我们来这儿。布鲁克林海军造船厂?杰斯为什么会在这里?他和轮船又搭不上边。"

乔丹的神情明显阴沉起来。"尸体沿着东河漂流的时候,常常会冲到这里。海军造船厂。"

"你认为我们在找一具尸体?"

"我不知道,"他耸了耸肩,转过身走了,他的靴子踩在高低起伏的干草上,发出沙沙的声音,"也许到了这个时候,继续搜寻只是因为感觉不该放弃。"

他的脚步很慢,一点也不匆忙;他们肩并肩地走着,几乎挨着对方。迈亚的眼睛一直盯着河对岸曼哈顿的天际线,一抹明亮的白光倒映在水面上。随着他们走近沃拉博特湾,布鲁克林大桥映入眼帘,还有河那边灯光闪耀的南街海港区域。她能闻到污水难闻的气味、海军造船厂污浊的柴油味,还有草丛里跳来跑去的小动物的味道。

"我觉得杰斯没有死,"她最后说,"我觉得他是不想让别人找到他。"

听到这个,乔丹紧紧地盯着她看。"你是说我们不该找他?"

"不是。"她有点犹豫。他们已经来到了河边,靠着一面矮墙;他们走动的时候,她用手划着墙顶。他们和河水之间有一条狭窄的柏油路。"我跑到纽约的时候,不想让人找到我。不过如果有人像大家找杰斯·莱特伍德那样努力找我的话,我还挺喜欢的。"

"你喜欢杰斯吗?"乔丹的声音听不出喜恶。

"喜欢他?呃,不是那种喜欢。"

乔丹笑了。"我不是那个意思。不过,他似乎被大家普遍认为非常有吸引力。"

"你想做个真正的男子汉,假装区分不出来其他家伙有没有吸引力?杰斯,第九大道上熟食店那个毛发旺盛的家伙,在你看来他们都一样吗?"

"呃,那个毛发旺盛的家伙有颗色素痣,所以我觉得杰斯稍胜一筹。可能你喜欢 A&F 广告中那种雕像似的金发家伙。"他透过睫毛看着她。

"我一直都喜欢深色头发的男孩。"她小声说。

他看着河水。"就像西蒙。"

"好吧——是的，"迈亚一时之间没有想到西蒙，"我想是这样。"

"你还喜欢玩音乐的，"他举起手摘掉头顶上低垂的枝条上的叶子，"我的意思是，我是主唱，巴特是DJ，而西蒙——"

"我喜欢音乐。"迈亚把头发从脸上拨开。

"你还喜欢什么？"乔丹用手指搓着树叶。他停住脚步，跳上去坐在矮墙上，转身对着她。"我是说，有什么你特别喜欢的，让你觉得可能想要，比如，以此为生的？"

她吃惊地看着他。"你什么意思？"

"你还记得我弄这个的时候吗？"他拉开毛衣的拉链，脱了下来。他里面穿的T恤是短袖的，两臂的肱二头肌周围是和平曼陀罗的梵语字。她记得很清楚。他们的朋友瓦莱丽在她位于雷德班克的文身店花了几个小时文上的，没有收他钱。迈亚向他走近了一步。他坐着，她站着，他们的眼睛几乎齐平。她伸出手，犹疑地用手指划过他左臂上文的字母。她一触摸到他，他的眼睛就闭上了。

"带领我们从虚假到真实，"她念出了声，"带领我们从黑暗到光明。带领我们从死亡到永生。"他的皮肤在她的指尖下感觉非常平滑。"出自《奥义书》。"

"这是你的主意。你总是在阅读。你什么都懂……"他睁开眼睛看着她，他的眼睛比他身后的河水色调浅淡，"迈亚，无论你想做什么，我都会帮你。我存了很多从护卫队拿到的薪水，我可以给你……可以支付你上斯坦福的学费。好吧，学费的大部分。如果你还想去的话。"

"我不知道，"她说道，她的头很晕，"我加入狼群时，以为自己只能做个狼人，什么都干不了。我以为就是生活在狼群中，没有真正的个人身份。这样我觉得更安全。可是卢克，他有自己的生活。他拥有一家书店。还有你，你在护卫队里。我想……我还可以有别的身份。"

"你一直都有，"他的声音发自喉部，非常低沉，"你知道，你之前说的——就是你会喜欢跑开后有人找你。"他深呼吸了一下。"我一直在找你。我从来没停止过。"

他们的脸庞只相距几厘米远。他亲吻她之前她就感觉到他的呼吸碰到了她的嘴唇，她闭上眼睛，前倾着身体迎了上去。他的嘴唇和她记忆中的一样柔软，他的嘴唇轻轻扫过她的唇，让她浑身颤抖。她举起双臂抱着他的脖子，手指插进他深色的鬈发中，轻轻触碰着他脖子后面T恤衫磨损了的领子边缘裸露的皮肤。

他把她抱得更紧了。他在颤抖。他的双手划过她的后背时，她感觉到他身体的热度，他强壮的身体紧贴着她。"迈亚。"他耳语着。他开始掀起她的毛衣，手指抓着她内衣的搭扣。他的嘴唇在她唇上移动。"我爱你。我从来没有停止过爱你。"

你是我的。你一直都是我的。

她的心脏咚咚跳个不停,她突然挣脱他,放下毛衣。"乔丹——住手。"

他看着她,神情茫然而担忧。"对不起。这样有什么不好吗?我只亲过你,自从……"他的声音慢慢停住了。

她摇摇头。"不是,只是——我不能。"

"好吧。"他说。他看起来很脆弱,坐在那里,脸上写满了沮丧。"我们不用做任何事情——"

她寻找着合适的字眼。"只是太过了。"

"只是一个吻而已。"

"你说你爱我,"她的声音颤抖了,"你要把你的存款给我。我不能接受那个。"

"哪个?"他说,声音中透着受伤,"我的钱,还是爱情?"

"都不能。我只是不能,好吗?不能和你,现在不能。"她开始向后退去。他张着嘴,目送着她。"不要跟着我,求你了。"她说,然后转身匆忙走上他们来时的路。

第五章

瓦伦丁的儿子

她又开始梦见冰雪景色。严寒的冻原一望无际，漂浮在北冰洋黑色水面上的浮冰，白雪皑皑的山顶，用冰雕刻成的城市，城市的塔像阿利坎特的恶魔塔一样发着亮光。

冰冻的城市前面有片冰冻的湖泊。克拉丽沿着一条陡峭的斜坡滑下来，想要滑到湖边，虽然她不知道为什么。两个暗影从冰冻的湖中站了起来。她沿着斜坡表面滑下来，触摸到冰的双手好像在燃烧，雪塞满了她的鞋子，快到湖边时，她看见其中一个人影是一个男孩，像只乌鸦似的伸展着黑色的翅膀。他的头发像他们周围的冰雪一样白。塞巴斯蒂安。塞巴斯蒂安旁边是杰斯，他的金发是冰天雪地中唯一非黑非白的颜色。

杰斯从塞巴斯蒂安身边转身走向克拉丽，这时翅膀从他后背展开，白色中带着金色，闪闪发光。克拉丽滑了最后一段距离来到结冰的湖面上，跪倒在地，感觉累极了。她的手发青，在流血，她的嘴唇干裂，每呼吸一下冰冷的空气，肺部都感觉刺痛。

"杰斯。"她小声说。

他出现了，扶她起来，翅膀包裹着她，于是她又暖和起来，从她的心脏开始，沿着血管，她的身体融化了，手和脚又有了知觉，周身传来一种半是疼痛半是愉悦的快感。"克拉丽，"他温柔地轻抚着她的头发说，"你能答应我不尖叫吗？"

克拉丽睁开了眼睛。有一会儿她完全不知道自己身在何方，世界仿佛在她周围转动，就像骑在旋转木马上似的。她在卢克家自己的卧室里——身下是熟悉的床垫，衣橱的镜子上有裂缝，对着东河的窗户，暖气片嘶嘶冒着热气。昏暗的光线透过窗户洒进来，壁橱上方的烟雾警报器发出微弱的红光。克拉丽侧身躺着，身上盖着一堆毯子，后背暖暖的，很舒服。一只胳膊垂在她身旁。一时之间，半睡半醒昏昏沉沉中，她疑惑着是不是西蒙在她睡着时从窗户爬了进来，睡在她旁边了，就像他们小时候常常一起睡在一张床上那样。

可是西蒙没有体温。

她的心脏跳个不停。她还没有完全清醒，在毯子下面转过身来。旁边是杰斯，躺在她身旁，手撑着头，低头看着她。昏暗的月光在他的头发上照出了一圈光晕，他的眼睛闪着金色的亮光，像是猫的眼睛。他衣服齐整，还穿着那天早晨她看到他时的那件短袖白色T恤，他露出的胳膊上缠绕着如尼文，像是攀爬的藤蔓。

她惊讶得吸了一口气。杰斯，她的杰斯，从来没有像这样看着她。他曾经带着欲望看着她，可是从没有带着这种懒洋洋、捕猎似的、调笑的神情望着她，这让她的心脏在胸腔里乱跳个不停。

她张开嘴——叫他的名字或者尖叫，她也不知道，而她也没有机会去弄清楚了；杰斯的动作非常快，她甚至都没有看见。前一刻他还躺在她身边，下一刻他已经在她身上，一只手用力地捂住她的嘴。他的腿跨在她的髋部，她能感觉到他精瘦而肌肉发达的身体压着她。

"我不会伤害你，"他说，"我永远不会伤害你。可是我不想让你尖叫。我要和你谈谈。"

她使劲瞪他。

让她惊讶的是，他笑了。熟悉的笑声，压低成了耳语。"我能看懂你的表情，克拉丽·弗雷。我一把手从你嘴上拿开，你就会大喊。或者利用你的训练成果，掰开我的手腕。求你了，答应我你不会。以天使的名义发誓。"

这次她翻了个白眼。

"好吧，你是对的，"他说，"我的手捂着你的嘴，你没法发誓。我要拿开了。你要是喊叫——"他把头歪到一边，淡金色的头发掉落到他的眼前，"我就消失。"

他拿开了手。他的身体还压着她，她静静地躺在那里，用力呼吸着。她知道他的动作比她快，无论她怎么动，他都会比她快，可是现在他似乎把他们之间的互动当成是一个游戏，好玩的事情。他朝她更近地弯下身来，她感觉到自己的背心卷起来了，能感觉到他平坦结实的腹肌压着她裸露的肌肤。她的脸红了。

虽然她脸上很热，但却感觉仿佛有寒冷的冰针在血管里来回流淌。"你在这里干什么？"

他稍微退后了一点，显得有些失望。"这不是对我问题的真正回答。我更期待'哈利路亚大合唱'。我是说，不是每天你的男朋友都会从死亡中复活。"

"我知道你没死，"她用麻木的嘴巴说，"我在图书室看见你了。和——"

"马斯塔德上校①？"

"塞巴斯蒂安。"

他低声轻笑，吐了一口气。"我知道你也在那儿。我能感觉到。"

她感觉自己的身体绷紧了。"你让我以为你走了，"她说，"在那之前。我以为你——我真的以为你有可能——"她停住了，说不出口。死了。"这不可原谅。如果我这么对你——"

"克拉丽。"他又趴在了她身上。他的双手握着她的手腕，很温暖，他柔软的呼吸就在她的耳边。她能感觉到他们裸露的皮肤触碰之处。这太让人心烦意乱了。"我必须那么做。这太危险了。如果我告诉了你，你就必须选择告诉长老会我还活着——让他们搜寻我——或者保守秘密，这就让你在他们眼里成了我的同谋。后来，你在图书室看到我的时候，我必须等待。我需要知道你是否依然爱我，是否会因为你看到的情况去长老会。你没去。我必须要知道你更在意我，而不是《大律法》。你在意我，不是吗？"

"我不知道，"她小声说道，"我不知道。你是谁？"

"我还是杰斯，"他说，"我仍然爱你。"

她的眼睛涌出热泪。她眨了眨眼睛，泪水从她的脸上滚落。他温柔地低下头亲吻她的脸颊，然后是嘴唇。她在他的唇上尝到自己眼泪的味道，咸咸的，他小心而轻柔地用自己的嘴巴探开她的嘴巴。他那种熟悉的味道和感觉冲击着她，她瞬间就倚到了他的怀里，她的怀疑埋没在身体的盲目和冲动中，只知道需要让他靠近，让他在那里——就在这时她卧室的门开了。

杰斯放开了她。克拉丽立即从他身边抽离，赶紧放下背心。杰斯慢悠悠、懒洋洋地坐起来，冲站在门口的人咧嘴笑。"好吧，好吧，"杰斯说，"自从拿破仑决定严寒的冬天是入侵俄国的好时机以来，你选的时机是最糟糕的。"

是塞巴斯蒂安。

靠近了些，克拉丽可以更清楚地看清自从在伊德里斯认识他以来的不同。他的头发纸一般的白，眼睛仿佛黑洞洞的隧道，周围是像蜘蛛腿一样长的睫毛。他穿着一件白色的衬衫，袖子卷了起来，她能看见一条红色的疤痕环绕着他的右手腕，就像一只凸起的手镯。他的手掌上也横着一道伤疤，看起来是新添的，而且很严重。

"要知道，你在那里糟蹋的是我妹妹。"他的黑眼睛看着杰斯说道。他的表情

---

① 电影《妙探寻凶》（*Clue*）中的人物。

带着笑意。

"对不起。"杰斯听起来并不感觉抱歉。他斜靠在毯子上，像只猫。"我们冲昏头脑了。"

克拉丽吸了口气。他们的对话在她听来觉得很刺耳。"滚出去。"她说，是针对塞巴斯蒂安的。

他的手肘和臀部靠着门框，她突然被他和杰斯之间相似的动作触动了。他们长得不像，可是他们的动作很像。好像——

好像他们是由同一个人训练出来的。

"现在，"他说，"那是和你大哥说话的样子吗？"

"马格纳斯应该给你留一只衣架。"克拉丽啐道。

"哦，你记得那个，是吧？我认为我们那天很快乐。"他有点得意地笑了，克拉丽胃里一沉，感觉恶心，想起他是怎样带她到她妈妈烧毁的家园废墟上，他是怎样一直都知道他们彼此真正的关系却在断壁残垣中亲吻她，还为她不知道这一事实而高兴。

她扫了一眼杰斯。他知道塞巴斯蒂安吻了她。塞巴斯蒂安用这个挑衅过杰斯，杰斯那时差点杀了他。可是他现在看起来并不生气，仿佛觉得有点好笑，因为被打断还稍微有点恼怒。

"我们应该再来一次，"塞巴斯蒂安查看着自己的指甲说，"度过一些家庭时光。"

"我不在乎你怎么想。你是我哥哥，"克拉丽说，"你是个杀人犯。"

"我真的不理解这些事情怎么会互相排斥，"塞巴斯蒂安说，他的目光懒洋洋地又飘到杰斯身上，"正常情况下，我不喜欢妨碍朋友的爱情生活，可是我真的不喜欢无限期地站在外面的过道上。尤其是因为我不能开灯。很无聊。"

杰斯坐起身来，把T恤放下来。"给我们五分钟。"

塞巴斯蒂安夸张地叹了口气，带上了门。克拉丽盯着杰斯。"什么鬼——"

"注意措辞，弗雷，"杰斯忽闪着眼睛，"放松。"

克拉丽用手指着门。"你听到他说的话了，关于那天他亲我。他知道我是他妹妹。杰斯——"

他的眼睛里有东西在闪动，让他眼中的金色暗淡了下去，可是他又说话时，她的话就好像掉落在不粘锅表面又弹了出去，没有留下任何痕迹。

她从他身边缩回去。"杰斯，你没听到我说的话吗？"

"听着，如果你对在外面过道上等着的哥哥感觉不舒服，我理解。我没有蓄谋

53

要吻你，"他咧嘴笑了，在别的时候他的笑容会让她感觉很可爱，"只是当时似乎是个好主意。"

克拉丽从床上爬起来，低头盯着他看。她伸手拿过挂在床柱上的睡袍，裹在自己身上。杰斯看着她，没有做任何阻止她的动作，尽管他的眼睛在黑暗中闪着光亮。"我——我不明白。一开始你消失了，现在你和他一起回来了，好像我会对此毫不在意，甚至忘记所发生的一切似的——"

"我跟你说过了，"他说，"我必须确认你的情况。在你接受圣廷调查的时候，我不想让你知道我的下落，这会让你陷入两难，我觉得这对你来说会很艰难——"

"艰难？"愤怒几乎令她呼吸困难，"考验很难，障碍课很难。像你那样的消失实际上杀了我，杰斯。你认为你对亚历克做了什么？伊莎贝尔？玛丽斯？你知道那是什么感觉吗？你能想象吗？不知道你的死活，搜寻——"

他的脸上又出现了那种奇怪的表情，似乎在听她说话，同时又没有听她说话。"哦，是，我正要问，"他像个天使一样笑了，"大家都在找我吗？"

"大家都——"她摇起了头，把睡袍裹得更紧了。突然之间，她想在他面前将一切遮挡起来，在那熟悉感、那俊美、那迷人的捕猎般的微笑面前遮挡起来，那种微笑说着他愿意和她、为她做任何事情，无论是谁在过道上等着。

"我希望他们像对待走丢的猫那样，竖起牌子，"他说，"寻人启事，一个极其迷人的十几岁男孩走失。听到'杰斯'，或'性感东西'会有回应。"

"你以前不这样说。"

"你不喜欢'性感东西'？你觉得'甜哥儿'可能更好？'可爱的小圆饼'？真的，最后一个有点太扯了。虽然，从技术上说，我的家乡是英国——"

"闭嘴，"她凶狠地说，"出去。"

"我……"他看起来非常吃惊，她想起在庄园外面，她推开他的时候，他有多惊讶，"好吧，可以。我说真的，克拉丽莎，我来这儿是因为我想让你跟我一起去。"

"和你去哪儿？"

"和我一起走，"他说，然后又有点犹豫，"还有塞巴斯蒂安。我会解释所有的事情。"

她僵住了，一动不动地盯着他看。银色的月光凸显出他嘴巴的曲线、脸颊的形状、睫毛的影子，还有喉咙的弧度。"上一次'我和你去个地方'，我受了伤，失去意识，被拖进黑魔法仪式中。"

"那不是我，那是莉莉丝。"

"我认识的杰斯·莱特伍德不会和乔纳森·摩根斯特恩待在同一间屋子里却不杀了他。"

"我想你会发现那是欺骗自己,"杰斯轻声说道,一边把脚穿进靴子里,"我们联结在一起,他和我。砍他我会流血的。"

"联结在一起?你什么意思?连在一起?"

他向后甩了甩浅色的头发,没有理会她的问题。"你不懂,克拉丽。他有个计划。他愿意努力,愿意牺牲。如果你给我个机会解释——"

"他杀了麦克斯,杰斯,"她说,"你的小弟弟。"

他退缩了,在片刻的热切希望中,她还以为闯进了他的内心——可是他神情平静,就像一张皱了的床单又被拉平了。"那是——那是意外。而且,塞巴斯蒂安也是我哥哥。"

"不,"克拉丽摇头,"他不是你哥哥。他是我哥哥。上帝知道,我希望不是这样。他就不应该出生——"

"你怎么能那么说?"杰斯问。他从床上一下站起来。"你从来就没有想过,可能事情不是像你想的那样黑白分明?"他弯腰拿起插武器的皮带,在身上扣好。"发生了战争,克拉丽,有人受伤,可是——那时情况不一样。现在我知道塞巴斯蒂安不会伤害任何我真爱的人。他在追求更伟大的事业。有时会有附带的损失——"

"你刚才称呼你自己的弟弟为'附带的损失'?"她难以置信地提高了声音,几乎喊叫起来。她感觉仿佛无法呼吸。

"克拉丽,你没听我说。这是重要的——"

"就像瓦伦丁认为他做的事很重要?"

"瓦伦丁错了,"他说,"他认为圣廷腐败,这是对的,可是对于怎样解决问题他错了。可是塞巴斯蒂安是对的。如果你听我们——"

"我们,"她说,"上帝啊,杰斯……"他在床边看着她,即使感觉心在破碎,她的意识仍然在飞速转动,努力回忆她把石杖放到了哪里,想着能不能到床头柜抽屉里拿出那把刻刀,想着如果她拿到的话会不会使用那把刻刀。

"克拉丽?"杰斯把头歪到一边,研究着她的脸,"你真的——你还爱我,不是吗?"

"我爱杰斯·莱特伍德,"她说,"我不知道你是谁。"

他的脸色变了,可是他还没来得及说话,一声尖叫刺破了沉默。一声尖叫,还有打碎玻璃的声音。

55

克拉丽立即知道了那是谁的声音。是她妈妈。

她没再看杰斯，一下拉开卧室的门跑过过道，来到客厅里。卢克家的客厅很大，用一张长桌和厨房分隔开来。乔斯琳穿着瑜伽裤和磨旧了的T恤衫，头发凌乱地在后面扎了一个发髻，正站在桌子边。显然她是来厨房找喝的东西。一只玻璃杯在她脚边摔碎了，水浸湿了灰色的地毯。

她的脸上没有一丝血色，像晒白的沙子一样苍白。她瞪着客厅那边，克拉丽哪怕没转过头看，也知道她妈妈在看什么。

她儿子。

塞巴斯蒂安靠在离门很近的客厅墙上，瘦削的脸上没有表情。他垂下眼睑，透过睫毛看着乔斯琳。他的姿势和神情中的某种东西就像是从霍奇那张瓦伦丁十七岁时的照片里走出来似的。

"乔纳森。"乔斯琳小声喊道。克拉丽站在那里僵住了，即使是杰斯从过道上跑过来，一下子冲到他面前，然后停下来，她还是僵在那里。他的左手摸着武器皮带，细长的手指几乎已经摸到了其中一把匕首，克拉丽知道他用不了一秒就能把武器抽出来。

"我现在叫塞巴斯蒂安，"克拉丽的哥哥说，"我想我没有兴趣继续用你和我父亲给我取的名字。你们两个都背叛了我，我不想和你们有关联。"

水从乔斯琳脚边打碎杯子的地方向外蔓延，形成黑乎乎的一圈。她向前迈了一步，目光在搜寻着什么，上上下下打量着塞巴斯蒂安的脸。"我以为你死了，"她耳语道，"死了。我看到你的骨头烧成了灰。"

塞巴斯蒂安看着她，他的黑眼睛眯缝着，表情很平静。"如果你是一个真正的母亲，"他说，"一个好母亲，就会知道我活着。有人曾经说过，母亲带着我们一生的心灵钥匙。可是你把我的扔了。"

乔斯琳的喉咙深处发出声响。她靠着桌子支撑自己。克拉丽想跑过去，可是她的脚仿佛粘在了地上。无论她哥哥和妈妈之间发生了什么，事情都和她无关。

"不要告诉我看见我你甚至连一丝喜悦都没有，母亲，"塞巴斯蒂安说，虽然他的话是在恳求，可是声音却很平淡，"你希望你儿子有的我不都有吗？"他伸开双臂。"强壮，英俊，长得很像亲爱的老爸。"

乔斯琳摇着头，脸色灰暗。"你想要什么，乔纳森？"

"我想要每个人都想要的东西，"塞巴斯蒂安说，"我想要本该属于我的东西，摩根斯特恩家族的遗产。"

"摩根斯特恩家族的遗产是鲜血和毁灭，"乔斯琳说，"我们不姓摩根斯特恩，我，我女儿。"她站直了。她的手仍然抓着桌子，可是克拉丽能看出她妈妈的表情恢复了一些原有的神气。"如果你现在走，乔纳森，我不会告诉圣廷你来过这里，"她的目光转向杰斯，"还有你。如果他们知道你们在合作，他们会把你们两个都杀了。"

克拉丽条件反射般地站在杰斯前面。他越过她的肩膀看着她妈妈。"如果我死了，你在乎吗？"杰斯说。

"我在乎对我女儿的影响，"乔斯琳说，"《大律法》很严酷——太严酷了。你身上发生的事情——也许可以一笔勾销。"她的视线又转回到塞巴斯蒂安身上。"可是对于你——我的乔纳森——太晚了。"

那只扶着桌子的手掉到身前，举着卢克的长柄双刃剑。泪水在乔斯琳的脸上闪着光，可是她握着双刃剑的手很平稳。

"我看起来很像他，不是吗？"塞巴斯蒂安说。他没有动，似乎没有注意到双刃剑。"瓦伦丁。这就是为什么你这样看着我。"

乔斯琳摇头。"你看起来一直就是那样，从我第一眼见到你开始。你看起来像个魔鬼，"她的声音悲伤极了，"我很抱歉。"

"抱歉什么？"

"你出生时没有杀了你。"她说，然后从桌子后面走出来，手中挥舞着双刃剑。

克拉丽全身都绷紧了，可是塞巴斯蒂安没有动。他的黑眼睛看着他妈妈向他走去。"这就是你想要的？"他说。"让我去死？"他张开双臂，似乎要去拥抱乔斯琳，还向前走了一步，"继续。杀了你儿子。我不会阻止你。"

"塞巴斯蒂安。"杰斯说。克拉丽向他投去难以置信的一眼。他听起来真的很担忧吗？

乔斯琳又向前迈了一步。那把双刃剑在她手里转动得剑影模糊，停下来时，剑尖直指塞巴斯蒂安的心脏。

他仍然没动。

"动手，"他轻轻说道，斜着扬起了头，"你能下得了手吗？我出生的时候你本来可以杀了我，可是你没有。"他压低了声音。"也许你知道没有所谓的对孩子有条件的爱。也许如果你足够爱我，你可以救我。"

有一会儿他们互相盯着对方，母亲和儿子，冰绿色的眼睛对着煤黑色的眼睛。乔斯琳的嘴角出现了明显的皱纹，克拉丽可以发誓两周前还没有。"你在假装，"她说，声音在颤抖，"你没有任何感觉，乔纳森。你父亲教你伪装起人类的感情，就像是教鹦鹉重复人的话语。鹦鹉不懂它说的话，你也不懂。我希望——哦，上帝，我希望——你懂。可是——"

乔斯琳向前刺去，双刃剑迅速利落地拱起。完美的一击，应该刺进塞巴斯蒂安的胸腔，刺中他的心脏。本来会的，如果他的动作不是比杰斯还快的话。他转到一边，然后回身过来，剑尖只在他胸前划了浅浅的一道。

除了克拉丽，杰斯也吸了口气。她转身看他，他衬衫前面浸染了一片血污。他用手捂着，指尖都沾染了血。我们联结在一起。砍他我会流血的。

克拉丽不假思索地冲过房间，扑到乔斯琳和塞巴斯蒂安中间。"妈妈，"她气喘吁吁，"住手。"

乔斯琳仍然举着剑，盯着塞巴斯蒂安。"克拉丽，走开。"

塞巴斯蒂安笑了。"很贴心，不是吗？"他说，"小妹护着她大哥。"

"我不是护着你，"克拉丽的目光一直盯着她妈妈，"无论乔纳森经受什么，杰斯都要经受。你明白吗，妈妈？如果你杀了他，杰斯就会死。他已经流血了。妈妈，求你了。"

乔斯琳仍然握着剑，可是她的表情动摇了。"克拉丽……"

"天啊，多难办，"塞巴斯蒂安说，"我很有兴趣看你怎么解决。毕竟，我没有理由离开。"

"不，其实，"过道里传来一个声音，"你有。"

是卢克，他光着脚，穿着牛仔裤和一件旧毛衣。他的头发乱蓬蓬的，没有戴眼镜，显得出奇的年轻。他举着一支短管散弹枪，抵着他的肩膀，枪管正对着塞巴斯蒂安。"这是温彻斯特十二口径杠杆式连发散弹枪。狼群用它镇压恶棍狼人，"他说，"即使我杀不了你，也能打掉你的一条腿，瓦伦丁的儿子。"

仿佛屋里的每个人都同时快速地喘了一口气——所有人，除了卢克。塞巴斯蒂安咧嘴一笑，转身迎着卢克走去，似乎对枪视若无睹。"瓦伦丁的儿子，"他说，"你真的这样看我吗？换种情形你本来可能是我的教父。"

"换种情形，"卢克说着，手指按到扳机上，"你本来可以做个人。"

塞巴斯蒂安停住了脚步。"也可以这么说你，狼人。"

世界似乎慢下来了。卢克瞄着枪管。塞巴斯蒂安微笑着站在那里。

"卢克。"克拉丽说。就像在那种梦里，噩梦，她想尖叫，可是喉咙里发出的却只是耳语。"卢克，不要。"

她继父的手指更紧地按着扳机——这时杰斯行动了，他从克拉丽身边跑开，跃过沙发椅，就在枪打响的时候扑到了卢克身上。

枪打歪了；子弹打上去时，一扇窗户打碎了，掉落了出去。卢克被撞得失去了平衡，趔趄着向后退去。杰斯从他手上一把夺下枪，从破碎了的窗户中扔了出去，然后他转过身向卢克走去。

"卢克——"他开口道。

卢克打了他一拳。

即使知道所有的来龙去脉，看到卢克真的给了杰斯脸上一拳，这种震惊程度就像是他打了克拉丽。卢克无数次在她妈妈、玛丽斯，还有圣廷面前为杰斯争取权益，从根本上是一个温柔和蔼的人。杰斯则完全没有防备，被打得后退到了墙上。

塞巴斯蒂安到目前为止除了嘲笑和厌恶，都没有显露过真正的情绪，这时他吼了起来——从皮带上抽出一把又长又细的匕首。卢克睁大了眼睛，开始扭身躲开，可是塞巴斯蒂安比他的动作更快——比克拉丽见过的任何人都要快。甚至比杰斯还快。他把匕首刺进卢克的胸腔。卢克向后倒去，靠在墙上——接着，就在克拉丽惊恐之时，他滑落下去，身后留下一团血迹。

乔斯琳尖叫起来，尖叫声比子弹穿破窗户的声音还要刺耳，虽然克拉丽听着这声音像是来自远方，或是水下。她看着卢克，他已经倒在了地上，周围的地毯迅速染成了红色。

塞巴斯蒂安又举起匕首——克拉丽扑向他，用尽最大的力气撞他的肩膀，想要让他失去平衡。她几乎动不了他，可是他手里的匕首确实掉落了。他转过身对着她。他的嘴唇裂开了，流着血。克拉丽不知道为什么，直到杰斯冲到她的视野里，她才看见被卢克打过的嘴唇上淌着血。

"够了！"杰斯抓着塞巴斯蒂安外套的后背。他脸色苍白，没有看卢克，也没有看克拉丽。"住手。这不是我们来这里的原因。"

"放开我——"

"不。"杰斯搂住塞巴斯蒂安，抓着他的手。他的目光迎着克拉丽的目光。他口中喃喃地说着什么——银光一闪，是塞巴斯蒂安手指上的戒指——然后他们两人不见了，眨眼间就消失了。与此同时，某种金属制品从他们站着的地方划过空中，扎到了墙上。

卢克的双刃剑。

克拉丽转身看她的妈妈，她早已扔了刀。可是乔斯琳没有看克拉丽。她冲到卢克身边，跪在满是鲜血的地毯上，把他抱到她的膝头。他的眼睛闭着，血从他的嘴角往下流淌。塞巴斯蒂安的银匕首上沾染了更多的血，落在几步开外的地方。

"妈妈，"克拉丽小声说，"他——"

"匕首是银的，"乔斯琳声音颤抖，"他不会像正常情况下那样很快愈合，除非有特殊的治疗。"她用指尖轻触卢克的脸。他的胸口起伏着，且及此克拉丽稍稍松了口气。她能感觉到喉咙深处滚烫的泪水，有一会儿她惊讶于她妈妈的平静。但是后来才意识到这是那个曾经站在自家灰烬中的女人，周围是家人烧黑的骨头，包括她的父母和儿子，然后又继续前行。"从浴室拿些毛巾，"她妈妈说，"我们必须止住血。"

克拉丽摇摇晃晃地站起身来，几乎是盲目地冲进卢克家贴着瓷砖的小浴室。门后面挂着一条灰色的毛巾，她拽下来，回到客厅。乔斯琳用一只手把卢克托在她的膝盖上，另一只手拿着手机。克拉丽进来时她放下手机，伸手接过毛巾。她把毛巾对折，放在卢克胸前的伤口上，使劲压着。克拉丽看着灰色毛巾的边缘开始被血染红。

"卢克。"克拉丽小声叫道。他没动，脸色死灰。

"我刚打电话给他的狼群。"乔斯琳说。她没有看女儿；克拉丽意识到乔斯琳没有问她任何关于杰斯和塞巴斯蒂安的问题，或者为什么她和杰斯从她的卧室里出来，或者他们在那里干什么。她的心思完全在卢克身上。"他们有成员在附近巡逻。他们一到这里，我们就要离开。杰斯会回来找你。"

"你不知道——"克拉丽喉咙干燥，小声说着。

"我知道，"乔斯琳说，"瓦伦丁十五年后回来找我。这就是摩根斯特恩家族的男人。他们从来不放弃。他会再来找你。"

杰斯不是瓦伦丁。可是这些字眼克拉丽没有说出口。她想跪下来握起卢克的手，紧紧握着，告诉他她爱他。可是她想起在卧室里杰斯用手捂住她的嘴，于是没说。这是她的错。她不配去安慰卢克，或是自己。她应该承受痛苦，负疚。

门廊上传来了脚步的摩擦声以及含糊不清的低语声。乔斯琳猛地抬起头。是狼群。

"克拉丽，去拿上你的东西，"她说，"带上你觉得需要的东西，但是不要多得你拿不动。我们不会回来了。"

第六章

这个世界没有武器

早冬的小雪花像羽毛一般,开始从铁灰色的天空中飘落。克拉丽和妈妈低着头,迎着东河吹来的寒风沿着绿点大街匆忙赶路。

自从她们把卢克留在用作狼群总部的废弃警局后,乔斯琳一句话都没有说。整件事情都成了模糊的记忆——狼群成员拿着医疗箱,把他们的首领抬了进去,因为狼人们的队列似乎要把她们挡在外面,她们费力地看了一眼卢克。她知道他们为什么不能带他去凡人的医院,可是把他留在充当医务室的那间刷白的房间却实在令人难过。

不是因为狼人不喜欢乔斯琳和克拉丽,而是卢克的未婚妻和她的女儿不是狼群的成员。她们永远都不会是。克拉丽环顾四周寻找迈亚,想找一个盟友,可是她不在那里。最后乔斯琳让克拉丽到外面的走廊上等,因为房间里太挤了。克拉丽坐在地上,抱着放在膝头的小背包。现在是凌晨两点,她从未感觉如此孤独。如果卢克死了……

她几乎不记得没有他的生活。因为他和她妈妈,她才知道无条件的爱是什么。在他北边的农场里,卢克把她举起来,坐在一棵苹果树的树枝上是她最早的记忆之一。在医务室里,他的呼吸声呼噜呼噜地响,而他的第三首领巴特已经打开了医疗箱。她记得人死的时候会发出呼噜呼噜的呼吸声。她想不起来她和卢克说的最后一句话是什么。你难道不应该记得一个人死前跟你说的最后一句话吗?

乔斯琳终于从医务室出来了,显得非常疲惫,她向克拉丽伸出一只手扶她从地上起来。

"他……"克拉丽开口道。

"他情况稳定。"乔斯琳说。她上下打量着过道。"我们该走了。"

"去哪儿?"克拉丽感到困惑,"我还以为我们会待在这里,和卢克在一起。我不想离开他。"

"我也不想。"乔斯琳很坚强。克拉丽想起离开伊德里斯,离开她熟悉的一切,出走到别处独自开始新生活的那个女人。"可是我们也不能把杰斯和塞巴斯蒂安引到这里。那对狼群、对卢克都不安全。而这将是杰斯找你的第一个地方。"

"那哪里……"克拉丽还没把话说完就明白了，于是闭上了嘴。这些天她们需要帮助时去了哪里？

现在开裂的人行道上已经有了一层糖霜般的白雪。离开那座房子前乔斯琳穿上了一件长大衣，可是她里面仍然穿着沾染了卢克鲜血的那件衣服。她的嘴巴紧闭着，目光坚定地盯着面前的路。克拉丽疑惑着，她妈妈从伊德里斯出走的时候是不是就是这样的表情，她的靴子上沾满了灰烬，怀里藏着圣杯。

克拉丽摇了摇头不去想它。她太善于想象了，想象着她没有在场亲眼目睹的事情，也许，是她的意识从刚才看到的可怕情景中飘走了。

塞巴斯蒂安将匕首扎进卢克身体的景象不招自来地出现在她的脑海中，还响起了杰斯熟悉而又可爱的声音："附带的损失。"

正如丢失了某样珍贵的东西时那样，你再找到他的时候，他可能不再是你离开他时的样子了。

乔斯琳浑身发抖，她把连衣帽戴上遮住头发。白色的雪花已经和她鲜艳的红发混在了一起。她仍然沉默着，路的两边排列着波兰和俄国餐馆，夹杂在理发店和美容店中间，在夜晚黄色和白色的灯光下，行人寥落。克拉丽的脑海中浮现出回忆——这次是真的回忆，不是想象。她妈妈催着她快步走过一条漆黑的街，两边是脏脏的雪堆。低矮的天空，灰暗而阴沉……

她以前看见过这种景象，就在无声使者第一次进入她头脑中的时候。她现在知道了，是关于妈妈带她去马格纳斯那里改变记忆时的回忆。肯定是在隆冬时节，可是她记得是绿点大街。

马格纳斯住的红砖货仓出现在她们面前。乔斯琳推开入口处的玻璃门，然后她们挤进去，克拉丽努力用嘴呼吸着，这时她妈妈按响了马格纳斯的门铃，一下，两下，三下。门终于开了，她们匆忙上了楼梯。马格纳斯的公寓门开着，他正靠在门框上等她们。他穿着金丝雀黄的睡衣，脚上是一双绿色的拖鞋，上面画着异域风情的脸，配上弹跳的触角。他的一头黑发乱蓬蓬的，打着卷儿，还竖着发尖，黄绿色的眼睛疲惫地向她们眨眼。

"迎接倔强暗影猎手的圣马格纳斯家，"他深沉地说，"欢迎。"他伸出一只胳膊。"客房请这边走。把你们的靴子在地垫上擦擦。"他走回到公寓里，让她们从他面前走过，然后关上门。今天这个地方是仿维多利亚的装饰风格，到处都是高靠背沙发椅和镀金大镜子。柱子上缠绕着灯绳，呈现出花朵的形状。

大客厅那边的短走廊有三间客房，克拉丽随便选了右边的那间。房间刷成了橙色，像她从前位于公园坡的卧室，房里有一张沙发床，一面小窗朝向关着门的餐厅黑乎乎的窗户。喵大帅蜷缩在床上，鼻子埋在它的尾巴下面。她在它身边坐下来，轻轻拍着它的耳朵，感觉到它小小的毛茸茸的身体随着呼噜呼噜的叫声在振动。她轻抚着猫的时候，看见自己毛衣的袖子上沾染着发暗且变硬了的血，卢克的血。

她站起来用力脱下了毛衣，从背包里拿出一条干净的牛仔裤和一件V领保暖T恤，然后换上。她在窗户上快速地扫了一眼自己，看见了苍白的映像，头发松松地垂着，被雪打湿了些许，雀斑很明显，好像油漆斑点。她看起来什么样子无关紧要。她想起杰斯亲吻她——感觉像是好几天前而不是几个小时以前——于是她的胃部疼痛起来，好像吞了小刀似的。

她抓着床沿好长时间，直到疼痛消退。然后她深呼吸一下，来到客厅。

她妈妈坐在其中一把镀金靠背的椅子上，艺术家特有的修长手指握着一杯热柠檬水。马格纳斯窝在一张艳粉色的沙发椅里，穿着绿色拖鞋的脚跷在咖啡桌上。"狼群让他的情况稳定了下来，"乔斯琳声音疲惫地说，"但是他们不知道能撑多久。他们认为刀刃上可能有银粉，可是却似乎是别的东西。刀尖上——"她抬头瞥见克拉丽，停了下来。

"没事，妈妈。我都这么大了，可以听听卢克的情况。"

"嗯，他们不知道那究竟是什么，"乔斯琳轻声说，"塞巴斯蒂安用的那把匕首的刀尖被他的一根肋骨碰断了，卡在骨头上。可是他们找不到它。它……会动。"

"会动？"马格纳斯看起来迷惑不解。

"他们想要把它找出来，可是它扎进了骨头，差点扭断骨头，"乔斯琳说，"他是个狼人，能迅速愈合，可是那东西在那里划伤他的内部器官，阻止伤口愈合。"

"恶魔金属，"马格纳斯说，"不是银。"

乔斯琳身体前倾。"你觉得你能帮他吗？无论花费多少，我都会支付——"

马格纳斯站起身来。他奇异的拖鞋和乱糟糟、仿佛刚起床的头发显得和情况的严重性极为不协调。"我不知道。"

"可是你治好了亚历克，"克拉丽说，"大恶魔伤了他的时候……"

马格纳斯开始来回踱步。"我知道他是什么问题。可我不知道这是哪种恶魔金属。我可以试验，尝试不同的治疗咒语，但却不是帮助他的最快方法。"

"最快的方法是什么？"

"护卫队，"马格纳斯说，"狼群的护卫。我认识建立护卫队的人——伍尔西·斯科特。因为某些……原因，他着迷于恶魔金属和恶魔药物作用于狼人的细节，就像无声使者记录治疗暗影猎手的方法一样。不幸的是，这么多年以来护卫队对此却封锁了消息，甚是保密。不过护卫队成员可以了解到他们的信息。"

"卢克不是成员，"乔斯琳说，"而且他们的名单是保密的——"

"可是乔丹，"克拉丽说，"乔丹是成员。他能找到。我给他打电话——"

"我给他打，"马格纳斯说，"我无法进入护卫队总部，可是我可以传个信，应该会有用。我马上回来。"他脚步很轻地走到厨房，拖鞋上的触角仿佛水流中的海草，轻轻摇摆。

克拉丽转过身看着她妈妈，她低着头盯着装了热水的马克杯。这是她最爱的滋补品之一，虽然克拉丽永远也想不明白为什么会有人想要喝酸酸的温水。雪打湿了妈妈的头发，现在头发正在变干，开始出现发卷，雨雪天气时，克拉丽也这样。

"妈妈，"克拉丽喊道，她妈妈于是抬起头，"你扔的那把刀——在卢克家——是向杰斯扔的吗？"

"是向乔纳森扔的。"她永远都不会叫他塞巴斯蒂安，克拉丽知道。

"只是……"克拉丽深呼吸了一下，"他们两个几乎没什么区别。你看到了，你扎塞巴斯蒂安的时候，杰斯开始流血。就像他们——是某种镜像一样。砍伤塞巴斯蒂安，杰斯会流血。杀了他，杰斯就会死。"

"克拉丽，"她妈妈揉了揉疲倦的眼睛，"我们现在能不说这个吗？"

"可是你说了你觉得他会回来找我。我是说杰斯。我需要知道你不会伤害他——"

"那你没办法知道。因为我不会承诺的，克拉丽，我做不到，"妈妈的目光毫不退缩，看着她，"我看见你们两个从你卧室里出来。"

克拉丽脸红了。"我不想——"

"什么？想谈谈？好吧，太糟糕了。这可是你自己说的。你很幸运，我现在不在圣廷了。你知道杰斯的下落多久了？"

"我不知道他在哪儿。今天晚上是他失踪后我们第一次说话。我昨天在学院看见他和塞巴——乔纳森在一起。我告诉了亚历克、伊莎贝尔和西蒙。可是我不能告诉别人。如果圣廷抓到他——我不能让那种情况发生。"

乔斯琳抬起她绿色的眼睛。"为什么不能？"

"因为他是杰斯。因为我爱他。"

"他不是杰斯。就是这样，克拉丽。他不是他自己。难道你看不出——"

"我当然看出来了。我不傻。可是我相信他。我以前见过他被附体，我也见到他摆脱了。我认为杰斯仍然被困在某个地方。我认为有救他的办法。"

"如果没有呢?"

"那就证明它有。"

"你没办法反证,克拉丽莎。我明白你爱他,你一直都爱他,太爱了。你以为我不爱你父亲吗?你以为我没有给他所有的机会吗?看看结果发生了什么。乔纳森。如果我没有和你父亲在一起,就不会有他存在——"

"也不会有我,"克拉丽说,"以防你忘记,我在哥哥后面出生,不是之前。"她看着她的妈妈,目光强硬。"你的意思是,如果你能摆脱乔纳森的话,宁愿从来都没有我?"

"不是,我——"

响起了钥匙插入锁里的咔嗒声,接着公寓门一下子被推开了。是亚历克。他穿着一件皮革长风衣,敞着口,里面是一件蓝色的卫衣,他的黑发上落了一些雪花。他的双颊由于寒冷红彤彤的,可是脸上其他地方却很苍白。

"马格纳斯在哪儿?"他说。他向厨房张望的时候,克拉丽看见他的下颚上有一处淤青,在耳朵下面,大概有拇指肚那么大。

"亚历克!"马格纳斯飞跑进客厅。他现在没有穿拖鞋,光着脚。他看着亚历克的时候,猫一样的眼睛闪闪发亮。

然而亚历克没有回应他的那种目光。他脱掉外衣,挂在墙上的钩子上。可以看出他很难过。他的双手在颤抖,宽阔的肩膀紧绷着。

"你收到我的短信了?"马格纳斯问。

"收到了。其实我就在几个街区外。"亚历克看了看克拉丽,然后是她妈妈,神情充满了不安和疑虑。虽然亚历克受邀去了乔斯琳的招待派对,除此之外还见过她几次,可是他们并不怎么了解对方。"马格纳斯的话是真的?你又看见杰斯了?"

"还有塞巴斯蒂安。"克拉丽说。

"可是杰斯,"亚历克说,"他怎么——我是说他看起来怎么样?"

克拉丽清楚地知道他问的是什么;因为这一次她和亚历克比房间里的其他人更理解彼此。"他不是在对塞巴斯蒂安玩计策,"她轻声回答,"他真的变了。他根本就不像他自己。"

"怎么不像?"亚历克问,奇怪地既愤怒又脆弱,"他怎么不一样?"

克拉丽的牛仔裤膝盖处有一个洞,她揪着那里,刮擦着下面的皮肤。"他说话的样子——他相信塞巴斯蒂安。信任他做的事情,无论是什么事。我提醒他塞巴斯蒂安杀了麦克斯，而他似乎甚至都不在意，"她的声音沙哑了，"他说塞巴斯蒂安和麦克斯一样，是他的兄弟。"

亚历克脸色发白，脸颊上的红块明显得像是血迹。"他说我什么了吗？或者伊莎？他问起我们了吗？"

克拉丽摇头，几乎受不了亚历克脸上的表情。她眼角的余光能看到马格纳斯也在看着亚历克，脸上悲伤得几乎一片空白。她不知道他是不是还在嫉妒杰斯，还是只是替亚历克觉得难过。

"他为什么去你家？"亚历克摇着头，"我不明白。"

"他想让我和他一起走。加入他和塞巴斯蒂安。我猜他是想让他们的邪恶两人行变成邪恶三人行，"她耸了一下肩，"也许他孤独。塞巴斯蒂安不可能是好伙伴。"

"这个我们不知道。他可能非常着迷拼字游戏。"马格纳斯说。

"他是个杀人狂，"亚历克断言，"杰斯知道的。"

"可是杰斯现在不是杰斯——"马格纳斯说道，这时电话响了，他停住了，"我去接电话。谁知道还有别的什么人从圣廷逃走需要住宿的地方？这个城市里好像没有宾馆。"他脚步很轻地向厨房走去。

亚历克一屁股坐在沙发上。"他太辛苦了，"他说，目光担忧地追随着马格纳斯，"他每天晚上都熬通宵，想要解开那些如尼文。"

"圣廷聘请他了吗？"乔斯琳想要知道。

"没有，"亚历克慢慢地说，"他是为我这么做的，因为杰斯对我的意义。"他卷起袖子，给乔斯琳看他前臂内侧的生死搭档如尼文。

"你知道杰斯没死，"克拉丽说，她的头脑开始思考一些事情，"因为你们是生死搭档，因为你们之间的联系。可是你说过你感觉到什么东西不对。"

"因为他被附体了，"乔斯琳说，"这改变了他。瓦伦丁说卢克变成暗影魅族时，他感觉到了。那种出事的感觉。"

亚历克摇头。"可是杰斯被莉莉丝附体时，我没有感觉到，"他说，"现在我能感觉到有什么不对。什么东西断裂了。"他低头看着他的鞋子。"当你的生死搭档死了，你能感觉到——就像有根带子把你系到什么东西上面，然后带子断了，于是你开始坠落。"他看着克拉丽。"我感觉到过，一次，在伊德里斯战斗的过程中。可是非常短暂——而我回到阿利坎特时，杰斯活着。我说服自己那是我想象出来的。"

克拉丽摇头，想起杰斯和林恩湖边血染的沙滩。那不是你的想象。

"我现在的感觉不同，"他继续说，"我感觉他好像不在世界上，但是却没有死。没有被囚禁……只是不在这里。"

"就是这样，"克拉丽说，"两次我都看见他和塞巴斯蒂安在一起，他们消失进了薄薄的空气中。不是移空门，只是一分钟前他们还在这里，下一分钟他们就消失了。"

"你说到那里或这里，"马格纳斯打着哈欠回到房间，说道，"还有这个世界和那个世界的时候，你说的是次元。只有几个巫师可以施行次元法术。我的老朋友拉格纳可以。次元并不是一个个挨着排列的——它们是像纸张一样叠合起来的。次元交汇的地方，就可以创造出次元袋，阻止魔法找到你。毕竟，你不在这里——你在那里。"

"也许这就是为什么我们追踪不到他？为什么亚历克感觉不到他？"克拉丽说。

"可能是，"马格纳斯听起来几乎被打动了，"这就意味着如果他们不想被找到，就根本没有办法可以找到他们。而且如果你真的找到了他们，也没有办法传送回信息。这是种复杂、昂贵的魔法。塞巴斯蒂安肯定有些联系——"门铃响了，他们都跳了起来。马格纳斯转动着眼珠。"大家冷静。"他说，然后走到了门口。他很快就回来了，后面跟着一个裹着羊皮色长袍的男人，背部和侧面都印着深红棕色的如尼文图案。虽然他竖起了风帽遮住脸，可是他的衣服看起来完全是干燥的，似乎一片雪花都没有落在他身上。他放下风帽后，克拉丽不出意料地看到了使者撒迦利亚的脸。

乔斯琳突然把马克杯放到了咖啡桌上。她看着无声使者。他把风帽放下来后，可以看到他的黑发，可是他的脸在阴影中，克拉丽看不见他的眼睛，只能看见他刻着如尼文的高颧骨。"你，"乔斯琳说，声音慢慢小了下去，"可是马格纳斯告诉我你永远不会——"

"意外事件要求意外措施。"撒迦利亚使者的声音飘了出来，到达克拉丽头脑内部。她从其他人脸上的表情知道，他们也能听见他的声音。"我不会对圣廷或长老会说今天晚上的事。如果有机会挽救希伦戴尔家族最后一丝血脉，我认为这比效忠圣廷更重要。"

"那就说定了。"马格纳斯说。他和身旁的无声使者构成了奇特的一对，他们一个披着浅色发白的长袍，另一个则穿着鲜艳的黄色睡衣。"对莉莉丝的如尼文有什么新看法吗？"

"我仔细研究了那些如尼文，听了长老会上所有的证词，"撒迦利亚使者说，"我认为她的仪式有两步。首先她让日光行者咬乔纳森·摩根斯特恩，来恢复他的

67

意识。他的身体仍然很弱,可是他的意识和意志复苏了。我相信杰斯·希伦戴尔独自和他一起留在楼顶时,乔纳森利用莉莉丝如尼文的力量强迫杰斯进入施加了咒语的圆圈。那时候杰斯的意志应该已经任乔纳森的意志摆布了。我相信他会利用杰斯的血获取复活的力量,然后带着杰斯和他一起从楼顶上逃走。"

"而所有这一切都在他们之间建立了一种联系?"克拉丽说,"因为我妈妈用剑刺塞巴斯蒂安的时候,杰斯开始流血了。"

"是的。莉莉丝实行的是种成对仪式,和我们自己的生死搭档仪式相似,但是要强大和危险得多。这两人现在不可分开地绑定在了一起。假如一个死亡,另一个也会相随。这个世界上没有一种武器可以只杀伤其中一人。"

"你说他们不可分开地绑定在一起,"亚历克前倾起身体说,"那是否意味着——我的意思是,杰斯恨塞巴斯蒂安。塞巴斯蒂安杀害了我弟弟。"

"我也不明白塞巴斯蒂安怎么会那么喜欢杰斯。他从来都十分嫉妒他。他认为瓦伦丁最喜欢杰斯。"克拉丽补充道。

"更不用提,"马格纳斯说,"杰斯杀了他。那会让任何人仇恨的。"

"好像杰斯不记得那些事了,"克拉丽沮丧地说,"不,他不是不记得它们了——而是他不相信它们。"

"他记得它们。可是绑定的力量会导致杰斯的思维忽略那些事实,就像水流在河床上绕过岩石。就像马格纳斯给你的意识施加的魔咒,克拉丽莎。当你看见隐形世界的东西时,你的意识会抗拒它们,忽视它们。用乔纳森的所作所为规劝杰斯是没有用的。真相打不断他们的联结。"

克拉丽想起她提醒杰斯塞巴斯蒂安杀了麦克斯时的情景,他是怎样短暂地沉思蹙眉,然后又舒展开来,似乎她一说完,他就忘了她的话。

"可以稍稍安慰的是乔纳森·摩根斯特恩和你们的杰斯一样被绑定了。他不能伤害杰斯,他也不想。"撒迦利亚又说。

亚历克举起双手。"所以他们现在爱着彼此了?他们是最好的朋友?"他的语气中受伤和嫉妒显而易见。

"不。他们现在是彼此。他们和对方想的一样。他们知道对方在某种程度上对他们是不可或缺的。塞巴斯蒂安是领导者,两人之中首要的那个。他相信的,杰斯就相信。他想要的,杰斯就想要。"

"所以他被附体了。"亚历克直截了当地说。

"被附体时一个人部分的原有意识是保持完好的。那些被附过体的人说起过从外部看他们自己的行为,叫喊着但人们却听不到。可是杰斯完全压抑了他的身体和意识。他认为自己神志正常。他相信这是他想要的。"

"那么他想从我这里得到什么？"克拉丽声音颤抖地问，"他今天晚上为什么来我房间？"她希望自己的脸颊没有烧得通红。她尽力要抛开亲吻他的记忆，在床上他的身体压着她的记忆。

"他还爱着你，"撒迦利亚使者说，他的声音令人惊讶地温柔，"你是他的世界旋转的中心点。那个没变。"

"而这就是我们为什么要离开，"乔斯琳紧张地说，"他会回来找她。我们不能留在警察局。我不知道哪里是安全的——"

"这里，"马格纳斯说，"我能设立防护法术屏障，让杰斯和塞巴斯蒂安无法进来。"

克拉丽看到她妈妈的眼神一下子放松了。"谢谢你。"乔斯琳说。

马格纳斯摆了摆胳膊。"这是种特权。我非常喜欢挡开愤怒的暗影猎手，尤其是被附体的那种。"

"他不是被附体。"撒迦利亚使者提醒他们。

"咬文嚼字，"马格纳斯说，"问题是，这两个人要干什么？他们在计划什么？"

"克拉丽说她在图书室看见他们时，塞巴斯蒂安告诉杰斯他很快就要负责学院了，"亚历克说，"所以他们要干点什么。"

"继续瓦伦丁的工作，很可能，"马格纳斯说，"打倒暗影魅族，杀掉所有不听指挥的暗影猎手，之类的。"

"有可能，"克拉丽不太确定，"杰斯说什么塞巴斯蒂安效忠于一项更伟大的事业。"

"只有天使才知道那表示什么，"乔斯琳说，"我和一个狂热分子结婚过好几年。我知道'更伟大的事业'指什么，指折磨无辜的人、忍地杀人、背弃你以前的朋友，一切都打着你认为比你自己更重要的事情的名义，却不过是用花言巧语包装起来的贪婪和幼稚。"

"妈妈。"听到乔斯琳如此激愤，克拉丽担心地抗议起来。

可是乔斯琳正看着撒迦利亚使者。"你说这个世界上没有一种武器可以只杀伤其中一人，"她说，"你知道的武器中没有……"

马格纳斯的眼睛突然发出光亮，就像猫的眼睛被一束光照到那样。"你想……"

"钢铁修女，"乔斯琳说，"她们是武器和兵器专家。她们可能会有答案。"

克拉丽知道，钢铁修女是无声使者的姐妹。和她们的兄弟不同，她们的嘴巴

69

和眼睛没有封起来，而是几乎完全和外界隔绝地住在无人知道位置的一座城堡中。她们不是战士——她们是创造者，铸造出让暗影猎手生存下去的武器、石杖、天使之刃。有些如尼文只有她们会刻，而且只有她们知道把叫作阿达玛斯的那种银白色物质制作成恶魔塔、石杖和巫光石的秘密。她们很少为人见到，不参加长老会，也不贸然进入阿利坎特。

"有可能。"停顿了很长时间以后，撒迦利亚使者说。

"如果可以杀死塞巴斯蒂安——如果有种武器可以杀死他却让杰斯活着——那意味着杰斯就会摆脱他的影响了吗？"克拉丽问。

停顿的时间甚至更长了。然后，撒迦利亚使者说："是的，那将会是最可能的结果。"

"那，我们应该去找钢铁修女。"疲惫就像一件披风一样挂在克拉丽身上，让她的眼睛沉重，嘴里发酸。她揉揉眼睛，想要把沉重赶跑。"现在。"

"我不能去，"马格纳斯说，"只有女暗影猎手才能进入埃德蒙要塞。"

"你不要去，"乔斯琳用她最严厉的声音说，好像在说"你不准半夜和西蒙去泡吧"，"你在这里更安全，这里有法术屏障。"

"伊莎贝尔，"亚历克说，"伊莎贝尔可以去。"

"你知道她在哪儿吗？"克拉丽说。

"在家，我想，"亚历克耸起一侧肩膀说，"我可以告诉她——"

"我来负责这个，"马格纳斯说，静静地从口袋里拿出手机，用他长期练习出来的熟练技能输入文字，"太晚了，我们没必要叫醒她。每个人都需要休息。如果我要送你们任何人去钢铁修女那里，那也是明天。"

"我和伊莎贝尔去，"乔斯琳说，"没有人特地找我，而且最好不要让她单独去。即使从技术上讲我不是暗影猎手，可我曾经是。只是要求我们其中一人要有一定的身份。"

"这不公平。"克拉丽说。

她妈妈甚至都没有看她。"克拉丽……"

克拉丽站起来。"过去两周我其实是在坐牢，"她用颤抖的声音说，"圣廷不让我找杰斯。现在他来找我了——找我——你竟然都不让我和你们去找钢铁修女——"

"这不安全。杰斯很可能在追踪你——"

克拉丽爆发了。"每次你设法保护我的安全，你都毁了我的生活！"

"不，你越和杰斯纠缠不清，你就越是毁了你的生活！"她妈妈厉声回她，

"你冒的每次险，你遇到的每个危险，都是因为他！他拿刀抵着你的喉咙，克拉丽莎——"

"那不是他，"克拉丽用她能想象到的最轻柔最决绝的声音说，"你以为我会和一个拿刀威胁我的男孩待在一起一秒钟吗，哪怕我爱他？也许你在凡人世界里生活了太久，妈妈，可是这里有魔力。伤害我的那个人不是杰斯。是一个长着他的脸的恶魔。我们现在要找的人也不是杰斯。可是如果他死了……"

"就没有机会让杰斯回来了。"亚历克说。

"可能已经没有机会了，"乔斯琳说，"上帝啊，克拉丽，看看证据。你以为你和杰斯是兄妹！你牺牲一切去救他的命，而一个大恶魔利用他来接近你！你什么时候才能面对你们两个注定不能在一起的事实？"

克拉丽猛地向后退去，好像她妈妈打了她似的。撒迦利亚使者像尊雕像似的一动不动地站着，仿佛没有人在大喊大叫。马格纳斯和亚历克看着眼前的一幕；乔斯琳脸都红了，眼睛闪着怒光。克拉丽不想说话了，转身沿着过道大步走到马格纳斯的客房，在身后重重地碰上了门。

"好吧，我在这里。"西蒙说。冷风吹过平坦开阔的屋顶花园，他把双手插进牛仔裤口袋里。他并没有真正感觉到寒冷，不过他觉得应该那样。他提高了声音。"我来了。你在哪儿？"

格林威治酒店的屋顶花园——现在关闭了，所以空无一人——布置得像个英伦花园，有精心修剪成盒子状的矮树、分散在各处的优雅藤条和玻璃桌椅、在劲风中振动的利莱酒阳伞。玫瑰棚架在冷风中光秃秃的，结了蛛网的石墙围绕着屋顶，从矮墙上方西蒙可以看见纽约市中心灯光熠熠的景色。"我在这里，"一个声音说，随后一个纤细的身影从一把藤条椅上起身站了起来，"我都开始怀疑你会不会来了，日光行者。"

"拉斐尔。"西蒙无奈地说。他向前走去，穿过铺设在花圃边缘和人工池塘中间蜿蜒的硬木板，池塘的周围用闪闪发亮的石英围了起来。"我自己也怀疑。"

他走近后，可以清楚地看见拉斐尔。西蒙有极好的夜间视力，只是拉斐尔能让自己和影子合二为一，才逃过了西蒙的眼睛。拉斐尔穿着一套黑色的西装，袖口卷了起来，露出链条形状的袖扣，闪着幽幽的光。他仍然长着一张天使小男孩的脸，虽然他看着西蒙的目光非常阴冷。"曼哈顿吸血鬼部落的首领召唤你的时候，刘易斯，你就要来。"

"要是我不来你会怎么样？把我绑在火刑柱上烧死我？"西蒙张开双臂，"射杀我。想对我怎样就怎样。发疯吧。"

"天哪，不过你真无聊。"拉斐尔说。西蒙能看见他身后的墙边停着一辆吸血鬼摩托车，反射着铬合金的亮光，他就是骑着它来这里的。

西蒙放下了胳膊。"是你让我来见你的。"

"我有个工作给你。"拉斐尔说。

"真的？你宾馆里缺人？"

"我需要一个保镖。"

西蒙看着他。"你看过《保镖》吗？因为我不会爱上你，用我强壮的胳膊把你抱在怀里。"

拉斐尔愠怒地看着他。"我会付你额外的钱，让你工作时完全保持沉默。"

西蒙盯着他。"你是认真的，是吧？"

"如果我不是认真的，就不会费力过来见你。如果我要开玩笑，我会和我喜欢的人开玩笑，"拉斐尔坐回到扶手椅上，"卡米尔·贝尔科特跑了出来，就在纽约。暗影猎手们完全忙于瓦伦丁儿子这件蠢事，不会费力去追捕她。她对我而言意味着直接的危险，因为她希望能重新实现她对曼哈顿部落的控制。大多数人忠诚于我。杀了我，对她来说是重回等级顶端的最快方式。"

"好吧，"西蒙慢慢说道，"可是为什么是我？"

"你是日光行者。其他人夜晚可以保护我，白天我们族类大部分都无能为力，可是你可以。而且你有该隐印记。有你在我和她之间，她就不敢攻击我。"

"这些都对，可是我不打算干。"

拉斐尔显得难以置信。"为什么不？"

西蒙爆发了。"你开什么玩笑？因为自从我变成吸血鬼后，你从头到尾都没有为我做过一件事。相反你尽可能地使我的生活变得悲惨，然后再结束它。所以——如果你想让我用吸血鬼语言——我的领主，那我会很高兴地跟你说：去你妈的，不。"

"做我的敌人对你而言是不明智的，日光行者。作为朋友——"

西蒙不相信地笑了。"等一下。我们是朋友？那是朋友？"

拉斐尔的尖牙突然露了出来。西蒙意识到，他真的非常生气。"我知道你为什么拒绝我，日光行者，不是因为你假装的那样。你和暗影猎手关系如此密切，以至于你觉得自己是他们中的一员。我们看见过你和他们在一起。你没有像应该的那样在夜晚捕猎，而是和瓦伦丁的女儿待在一起。你和一个狼人住在一起。你是个耻辱。"

"你每次面试都这样吗？"

拉斐尔露出他的牙齿。"你必须决定你是吸血鬼还是暗影猎手，日光行者。"

"那我选暗影猎手。因为从我经历过的吸血鬼来看，你们大多数都糟透了。没有别的意思。"

拉斐尔站起身。"你在犯严重的错误。"

"我已经告诉你——"

拉斐尔挥了一下手打断他。"即将有巨大的黑暗来临。它将会用烈火和阴影扫荡地球，等结束后，就不再有你们宝贵的暗影猎手。我们，黑夜之子，将会活下来，因为我们生活在黑暗中。但是如果你坚持否认你的身份，你也将会被毁灭，没有人会伸手帮助你。"

西蒙下意识地举起手摸了摸前额的该隐印记。

拉斐尔无声地笑了。"啊，是的，你身上的天使烙印。在黑暗时代就连天使也将被毁灭，他们的力量不会帮到你。日光行者，你最好祈祷战争开始前没有失去印记。因为如果你失去了，会有一连串敌人等着杀你。而我就是第一个。"

克拉丽在马格纳斯家的沙发床上躺了很长时间。她听到她妈妈走过过道，进了另一间客房，在身后关上了门。透过房门她能听到马格纳斯和亚历克在客厅里低声交谈。她想着她能等到他们去睡觉，可是亚历克说过马格纳斯最近通宵研究如尼文；虽然撒迦利亚使者似乎打断了他们，可是她还是不能相信亚历克和马格纳斯很快就会去休息。

她在床上坐起来，在她的背包里翻找起来。喵大帅在她身边，发出含混不清的声音表示抗议。她掏出一只透明塑料盒子打开，里面是她的霹雳马铅笔、一些粉笔头——还有她的石杖。

她站起来，把石杖放进外套口袋。拿起手机，她发送了一条短信"在塔基见"。她看着信息发送出去，然后把手机塞进牛仔裤口袋，深呼吸了一下。

这对马格纳斯不公平，她知道。他答应了她妈妈要照顾她，那可不包括她从他的公寓偷偷溜出来。可是她一直没有说话，没有做任何承诺。除此之外，那个人可是杰斯。

你会做任何事情去救他的，无论要你付出什么，无论你可能欠地狱或天堂什么，不是吗？

她拿出石杖，用尖端抵着墙上的橙色油漆，开始画移空门。

响亮的砰砰声把乔丹从沉睡中惊醒。他立即坐得笔直,从床上爬起来,蜷伏在地板上。护卫队数年的训练已经让他反应迅速,总是保持浅睡眠的习惯。迅速扫了一眼周围以后,他知道房间里没有别人——只有月光照在他脚边的地上。

砰砰声又响了起来,这次他听出来了,是有人在敲前门。他通常穿着平角短裤睡觉;他套上牛仔裤和T恤衫,踢开他房间的门,大步流星地走进道。如果是一群喝醉的大学生敲楼里所有人的门来取乐,他们就会看到一张生气的狼人的脸。

他伸手去摸门——然后停住了。他的脑海中又出现了那个画面,在海军造船厂迈亚从他身边跑开的画面,他一直睡不着的几小时里这个画面不停地出现。从他身边挣脱开时她脸上的表情。他知道,他逼得她太紧了,要求得太多、太快了。很可能完全搞砸了。除非——也许她会重新考虑。曾经有一段时间,他们的关系充满了激烈的争吵,然后是同样激烈的修补程序。

他的心脏咚咚跳个不停。他打开门,眨了眨眼睛。门口站着伊莎贝尔·莱特伍德,她乌黑亮泽的头发几乎垂到腰间。她穿着黑色仿麂皮及膝长靴、紧身牛仔裤、红色的丝绸上衣,脖子上戴着熟悉的红色吊坠,闪着幽暗的光。

"伊莎贝尔?"他无法掩饰声音中的惊讶,或者,他怀疑是失望。

"嗯,好吧,我也不是找你。"她说着,推开他走进公寓。她散发出暗影猎手的气味——一种像太阳晒过的青草的味道——这种气味下面是玫瑰香水味。"我在找西蒙。"

乔丹斜眼看着她。"现在是凌晨两点。"

她耸了耸肩。"他是吸血鬼。"

"可我不是。"

"哦?"她的红唇扬起,"我吵醒你了?"她伸出手轻轻划过他牛仔裤最上面的纽扣,指甲尖擦到他平坦的腹部。他感觉他的肌肉跳了一下。不可否认伊莎美极了。她也有点让人害怕。他疑惑着西蒙要怎样卑微地应对她。"你也许想把这些纽扣都扣上。顺便说一句,平角裤不错。"她从他身边经过,向西蒙的房间走去。乔丹跟着她,一边扣上牛仔裤的扣子,同时还咕哝着内裤上有跳舞企鹅的图案有什么奇怪的。

伊莎贝尔把头伸进西蒙的房间。"他不在这儿,"她带上门,然后靠在墙上看着乔丹,"你刚才说现在是凌晨两点?"

"是。他可能在克拉丽家。他最近经常在那里睡觉。"

伊莎贝尔咬着嘴唇。"对。当然。"

乔丹开始有种他有时会有的感觉,就是他说了什么不合适的事情,但是又不确切地知道是什么事。"你来这儿有原因吗?我是说,发生什么事了吗?出什么问题了?"

"问题?"伊莎贝尔举起双手,"你是指除了我哥哥失踪,很可能是被杀了我弟弟的邪恶魔鬼洗了脑,还有我父母要离婚,而西蒙和克拉丽走了——"

她突然停了下来,趾高气扬地从他身边走过,来到客厅。他急忙跟着她。他追上她时,她在厨房里的食品储藏柜里来回翻找。"你有喝的东西吗?一瓶好巴罗洛红酒?圣格兰蒂诺?"

乔丹抓着她的肩膀把她轻轻推出厨房。"坐下,"他说,"我给你拿龙舌兰。"

"龙舌兰?"

"我们只有龙舌兰。还有咳嗽糖浆。"

她在沿着厨台的一排凳子中的一张上坐下,向他招了招手。他还以为她会留着涂成红色或粉色的长指甲,亮泽完美,以搭配她身上其余的部位,可是没有——她是个暗影猎手。她的手上有伤疤,指甲修剪得很短。占卜如尼文在她的右手上发着黑色的光。"好吧。"

乔丹抓起一瓶酒,打开盖子,给她倒了一点。他把玻璃杯推过桌面。她一口喝掉,皱着眉头,把杯子重重地放下。

"不够。"她说着,把手伸到厨台那边,从他手里拿过瓶子。她仰头吞下一次,两次,三次。她把瓶子放下来的时候,脸红了。

"你从哪里学的,这样喝酒?"他拿不准自己该钦佩还是害怕。

"伊德里斯的饮酒年龄是十五岁。没有人注意那个。我还是孩子时就和父母一起喝兑水的酒。"伊莎贝尔耸了耸肩。这个动作缺少了她一贯的流畅和协调。

"好吧。呃,你有消息想让我告诉西蒙吗?或者任何我可以转达的事情——"

"没有,"她对着瓶子又喝了一大口,"我酒喝多了,过来找他谈谈,当然了,他在克拉丽家。意料之中。"

"我还以为是你第一时间让他去那儿的。"

"是,"伊莎贝尔抚摸着龙舌兰酒瓶上的商标,"我说了。"

"所以,"乔丹用他觉得合适的语气说,"告诉他别去。"

"我不能那么做,"她听起来疲惫不堪,"我欠她的。"

乔丹趴到桌子上。他感觉自己有点像电视里的酒吧服务生,向人提供明智的建议。"你欠她什么?"

"命。"伊莎贝尔说。

乔丹眨了眨眼睛。这有点超出他的酒吧服务和提供建议的能力了。"她救了你的命？"

"她救了杰斯的命。她本来可以从天使拉结尔那里获得任何东西，可她救了我哥哥。我人生中只信任几个人。真正地信任。我妈妈、亚历克、杰斯和麦克斯。我已经失去了他们中的一个。我没有失去另一个的唯一原因就是克拉丽。"

"你觉得你能真正信任没有血缘的人吗？"

"我和杰斯没有血缘关系。没什么血缘。"伊莎贝尔躲避着他的目光。

"你知道我的意思。"乔丹说着，意味深长地瞥了一眼西蒙的房间。

伊莎皱起了眉头。"暗影猎手依从荣誉规则生活，狼人。"她说。有一刻她完全是高傲的拿非力人，乔丹想起来为什么有那么多暗影魅族不喜欢他们。"克拉丽救了一个莱特伍德家的人。我欠她一条命。如果我不能给她那个——我也看不出那个对她有什么用处——我可以给她任何让她高兴些的东西。"

"你不能给她西蒙。西蒙是个人，伊莎贝尔。他想去哪儿就可以去哪儿。"

"是，"她说，"好吧，他好像不介意去她在的地方，是吧？"

乔丹犹豫了。伊莎贝尔说的话似乎有些离谱，可也不是完全不对。西蒙和克拉丽在一起很放松，这种放松和别人在一起时似乎都没有流露。乔丹一生中只和一个女孩相爱过，而且还一直爱着她，他觉得自己没有资格在这方面提供建议——虽然他记得西蒙曾经揶揄地告诫他克拉丽有"男朋友中的核武器"。乔丹不确定那种揶揄是否隐含嫉妒，也不知道有朝一日你是否会完全忘了你爱过的第一个女孩，尤其是她每天就在你面前。

伊莎贝尔打了个响指。"嗨，你，你在听吗？"她歪着头，把黑色的发丝从面前吹开，用力地看着他，"你和迈亚究竟怎么了？"

"没什么，"短短的话语却包含了千言万语，"我都不知道她能不能不再恨我。"

"那个，她可能不能，"伊莎贝尔说，"她有充分的理由。"

"谢了。"

"我不胡乱安慰。"伊莎说着，推开了面前的龙舌兰酒瓶。她看着乔丹的目光鲜活又幽暗。"来这儿，狼人男孩。"

她放低了声音。那声音很轻柔，充满了引诱。乔丹的嗓子突然很干，咽了一下口水。他记得在钢铁厂外面看见伊莎贝尔穿着红色的裙子时曾想，西蒙就是和迈亚还有她纠缠不清？她们两个都不是那种会给人留下你可以对她不忠却还能相安无事印象的女孩。

而且她们两个都不是你可以拒绝的那种女孩。他小心翼翼地绕过桌子向伊莎贝尔走去。还有几步远的时候,她伸手抓住他的手腕把他拉了过来。她的手沿着他的胳膊往上游移,摸过他隆起的肱二头肌,摸到他肩膀上的肌肉。他的心跳加速了。他能感觉到她身上散发出的热气,闻到她的香水味和龙舌兰的香气。"你帅死了。"她说。她的手游移着,伸平手掌抚摸着他的胸膛。"你知道的,对吗?"

乔丹不知道隔着T恤她是否能感觉到他心脏的跳动。他知道大街上女孩们看他的样子——有时候也有男孩——知道他每天在镜子中看到的模样,可是他从来都没怎么想过这个。这么长时间以来他的注意力一直都在迈亚身上,以至于他关心的只是如果他们再次相见,她是否还会觉得他有吸引力。他经常被人搭讪,可像伊莎贝尔这样的女孩并不多见,而且也从来没有人这么直接。他在想她是不是要亲吻他。十五岁后他只吻过迈亚。可是伊莎贝尔正仰头看着他,她的眼睛又大又黑,她的嘴唇微微张开,唇色像草莓。他想着如果亲吻她的话是不是像草莓的味道。

"而我不在意。"她说。

"伊莎贝尔,我不觉得——等等,什么?"

"我应该在意,"她说,"我是说,要想想迈亚,所以我可能还是不能愉快地扯掉你的衣服,可问题是,我不想。正常情况下我会愿意。"

"啊。"乔丹说。他感觉松了口气,还有一点点失望的刺痛。"嗯……这样很好。"

"我时时刻刻都想着他,"她说,"这很可怕。以前我从来没有这样过。"

"你是说西蒙?"

"瘦巴巴的盲呆小混蛋,"她说着,把手从乔丹胸口放了下来,"可是他现在不再是了。不再瘦巴巴的,不再是盲呆。我喜欢和他在一起的时光。他让我笑。我还喜欢他笑的样子。你知道,他的一边嘴角先扬上去,再扬另一边——嗯,你跟他住在一起。你肯定注意到了。"

"没有。"乔丹说。

"他不在我身边的时候我想念他,"伊莎贝尔坦白,"我以为……我不知道,那晚的莉莉丝事件发生以后,我们之间变了。可是现在他总是和克拉丽在一起。而我甚至都不能生她的气。"

"你失去了你弟弟。"

伊莎贝尔抬头看着他。"什么?"

"好吧,他在费心费力地让克拉丽感觉好受一些,因为她失去了杰斯,"乔丹说,"可是杰斯是你哥哥。难道西蒙不应该费心费力地让你也好受一些吗?也许你不生她的气,可是你可以生他的气。"

伊莎贝尔看了他好一会儿。"可是我们什么都不是，"她说，"他不是我男朋友。我只是喜欢他。"她皱起了眉。"该死，我都不敢相信我说了那个。我肯定醉得比我以为的厉害。"

"从你之前说的话里，我有点看出来了。"他向她微笑。

她没有对他也报以微笑，而是低垂下睫毛，透过睫毛看着他。"你没有那么坏，"她说，"如果你愿意的话，我可以对迈亚说一些你的好话。"

"不用，谢谢。"乔丹说。他不知道伊莎的好话是什么版本，也不敢弄清楚。"你知道，这很正常，当你度过一段难熬的时光，想要和那个你——"他正要说"爱"，突然意识到她从来没有用过这个字，于是变换了字眼，"在意的人待在一起。可是我觉得西蒙不知道你对他是那种感觉。"

她的睫毛又眨起来。"他说过什么关于我的话吗？"

"他觉得你非常强大，"乔丹说，"你根本就不需要他。我觉得他感觉……在你的生活中是多余的。就像，你已经很完美了，他还能给你什么？你为什么想要一个像他那样的家伙？"乔丹眨着眼睛；他不是有意这么说的，他也不知道他的话有多少是说西蒙的，又有多少是说自己和迈亚。

"所以你的意思是我应该告诉他我的感受？"伊莎贝尔小声说。

"对，没错。告诉他你的感受。"

"好吧，"她抓过龙舌兰酒瓶，灌了一大口，"我现在就去克拉丽家告诉他。"

他的胸膛里响起小小的警钟。"你不能去。现在其实是凌晨三点——"

"如果等等的话，我会失去勇气的。"她说，那种理直气壮的语气只有醉得厉害的人才有。她对着瓶子又喝了一大口。"我就要去那儿，我会敲窗户，告诉他我的感受。"

"你知道哪扇窗户是克拉丽家的吗？"

她斜着眼睛。"不知道。"

醉酒的伊莎贝尔吵醒乔斯琳和卢克的可怕景象浮现在乔丹的脑海里。"伊莎贝尔，别。"他伸手去拿她手里的龙舌兰酒瓶，她一下子躲开了。

"我觉得我改变了对你的看法，"她用半威胁的口吻说，如果她能直直地盯着他的话会更吓人，"我觉得我还是不那么喜欢你。"她站起来，带着惊讶的表情低头看着她的脚——然后朝后倒下。只是由于乔丹反应迅速，才在她倒在地上前接住了她。

第七章
巨　变

克拉丽喝第三杯咖啡时，西蒙终于走了进来。他穿着牛仔裤、红色的拉链卫衣（既然感觉不到寒冷，还有什么必要穿羊毛大衣呢？）和机车靴。他在桌子中间穿梭走向克拉丽时，人们都转身看他。与此同时，克拉丽想，自从伊莎贝尔评论了他的服装后，西蒙的穿着开始变得整洁好看了。他的黑发上落了一些雪花，可是亚历克由于寒冷脸颊变得通红，而西蒙脸上的相同部位仍然是苍白没有血色的。他悄悄坐到她的对面看着她，黑眼睛反着光，闪闪发亮。

"你打电话了？"他问，发出的声音深厚洪亮，这让他听起来像德古拉伯爵。

"从技术上说，我发短信了。"她把菜单翻到吸血鬼菜单页，滑到他那边。她以前扫过几眼，可是想起血布丁和血奶昔还是让她打寒战。"我希望没有吵醒你。"

"哦，没有，"他说，"你不会相信我在哪儿……"他看见她脸上的表情，于是声音渐渐轻了下去。"嗨。"他的手指突然放到她的下巴下面，扳起她的头。笑容从他的眼睛里消失了，代之以关心。"发生什么事了？有杰斯的新消息吗？"

"你们想好要点什么了吗？"是凯莉，那个给克拉丽女王铃铛的蓝眼睛精灵女招待。她现在笑嘻嘻地看着克拉丽，一个龇牙咧嘴的笑，让克拉丽咬紧了牙齿。

克拉丽点了一份苹果派；西蒙点了一份热巧克力和血的混合饮料。凯莉拿走了菜单，西蒙担忧地看着克拉丽。她深呼吸了一下，然后告诉他晚上发生的事，每一个真实的细节——杰斯的出现、他对她说的话、在客厅的对峙，还有卢克的情况。她告诉他马格纳斯说的关于次元袋和其他世界的话，还有如果没有办法追踪藏在次元袋的人或把消息传递给他们会怎样。她讲的时候西蒙的眼神变暗了，等到讲完时，他双手抱起了头。

"西蒙？"凯莉来了又走，放下了他们的食物，谁都没有碰。克拉丽碰了碰他的肩膀。"怎么了？是卢克——"

"是我的错。"他抬头看着她，没有流泪。她想起吸血鬼的眼泪中掺杂着鲜血；她在什么地方读到过的。"如果我没有咬塞巴斯蒂安……"

"你是为了我那么做的。那样我才会活下来，"她的声音很温柔，"你救了我的命。"

"你救了我六七次。似乎很公平。"他的声音嘶哑了，她想起他跪在楼顶花园上，呕吐出塞巴斯蒂安的黑血。

"自责对我们没有什么用处，"克拉丽说，"我把你拖到这里不是为了这个，只为了告诉你发生了什么。我是说，无论如何我都会告诉你，可是我会等到明天，要不是……"

他小心翼翼地看着她，从他的杯子里喝了一小口东西。"要不是什么？"

"我有个计划。"

他哼了一下。"我害怕那个。"

"我的计划不可怕。"

"伊莎贝尔的计划是可怕，"他用一根手指指着她，"你的计划是自杀。这是最理想的情况。"

她靠后坐着，在胸前抱着双臂。"你到底想不想听？你必须保密。"

"我泄露你的秘密前会先用叉子把自己的眼睛戳出来，"西蒙说，然后显得很忧虑，"等一下，你会要求我这么做吗？"

"我不知道。"克拉丽用手捂着脸。

"快告诉我。"他听起来听天由命了。

她叹了口气，伸手从口袋里掏出一只天鹅绒小袋子倒在桌子上。两只金戒指掉了出来，落在桌子上，发出轻柔的叮当声。

西蒙疑惑不解地看着戒指。"你想结婚？"

"别说傻话，"她趴到前面，放低声音，"西蒙，这是那对戒指。希丽宫女王想要的戒指。"

"我想你说过你没有拿到它们——"他停了下来，抬起眼睛看着她的脸。

"我说谎了。我确实拿到了它们。可是我在图书室看到杰斯后，就不再想把它们交给希丽宫女王了。我有种感觉，我们可能有一天会需要它们。我也明白了她永远都不会给我们任何有用的信息。这戒指似乎比和希丽宫女王再打一轮交道更有价值。"

西蒙把戒指抓在手里，凯莉经过的时候他把它们藏了起来。"克拉丽，你不能把希丽宫女王想要的东西放在自己身边。有她做敌人，是非常危险的。"

她恳求地望着他。"我们能至少看看它们有没有用吗？"

他叹了口气，递给她一只戒指；戒指感觉很轻，可是和真金一样柔软。有一会儿她担心大小会不合适，可是她一套上右手食指，它似乎就按照手指的形状塑形，直到完美地套在指关节下面的位置。她看到西蒙低头看着他的右手，然后意识到他也做了同样的事情。

"现在我猜我们要说话，"他说，"跟我说些什么。你知道，通过意念。"

克拉丽转向西蒙，感到非常荒唐，仿佛要求她演一部没有记住台词的戏。西蒙？

西蒙眨着眼睛。"我想——你能再说一次吗？"

这次克拉丽全神贯注，尽量把意识集中在西蒙身上——他的西蒙特性、他思考问题的方式、听到他声音的感觉、他靠近时的感觉。他的耳语、他的秘密、他让她发笑的样子。那么，她用对话的形式想，现在我在你的意识里，想看一些杰斯的裸照？

西蒙惊得一跳。"我听到了！嗯，不要。"

克拉丽的血管中充满了兴奋的泡泡；它有用。"回应我。"

这用了不到一秒。她听到了西蒙的话，就像她听到撒迦利亚使者说话那样，在她意识里无声的话语。你见过他的裸体？

呃，不全裸。可是我——

"够了，"他说出了声，虽然他的声音介于好笑和担忧之间，可是他的眼睛却充满神采，"它们有用。它们真的有用。"

她倾身向前。"所以我能告诉你我的主意吗？"

他摸着手指上的戒指，感受着它精美的花饰，那些雕刻出来的叶脉在他的指尖下。当然。

她开始解释，可是她还没有说完，西蒙就打断了她，这次是出声的。"不。绝对不行。"

"西蒙，"她说，"这是一个完美的计划。"

"你跟着杰斯和塞巴斯蒂安去某个未知的次元袋，然后我们用这对戒指交流，这样我们这些在正常地球次元的人就可以追踪你？"

"是的。"

"不，"他说，"不行。"

克拉丽往后靠。"你不能就这样说不。"

"这个计划包括我！我要说不！不。"

"西蒙——"

西蒙轻轻拍着他旁边的那个座位，好像有人坐在那儿。"让我介绍你认识我的好朋友'不'。"

"也许我们可以折中一下。"她咬了一口派,建议道。

"不。"

"西蒙。"

"'不'是个神奇的字眼,"他告诉她,"是这样的。你说:'西蒙,我有一个疯狂的自杀式计划。你要帮我实行吗?'而我说:'天啊,不。'"

"反正我要实行。"她说。

他在桌子对面盯着她。"什么?"

"不管你帮不帮我,我都要实行,"她说,"如果不能用戒指,我还是要跟随杰斯,他去哪儿我就去哪儿,然后如果可能的话,通过偷偷溜走、找个电话,或者随便什么方式,想办法把信息发送给你们这些人。我要去做,西蒙。如果你帮助我,我存活的机会会更大。而且对你没有风险。"

"我不在乎对我的风险,"他从桌子对面探过身来,生气地说,"我在乎你会发生什么!去他妈的,我其实是不可摧毁的。让我去。你待在后面。"

"对,"克拉丽说,"杰斯根本不会觉得奇怪。你就可以告诉他你一直都悄悄爱着他,你无法忍受和他分开。"

"我可以告诉他我想了一下,完全同意他和塞巴斯蒂安的理念,决定和他们共命运。"

"你连他们的理念是什么都不知道。"

"没错。还是告诉他我爱他可能会更好。反正杰斯觉得每个人都爱他。"

"可是我,"克拉丽说,"真的爱他。"

西蒙在桌子对面看了她很长时间,没有说话。"你是认真的,"他最后说,"你真的要这么做。没有我——没有任何安全网。"

"没有什么我不能为杰斯做的。"

西蒙的头向后靠着座位的塑料隔间,该隐印记在他皮肤的映衬下发出柔和的银色微光。"不要那么说。"他说。

"难道你不会为你爱的人做一切事情吗?"

"我会为你做任何事情,"西蒙安静地说,"我愿意为你死。你知道的。可是我会杀死别人,无辜的人吗?如果是许多无辜的生命呢?如果是整个世界呢?告诉一个人如果要从他和地球上的所有其他生命之间做出选择,你会选择他,这真的是爱吗?那——我不知道,那真的是一种有道德的爱吗?"

"爱不分道德或不道德,"克拉丽说,"它就是爱。"

"我知道,"西蒙说,"但是我们以爱的名义采取的行动,道德或者不道德。正常情况下，这并不重要。正常来说——无论我觉得杰斯多么烦人——他都永远不会让你做任何违背你天性的事情。不为他，也不为任何人。可是他不再是真的杰斯了，他是吗？我不知道，克拉丽。我不知道他可能会让你做什么。"

克拉丽把手肘斜撑在桌子上，突然疲惫极了。"也许他不是杰斯。可是他是我能看到的最接近杰斯的东西。没有他，就没办法找回杰斯，"她抬起眼睛迎着西蒙的目光，"或者你是在告诉我没有希望了吗？"

出现了长久的沉默。克拉丽可以看出西蒙与生俱来的诚实在和要保护他最好的朋友的愿望作斗争。最后他说："我永远都不会那么说。我仍然是犹太人，你知道的，即便我是吸血鬼。在我的心里，我记得，也相信，即使有的字我不能说。上——"他哽咽了，吞咽着口水。"他和我们订了盟约，就像暗影猎手相信拉结尔和他们订了盟约。我们相信他的诺言。所以你永远不要失去希望——以色列国歌①——因为如果你让希望活着，你就会活着。"他显得有点不好意思。"我的拉比过去常这样说。"

克拉丽伸过手握住了西蒙的手。他很少和她或任何人谈论他的宗教信仰，虽然她知道他相信宗教。"这表示你同意了？"

他哼道："我觉得这表示你摧毁了我的精神，打败了我。"

"太好了。"

"你当然知道你把广而告之的任务落在了我的头上——你妈妈、卢克、亚历克、伊莎、马格纳斯……"

"我想我不应该说这件事对你没有风险。"克拉丽温顺地说。

"没错，"西蒙说，"只是记住，如果你妈妈像一头和幼崽分离的狂怒的母熊那样咬我的脚踝，我是为了你才这么做的。"

乔丹才刚刚睡着，又传来了砰砰的敲门声。他叹了口气，翻身起来。床头的闹钟一闪一闪的黄色数字显示是凌晨四点。

砰砰声又响了。乔丹不情愿地站起来，套上牛仔裤，摇摇晃晃地走进过道。他睡眼惺忪地拉开了门。"看——"

他的话停住了。站在过道上的是迈亚。她穿着牛仔裤、焦糖色的皮夹克，头发用棕色的长发簪挽在脑后，还有一缕散落的头发垂在太阳穴上。乔丹的手指痒痒得想伸出去帮她把头发放到耳后，可是他把手插入了牛仔裤的口袋里。

---

① 以色列国歌为《希望之歌》。

"T恤不错。"她说着稍稍瞥了一眼他光着的胸膛。她的一只肩上背着一只背包。有一会儿他的心脏跳个不停。她要离开这座城市了吗？她要远离他吗？"听着，乔丹——"

"是谁？"乔丹背后的声音很沙哑，就好像她刚刚离开的床铺一样皱着。他看见迈亚的嘴巴张开了，他回头看见伊莎贝尔，只穿了一件西蒙的T恤，站在他身后揉着眼睛。

迈亚的嘴巴一下子闭了起来。"是我，"她的语气不是特别友好，"你……是来找西蒙吗？"

"什么？不，西蒙不在这儿，"闭嘴，伊莎贝尔，乔丹狂乱地想着，"他……"她含混不清地打着手势，"出去了。"

迈亚的脸红了。"这里闻着像个酒吧。"

"乔丹的廉价龙舌兰，"伊莎贝尔摆着手说，"你知道……"

"这也是他的T恤？"迈亚问。

伊莎贝尔低头扫了一眼自己，然后又抬头看着迈亚。她这时似乎才意识到另一个女孩是怎么想的。"哦，不，迈亚——"

"所以先是西蒙背叛我，和你在一起了，现在你和乔丹——"

"西蒙，"伊莎贝尔说，"也背叛了我，和你在一起。不管怎样，我和乔丹什么都没有。我过来找西蒙，可是他不在这里，所以我决定闯入他的房间。现在我要回那里了。"

"不，"迈亚严厉地说，"别走。别管西蒙和乔丹，我要说的你也要听。"

伊莎贝尔一只手放在西蒙房间的门上，僵在了那里，她脸上因睡眠带来的红晕也慢慢消退了。"杰斯，"她说，"你是因为这个来这里的？"

迈亚点点头。

伊莎贝尔跌在门上。"他——"她的声音呜咽了，然后她又说道，"他们已经找到——"

"他回来了，"迈亚说，"来找克拉丽。"她停了一下。"他和塞巴斯蒂安在一起。他们打了起来，卢克受伤了，奄奄一息。"

伊莎贝尔的喉咙里发出干哑的低声。"杰斯？杰斯伤了卢克？"

迈亚躲开她的目光。"我不确切知道发生了什么。只知道杰斯和塞巴斯蒂安来找克拉丽，然后发生了打斗，卢克受伤了。"

"克拉丽——"

"没事。她和她妈妈在马格纳斯家。"迈亚转向乔丹。"马格纳斯打电话给我，让我来找你。他试过跟你联系,可是没联系上。他想让你帮他和卢普斯护卫队取得联系。"

"帮他和……取得联系,"乔丹摇起了头,"你不能直接找护卫队。它不是1-800①那样的狼人。"

迈亚抱起双臂。"好吧,那你怎么和他们联系?"

"我有一个上级。需要的话他联系我,或者紧急情况下我可以去找他——"

"这就是紧急情况,"迈亚把大拇指别在牛仔裤的腰带圈上,"卢克可能会死,马格纳斯说护卫队也许有能帮得上忙的信息。"她看着乔丹,眼睛又大又黑。他想着应该告诉她,护卫队不喜欢参与圣廷的事情;他们只做自己的事,完成他们的使命——帮助新暗影魅族。不能保证他们会同意帮忙,而且极有可能他们会拒绝请求。

可是是迈亚请求他。这可能是在弥补他以前所做的事的漫长道路上,他可以为她迈出的一步。

"好吧,"他说,"那么,我们去他们的总部,亲自去找他们。他们去长岛的诺斯福克了。那地方很远。我们可以坐我的卡车去。"

"好,"迈亚把她的背包往上拎了拎,"我想到我们可能要去什么地方,所以我带了我的东西。"

"迈亚。"是伊莎贝尔。她这么长时间都没说话,乔丹差点都忘了她在那儿。他转身看见她靠在西蒙房间的门上。她抱着自己的身体,似乎很冷。"他还好吗?"

迈亚眨眨眼睛。"卢克?不好,他——"

"杰斯,"伊莎贝尔吸着气说,"杰斯好吗?他们伤害他或者抓到他了吗?"

"他很好,"迈亚冷冷地说,"他走了。他和塞巴斯蒂安消失了。"

"西蒙呢?"伊莎贝尔的目光突然转向乔丹,"你说他和克拉丽在一起——"

迈亚摇头。"他没有。他不在那里,"她的手紧紧抓着背包的带子,"但是有一件事我们现在知道,而你不会喜欢的。杰斯和塞巴斯蒂安不知怎么连在了一起。伤到杰斯,就会伤到塞巴斯蒂安。杀了他,塞巴斯蒂安就会死。反过来也一样。马格纳斯亲口说的。"

"圣廷知道吗?"伊莎贝尔马上问,"他们没有告诉圣廷,对吧?"

迈亚摇摇头。"还没。"

---

① 1-800-Flowers 为美国一家著名公司的名称,主要经营花卉和美食礼品并提供递送服务,客户可通过电话及互联网订购。此处借以指任何人都可以接触、联系。

"他们会发现的,"伊莎贝尔说,"整个狼群都知道。有人会说的。然后会有追捕。他们会为杀塞巴斯蒂安杀了他。他们无论如何都会杀他。"她伸出手划过她浓密的黑发。"我想找我哥哥,"她说,"我想见亚历克。"

"嗯,很好,"迈亚说,"因为马格纳斯给我打了电话,他随后又发了条短信。他说他有种感觉你会在这里,所以他有消息要带给你。他想让你去他布鲁克林的公寓,马上。"

外面滴水成冰,非常寒冷,虽然伊莎贝尔在身上画了保暖如尼文——还有她从西蒙衣橱里拿的一件薄风雪衣——可是当她推开马格纳斯家公寓所在的大楼前门钻进去时,她还是冷得发抖。

按了门铃后,她走上楼梯,用手一路扶着开裂了的扶手。她知道亚历克在那里,会理解她的感受,所以一部分的她想要冲上楼梯。而另一部分的她,一直向她的哥哥们隐藏起她父母秘密的那部分,想要蜷缩在楼梯平台上,独自留着她的悲伤。讨厌依赖任何人的那部分——因为他们难道不就是会让你失望吗?——骄傲地说伊莎贝尔·莱特伍德不需要任何人提醒自己,她来这里是因为他们让她来的。他们需要她。

伊莎贝尔不介意被人需要。事实上,她还挺喜欢。这就是为什么杰斯第一次通过移空门从伊德里斯过来时,她用了更长的时间才和杰斯走近,一个十岁的男孩,淡金色的眼睛布满忧郁。亚历克立刻喜欢上了他,而伊莎贝尔却反感他的沉着冷静。她的妈妈告诉她,杰斯的父亲被人当着他的面杀害了时,她还以为他会哭着来找她寻求安慰,甚至是建议。可是他似乎不需要任何人。即便只有十岁,他就具备了一种鲜明的防卫式智慧和尖刻的气质。事实上,伊莎贝尔沮丧地认为他就像她一样。

最后是暗影猎手的事业让他们建立了亲密的关系——对尖刀利刃类武器的共同爱好、闪光的六翼天使、烧灼的印记所带来的疼痛的快感、打斗时令人麻木的敏捷。亚历克想要和杰斯单独出去追捕什么,留下伊莎贝尔时,杰斯会为她说话:"我们需要她,她是最好的。当然,除了我。"

就为这个,她也喜欢他。

她现在在马格纳斯的公寓门口。光从门下的缝隙中透过,她听到咕咕哝哝的说话声。她推开门,一阵温暖的热浪包围了她。她感激地向前走去。

热浪来自壁炉里跳跃的火焰——然而大楼上并没有烟囱,而且火焰带有魔法火焰的蓝绿色。马格纳斯和亚历克坐在摆放在壁炉旁边的一张长沙发上。她进来

第七章 | 巨　变

时，亚历克抬头看见了她，立即站了起来，光着脚匆忙跑过房间——他穿着黑色的运动裤和一件白T恤，领子已经磨损了——拥抱她。

她静静地在他的怀里靠了一会儿，听着他的心跳，他的手有点笨拙地在她背上和头发上轻轻拍着。"伊莎，"他说，"会没事的，伊莎。"

她推开他，擦着眼睛。上帝啊，她讨厌哭。"你怎么能这么说？"她厉声说道，"这一切发生之后怎么可能会没事？"

"伊莎。"亚历克把妹妹的头发放到一边肩上，轻轻拉着。这让她想起她以前经常把头发编成辫子，亚历克会拽她的辫子，用的力气比现在可重多了。"不要垮掉。我们需要你，"他放低了声音，"还有，你知道你闻起来有一股龙舌兰酒味吗？"

她望着远处的马格纳斯，他正在沙发上用他难以捉摸的猫一样的眼睛看着他们。"克拉丽在哪儿？"她说，"还有她妈妈呢？我还以为她们在这儿。"

"睡了，"亚历克说，"我们觉得她们需要休息。"

"我不需要吗？"

"你刚才看到你的未婚夫或你的继父差点在你面前被杀死吗？"马格纳斯不以为然地问。他穿着条纹睡衣，外面还裹着一件黑色的丝绸长袍。"伊莎贝尔·莱特伍德，"他说着坐起身来，双手松弛地在身前交握着，"就像亚历克说的，我们需要你。"

伊莎贝尔站直了身体，挺起肩膀。"需要我做什么？"

"去找钢铁修女，"亚历克说，"我们需要一件能分开杰斯和塞巴斯蒂安的武器，以便他们能分别被伤到——好吧，你知道我的意思。这样可以杀了塞巴斯蒂安而不伤到杰斯。圣廷知道杰斯不是塞巴斯蒂安的囚徒，而是和他合作，只是时间问题——"

"那不是杰斯。"伊莎贝尔抗议。

"那可能不是杰斯，"马格纳斯说，"可是如果他死了，你的杰斯就和他一道死了。"

"你知道的，钢铁修女只和女人说话，"亚历克说，"乔斯琳不能自己去，因为她已经不是暗影猎手了。"

"那克拉丽呢？"

"她还在训练当中。她不知道怎么问合适的问题，也不知道怎么去称呼她们。可是你和乔斯琳知道。而且乔斯琳说她以前去过那儿；你们两个都去，早上去，一旦我们通过移空门把你们送到埃德蒙要塞周围的法术屏障边缘，她能帮忙引

87

导你。"

伊莎贝尔考虑了一下。终于能做点什么，做点明确的、积极的和重要的事情的想法让她松了口气。她更喜欢比如杀死恶魔或砍下塞巴斯蒂安的腿这样的任务，可是这总比什么都没有好。围绕着埃德蒙要塞的传说让它听起来像是一个禁止入内的遥远地方，钢铁修女也远远比无声使者难以见到。伊莎贝尔从没见过一个。

"我们什么时候出发？"她说。

自从她来了以后亚历克第一次笑了，伸手去揉她的头发。"这才是我的伊莎贝尔。"

"停。"她从他的手下躲开，看见马格纳斯在沙发上对他们咧着嘴笑。他撑着沙发站起来，用手挠了挠已经爆炸般竖起尖状的黑发。

"我有三间客房，"他说，"克拉丽住一间，她妈妈住另一间。我带你看看第三间。"

这些房间都位于客厅一端一条狭窄而没有窗户的过道周围。两扇房门关着；马格纳斯领着伊莎贝尔走到第三个房间，房间的墙壁刷成了艳红色。黑色的窗帘从窗户上方的银色杆子上垂落下来，用手铐固定了起来。床罩上印着一颗暗红色的心形。

伊莎贝尔打量着四周。她感觉有些紧张不安，一点也不想睡觉。"手铐不错。我明白了你为什么不让乔斯琳住这间。"

"我需要东西固定住拉开的窗帘，"马格纳斯耸了耸肩，"你有东西盖吗？"

伊莎贝尔只点了点头，不想承认她从西蒙的公寓带来一件西蒙的T恤。吸血鬼没有什么体味，可是这件T恤仍然带着他的洗衣皂那种让人安心的微弱气味。"有点奇怪，"她说，"你要求我马上过来，只是让我上床睡觉，告诉我我们将于明天开始行动。"

马格纳斯斜靠着房门旁边的墙壁，双手抱在胸前，用他狭长的猫一般的眼睛看着她。有一会儿他让她想起了丘奇，只是他不可能咬人。"我爱你哥哥，"他说，"你知道这个，对吧？"

"如果你是想从我这儿获得和他结婚的允许，就直接继续，"伊莎贝尔说，"秋天也是结婚的好时候。你可以穿橙色的燕尾服。"

"他不开心。"马格纳斯说，仿佛她没有说话一样。

"他当然不开心，"伊莎贝尔说，"杰斯——"

"杰斯。"马格纳斯说，他的双手在身体两侧攥起了拳头。伊莎贝尔看着他。她一直以为他不介意杰斯，甚至喜欢杰斯。

第七章 | 巨　变

她大声说了出来。"我以为你和杰斯是朋友。"

"不是这样，"马格纳斯说，"有些人——整个宇宙似乎都挑出那些人去经历特殊的命运、特殊的恩宠和特殊的考验。上帝知道我们都被美丽和破碎的东西吸引；我曾经就是，可是有些人是无法修补好的。或者如果他们可以，只能用巨大的爱和牺牲，甚至会毁灭给予者。"

伊莎贝尔缓慢地摇着头。"你把我弄糊涂了。杰斯是我们的兄弟，可是对亚历克来说——他也是杰斯的生死搭档。"

"我知道，"马格纳斯说，"我知道生死搭档非常亲密，他们几乎是同一个人。你知道如果他们其中一个死了，留下的那个会怎么样吗？"

"住口！"伊莎贝尔用手捂着耳朵，然后又慢慢放下。"你怎么敢，马格纳斯？"她说，"你怎么敢让事情比原来更糟糕。"

"伊莎贝尔，"马格纳斯的手松开了，他看起来眼睛睁得有点大，好像他的爆发让自己都觉得惊讶，"对不起。我忘了，有时候……哪怕用上你全部的自控力和能量，你也有和亚历克一样的脆弱。"

"亚历克没什么脆弱的地方。"伊莎贝尔说。

"不，"马格纳斯说，"随心去爱，那需要力量。问题是，我是为了他才想让你来这儿。有些事情我无法为他做，无法给他。"有一会儿马格纳斯自己看起来脆弱得奇怪。"你认识杰斯的时间和他一样长。你可以给他我无法给的理解。他爱你。"

"他当然爱我。我是他妹妹。"

"血缘不是爱，"马格纳斯说，他的声音有些苦涩，"只要问问克拉丽。"

克拉丽穿过移空门，就好像是从一支来复枪的枪管中发射了出去，飞到了另一端。她向地面跌落下去，脚重重地着地，一开始站住了。可这个姿势只持续了片刻，由于越过移空门眩晕得厉害，无法集中精神，她失去平衡摔到地面上，好在有她的背包垫在身下。她叹了口气——有一天，所有的训练都会起效的——然后站起身来，把牛仔裤沾上的灰尘拍掉。

她站在卢克的房子前面。河水在她身后闪着波光，城市在河那边升起，仿佛灯光森林。卢克的房子和他们几小时前离开时一样，锁着门，黑洞洞的。克拉丽站在通往前门台阶的石头和泥土砌成的小径上，用力地吞咽着口水。

她用左手手指慢慢地触摸右手上的戒指。"西蒙？"

立即传来了回复。"嗯？"

"你在哪儿？"

"向地铁走去。你通过移空门到家了吗？"

"卢克家。如果杰斯像我想的那样回来，他就会来这儿。"

一阵沉默。"好吧，我想如果你需要我，你知道怎么找到我。"

"我知道，"克拉丽深呼吸了一下，"西蒙？"

"嗯？"

"我爱你。"

停顿了一下。"我也爱你。"

这就结束了。不像你挂上电话，没有咔嗒声。克拉丽感觉到他们的连接断了，好像一根带子在她头脑中被割断了。她疑惑着亚历克说打破生死搭档联结的意思是不是就是这样。

她向卢克的房子走去，慢慢地迈上了台阶。这是她的家。如果杰斯要回来找她，就像他用嘴型向她表示他会的那样，他就会来这里。她在最高的一级台阶坐下，把背包放到膝头，等待。

随着克拉丽的声音从头脑中消退，西蒙坐在公寓里冰箱前面喝掉最后一口冰血。他刚刚到家，公寓里黑洞洞的，冰箱的嗡鸣声很大，而且这个地方闻起来有一股奇怪的——龙舌兰味？也许乔丹喝酒了。不管怎样，他的卧室门关着，不是西蒙责怪他睡觉不关门的样子；现在是凌晨四点。

他把瓶子放回到冰箱里，然后去他的房间。这是他一周来在家里睡觉的第一个夜晚。他已经变得习惯于和一个人睡在一张床上，在夜里滚到一个人的身体上。他喜欢克拉丽靠着他的样子，把手放在头下面蜷缩着身体睡觉；而且，如果他必须向自己承认的话，他喜欢她除非和他在一起就睡不着这一点。这让他感觉自己不可或缺，被人需要——乔斯琳似乎并不在意他是不是在他女儿的床上睡觉，即使这一事实表明克拉丽的妈妈显然认为，他在两性关系上不存在威胁。

当然，他和克拉丽经常一起睡觉，从他们五岁的时候一直到大概十二岁。他想着可能与此有关，一边推开了他的卧室门。大多数那样的夜晚他们都会进行热闹的活动，比如比赛看谁能最慢地吃掉一个瑞滋花生黄油杯，或者他们会偷偷拿进来一台 DVD 播放器——

他眨了眨眼睛。他的房间看起来没什么不同——光秃秃的墙，多层塑料架，上面放着他的衣服，他的吉他挂在墙上，地上是只床垫。可是床上有一张纸——白白的方形放在磨破的黑色毯子上。潦草环形的字体很熟悉，伊莎贝尔的。

他捡起来，读着：

第七章 | 巨　变

　　西蒙，我一直试着给你打电话，可是你的手机好像关机了。我不知道你现在在哪儿。我不知道克拉丽是不是已经告诉了你今天晚上发生的事。但是我要去马格纳斯家了，我真想你在那儿。

　　我从来都没怕过，可是我为杰斯害怕，我为我哥哥害怕。我从来没求过你任何事情，西蒙，可是我现在求你。请你过来。

伊莎贝尔

　　西蒙让信从他手里飘落下来。他走出公寓，脚不沾地地迈下了台阶。

　　西蒙抵达时，马格纳斯的公寓很安静。火光在壁炉中闪烁，马格纳斯坐在壁炉前堆了过多东西的沙发上，一只脚跷在咖啡桌上。亚历克睡着了。巫师看着火焰的目光杳渺而悠远，仿佛在看着往昔的岁月。西蒙不禁想起马格纳斯有一次跟他说过的关于永生的话：

　　有一天将只有你和我两个人留在世上。

　　西蒙打了个寒战，马格纳斯抬起头。"伊莎贝尔打电话让你过来的，我知道，"他低声说道，以免吵醒亚历克，"她在过道那边——左边第一间就是。"

　　西蒙点点头，向马格纳斯的方向致了下意，沿着过道走去。他感到格外的紧张，好像在为第一次约会做准备。在他的记忆中，伊莎贝尔以前从来没有要求他帮忙或要求他在她身边，从来没有承认过她需要他，不管是以何种方式。

　　他推开左边第一间卧室的房门走了进去。里面黑乎乎的，关着灯；要不是西蒙有吸血鬼的视力，他可能只能看到一片黑暗。正如房间里的情况那样，他看见一只衣橱、搭着衣服的椅子，还有一张床的轮廓，床上的被子铺展开来。伊莎贝尔侧身睡着，黑色的头发在枕头上散落成扇形。

　　西蒙看着她。他以前从来没有见过伊莎贝尔睡觉。她比平时的样子显得年纪更小，脸部表情很放松，长长的睫毛覆盖在颧骨的顶端。她的嘴巴微微张着，脚蜷缩在身下。她只穿了一件T恤——他的T恤，这是一件破旧的蓝色T恤，前面印着"尼斯湖水怪冒险俱乐部：寻找答案，忽视事实"。

　　西蒙在身后关上房门，比预期的更失望。他没想到她已经睡着了。他还一直想和她说说话，听听她的声音呢。他踢掉鞋子，躺在她旁边。她在床上占据的地方绝对比克拉丽多。伊莎贝尔很高,几乎和他一样高,虽然他把手放在她的肩膀上时,感觉她骨骼纤细。他用手摸着她的胳膊。"伊莎?"他说,"伊莎贝尔?"

她嘟哝着把脸埋到枕头里。他倾下身来靠得更近了——她身上一股酒味,还有玫瑰香水的味道。嗯,答案就是这个了。他想过把她抱在怀里温柔地亲吻她,可是他可不想通过"西蒙·刘易斯,骚扰醉酒女人"的墓志铭被人记住。

他平躺下来盯着天花板看。石灰裂缝了,上面有水渍。马格纳斯真应该找人来这里修补一下。伊莎贝尔好像感觉到他在一样,翻过身侧身靠着他,柔软的脸颊靠着他的肩膀。"西蒙?"她醉着说。

"嗯。"他轻轻触摸她的脸。

"你来了,"她一只胳膊环抱住他的胸膛,挪了挪身体,头靠在西蒙肩上,"我还以为你不会来。"

他的手指划过她胳膊上的图案。"我当然来了。"

她接下来的话闷在了他的脖颈间。"对不起,我睡着了。"

他在黑暗中对自己微微笑了。"没事的。哪怕你想要的只是让我过来在你睡觉时抱住你,我也会来的。"

他感觉她身体绷紧了,然后又放松了。"西蒙?"

"嗯?"

"你能给我讲个故事吗?"

他眨眨眼。"什么样的故事?"

"好人赢了坏人输了的故事。而且死了。"

"所以,就像童话故事?"他说。他绞尽了脑汁,只知道一个迪士尼童话故事,脑海里浮现的第一个画面竟然是穿着贝壳文胸的爱丽尔。他八岁的时候暗恋她,不过这时好像不是提到这个的好时机。

"不,"这个字是吐着气说出来的,"我们在学校里学习童话。很多魔法都是真的——不过,随便了。不,我想听没听过的。"

"好吧。我有一个好故事,"西蒙抚摸着伊莎贝尔的头发,感觉她闭上眼睛时睫毛擦到了他的脖子,"很久以前,在很远很远的银河系里……"

克拉丽不知道太阳开始升起时,她在卢克家门前的台阶上已经坐了多久。太阳从他的房子后面升起,天空变成了深玫红色,河水呈现出一道冷冷的绿色。她一直在发抖,整个身体似乎都缩成了冷硬的一团。她使用了两道保暖如尼文,可是却没什么帮助;她感觉这种发抖不仅是生理的,也是心理的。

第七章 | 巨　变

他会来吗？如果他内心还是她认为的杰斯，他就会来；当他用嘴型表示他会回来找她，她知道他的意思是会尽快。杰斯没有耐心，他也不玩手段。

可是她等待的时间只能这么久。最终太阳会升起。新的一天会开始，她妈妈就会又看着她。她至少不得不再放弃杰斯一天。

她迎着日出的光明闭上眼睛，手肘撑在身后的台阶上。就那么片刻，她让自己飘浮在幻想中，一切还是原来的模样，什么都没改变，她今天下午会去找杰斯训练，或者是今晚去吃饭，而他会像平常那样抱着她让她大笑。

阳光温暖的触须抚摸着她的脸。她不情愿地睁开了眼睛。

而他在那里，向上迈着台阶向她走来，和平常一样，像只猫一样悄无声息。他穿了一件深蓝色的毛衣，这让他的头发看起来像阳光似的。她坐直了身体，心脏咚咚地跳了起来。明亮的阳光似乎给他的轮廓镶上了一圈金边。她想起在伊德里斯的那晚，烟花是怎样划过天空，让她想起在火光中坠落的天使。

他来到她身边，伸出了手；她抓着他的双手，让他把自己拉了起来。他浅金色的眼睛在她的脸上搜寻着。"我不确定你会在这儿。"

"你从什么时候开始对我不确定了？"

"你之前相当生气。"他用手捧着她的一边脸。他的手掌上有一道粗粗的伤疤；她能感觉到它挨着她的皮肤。

"所以如果我不在这儿，你会怎么办？"

他抱紧了她。他也在发抖，风吹起他那乱蓬蓬而又明亮的鬈发。"卢克怎么样？"

听到卢克的名字，她浑身又颤抖起来。杰斯以为她冷，把她抱得更紧了。"他会好的。"她防备地说。是你的错，你的错，你的错。

"我从来都没有要伤他，"杰斯的胳膊环抱着她，他的手指在她的脊背上来回慢慢地移动着，"你相信我吗？"

"杰斯……"克拉丽说，"你为什么在这儿？"

"再问问你。和我走。"

她闭上眼睛。"你不肯告诉我去哪里？"

"信任，"他轻声说，"你必须信任我。可是你也要知道——你一旦跟我走了，就不能回来。很长时间都不能。"

她想起她从加瓦·琼斯走出来时看见他在那里等着她的那个时刻。她的生活从某个方面来说在那个时刻改变了，永远都回不去了。

"从来都没有什么回不回来的，"她说，"和你在一起没有。"她睁开眼睛。"我们应该走。"

他笑了，笑容像破云而出的太阳般灿烂，她感觉他的身体也放松了。"你确定？"

"我确定。"

他倾身向前吻她。她伸出手抱着他，尝到他的唇上某种味道很苦的东西；然后黑暗降临，仿佛表示一出戏剧结束的帷幕。

卷·二

某些黑暗的事物

我爱你,像爱恋某些黑暗的事物。
——巴勃罗·聂鲁达①,《第十七首十四行诗》

---

① 巴勃罗·聂鲁达(Pablo Neruda, 1904—1973),智利著名诗人,著有《二十首情诗和一首绝望的歌》等。

第八章

真金不怕火炼

迈亚从没去过长岛，可是她想到长岛时，总是觉得它很像新泽西——大部分是郊区，居住的其实是在纽约或费城工作的人。

她把她的包丢到乔丹的卡车后面——这车极为陌生。以前他们约会的时候他开一辆破旧的红色丰田车，上面总是到处都是皱巴巴的旧咖啡杯和快餐袋，烟灰缸里堆满了香烟头。这辆卡车的车厢却比较干净，唯一的垃圾是乘客座上的一叠纸。她爬进来的时候，他一言不发地把纸拿到了一边。

谈话间他们穿过曼哈顿，驶上长岛高速公路，后来迈亚打起了盹，脸颊靠着车窗冰凉的玻璃。他们开过路上一处隆起的地方，把她往前一颠，她终于醒了。她眨了眨眼睛，用手揉着。

"对不起，"乔丹懊恼地说，"我原来打算让你一路睡到那儿的。"

她坐起身，看了看周围。他们驶在一条两车道的柏油路上，四周的天空刚开始发亮。路两边都是田野，偶尔有农舍或筒仓，远处还有周围用尖木桩围绕起来的木板房。

"好美。"她惊讶地说。

"嗯，"乔丹换了一下挡，清了清嗓子，"既然你都来了……我们到护卫队大楼以前，我能给你看样东西吗？"

她只犹豫了片刻，然后点了点头。现在他们驶下一条单车道的土路，路的两边都是树。大部分树都光秃秃的没有树叶；道路很泥泞，迈亚摇下车窗闻着空气的味道。树木，海水，稍微有些腐坏的树叶，在高高的草丛里奔跑的小动物。她又深呼吸了一下，就在这时他们从路上驶下，来到一处小小的圆形空地。他们面前就是海滩，一直延伸到深铁青色的海面。天空几乎是淡紫色的。

她望着乔丹，他正直视着前方。"我在护卫队大楼训练的时候，常常来这儿，"他说，"有时只是来看看海水，清理一下思绪。这里的日出……每一次都不同，可是都很美。"

"乔丹。"

他没有看她。"嗯？"

"我对以前的事很抱歉。对于在海军造船厂跑掉，你知道的。"

"没事。"他慢慢吐了口气，可是她能从他绷紧的双肩看出来，他的手似乎紧握着变速杆，可其实不是。她努力克制着不去看他胳膊上肌肉绷紧的形状，绷紧的肌肉凸显出他肱二头肌上的凹陷。"你要消化很多东西，我明白。我只是……"

"我想我们可以慢慢来。努力做朋友。"

"我不想做朋友。"他说。

她掩饰不住她的惊讶。"你不想？"

他把手从变速杆移到方向盘上。温暖的气体从车载空调喷涌而出，和迈亚打开的车窗外的冷空气混合在一起。"我们现在不应该谈这个。"

"我想谈，"她说，"我想现在谈。我们到护卫队大楼后，我不想强调我们的关系。"

他在座位上往下滑落了一点，咬着嘴唇，乱糟糟的棕色头发垂落在他的前额上。"迈亚……"

"如果你不想做朋友，那我们是什么？又是敌人了？"

他转过头，脸颊靠着车座靠背。那双眼睛和她记忆中的一模一样，淡绿褐色的，带着绿色、蓝色和金色的微粒。"我不想做朋友，"他说，"因为我仍然爱你。迈亚，你知道自从我们分手后，我都没有吻过别人吗？"

"伊莎贝尔……"

"想喝醉了说西蒙的事，"他把手从方向盘上拿开，伸过去摸她，接着却又放回到他的膝盖上，脸上显现出一种失败的表情，"我只爱过你。靠着思念你熬过我的训练，还有有一天我也许能弥补你的想法。我会的，任何方式都可以，除了一件事。"

"你不愿意做我的朋友。"

"我不愿意只是你的朋友。我爱你，迈亚。我爱着你。我一直都爱。我将永远都爱。只做你的朋友会杀了我。"

她看向车外的大海。太阳的边缘刚刚出现在水面上，阳光照亮了海面，一片紫色、金色和蓝色。"这里这么美。"

"所以我以前常常来这儿。我睡不着，于是就看日出。"他的声音很轻柔。

"你现在能睡着吗？"她转过身看他。

他闭上眼睛。"迈亚……如果你要说不，只想和我做朋友……那就说吧。把伤口上的邦迪撕下来，好吗？"

他似乎强撑着自己，仿佛在等待一记拳击。他的睫毛在脸颊上投下影子，橄榄色的脖子上有浅白色的伤疤，那是她留下的。她解开安全带，跨过后座向他靠近。她听到他的喘气声，可是她俯身下来亲吻他的脸时他没有动。她吸着他的气息，同样的香皂，同样的洗发水，却没有遗留的烟味。同样的男孩。她吻过他的脸，吻到他的嘴角，最后靠得更近了，吻上他的唇。

　　在她的唇下，他的嘴唇张开了，喉咙深处低声吼叫起来。狼人对待彼此并不温柔，可是他的双手轻轻抱着她，把她举起来放到他的腿上，随着他们吻得更深，他用双臂环抱起她。对他的感觉，他穿着灯芯绒衣服的手臂抱着她的温暖，他心脏的跳动，他嘴巴的味道，嘴唇、牙齿和舌头的碰撞，偷走了她的呼吸。她的手抚摸着他的脖子，感觉着他头发浓密柔软的发卷，和往常一模一样，她在他怀里融化了。

　　他们终于分开后，他的眼睛闪着光泽。"这个吻我等了好几年。"

　　她用一根手指划过他锁骨的线条。她能感觉到自己心脏的跳动。有一会儿他们不再是两个肩负使命去一个极其隐秘的组织的狼人——他们是两个十几岁的年轻人，在海滩上游玩。"达到你的期待了吗？"

　　"好多了，"他扬起嘴角，"这表示……"

　　"呃，"她说，"你和朋友不会做这种事情，对吧？"

　　"当然了。我要告诉西蒙。他会非常失望的。"

　　"乔丹。"她轻轻打了一下他的肩膀，可是她在笑，他也一样，脸上是那种不常见的咧大了嘴的傻笑。她倾身靠近，把脸埋在他的颈窝里，呼吸着清晨的空气，还有他的气息。

　　他们在冰冻的湖水上战斗，远处的冰城像盏灯一样发着微光。长着金色翅膀的天使和有黑色火焰般翅膀的天使。克拉丽站在冰面上，鲜血和羽毛洒落在她四周。金色的羽毛碰到她的皮肤时像火一样灼热，可是黑色的羽毛却像冰般冰冷。

　　克拉丽醒了，心脏还在咚咚直跳，身体裹在乱成一团的毯子里。她坐起来，把毯子褪到腰间。她在一个陌生的房间里，墙壁抹着白色的灰泥，她刚才睡在一张黑色木头的床上，仍然穿着前一天晚上的衣服。她从床上起来，赤裸的双足碰到冰凉的石头地面，环顾四周寻找她的背包。

　　她很容易就找到了，背包放在一把黑色的皮革椅子上。这个房间没有窗户，唯一的光线来自于头顶上方黑色雕花玻璃做成的吊灯。她用手在背包里翻找，恼怒地意识到有人已经查看过包里的东西了，虽然她对此并不感到惊讶。她的绘画盒不见了，里面有她的石杖。留下的东西只有她的梳子、一套换洗的牛仔裤和内衣。至少金戒指还在她的手指上。

她轻轻摸着戒指，用意念告诉西蒙："我进来了。"

没有回应。

"西蒙？"

没有回答。她压抑着不安。她不知道自己在哪儿、几点了，也不知道她在寒冷的室外待了多久。西蒙可能睡觉了。她不能惊慌，不能认为戒指没用。她只能顺其自然。找出她在哪里，学会她能做的。她可以以后再试着联系西蒙。

她深呼吸了一下，努力集中精神在周围的环境上。卧室有两扇门。她试了试第一扇门，发现打开后是一个玻璃和铬合金的卫生间，里面有只铜脚浴缸。这里也没有窗户。她快速冲了个澡，用一条毛茸茸的白毛巾擦干身体，然后换上干净的牛仔裤和卫衣，悄悄回到卧室，穿上鞋子去开第二扇门。

打开了。这里是——一栋独立房子的其余部分，还是公寓房？她在一个很大的房间中，房间的一半被一张长玻璃桌占据。天花板上悬挂着更多的黑色雕花玻璃吊灯，在墙壁上投射下摇曳的阴影。所有的东西都很现代，从黑色的皮革椅子到光亮的铬合金框架大壁炉，壁炉里燃烧着明亮的火焰。所以肯定有别人在家，或者是刚刚还在。

房间的另一半有一面硕大的电视屏幕，一张亮泽的黑色咖啡桌和低矮的皮沙发，咖啡桌上散落着游戏机和遥控器。一段螺旋形玻璃楼梯通往楼上。克拉丽扫了四周一眼，开始上楼。玻璃完全透明，让她觉得自己正踏着一架隐形楼梯通往天空。

二楼和一楼很像——浅白的墙壁，黑色的地面，一条长长的走廊，两边有门。第一扇门里面显然是主卧。一张巨大的黄檀木床上悬挂着白色的薄纱床帷，占据了房间的大部分空间。这里有窗户，玻璃是深蓝色的。克拉丽走到房间那边看窗外。

她疑惑了好一会儿自己是不是在阿利坎特。她看着运河那边的另一座建筑，它的窗户拉上了绿色的百叶窗。上面是灰色的天空，运河水是深蓝绿的，有两个人站在桥上。其中一个把相机举到脸上，显然在拍照。那么，不是阿利坎特。阿姆斯特丹？威尼斯？她到处寻找，想找办法打开窗户，可是似乎开不了；她敲着玻璃喊叫起来，可是从桥上经过的人没有注意到。过了一会儿他们走开了。

克拉丽回到卧室，走到一个衣橱前，打开了它。她的心抽紧了。衣橱里都是衣服——女人的衣服。华丽的衣服——蕾丝、丝缎、珠子和花朵。抽屉里放着女式背心和内衣，棉质和丝绸的上衣、裙子，但是没有牛仔裤和裤子。甚至还有排列好的鞋子，凉鞋和高跟鞋，还有折起来的几双长筒袜。她直直地看了一会儿，想着这里是不是还有另一个女孩，或者塞巴斯蒂安是不是异装癖。可是这些衣服上都有标签，所有的衣服都接近她的尺码。不仅如此，她瞪着眼睛慢慢发现衣服的体形和颜色都正好适合她——蓝色的、绿色的、黄色的，都是根据纤瘦的体形裁剪的。最后她拿出其中一件简单的上衣、一件前面带丝绸蕾丝的深绿色短袖衬衫。她把她已经磨损的上衣脱下扔在地上，耸起肩套上那件衬衫，看着安装在衣橱里面的镜子里的自己。

合身极了。完全贴合她小小的身材，紧贴着腰部，加深了她眼睛的绿色。她一把拽下标签，不想看这衣服多少钱，然后匆匆忙忙走出了房间，感觉脊背一阵颤抖。

下一个房间显然是杰斯的，她一走进去就知道了。有他的气味，像是他的古龙香水味，还有香皂以及他皮肤的味道。床是黑檀木的，上面是白色的床单和毯子，完美的搭配。这里和他学院的房间一样整洁。床边堆叠着书，书名有意大利文、法文和拉丁文。那把上面有鸟状图案的银色希伦戴尔匕首插在灰泥墙上。她近看时，发现匕首把一张照片钉在了墙上。一张她自己和杰斯的照片，是伊莎拍的。她记得那是十月晴朗的一天，杰斯坐在学院前面的台阶上，膝上摊着一本书。她坐在他上面的一级台阶上，一只手搭着他的肩膀，俯身看他在读什么书。他的手几乎是随意地放在她的手上，他在微笑。她那天没有能够看见他的脸，不知道他在那样微笑，一直到现在才知道。她的喉咙发紧，于是走出房间喘口气。

她严厉地告诉自己不能这样。似乎每一次看见杰斯现在的样子都是对她的一记重拳。她必须假装这无关紧要，就像她没有注意到任何不同。她又去了下一个房间，这是另一间卧室，和前面的那间差不多，可是这间很乱——床上是乱糟糟的黑色丝绸床单和加衬床罩，一张玻璃和钢铁做成的书桌上堆满了书和纸，到处都散落着男生的衣服。牛仔裤、外套、T恤，还有战斗服。她的目光落在立在床头柜上的某样发出银光的东西上。她走向前看看，难以相信自己的眼睛。

这是她妈妈的小盒子，上面有首字母J.C.的那只盒子。她妈妈以前每年都会把它拿出来，一年一次，对着它默默流泪，泪水顺着她的脸颊流淌，滴落在她的手上。克拉丽知道盒子里是什么——一缕头发，像蒲公英的茸毛一样又细又白；小孩衣服的碎片；一只婴儿鞋，小得能握在她的手掌里。她哥哥的零碎物品，是瓦伦丁做那些事之前，把他自己的儿子变成一个怪物前，她妈妈梦想中的孩子的一种拼凑。

J. C.。

乔纳森·克里斯托弗。

她的胃部抽搐起来，于是她快步从房间退了出来——直接撞上了一道活人的肉体墙。这人的胳膊抱住了她，抱得很紧，她看见他的胳膊纤细而肌肉发达，长满了细小的浅色汗毛，一时间她以为是杰斯抱住了她，开始放松下来。

"你在我房间里干什么？"塞巴斯蒂安在她耳边说。

伊莎贝尔经受过训练，无论晴雨，每天早上都会早早醒来，微微的宿醉也没能阻止。她慢慢坐起来，眨着眼睛低头看着西蒙。

她从来没有和别人在一张床上共度一整晚，除非算上四岁时害怕雷暴爬上父母的床。她禁不住看着西蒙，仿佛他是某种奇异的动物物种似的。他平躺着，嘴微微张着，头发垂落在眼前。普通的棕色头发，普通的棕色眼睛。他的T恤稍稍上卷，不像暗影猎手那样有那么多肌肉。他的腹部平坦，但是没有六块腹肌，脸上仍然有一丝柔软。他有什么让她喜欢的？他是非常可爱，可是她约会的对象有英俊非凡的精灵骑士、性感的暗影猎手……

"伊莎贝尔，"西蒙没有睁眼，说道，"不要盯着我看。"

伊莎贝尔心烦意乱地叹了口气，从床上爬起来。她在她的包里找出战斗服，然后走出去找卫生间。

过道走了一半，一扇门刚好开了，亚历克从一团水汽中走了出来。他腰里缠了一条浴巾，另一条披在肩膀上，用力地擦着他湿漉漉的黑发。伊莎贝尔觉得看到他并不应该感到惊讶；他和她一样，接受过训练，每天醒得很早。

"你一股檀香油味。"她问候他道。她讨厌檀香油的味道，她喜欢甜甜的味道——香草、肉桂和栀子花的香味。

亚历克看了看她。"我喜欢檀香油的味道。"

伊莎贝尔做了个鬼脸。

亚历克向她眨着湿漉漉的睫毛。"你会明白的——"

"如果你跟我说等我恋爱的时候就明白了，我就用那条浴巾闷死你。"

"你如果一直挡着我，让我不能回房间穿衣服，我就让马格纳斯召唤出小妖精把你的头发打成结。"

"哦，从我面前走开。"伊莎贝尔踢亚历克的脚踝，直到他不急不慢地走到过道里。她有种感觉，如果她转身看他，他一定正对她吐舌头，所以她没有回头。相反她把自己锁在卫生间，打开淋浴，将水量放到最大。然后她看着沐浴产品架，说了一个不淑女的字。

檀香油洗发水、护发素，还有香皂。呸。

当她终于穿着她的战斗服、把头发梳起来现身的时候，发现亚历克、马格纳斯和乔斯琳在客厅等着她。那里有甜甜圈和咖啡，她不想吃甜甜圈，想喝咖啡。她在咖啡里倒了许多牛奶，然后靠着椅背坐下来，看着乔斯琳，让伊莎贝尔惊讶的是，她也穿着——战斗服。

她觉得很奇怪。人们经常跟她说她长得很像她妈妈，虽然她自己看不出来，现在她疑惑克拉丽是不是也同样长得很像乔斯琳。同样的头发颜色，是的，而且同样的五官形状，头部同样地微微倾斜，同样绷着的顽固下巴。给人的感觉同样是这个人可能看起来像个瓷娃娃，可是内心却如钢铁一般。然而，伊莎贝尔希望，正如克拉丽遗传了她妈妈的绿眼睛那样，她也能同样遗传到玛丽斯和罗伯特的蓝眼睛。蓝色可比黑色有趣多了。

"至于无声之城，只有一个埃德蒙要塞，可是要找到它，却有许多门，"马格纳斯说，"离我们最近的一个在斯塔滕岛格里梅斯山上的圣奥吉斯丁修道院。亚历克和我会和你们一起通过移空门去那里，然后等你们返回，可是我们不能全程都和你们一起去。"

"我知道，"伊莎贝尔说，"因为你们是男生。胡渣男。"

亚历克用一根手指指着她。"认真对待这件事，伊莎贝尔。钢铁修女不像无声使者。她们不那么友好，而且她们不喜欢被人打扰。"

"我发誓会最乖，"伊莎贝尔说，然后把她的空咖啡杯放到桌子上，"我们走吧。"

马格纳斯疑虑地看了她一会儿，然后耸了耸肩。他的头发今天用定型发胶弄出无数个尖，眼睛上涂抹着黑色的眼影，使它们看起来比以往更像猫眼了。他从她身边经过，走到墙边，嘴里已经在念叨着拉丁语；移空门熟悉的轮廓，四周都是闪光符号的神秘门开始成形了。起风了，冷冽的风吹起伊莎贝尔的发梢。

乔斯琳先走上前，穿过移空门。这有点像看着一个人消失进水浪的侧面：银色的迷雾似乎把她吞噬进去，她带着微弱的闪光消失在里面，红色的头发颜色变得暗淡。

接着是伊莎贝尔。她已经习惯了通过移空门变换位置所带来的那种胃部下坠的感觉。她的耳朵里有种无声的吼叫，肺里没有了空气。她闭上眼睛，然后随着一阵旋风放开了她，她掉到了干枯的灌木丛里。她站起身来，从膝盖上拂去枯草，看见乔斯琳正看着她。克拉丽的妈妈张开嘴巴——亚历克出现的时候又闭上了。

亚历克掉进了伊莎贝尔旁边的草地里，然后是马格纳斯，闪闪发光、逐渐消失的移空门在他身后关上了。

即便是穿过移空门的旅行都没有弄乱马格纳斯的头发尖。他自豪地拽了拽其中的一根。"检查无误。"他对伊莎贝尔说。

"魔法？"

"发胶。在瑞奇卖 3.99 美元。"

伊莎贝尔对他翻了个白眼，转身开始打量新环境。他们站在山上，山顶上覆盖着干枯的灌木丛和枯萎的草，下面是秋日里发黑的树木。远处，伊莎贝尔看见一望无云的天空，还有将斯塔滕岛和布鲁克林连接起来的韦拉扎诺海峡大桥的顶端。她转过身看见身后的修道院，矗立在萧条的植被中间。这是一幢很大的红色砖石大楼，大部分窗户都破碎或者用木板钉上了。大楼上面到处都有涂鸦，红头美洲鹫受到这些游客到达的干扰，围绕着年久失修的钟楼盘旋。

伊莎贝尔眯起眼睛看着修道院，疑惑着这里是不是有魔法伪装需要去除。如果是，这是一种强大的魔法伪装。虽然她非常努力地查看，却什么也看不出，只能看到面前破败的大楼。

"没有魔法伪装，"乔斯琳说，这让伊莎贝尔吓了一跳，"你看到的就是本来的样子。"

乔斯琳向前费力地走去，靴子踩着面前干枯的野草。过了一会儿马格纳斯耸着肩跟在她后面，然后是伊莎贝尔和亚历克。没有路。树枝纠结缠绕，映衬在清朗的空气中，干枯的植被踩在脚下，发出噼啪的声音。他们走近大楼时，伊莎贝尔看见一片干草地被烧掉了，上面用油漆喷出五角形和如尼文圆圈。

"盲呆们，"马格纳斯说着，一边把一根树枝从伊莎贝尔前面举起，"玩他们的魔法小游戏，但并不真懂。他们经常被引到这样的地方——魔力中心——却不知道为什么。他们喝酒、玩闹、用喷漆喷墙，好像可以在魔法中留下人类的印记似的。可是却不能。"他们来到砖墙上一扇关着的木门前。"我们到了。"

伊莎贝尔用力地看着这扇门。这里也没有魔法伪装遮挡着门的感觉，虽然如果她努力集中起全部精神的话，可以看见微弱的闪光，就像水面上反射的阳光。乔斯琳和马格纳斯对视了一下，然后乔斯琳转向伊莎贝尔。"你准备好了吗？"

伊莎贝尔点点头，乔斯琳没有再耽搁，走上前穿过门板消失了。马格纳斯满怀期待地看着伊莎贝尔。

亚历克靠得她更近了，她感觉到他的手摩挲着她的肩膀。"别担心，"他说，"你会没事的，伊莎。"

她扬起下巴。"我知道。"她说，然后跟随着乔斯琳穿过了门。

克拉丽吸了一口气，可是她还没来得及回答，楼梯上便响起了脚步声，杰斯出现在通道那端。塞巴斯蒂安立即放开了她，把她转过来。他笑得像匹狼，揉了揉她的头发。"见到你很高兴，小妹。"

克拉丽简直无言以对。然而杰斯却相反；他悄无声息地向他们走来。他穿着黑色的皮夹克、白色T恤和牛仔裤，光着脚。"你在拥抱克拉丽吗？"他震惊地看着塞巴斯蒂安。

塞巴斯蒂安耸耸肩。"她是我妹妹。看到她我很高兴。"

"你不和人拥抱的。"杰斯说。

"没事，"克拉丽不在意地对她哥哥挥了一下手说，"我绊了一下。他只是防止我摔倒。"

即使塞巴斯蒂安惊讶于她护着他，也没有显露出来。他面无表情，这时她穿过通道向杰斯走去，杰斯亲了一下她的脸颊，他的手指碰到她的皮肤，冰凉凉的。"你在这里做什么？"杰斯问。

"找你，"她耸了耸肩，"我醒来找不到你。我想也许你睡了。"

"看来你发现了放衣服的地方，"塞巴斯蒂安挥手指了一下她的衬衫，"你喜欢吗？"

杰斯看了他一眼。"我们出去买食物了，"他对克拉丽说，"没什么特别的。面包和奶酪。你想吃午饭吗？"

就这样，几分钟后，克拉丽发现自己被安排在那张大玻璃桌旁边坐下。从摆放在桌子上的食物来看，她推断出她的第二个猜测是正确的。他们在威尼斯。桌子上有面包、意大利奶酪、萨拉米香肠和意大利五香火腿、葡萄、无花果果酱，还有意大利葡萄酒。杰斯坐在她对面，塞巴斯蒂安坐在桌头。这诡异地让她想起见到瓦伦丁的那晚，在纽约伦维克废墟，瓦伦丁是怎样坐在桌头，两边是杰斯和克拉丽，他是怎样给他们倒酒，告诉他们，他们是兄妹。

她现在偷偷瞥了一眼她真正的哥哥。她想起她妈妈看到他时的样子。瓦伦丁。可是塞巴斯蒂安和他们的父亲并不是一个模子刻出来的。她见过瓦伦丁在这个年纪时的照片。塞巴斯蒂安的脸庞有妈妈的清秀，不像父亲的五官那般坚硬；他很高，可是肩膀没那么宽，更柔软，更像猫。他有和乔斯琳一样的颧骨和精致柔和的嘴巴，还有瓦伦丁的黑眼睛和金白色头发。

他这时抬起头来，似乎发现她正盯着自己看。"酒？"他把酒瓶递给她。

她点点头，尽管她一直都不太喜欢葡萄酒的味道，而且去伦维克废墟之后还越发讨厌了。塞巴斯蒂安把酒倒满，这时她清了清嗓子。"所以，"她说，"这个地方——是你的吗？"

"是我们父亲的，"塞巴斯蒂安说着，放下了酒瓶，"瓦伦丁的。它会动，穿行于不同的世界——我们的世界和其他的世界。他以前把它用作一种旅行方式，也用作隐居的地方。他带我来过这里几次，向我演示怎样进出，以及怎样让它移动。"

"这里没有前门。"

"如果你知道怎么找到门，就有，"塞巴斯蒂安说，"爸爸将这里设计得很巧妙。"

克拉丽看向杰斯，他摇着头。"他从来没有指给我看，我也想不到它的存在。"

"这真像……单身公寓，"克拉丽说，"我没有想到瓦伦丁……"

"有平板电视？"杰斯对着她露齿而笑，"它没有频道，但是你可以在上面看DVD。以前在庄园我们有一台用巫光提供能源的冰箱。这里他有一台准零度冰箱。"

"那是给乔斯琳的。"塞巴斯蒂安说。

克拉丽抬起头。"什么？"

"所有现代的东西，电器，还有衣服，就像你现在穿的那件衬衫。那些都是给我们的妈妈的，万一她决定回来。"塞巴斯蒂安的黑眼睛迎上她的目光。她感觉有点恶心。这是我哥哥，而且我们在谈论我们的父母。她感到头晕目眩——太多事发生得太快，来不及消化。她一直都没有时间细想塞巴斯蒂安是她活生生的哥哥这一事实。到她弄明白他究竟是谁的时候，他已经死了。

"如果这有点奇怪，对不起，"杰斯指着她的衬衫道歉，"我们可以给你买些别的衣服。"

克拉丽轻轻摸了摸衣袖，料子像丝绸一样，很好，很昂贵。嗯，这解释了那件事——所有的衣服都接近她的尺寸，都是适合她的颜色。因为她长得和她妈妈很像。

她深呼吸了一下。"没关系，"她说，"只是——你们究竟在干什么？只是在这个公寓里四处旅行……"

"周游世界？"杰斯轻声说，"有更糟糕的事情。"

"可是你们永远都不能那么做。"

塞巴斯蒂安吃得不多，可是他喝了两杯酒。他正喝着第三杯，眼睛闪着亮光。

"为什么不能？"

"呃，因为——因为圣廷正在找你们两个，而你们不能永远都东躲西藏……"克拉丽从他们其中一个看向另一个，声音小了下去。他们有一样的表情——那种两个人都知道一件事而别人不知道的表情。长久以来，杰斯只有和她在一起的时候才会出现这样的表情。

塞巴斯蒂安柔声慢慢说道："你是在提问还是在描述自己的观察？"

"她有权知道我们的计划，"杰斯说，"她来这里的时候就知道她回不去了。"

"信念的飞跃。"塞巴斯蒂安说，一边用手指围绕酒杯的边缘转动。克拉丽看见瓦伦丁也这么做过。"对你。她爱你。所以她来这里。不是吗？"

"是又怎样？"克拉丽说。她猜想可以假装还有另一个原因，可是塞巴斯蒂安的眼睛又黑又敏锐，她很怀疑他会相信她。"我信任杰斯。"

"可是不信任我。"塞巴斯蒂安说。

克拉丽极为小心谨慎地选择下面的用词。"如果杰斯信任你，那么我也想信任你，"她说，"而且你是我哥哥，这也有点关系。"这个谎言让她嘴里一片苦涩。"可是我不怎么了解你。"

"那么，也许你应该花一点时间了解我，"塞巴斯蒂安说，"然后我们会告诉你我们的计划。"

我们会告诉你。我们的计划。在他的意识里只有他和杰斯；没有杰斯和克拉丽。

"我不喜欢把她蒙在鼓里。"杰斯说。

"我们一周后告诉她。一个星期有多大区别？"

杰斯看了他一眼。"两个星期前你还是死的。"

"好吧，可我没说两周，"塞巴斯蒂安说，"那样太傻了。"

杰斯的嘴角向上歪起。他看着克拉丽。

"我愿意等你信任我，"她说，知道她说对了，说得很聪明，虽然她讨厌这么做，"无论等多长时间。"

"一个星期。"杰斯说。

"一个星期，"塞巴斯蒂安同意，"这意味着她将留在这里。不能和任何人交流。不能为她开门，不能进出。"

杰斯向后靠着椅背。"如果我和她一起呢？"

塞巴斯蒂安目不转睛地瞧着他。他的神情显示出他非常精明。克拉丽意识到，他在考虑可以允许杰斯做什么。他在定夺可以给他的"兄弟"多少自由。"好吧，"

107

他最后说，声音里充满了屈尊俯就的感觉，"如果你和她一起。"

克拉丽低头看着她的酒杯。她听到杰斯低声回复着，可是却无法直视他。想到需要得到允许的杰斯——总是随心所欲的杰斯——让她觉得反胃。她想站起来把酒瓶摔到塞巴斯蒂安的头上，可是知道这是不可能的。砍他我会流血的。

"酒怎么样？"是塞巴斯蒂安的声音，语气中明显有种暗暗的愉悦。

她喝干了酒，被苦涩的味道呛住了。"很美味。"

伊莎贝尔来到一个陌生的环境中。低垂的灰黑色天空下，深绿色的平原在她面前一望无垠。伊莎贝尔戴上战斗服的风帽仔细打量，被眼前的风景吸引住了。她从来没有见过如此广袤的拱形天空，也没见过如此广阔的平原——平原上反射出光，宝石般的光，像苔藓的颜色。伊莎贝尔向前迈出一步，发现就是苔藓，生长在散落于煤黑色土地上的岩石之间。

"这是火山平原。"乔斯琳说。她站在伊莎贝尔旁边，风把她金红色的发绺从挽得很紧的发髻中吹散出来。她看起来和克拉丽那么像，给人的感觉甚至有点古怪。"这些曾经是熔岩层。这整个地方在某种程度上可能都是火山区。用阿达玛斯锻造武器，修女们需要极高的温度。"

"这么想会让你觉得暖和一些。"伊莎贝尔喃喃地说。

乔斯琳不动声色地看了她一眼，走了开去，伊莎贝尔觉得她是随便选了一个方向。伊莎贝尔连忙跟上。"有时候你那么像你妈妈，让我有点吃惊，伊莎贝尔。"

"我把这个当作是夸奖。"伊莎贝尔眯起眼睛。没有人能侮辱她的家人。

"这本来就不是侮辱。"

伊莎贝尔的目光盯着地平线，那里黑色的天空和宝石绿的地面连接了起来。"你对我父母了解多少？"

乔斯琳快速地瞥了她一眼。"我们在伊德里斯的时候很熟悉。我有很多年没见过他们了，直到最近。"

"他们结婚时你认识他们吗？"

乔斯琳开始走一段上坡路，所以她回答的时候有些气喘吁吁。"认识。"

"他们……相爱吗？"

乔斯琳一下停住了，转身看着伊莎贝尔。"伊莎贝尔，这是什么意思？"

"爱？"伊莎贝尔顿了一顿，提议道。

"我不知道你为什么会觉得我是这方面的专家。"

"呃，主要是，同意嫁给卢克前，你成功地让他的整个人生都以你为中心。这让人很羡慕。我希望我对一个男人也有那种力量。"

"你有，"乔斯琳说，"有那种力量。但这不是值得希望的东西。"她用手拢了拢头发，伊莎贝尔感觉有点震动。虽然乔斯琳和她的女儿长得很像，可是她修长的手，灵巧又精致，和塞巴斯蒂安的手很像。伊莎贝尔记得她把一只这样的手砍了下来，在伊德里斯的一个山谷里，她的鞭子划过他的皮肤和骨头。"你的父母不完美，伊莎贝尔，因为没有人是完美的。他们是复杂的人。而且他们刚刚失去了一个孩子。所以如果这是你父亲留在伊德里斯——"

"我父亲背着我母亲出轨了。"伊莎贝尔冲口而出，差点要用手捂住嘴巴。她一直守着这个秘密，守了很多年，对乔斯琳说出口不管怎样似乎都是种背叛。

乔斯琳的脸色变了，现在充满了同情。"我知道。"

伊莎贝尔深深地吸了口气。"大家都知道吗？"

乔斯琳摇头。"不，只有几个人。我……在一个有利的位置，所以知道。别的我不能说了。"

"是谁？"伊莎贝尔问，"他出轨的对象是谁？"

"你不认识她，伊莎贝尔——"

"你不知道我都认识谁！"伊莎贝尔提高了声音，"别再那样叫我的名字了，好像我是个小孩似的。"

"不应该由我告诉你。"乔斯琳断然说，然后又开始走路了。

伊莎贝尔赶忙跟上她。路面盘旋而上，越发陡峭了，长满绿色植被的山坡像面墙一样高高耸起在电闪雷鸣的天空下。"我有权知道。他们是我父母。如果你不告诉我，我——"

她停住了，用力地吸气。她们来到了山脊顶端，不知怎么地，她们面前突然出现了一座城堡，仿佛从地面上快速成长开放的花朵。城堡是用银白色的阿达玛斯雕刻成的，映照出朵朵白云的天空。塔顶是琥珀金的，高耸入云。城堡四周被高墙环绕，也是阿达玛斯砌成的，围墙上开了一个大门，由两把巨大的刀以一定的角度插入地下形成，让它们看上去像是一把狰狞的剪刀。

"埃德蒙要塞。"乔斯琳说。

"谢谢，"伊莎贝尔凶巴巴地说，"我猜出来了。"

乔斯琳的话让伊莎贝尔感到熟悉，因为她自己的父母就是这样。伊莎贝尔相当肯定这是父母对"十几岁孩子"说的话。然后乔斯琳开始下山向城堡走去。伊莎贝尔厌倦了追赶，大步走在她前面。她比克拉丽的妈妈高，腿也更长，如果她坚持把她当小孩子对待，她没有理由要等乔斯琳。她迈着重重的脚步下山，靴子踩碎了脚底的苔藓，冲进了剪刀状的大门——

然后她僵住了。她站在一小块露出地表的岩石上，在她面前，地层突然下陷，形成一个巨大的深沟，沟的底部，红色和金色的熔浆河在沸腾，包围了城堡。深沟太宽了，即使是暗影猎手也跳不过去，城堡唯一一个可以看见的入口是横跨深沟却合上的吊桥。

"有些事情，"紧靠着她的乔斯琳说，"不像一开始显得那么简单。"

伊莎贝尔吓了一跳，瞪大了眼睛。"所以没法偷偷靠近。"

乔斯琳只是双臂交叉抱在胸前，扬了扬眉毛。"霍奇肯定教过你接近埃德蒙要塞的正确方法，"她说，"毕竟，它和圣廷关系良好，对所有的女暗影猎手开放。"

"他当然教过。"伊莎贝尔高傲地说着，一边绞尽脑汁回想。只有那些有拿非力人血脉者……她伸手从头发上取下其中一根金属筷子。她扭了一下它的底部，它突然展开成了一把匕首，刀刃上刻着勇气如尼文。

伊莎贝尔把双手举到深沟上方。"Ignis aurum probat."她说，然后用匕首划开自己的左手掌；一道蓝光闪现，伴随着嘎吱嘎吱的响声。吊桥慢慢放下了。

伊莎贝尔笑了，把匕首的刀刃在她的战斗服上擦了擦。再一扭，它又变成了一根纤细的金属筷子，她重新插进了头发里。

"你知道那是什么意思吗？"乔斯琳看着正在往下放的吊桥问。

"什么？"

"你刚才念的。钢铁修女的箴言。"

吊桥几乎放平了。"它的意思是'真金不怕火炼'。"

"对，"乔斯琳说，"它们不光表示铸造和冶金，还表示逆境试验一个人的人格力量。在困难的时候，在黑暗的时代，有些人会闪光。"

"哦，是吗？"伊莎说，"呃，我讨厌黑暗和困难的时候。也许我不想闪光。"

吊桥搭在了她们的脚下。"如果你和你妈妈一样，"乔斯琳说，"你也会无能为力的。"

第九章

钢铁修女

亚历克用手高高举起巫光石,明亮的光线照射出来,一点一点地探照着市政厅地铁站。有老鼠吱吱叫,他跳了起来,跑过布满灰尘的月台。他是个暗影猎手,去过许多阴暗的地方,可是这个废弃车站的空气里有种东西让他感觉脊背一阵发冷。

也许是因为他觉得自己不忠诚才会觉得冷。马格纳斯一离开,他就从斯塔滕岛自己的保卫岗上溜走,下山去了渡口。他没有想过自己在干什么,就这样做了,仿佛被上了发条。如果他抓紧时间,肯定能在伊莎贝尔和乔斯琳回来前返回,任何人都不会知道他曾经离开过。

亚历克抬高了声音。"卡米尔!"他叫道,"卡米尔·贝尔科特!"

他听到一声轻笑,笑声在站台的墙上发出回声。然后她出现在那儿,台阶上面,巫光石的亮光让她变成了一个剪影。"亚历山大·莱特伍德,"她说,"上来。"

她消失不见了。亚历克跟随着手里巫光石射出的光线上了台阶,发现卡米尔在他之前来过的地铁站大厅里。她穿着昔日的时装——一条收腰天鹅绒长裙,头发梳成高高的金白色发卷,深红色的嘴唇。他猜想她很美,可是他不善于评判女性的吸引力,而且也无法遏制自己对她的恨意。

"这衣服是怎么回事?"

她微笑起来。她的皮肤非常光洁白皙,不见一丝暗沉——她最近喝了血。"市中心有化装舞会。我吃得很饱。你怎么在这儿,亚历山大?渴望跟人愉快地交谈?"

亚历克想,如果是杰斯,他肯定会有高明的回话,某种双关语或者是巧妙伪装起来的攻击。亚历克只是咬着嘴唇,说:"你对我说过,如果我对你的提议感兴趣,就回来找你。"

她用手划过长沙发椅背面,这是大厅里唯一的一件家具。"而你确定你有兴趣。"

亚历克点头。

她轻笑。"你明白你的要求吗？"

亚历克的心脏咚咚跳着。他不知道卡米尔能不能听见。"你说你能让马格纳斯变得不再长生不老。就像我。"

她张开丰满的嘴唇。"我说过，"她说，"我必须承认，我对你的兴趣感到怀疑。你离开得相当匆忙。"

"不要耍我，"他说，"我不是特别想要你提议的东西。"

"撒谎，"她漫不经心地说，"不然你不会在这儿。"她绕过长沙发椅，走近他，目光扫视着他的脸。"近距离看，"她说，"你长得不如我以为的那么像威尔。你和他肤色一样，可是脸型不同……也许你的下颚稍微有点柔弱——"

"闭嘴。"他说。好吧，他说话不像杰斯那般机智，可是这让人无法忍受。"我不想听威尔的事。"

"很好，"她倦怠地伸了伸腰，像只猫，"那是很多年前了，那时候马格纳斯和我是恋人。经过激情的一晚后，我们一起躺在床上。"她看见他退缩了，于是露齿而笑。"你知道枕边谈话是怎么回事，人们会暴露自己的弱点。马格纳斯跟我说过，有一种魔咒可以让一个巫师失去永生的能力。"

"我为什么不自己找出这种魔咒然后自己进行呢？"亚历克提高声音，嗓音嘶哑起来，"我为什么需要你？"

"首先，因为你是暗影猎手，你不知道怎么施加魔咒，"她平静地说，"其次，如果你这么做了，他会知道是你干的。如果我去，他会以为这是报复，怨恨我这一方，而我不在意马格纳斯怎么想。可是你在意。"

亚历克目光平稳地看着她。"你准备为我这么做，只是帮我？"

她大笑起来，笑声像叮当响的铃声。"当然不是，"她说，"你为我做件事，我也为你做件事。就这么简单。"

亚历克的手紧握着巫光石，石头的边缘嵌进了他的手掌。"你想让我为你做什么？"

"非常简单，"她说，"我想让你杀了拉斐尔·圣地亚哥。"

跨越环绕埃德蒙要塞的深沟的桥上排列着刀。刀插入地面，刀尖朝上，在桥面上的分布并不规则，所以只能非常缓慢地通过，要灵巧地找出下脚的地方。伊莎贝尔没有什么问题，可是看到已经有十五年不做活跃暗影猎手的乔斯琳是多么轻巧地走过，感到非常吃惊。

伊莎贝尔到达桥那端后，她的灵活如尼文在皮肤上消失了，留下了一道很浅的白色印记。乔斯琳只在她后面一步，虽然伊莎贝尔觉得克拉丽的妈妈让她生气，可是当乔斯琳举起手，巫光石照耀着前方，照亮了她们身处之地的时候，她很高兴。

墙壁是用银白色的阿达玛斯砌成的，所以墙壁内部似乎发出朦胧的微光。地面也是恶魔石砌成的，中心刻着一个黑色的圆圈。圆圈里则刻着钢铁修女的象征——一颗两端都被刀剑穿透的心。

耳语声引得伊莎贝尔将视线从地面上移开，抬头看。一个影子出现在其中一面光滑的白墙里面——影子变得越来越轻，越来越近。突然一部分墙体移到后面，一个女人走了出来。

她穿着一件宽松的白色长袍，手腕的部位和胸下紧紧系着银白色的带子——恶魔线。她的脸没有皱纹，可是又显得很老，让人猜不透她的年龄。她的头发又长又黑，编成一根粗粗的辫子垂在背后。她的脸上戴着一个有复杂旋曲纹饰的面具，露出两只眼睛，她的眼睛是跳动的火焰特有的橙红色。

"何人拜访钢铁修女？"她说，"报上你们的名字。"

伊莎贝尔看向乔斯琳，乔斯琳示意她应该先说。她清了清嗓子。"我是伊莎贝尔·莱特伍德，这是乔斯琳·弗雷——菲尔柴尔德。我们来寻求你们的帮助。"

"乔斯琳·摩根斯特恩，"那个女人说，"婚前姓菲尔柴尔德，可是你无法如此轻易将瓦伦丁的痕迹从你的过去中抹掉。难道你没有背叛过圣廷吗？"

"你说得对，"乔斯琳说，"我是被放逐的人。可是伊莎贝尔是圣廷成员的女儿。她的母亲——"

"管理纽约学院，"女人说，"我们这里偏僻，但不缺信息源；我不是傻瓜。我的名字是克里欧帕修女，我是制造者。我把阿达玛斯塑成一定的形状给其他修女雕刻。我认识如此巧妙地缠在你手腕上的那根鞭子，"她指的是伊莎贝尔，"至于你脖子上的那个小玩意儿——"

"如果你知道这么多，"伊莎贝尔的手悄悄摸向脖子上的红宝石，这时乔斯琳说道，"那么你知道我们为什么来这儿吗？我们为什么来找你们？"

克里欧帕修女低垂着眼睑，慢慢微笑起来。"和我们不发一言的兄弟不同，在这城堡里的人不会读心。所以我们依靠信息网，它大多时候是可以信赖的。我推测这次拜访和涉及杰斯·莱特伍德的情况有关——因为他妹妹在这儿——还有你的儿子，乔纳森·摩根斯特恩。"

"我们遇到了一个难题，"乔斯琳说，"乔纳森·摩根斯特恩和他父亲一样，密谋反叛圣廷。圣廷已经对他发布了死刑执行令。可是杰斯——乔纳森·莱特伍德没有做错事，他的家人非常爱他，我女儿也非常爱他。难题是杰斯和乔纳森被非常古老的血魔法绑定在了一起。"

"血魔法？哪种血魔法？"

乔斯琳从战斗服的口袋里拿出马格纳斯折叠的纸条，递了过去。克里欧帕研究着纸条，目光专注而凶悍。伊莎贝尔看到她的手指极长，被惊到了——不是那种精致的修长，而是长得怪异，仿佛骨头都被拉长了，以至于每只手都像只白化蜘蛛。她的指甲锉得尖尖的，顶端涂着琥珀金。

她摇了摇头。"修女们和血魔法没有关系。"她眼睛中的火焰色似乎在跳动，然后又暗淡了下去，过了一会儿另一个影子出现在阿达玛斯墙磨砂玻璃般的表面。当第二个钢铁修女穿墙而出的时候，伊莎贝尔看得更仔细了，像是看着一个人从一团白色的烟雾中出现。

"德洛莉丝修女。"克里欧帕说着，把马格纳斯的纸条交给了新到的这位修女。她和克里欧帕长得很像——同样高瘦的体形，同样的白色长裙，同样的长发，虽然她的头发是灰白色的，而且两条辫子末梢用金色的绳子扎了起来。虽然她发色发白，可是脸上却没有皱纹，火焰颜色的眼睛非常明亮。"你能看懂这个吗？"

德洛莉丝快速地扫了一眼纸条。"一种成对魔咒，"她说，"很像我们的搭档仪式，可是它的联结是恶魔式的。"

"是什么让它成为恶魔式的呢？"伊莎贝尔问，"如果搭档仪式无害——"

"无害吗？"克里欧帕说，可是德洛莉丝看了她一眼，阻止她说下去。

"搭档仪式把两个个体联结在一起，但是他们的意志是自由的，"德洛莉丝解释说，"而这种绑定形式，却让一人从属于另一人。两人中居于主位的那个相信什么，另一人就也相信什么；第一个人想要什么，第二个人就也想要什么。这个魔咒事实上剥夺了第二方的自由意志，所以是恶魔式的。因为自由意志让我们成为上帝的生灵。"

"这似乎也表示如果一个人受了伤，另一个就也受伤，"乔斯琳说，"我们可以推测死亡也是这样吗？"

"是的。一个人死了，另一个也不会存活。这同样不存在于我们的搭档仪式中，因为太残酷了。"

"我们想问的是，"乔斯琳说，"有什么武器，或者你们可能创造出什么武器，能伤到一个人而不伤害另一个？或者有可能把他们分割开吗？"

德洛莉丝低头看着纸条，然后递给了乔斯琳。她的手和她的同伴一样，又长又瘦，白得像牙线一样。"我们铸造的或者今后能铸造的武器都做不到。"

伊莎贝尔的手攥紧了，指甲掐进了手掌。"你是说没有东西可以？"

"这个世界上没有，"德洛莉丝说，"天堂或地狱的兵器可能可以。天使长迈克尔的那把剑，约书亚在耶利哥打仗用过，因为它注入了天堂圣火。还有地狱黑暗中铸造的兵器也可能会对你有帮助，但是怎样才能获得，我不知道。"

"而且即使我们确实知道，《大律法》也禁止我们告诉你们，"克里欧帕粗暴地说，"你当然明白，我们也会将你们的拜访告知圣廷——"

"约书亚的剑怎么了？"伊莎贝尔插话道，"你们能拿到吗？或者我们能吗？"

"只有一位天使能给你们那把剑，"德洛莉丝说，"而召唤天使就是去经受天堂圣火的炙烤。"

"可是拉结尔——"伊莎贝尔说。

克里欧帕的嘴唇抿成了一条直线。"拉结尔给我们留了三件致命秘器，在最需要的时候可以呼叫他。瓦伦丁召唤他的时候浪费了一次机会。我们永远都不能再次强迫他使用自己的力量了。以那种方式使用秘器是犯罪。克拉丽莎·摩根斯特恩逃过罪责的唯一原因，是她父亲召唤的他，不是她自己。"

"我丈夫还召唤了另一位天使。"乔斯琳说。她的声音很平静。"天使伊修列。他关了他很多年。"

两位修女都犹豫了，然后德洛莉丝开口了。"囚禁天使是最严重的罪行，"她说，"圣廷永远也不会赞同。即使你们能召唤天使，你们也永远不能强迫他按你的吩咐做事。没有那样的咒语。你们永远也不能让一个天使给你天使长的剑，你们可以从天使那里强行夺走，可是那是最大的罪行。你们的乔纳森死了也好过这样侮辱天使。"

听到这个，怒气一直在上升的伊莎贝尔爆发了。"这就是你们的问题——你们所有人，钢铁修女和无声使者。无论他们做了什么把你们从暗影猎手变成现在的样子，都是从你们身上夺走了所有的感情。我们身上流着天使的血，可也有人类的血脉。你们不懂爱，也不懂人们为爱或家人所做的事情——"

德洛莉丝的橙色眼睛中跳动着火焰。"我有过家庭，"她说，"丈夫和孩子们，都被恶魔杀害了。什么都没留给我。我的手一直都有把东西磨得锋利的技能，所以我成为了钢铁修女。它带给我的平静是我觉得在其他地方都找不到的。也是因为这个原因我选了德洛莉丝这个名字，'悲伤'。所以不要妄自告诉我们要做什么，或者说我们不懂痛苦和人性。"

"你们什么都不懂，"伊莎贝尔厉声说，"你们像恶魔石一样坚硬。难怪你们用它将自己环绕。"

"火焰让金子变得柔韧,伊莎贝尔·莱特伍德。"克里欧帕说。

"哦,闭嘴,"伊莎贝尔说,"你们一点都不肯帮忙,你们两个都是。"

她转身离开,大步穿过吊桥回去,都没怎么注意一路上利刃形成的死亡陷阱,只让训练形成的本能引导她一路前行。她到达桥的另一端,然后大踏步走过大门;只有到了外面,她才停了下来。广袤的灰色天空下,她跪在苔藓和火山岩中间,任由自己默默发抖,尽管没有流泪。

好像过了很长时间,她才听到身边有轻柔的脚步声。乔斯琳跪下来抱着她。奇怪的是,伊莎贝尔发现自己并不介意。虽然她一直都不太喜欢乔斯琳,可是她的触摸有种妈妈们独有的东西,所以伊莎贝尔靠着她,几乎违背了意志。

"你想知道你离开后,她们说了什么吗?"伊莎贝尔的发抖缓解了以后,乔斯琳问。

"肯定是诸如我在哪里都是暗影猎手的耻辱等等。"

"其实,克里欧帕说你可以成为一名优秀的钢铁修女,如果你什么时候有兴趣了,就告诉她们。"乔斯琳的手轻轻抚摸着她的头发。

伊莎贝尔虽然很想大笑,但无论如何还是忍住了。她抬头看着乔斯琳。"告诉我。"她说。

乔斯琳停下了手里的动作。"告诉你什么?"

"那个人是谁。和我父亲婚外恋的那个人。你不明白。每次我看见和我妈妈年龄一般的女人,我都在想是不是她。卢克的姐姐。执政官。你——"

乔斯琳叹了口气。"是安娜玛丽·海史密斯。她在瓦伦丁对阿利坎特的进攻中死了。我怀疑你根本不认识她。"

伊莎贝尔张开嘴,然后又合上了。"我以前甚至从来都没听说过她的名字。"

"很好,"乔斯琳把伊莎贝尔的一缕头发拢到后面,"现在你知道了,感觉好些了吗?"

"当然,"伊莎贝尔低头盯着地面,说了谎,"我感觉好多了。"

午饭后克拉丽借口自己累了回到了楼下的卧室。她把门牢牢关上,试着再次和西蒙联系,虽然她知道,考虑到她现在所处的地方——意大利——和纽约的时差,他很可能睡觉了。至少她祈祷他是在睡觉。希望是这个原因比考虑戒指可能失效的可能性要好多了。

她只在卧室里待了大约半个小时,门上就响起了敲门声。她喊道:"进来。"一边移动着身体斜靠在双手上,手指蜷在里面,好像她能把戒指藏起来似的。

第九章 | 钢铁修女

门慢慢打开了，杰斯在过道里低头看着她。她想起另一个炎热的夜晚，她门上的敲门声。杰斯。干干净净，穿着牛仔裤和灰 T 恤，洗过的头发有种潮湿的金色光晕。他脸上的淤肿已经从紫色褪成了淡灰色，他的双手放在身后。

"嗨。"他说。现在可以清楚地看见他的双手，他穿着一件看起来很柔软的棕色毛衣，衬托了他的金色眼眸。他脸上没有淤肿，眼睛下面她几乎已经习惯看到的黑眼圈也没有了。

他这样快乐吗？真的快乐吗？如果他快乐，你要把他从什么中拯救出来？

克拉丽抛开头脑中的微小声音，努力挤出一丝微笑。"什么事？"

他咧嘴笑了。这是一个邪恶的笑，让克拉丽血管中的血液奔涌得更快的那种笑。"你想约会吗？"

她猝不及防，口吃起来。"什——什么？"

"约会①，"杰斯重复道，"常常是'历史课上你必须记住的一件无聊的事'，可是现在，'提议和你真诚的恋人度过一个无比激情燃烧的浪漫夜晚'。"

"真的吗？"克拉丽不知道他的真实用意，"无比激情燃烧？"

"要知道，"杰斯说，"看我玩拼字游戏足够让大多数女人神魂颠倒。想象一下如果我真的用心的话。"

克拉丽坐起身来，低头看着自己。牛仔裤，绿色丝绸般质地的上衣。她想起在那间神殿般的卧室里的化妆品。她情不自禁地想着，真希望自己有一支唇膏。

杰斯伸出手。"你看起来美极了，"他说，"我们走。"

她抓住他的手，让他把她拉起来。"我不知道……"

"来吧。"他的声音带着自嘲而诱惑的语气，她记得他们第一次认识彼此时他就是这样，还有他带她去楼上的温室看夜半花开时也是。"我们在意大利。威尼斯，世界上最美的城市之一。不去看看多可惜，你不觉得吗？"

杰斯拉她向前，于是她倒在他的胸前。她的手指碰到他的衬衫，质地非常柔软，而且他身上有一股熟悉的香皂和洗发水味。她的心脏在胸腔内猛地下坠。"或者我们可以留在这里。"他说，声音听起来有点喘不过气。

"所以我可以看着你玩三线交叉拼字游戏得分而神魂颠倒？"她费力地从他身边挣脱开，"饶过我开关于得分的玩笑。"

"该死，女人，你看穿了我的想法，"他说，"就没有你无法预见的下流拼字游戏吗？"

---

① 英语 date，既指"约会"，也指"日期"。

"这是我特殊的魔力。你有下流想法的时候我能看出来。"

"那就是百分之九十五的时间。"

她伸长了脖子后仰着看他。"百分之九十五？另外的百分之五是什么？"

"哦，你知道的，平常的事情——我可以杀的恶魔、需要学习的如尼文、最近惹怒我的人、以前惹怒我的人、鸭子。"

"鸭子？"

他挥手不管那个问题。"好了，现在看着这个。"他抓着她的双肩，把她轻轻转过来。这样他们两个都面对着同一个方向。过了一会儿——她不知道怎么回事——房间的墙壁似乎在他们周围融化了，然后她发现自己走在鹅卵石上。她喘着粗气，转身看身后，只看见一面空荡荡的墙、一座古老的石头房子上高高的窗户。他们站在一条运河旁边，运河边排列着一排排熟悉的房子。如果她把头转到左边，可以看见远处运河变得开阔多了，旁边排列着宏伟的大楼。到处都是水的味道和石头的味道。

"酷，嗯？"杰斯自豪地说。

她转身看着他。"鸭子？"她又说道。

一丝微笑牵动着他的嘴角。"我讨厌鸭子。不知道为什么，就是一直讨厌。"

迈亚和乔丹到达护卫队大楼，即卢普斯护卫队总部的时候是清晨。卡车颠簸着发出哐啷的声音，开过精心修剪的草坪中间的白色长车道，驶向一幢宏伟的大楼，从远看它像艘船的船头那样高高耸立着。迈亚可以看见大楼后面有树林带，再后面是有点距离的蓝色桑德河。

"你就是在这里训练的？"她问，"这个地方太美了。"

"别傻了，"乔丹微笑着说，"这个地方是队列训练营，重点在'队列'上。"

她斜眼看着他。他还在微笑。自从她拂晓时在海滩吻了他以后，他的笑容一直都没有消失。迈亚一方面觉得似乎她被一只手举了起来，然后把她又丢进了往日的时光，那时她对乔丹的爱出乎自己的想象；另一方面又觉得虚脱，仿佛醒来发现身处完全陌生的环境中，远离了她熟悉的日常生活和温暖的狼群。

这非常特别。不错，她想，只是……特别。

乔丹在大楼前面的环形车道上停了下来，走近以后，迈亚可以看清大楼是用金色的砖块建造的，是狼的皮毛的那种黄褐色。宽阔的石头台阶顶端是黑色的双扇门。环形车道中央有一个巨大的日晷，它仰起的表面告诉她是早上七点。日晷的边缘刻着字：

我只显示阳光照耀的时刻。

她打开车门,从车厢里跳了下去,就在这时大楼的门打开了,一个声音响了起来:"凯尔护卫!"

乔丹和迈亚都抬头看。一个穿着深灰色西装的中年男子正从台阶上下来,金色的头发泛着灰白。乔丹平复了脸上所有的表情,转向他。"斯科特护卫,"他说,"这是加洛维狼群的迈亚·罗伯茨,这是斯科特护卫。他管理了卢普斯护卫队很长时间。"

"十九世纪以来斯科特家族一直管理着护卫队。"这个人说。他打量着迈亚,迈亚点了一下头,表示服从。"乔丹,我必须承认,我们没料到你这么快就回来了。曼哈顿那个吸血鬼,日光行者的情况——"

"在掌握中,"乔丹赶忙说,"我们来这儿不是因为那个,而是为了另一件事。"

斯科特护卫扬了扬眉毛。"现在你引起了我的好奇。"

"是有点紧急的事情,"迈亚说,"卢克·加洛维,我们狼群的首领——"

斯科特护卫严厉地看了她一眼,她不说话了。他是头狼,从他的举止上可以清楚地看出来,尽管他可能没有自己的狼群。他浓密的眉毛下,是灰绿色的眼睛;脖子上挂着的护卫队青铜吊坠,在他衬衫的领子下面闪着亮光,上面印着一只狼爪。"要由护卫队选择把什么事作为紧急事件,"他说,"我们不是酒店,向不速之客开放。乔丹带你来也是碰运气,他知道这个。假如他不是我们最有潜力的毕业生之一,我很可能会把你们两个都赶走。"

乔丹把大拇指插在牛仔裤的裤腰上,低头看着地面。过了一会儿斯科特护卫把手放在了乔丹的肩上。

"但是,"他说,"你是我们最有潜力的毕业生之一。而且你看起来累坏了,我看得出来你一夜没睡。过来,我们去我办公室讨论这件事。"

办公室在一条蜿蜒曲折的长通道上,通道用深色的木头镶上了精美的板条。大楼里人声鼎沸,一个上面写着"大楼规章"的牌子钉在通往楼上的楼梯旁边的墙上。

大楼规章

- 通道内禁止变形。
- 严禁嚎叫。
- 严禁携带银器。

- 全部时间都必须穿衣服。全部时间。
- 严禁斗殴。严禁噬咬。
- 所有食物放入公共冰箱前须标好姓名。

煮早饭的香味在空气中飘荡，迈亚的肚子咕噜咕噜地叫了起来。斯科特护卫笑了。"如果你们饿了，我让人给我们拿一盘点心。"

"谢谢。"迈亚嘟哝着。他们走到了通道尽头，斯科特护卫打开了一扇门，上面标着"办公室"。

年长的狼人眉毛拧到了一起。"鲁弗斯，"他说，"你在这儿干什么？"

迈亚打量着房间里的人。这间办公室很大，舒适而凌乱。有一面长方形的大落地窗，对着外面宽阔的草坪，草坪上一队队狼人正在训练，大部分是年轻人，看起来像是队列操练，他们穿着黑色的运动裤和运动衣。房间的墙边排列着关于变狼术的书籍，许多都是拉丁文的，不过迈亚认识"狼"这个字。桌子是一块厚厚的大理石石板，放在两只嚎叫的狼的雕塑上面。

桌子前面放了两把椅子。其中一把上面坐着一个体形魁梧的人——狼人——他双手握在一起，耸着身体。"护卫，"他用刺耳的声音说，"我希望跟你谈谈波士顿发生的事。"

"你打断了分配给你负责的狼人的腿的那件事？"护卫冷淡地说，"我会跟你谈的，鲁弗斯，但不是现在。有更要紧的事需要我。"

"可是，护卫——"

"就这样吧，鲁弗斯，"斯科特用头狼那种响亮的声音说，而他的命令不容挑战，"记住，这是身心改造的地方。其中之一就是要学会尊重权威。"

鲁弗斯小声嘟哝着从椅子上站了起来。直到这时，迈亚才意识到他巨大的体形，并且作出相应的反应。他比她和乔丹都高出不少，他的黑色T恤紧贴在胸前，上臂周围的袖子都快要炸裂了。他的头剃得很光，一边的脸颊上有深深的爪痕，像泥土上的犁沟。他昂首阔步地从他们身边经过时，没好气地看了他们一眼，然后走进了通道。

"当然我们中有些人，"乔丹嘟哝道，"比其他人更容易恢复。"

鲁弗斯沉重的脚步声在通道里渐渐消失时，斯科特一屁股坐到桌子后面的高靠背椅子里，按响了看起来很现代的内部通话设备，那东西振动起来。简短地要求送来早餐后，他朝后靠着，双手交叉放在脑后。

"洗耳恭听。"他说。

第九章 | 钢铁修女

乔丹向斯科特护卫讲述着整件事情以及他们的请求，而迈亚的目光和意识则禁不住地到处游移。她想着在这里接受培养会是什么样子，在这个有规章制度的精美房子里，而不是在狼群相对法纪松弛的自由里。过了一会儿一个全身穿着黑色服装的狼人——似乎是护卫队的规定着装——进来了，用白镴托盘端着烤牛排、奶酪和蛋白质饮料。迈亚有些失望地看着早餐。狼人的确比正常人需要更多的蛋白质，多得多的蛋白质，可是烤牛排当早餐？

"你会发现，"迈亚小心翼翼地喝着她的蛋白质奶昔时，斯科特护卫说，"事实上，精制糖对狼人有害。如果你一段时间不吃它，就不想吃了。你们的狼群首领没告诉你们这个吗？"

迈亚试图想象喜欢做各种稀奇古怪形状薄饼的卢克劝她别吃糖，可是失败了。现在不是提这个的时候。"不，他当然说了，"她说，"我想做到的，可是压力大的时候就故态复萌了。"

"我懂你们对狼群首领的关切，"斯科特说，他的腕部戴着一只金色劳力士手表，闪闪发光，"正常情况下，对于和暗影猎族新人无关的事情，我们坚持一种严格的不干涉政策。事实上，我们并没有把狼人置于其他暗影猎族之上，虽然只有狼人才被允许进入护卫队。"

"但是恰恰因为这个，我们才需要你的帮助，"乔丹说，"狼群天生总是在迁移、变动。他们没有机会建立像储存知识的图书馆这样的东西。我不是说他们没有智慧，可是所有的一切都是口头传统，每个狼群懂的东西都不同。我们可以一个一个狼群地去找，也许有人会知道怎么医治卢克，可是我们没有时间。这儿，"他指着墙边排列的书，"是狼人有的最接近像无声使者档案馆或巫师螺旋式迷宫的地方。"

斯科特看起来没有被说服。迈亚放下她的蛋白质奶昔。"卢克不是普通的狼群首领，"她说，"他是长老会里的狼人代表。如果你帮忙医治他，你就会知道长老会里总有站在护卫队这边的声音。"

斯科特的眼睛闪着光芒。"有意思，"他说，"非常好。我来翻翻这些书。可能要花几个小时。乔丹，如果你还要开车回曼哈顿，我建议你休息一下。我们又不需要你把卡车拴在树上。"

"我可以开车——"迈亚说。

"你看起来也同样累极了。乔丹，你知道的，即使你毕业了，护卫队大楼里一直都有给你准备的一间房间。尼克在出任务，所以也有张床给迈亚。你们两个可以休息一下，我结束后会叫你们下来。"他转动椅子去查找墙边的书。

乔丹示意迈亚，这是提示他们离开。她站起身，扫掉牛仔裤上的食物碎屑。她走到离门一半的距离时斯科特护卫又说话了。

"哦，迈亚·罗伯茨，"他说，声音中带着警告的意味，"我希望你以别人的名义作出承诺时，你会负责确保它们实现。"

西蒙醒了，却仍然觉得疲倦，他在黑暗中眨着眼睛。窗户上的黑色厚窗帘只让很少的光线通过，可是他体内的生物钟告诉他现在是白天。伊莎贝尔不见了，她那边的床皱了，被子铺了起来。

白天，克拉丽走后他一直都没有和她通话。他把手从被子下面伸出来，看着右手上的金戒指。戒指非常精美，上面刻的或许是图案，或许是他不认识的字母。

他咬着牙关，坐起来抚摸着戒指。"克拉丽？"

回复迅速而清晰。他松了口气，差点从床上滑下来。"西蒙。感谢上帝。"

"你能说话吗？"

"不能，"他感觉到她声音中的心不在焉，"我很高兴你跟我说话了，可现在不是合适的时候。我不是一个人。"

"但是你没事吧？"

"我很好。什么都没有发生。我在努力收集信息。我保证一听到任何消息就告诉你。"

"好的。照顾好自己。"

"你也是。"

她的声音消失了。西蒙把腿垂落在床垫边，尽力抚平睡觉弄乱的头发，然后起来去看是否有人醒了。

他们醒了。亚历克、马格纳斯、乔斯琳和伊莎贝尔围坐在马格纳斯家的客厅桌子旁边。亚历克和马格纳斯都穿着牛仔裤，而乔斯琳和伊莎贝尔却都穿着战斗服，伊莎贝尔的鞭子绕在她的右臂上。他进来的时候，她抬头看了一眼，可是没有微笑；她的肩膀紧绷着，嘴巴抿成了一条细线。他们面前都放着盛有咖啡的马克杯。

"致命秘器的仪式这么复杂是有原因的，"马格纳斯把糖罐推到自己这边，向他的咖啡里倒了一些白糖，"天使按照上帝嘱咐行事，而非人类——即使是暗影猎手也不行。召唤一位天使，你可能会发现自己受到上帝怒火的炙烤。致命秘器仪式的整个要旨不在于它允许人们召唤拉结尔，而是万一他真的出现了，它能保护召唤人不受到天使怒火的伤害。"

"瓦伦丁——"亚历克开口道。

"是的，瓦伦丁也召唤了一个非常低级的天使。他从来没跟他说过话，是吧？从来没有给他一丁点帮助，虽然他得到了他的血。即使这样他肯定也使用了强大得不可思议的魔咒，只为了绑定他。我的理解是他把他的生命和维兰德庄园绑定在了一起，因而天使死去的时候，庄园垮塌成一片瓦砾，"他用一只涂成蓝色的指甲轻轻敲击着他的马克杯，"而且他让自己下了地狱。无论你们是否相信天堂和地狱，他肯定让自己下了地狱。他召唤拉结尔的时候，拉结尔把他打下了地狱。部分是报复瓦伦丁对他的天使兄弟所做的事情。"

"我们为什么在谈论召唤天使的事？"西蒙问，一边坐到长桌的末端。

"伊莎贝尔和乔斯琳去找钢铁修女了，"亚历克说，"寻找一种可以对付塞巴斯蒂安又不会伤到杰斯的武器。"

"没有这样的武器？"

"这个世界上没有，"伊莎贝尔说，"天堂武器可能可以，或者某种和恶魔有密切关系的东西。我们在探索第一种选择。"

"召唤一位天使给你武器？"

"以前有过的，"马格纳斯说，"拉结尔将圣剑交给乔纳森暗影猎手。在古老的传说中，耶利哥战争的前夜，一位天使出现，给了约书亚一把剑。"

"哈，"西蒙说，"我还一直以为天使都是与和平有关，而不是与武器有关。"

马格纳斯哼道："天使不只是信使。他们还是战士。据说迈克尔曾经击败过军队。他们没有耐心，天使们，对人类的兴衰枯荣自然没有耐心。没有致命秘器保护的任何人想要召唤拉结尔都很可能会被当场炸死。恶魔们更容易召唤。它们数量更多，许多还很脆弱。不过，一个脆弱的恶魔可能只能帮你这么多——"

"我们不能召唤恶魔，"乔斯琳惊恐地说，"圣廷——"

"我还以为你多年前就不在乎圣廷对你的看法了。"马格纳斯说。

"不只是我，"乔斯琳说，"你们其余人也是。卢克、我女儿。如果圣廷知道——"

"好吧，他们不会知道的，会吗？"亚历克说，他平常温柔的声音变得尖刻起来，"除非你们告诉他们。"

乔斯琳从伊莎贝尔静默的脸看向马格纳斯满是疑问的脸，然后再到亚历克固执的蓝眼睛。"你们真的考虑这个？召唤恶魔？"

"呃，不是任何一个恶魔，"马格纳斯说，"阿撒泻勒。"

乔斯琳的眼睛里燃烧着怒火。"阿撒泻勒？"她的眼睛扫视着其他人，似乎在寻找支持，可是伊莎和亚历克低头看着他们的马克杯，西蒙只是耸了下肩。

"我不知道阿撒泻勒是谁，"他说，"它不是《蓝精灵》里的那只猫吗？"他追寻大家的意见，可是伊莎贝尔只是抬头对他翻了个白眼。"克拉丽？"他在心中默念。

她的声音传了过来，带着一丝警觉。"怎么了？出什么事了？我妈妈发现我不见了吗？"

"还没有，"他回复，"阿撒泻勒是《蓝精灵》里的那只猫吗？"

停顿了很长时间。"那是阿兹猫，西蒙。不要再用《魔戒》问《蓝精灵》的问题了。"

然后她消失了。西蒙的目光离开他的手抬头看，发现马格纳斯正疑惑地看着他。"它不是只猫，"他说，"它是一个大恶魔。地狱中尉，也铸造武器。它曾是教授人类怎样制造武器的天使，在那之前只有天使才拥有知识。这令它堕落，现在它是一个恶魔。'整个地球都被阿撒泻勒教授的东西败坏了。所有的罪都是因为它。'"

亚历克震惊地看着马格纳斯。"你怎么知道所有这些的？"

"它是我的一个朋友，"马格纳斯说，注意到他的表情后，他叹了口气，"好吧，不是的。不过《以诺书》里写了。"

"好像很危险，"亚历克皱起了眉，"听起来它似乎甚至比大恶魔还厉害，像莉莉丝。"

"幸运的是，它已经被束缚起来了，"马格纳斯说，"如果你召唤它，它的精神会来你身边，可是它本身的肉体仍然被绑在杜达尔嶙峋的山岩上。"

"呃……随便什么嶙峋的山岩上，"伊莎贝尔说着，一边把她长长的黑发挽成一个发髻，"它是武器恶魔。好，要我说，我们要试一试。"

"我不敢相信你们竟然考虑这个，"乔斯琳说，"我通过观察我的丈夫知道了涉足豢养恶魔会怎么样。克拉丽——"她停下了，好像感觉到西蒙在看着她，于是转过身来。"西蒙，"她说，"你知道克拉丽醒了吗？我们让她一直睡，可是现在差不多都十一点了。"

西蒙犹豫了。"我不知道。"他推断自己的话是真实的。不管克拉丽在哪里，她都可能在睡觉，哪怕他刚跟她说过话。

乔斯琳看起来困惑不解。"可是你不是和她在房间里吗？"

"不，我没有。我在——"西蒙不说了，意识到了他给自己挖的坑。有三间客房，乔斯琳一间，克拉丽在另一间，这明显表示他肯定睡在第三间，和——

"伊莎贝尔？"亚历克扬起了眉毛，说，"你睡在伊莎贝尔的房间？"

伊莎贝尔挥了挥手。"不用担心，大哥。当然什么都没发生。"亚历克的肩膀放松后，她补充道："我完全喝醉了，所以他真的可以做任何他想做的事，我都不会醒过来。"

"哦，拜托，"西蒙说，"我所做的只是跟你讲了《星球大战》的完整情节。"

"我不记得那个了。"伊莎贝尔说，一边从桌子上的盘子里拿了一块饼干。

"哦，是吗？谁是卢克·天行者童年时期最好的朋友？"

"比格斯·夜明者，"伊莎贝尔立即说道，然后用手掌拍打着桌子，"这是欺骗！"但她仍然拿着饼干朝他咧开嘴笑。

"啊，"马格纳斯说，"书呆子的爱情。这是很美的事，同时也是我们这些更老练的人玩闹嘲笑的对象。"

"好吧，够了，"乔斯琳站了起来，"我要去找克拉丽。如果你们要豢养恶魔，我不想在这里，我也不想让我的女儿在这里。"她向过道走去。

西蒙挡着她的路。"你不能这么做。"他说。

乔斯琳绷起了脸看着他。"我知道你要说这是对我们来说最安全的地方，西蒙，可是豢养一个恶魔，我——"

"不是那个。"西蒙深呼吸了一下，却没有帮助，因为他的血液已经不再需要氧气了。他感觉有点不舒服。"你不能去叫醒她，因为……因为她不在这里。"

第十章

狂野的捕猎

乔丹以前在护卫队大楼里的房间就像任何大学里的宿舍。有两张铁架床,各自靠墙摆放。透过两张床中间的窗户可以看见三层楼下的绿色草坪。房间里乔丹那侧相当空——他好像把大部分照片和书都一起带到了曼哈顿——但是墙上还钉着一些海滩和大海的照片,墙边竖着一张冲浪板。迈亚看见床头柜上有一个金色相框,里面的照片是她和乔丹,这让她感觉有点震动。照片是在海洋城拍的,他们背后是木板人行道和海滩。

乔丹看了看照片,然后又看看她,脸红了起来。他把包扔到他的床上,背对着她脱下了外套。

"你的室友什么时候回来?"她的问话打破了突然之间让人别扭的沉默。她不知道为什么他们两人都觉得尴尬。他们一起在卡车里时没这样过,可是现在,在乔丹的房间,他们音信断绝的几年好像挤在他们中间。

"谁知道呢?尼克在执行任务。任务危险,他有可能回不来。"乔丹一副听天由命的语气。他把外套扔到一张椅子的椅背上。"你为什么不躺下?我要去冲个澡。"他向卫生间走去,让迈亚松了口气的是,她看见卫生间是房间自带的,她不喜欢使用通道旁边的公用卫生间。

"乔丹——"她叫道,可是他已经在身后关上了卫生间的门。她能听见水流的声音。她叹了口气,在尼克的床上躺了下来。毯子是深蓝格子的,有一股松果的味道。她抬头看见天花板上贴满了照片。同样是金发男孩大笑着,看起来大概十七岁,从每张照片里微笑着看着下面的她。她猜测那是尼克。他看起来很快乐。乔丹在护卫队大楼的时候快乐吗?

她伸手将他们两人的那张照片推得近些。这是几年前拍的,那时乔丹很瘦,脸上最明显的就是一双浅绿褐色的大眼睛。他们互相搂抱着,肤色晒得黝黑,看起来非常开心。夏天使他们两人的皮肤都变黑了,迈亚的头发反射着光,乔丹的头微微对着她,好像他正要说什么或者是要去吻她。她记不起来是哪一种了,记不得了。

她想起这张床的主人,有可能永远也回不来的那个男孩。她想起就要慢慢死去的卢克,想起她所属的狼群里在和瓦伦丁的战争中失去了生命的阿拉里克、格雷泰尔、贾斯丁和西欧。她想起麦克斯、杰斯,他们失去的两个莱特伍德家的人——因为,她不得不承认,在她的内心里,她认为他们永远都无法找回杰斯了。最后奇怪的是,她想起了丹尼尔,她从来不曾哀悼过的哥哥,让她吃惊的是,她觉得眼泪刺痛了她的眼睛。

　　她突然坐了起来,她觉得世界好像倾斜起来,她无助地想要抓紧,努力不跌入黑暗的深渊。她能感觉阴影在逼近。杰斯失踪了,而塞巴斯蒂安却逍遥法外,情况只会越来越糟,只会有越来越多的人死去。她得承认,好几个星期以来她感觉最有生气的时候是拂晓时分在车里亲吻乔丹。

　　仿佛在梦里一般,她发现自己起来了。她走过房间,打开了卫生间的门。淋浴间是用一面方形磨砂玻璃隔开的,透过玻璃她能看到乔丹的侧影。她怀疑他在流水中听不到她的脚步声,她脱下卫衣,然后跳动着脱下牛仔裤和内衣。她深呼吸了一下,走过卫生间,打开淋浴间的门,走了进去。

　　乔丹转过身,把湿头发从眼前拨开。花洒正喷流着热水,他的脸红红的,使得他的眼睛闪闪发亮,好像被流水冲洗得光亮了一样。或许他的眼睛看着她的时候——她的全身,不只是热水让他皮肤下的血流加快。她也看着他,目光平稳,并不觉得尴尬,看着卢普斯护卫队吊坠挂在他湿漉漉的脖子下面那个小窝的样子,她还看他看着她的样子,眨动着眼睛让水流出来,香皂沫滑过他的肩膀和胸口。他非常好看,而且她一直都这么认为。

　　"迈亚?"他结结巴巴地说,"你……"

　　"嘘。"她把一根手指放在他的唇上,用另一只手关上了淋浴间的门。然后她靠过去,用两只胳膊抱住他,让水流冲着他们两人,冲走黑暗。"别说话。吻我。"

　　他按她的话做了。

　　"以天使的名义,克拉丽不在那儿是什么意思?"乔斯琳脸色煞白地问,"如果你刚醒,你是怎么知道的?她去哪儿了?"

　　西蒙吞咽着口水。他成长的过程中,乔斯琳几乎是他的第二个妈妈。他习惯了她对女儿的保护,可是她一直把他视作盟友,站在克拉丽和世上的危险之间的一个盟友。现在她像敌人一样看着他。"她昨晚给我发短信……"西蒙开始了讲述,然后又停住了,马格纳斯招手让他去桌子那边。

　　"你不妨坐下来。"他说。伊莎贝尔和亚历克分别坐在马格纳斯的两侧,他们睁大了眼睛看着,但是巫师似乎并不怎么惊讶。"告诉我们发生的所有事情。我有种感觉要讲一会儿。"

的确如此,虽然不像西蒙以为的那么长。他坐在椅子上讲述的时候,耸着身体低头看马格纳斯有刮擦痕迹的桌子,解释完后,他抬头看见乔斯琳盯着他看,绿色的眼睛像北极冰冷的海水。"你让我的女儿离开……和杰斯一起……去一个无法找到、无法追踪、我们谁都联系不上她的地方?"

西蒙低头看着他的手。"我能联系上她,"他举起一根手指上戴着金戒指的右手说,"我告诉你们了,我今天早上收到她的消息了。她说她很好。"

"首先你根本就不应该让她去!"

"不是我让她去的。她无论如何都要去。既然我不可能阻止她,我想她可能有什么十万火急的理由。"

"公正地说,"马格纳斯说,"我认为没有人能阻止。克拉丽是在做她想做的事情。"他看着乔斯琳。"你不能把她关在笼子里。"

"我之前信任你,"她对马格纳斯厉声说道,"她是怎么出去的?"

"她做了一个移空门。"

"可是你说有咒语——"

"让威胁进不来,而不是让客人留在里面。乔斯琳,你女儿不傻,她做的是她认为对的事。你阻止不了她。谁都阻止不了她。她和她的妈妈太像了。"

乔斯琳微微张着嘴,看了马格纳斯一会儿,西蒙意识到马格纳斯当然在克拉丽的妈妈年轻的时候就已经认识她了,那时她背叛了瓦伦丁,集团的成员在大叛乱的时候差点都死了。"她是一个小女孩。"她说,然后转向西蒙。"你跟她说话了?用这个——这只戒指?自从她离开以后?"

"今天早晨,"西蒙说,"她说她很好。一切都好。"

乔斯琳没有显得放心,而是看起来更生气了。"我很肯定那是她会说的话。西蒙,我不能相信你允许她这样做。你应该拦着她——"

"怎么做,把她绑起来吗?"西蒙怀疑地说,"把她铐在餐桌上?"

"如果非这样不可的话。你比她强壮。我很失望——"

伊莎贝尔站了起来。"好了,够了,"她瞪着乔斯琳,"克拉丽自己决定做的事,对西蒙大喊大叫是不公平的。假如西蒙替你把她绑起来,接下来怎么办?你打算永远绑着她吗?最后你还得让她去,然后会怎么样?她就不会再信任西蒙了,她已经不信任你了,因为你偷了她的记忆。而这件事,如果我没记错的话,是因为你想要保护她。也许如果你不是这么保护她,她会更知道什么是危险,什么不是；也会不这么保密——不这么鲁莽！"

每个人都看着伊莎贝尔，一时间，西蒙想起克拉丽曾经跟他说过——说伊莎很少发表演讲，但是如果她开腔了，她的话就很有分量。乔斯琳的嘴唇都发白了。

"我要去警察局和卢克待在一起，"她说，"西蒙，我期待着每二十四小时从你这里得到我女儿没事的报告，如果我哪天晚上得不到你的消息，我就去报告圣廷。"

她怒气冲冲地走出了公寓，在身后用力关上了门，门旁的灰泥上都被震出了一条长长的裂缝。

伊莎贝尔重新坐了下来，这次坐到了西蒙身旁。他没有说话，只是伸出了手，她抓过他的手，十指交叉地握了起来。

"所以，"最后马格纳斯打破了沉默，说，"谁来养阿撒泻勒？因为我们需要大量的蜡烛。"

杰斯和克拉丽一天都在四处游荡——沿着河道穿过迷宫般的狭窄街道，河水的颜色深浅不一，从深绿到浑浊的蓝色。他们在圣马可广场的游人中行走，走过叹息桥，在花神咖啡馆喝了浓郁的小杯特浓咖啡。让人辨不清方向的街道迷宫有点让克拉丽想起了阿利坎特，虽然阿利坎特缺乏威尼斯优雅的凋落意味。这里没有大路，没有汽车，只有弯曲的小巷，像孔雀石一样碧绿的河水上横跨着拱桥。随着头顶的天空在晚秋黄昏时分暗成深蓝色，灯光开始亮了起来——小小的精品店、酒吧，还有餐厅，不知道是从哪里冒出来的，然后又消失在阴影中。她和杰斯经过的时候，灯光和笑声都留在了身后。

杰斯问克拉丽是不是要吃晚饭，她坚定地点点头。她没从他身上获得任何消息，而且她实际上还玩得很高兴，这让她开始有罪恶感。他们穿过一座桥，通往这座城市比较安静的区域多尔索杜罗区，离开了大群游客，她决定晚上要从他身上得到点什么，值得传送给西蒙的东西。

杰斯一直紧紧牵着她的手，他们走过最后一座桥，街道通往一个大广场，旁边是一条很大的运河。一座圆顶大教堂耸立在他们右边。穿过运河，城市亮起了更多灯光，灯光投影到水面上，水面和灯影跳动变幻，波光粼粼。克拉丽的手痒痒了，想拿起粉笔和铅笔，画下这渐渐淡出天空的光线、发黑的河水、建筑物参差不齐的轮廓，而这些东西在河水里的影子也慢慢模糊了。一切都似乎用铁蓝色的水洗过了。不知哪里响起了教堂的钟声。

她握紧了杰斯的手。她感觉这里离她生活中的一切都很远，这种遥远是她在伊德里斯没有感受到的。威尼斯和阿利坎特都给你一种世外桃源的感觉，饱受昔日的风雨，她仿佛走进了一幅油画里，迈进了一本书的书页中。但它也是一个真实的地方，一个她成长过程中知道而且想要游玩的地方。她侧目偷看杰斯，他正低头凝望着运河。铁蓝色的光线也照射在他身上，让他的眼睛、他颧骨下的阴影，还有嘴巴的线条变得更暗。他发现她在看着他，于是抬起头笑了。

他带着她绕过教堂，走下一段长了苔藓的台阶，上了一条沿运河的小路。一切都散发出一种潮湿石头、河水、湿气以及岁月的味道。天色暗下来以后，离克拉丽几米远的地方，有什么东西打破了运河的水面。她听到水的泼溅声，赶忙去看，发现一个绿色头发的女人从水里升起对她咧着嘴笑；她有一张漂亮的脸庞，却有鲨鱼一样的牙齿以及鱼一样的黄色眼睛，她的头发上还围绕着珍珠。她又沉到了水面下，没有一丝涟漪。

"美人鱼，"杰斯说，"很久很久以前威尼斯生活着美人鱼的古老家族。她们有些古怪。比起大海，她们更喜欢待在淡水里，以鱼类而不是垃圾为生。"他看着夕阳。"整个城市在下沉，"他说，"一百年后它就沉到水下了。想象一下在海里游泳时摸到圣马可大教堂的尖顶。"他指着河对岸。

想到所有这些美景将会消失，克拉丽感到有些悲伤。"没有什么他们能做的吗？"

"抬起整座城市？还是抑制住海水？没什么可做的。"杰斯说。他们来到了一段向上的台阶。河面上吹来了风，把他暗金色的头发从前额和脖子上吹起。"所有的一切都趋向于无序状态。整个宇宙在向外移动，恒星之间互相分离，上帝才知道它们之间的裂缝里坠落了什么，"他停了一下，"好了，这听起来有点疯狂。"

"也许都是因为午餐时的酒。"

"我喝那点酒没事。"他们转过一个拐角，各式彩灯照射在他们身上。克拉丽眨着眼睛适应。是一个小餐馆，室内和室外都放着桌子，桌子之间拉着暖灯和圣诞灯，好像魔法树森林。杰斯从她身边离开，过了好长时间才等到一张桌子，很快他们就在临河道的地方坐了下来，听着河水拍打石头的声音，还有小船随着水流上下摇摆的声音。

疲倦冲刷着克拉丽，就像水流拍打着河道侧面。她告诉杰斯她想要什么，让他用意大利语点单，侍者离开后她松了一口气，前倾着身体，用胳膊肘撑着桌子，双手捧着头。

"我觉得我有时差，"她说，"次元间时差。"

"你知道，时间是一个维度。"杰斯说。

"学究。"她从桌子上的篮子里拿了一块面包碎屑朝他扔去。

他咧嘴笑了。"前几天我使劲要记住七宗罪，"他说，"贪婪、嫉妒、贪食、嘲讽、学究……"

"我很肯定嘲讽不是七宗罪之一。"

"我很肯定是。"

"淫欲，"她说，"淫欲是七宗罪之一。"

"还有打屁股。"

"我认为那个在淫欲后面。"

"我认为它应该有自己的类别，"杰斯说，"贪婪、嫉妒、贪食、嘲讽、学究、淫欲和打屁股。"白色的圣诞灯映照在他的眼睛里。克拉丽想，他看起来比以前任何时候都更好看了，相应地也更疏远、更难触动。她想起他说的城市下沉的话，还有恒星之间的距离，回忆起西蒙的乐队过去常唱的伦纳德·科恩的一首歌的歌词，虽然西蒙他们唱得不太好。"万物皆有裂缝，那是光照进的地方。"杰斯的平静中肯定有裂缝，她可以用某种方式穿过，触动到真实的他，她相信他仍然在那儿。

杰斯琥珀色的眼睛在研究她。他伸出手去摸她的手，过了一会儿克拉丽才意识到他的手指放在她的金戒指上。"那是什么？"他说，"我不记得你有精灵打造的戒指。"

他的语气是不带感情的，可是她的心跳停了一拍。当着杰斯的面撒谎，她没有怎么练习过。"是伊莎贝尔的，"她耸了下肩，说，"她把她精灵前男友——米利翁——送她的所有东西都扔了，我觉得这个挺漂亮的，她就说给我了。"

"那摩根斯特恩戒指呢？"

这个看起来要讲真话。"我给了马格纳斯，这样他可以用它尽量追踪你。"

"马格纳斯，"杰斯说这个名字的样子仿佛它是一个陌生人的名字，然后还呼了口气，"你还觉得你做了正确的决定吗？和我一起来这里？"

"是的，和你在一起我很开心。而且——好吧，我一直想来意大利看看。我去过的地方不多，从来没出过国——"

"你去过阿利坎特。"他提醒她。

"好吧，除了去别人都看不到的魔法世界，我去过的地方不多。西蒙和我有过计划，我们打算高中毕业后做背包客游欧洲……"克拉丽的声音越来越小，"现在听起来很傻。"

"不，不傻，"他伸出手帮她把一缕头发放到耳后，"和我在一起。我们可以一起看世界。"

"我现在和你在一起,我哪儿也不想去。"

"有什么特别的地方想去吗?巴黎?布达佩斯?比萨斜塔?"

除非倒在塞巴斯蒂安的头上,她想。"我们能去伊德里斯吗?我想我的意思是,公寓可以移动到那儿吗?"

"它无法通过法术屏障,"他的手向下划过她的脸颊,"你知道的,我真的很想你。"

"你是说你离开我和塞巴斯蒂安在一起后,没有想过进行浪漫的约会?"

"我试过,"杰斯说,"可是不管你灌他喝多少酒,他都不会失去知觉。"

克拉丽用手摸着她的葡萄酒杯。她开始习惯它的味道。她能感到酒顺着她的喉咙下滑,热辣辣的,让她的血液升温,为夜晚增加了梦幻般的感觉。她在意大利,和她帅气的男朋友一起,在一个美丽的夜晚,吃着融化在嘴里的美味食物。这些是你一生都难以忘怀的时刻,可是却感觉像是只碰到了幸福的边缘。每次她看着杰斯,幸福就悄悄溜走了。他怎么能同时是杰斯又不是杰斯?你怎么会同时既心碎又高兴?

他们躺在本来只给一个人睡的窄小的床上,一起紧紧裹在乔丹的法兰绒床单下。迈亚的头放在他的臂弯里,透过窗户照进来的阳光温暖着她的脸和肩膀。乔丹用胳膊撑起身体,趴在她上方,那只空着的手划过她的头发,把她的鬈发拉直到最长,然后又放开让头发缩回,缠绕在他的手指上。

"我想念你的头发。"他说,在她额上亲了一下。

笑声仿佛从她身体深处某个地方发出来,那种随迷恋的眩晕一起出现的笑声。"只是我的头发?"

"不,"他咧着嘴笑,浅绿褐色的眼睛洋溢着神采,变得更绿了,他的棕色头发全乱了,"你的眼睛,"他亲吻她的眼睛,亲完这个亲那个,"你的嘴巴。"他也亲吻了她的嘴巴。她用手指勾起挂着卢普斯吊坠的链子,抵着他裸露的胸膛。"你的一切。"

她把链子绕过手指。"乔丹……我为以前的事感到抱歉。关于钱,还有斯坦福的事骂你。只是要接受的太多了。"

他的眼神暗淡下来,突然低下了头。"我不是不知道你有多独立。我只是……我想为你做点好事。"

"我知道,"她小声说,"我知道你担心是我需要你,可是我不应该因为需要你才和你在一起。我应该因为爱你而和你在一起。"

他的眼睛一下亮了——难以置信又满含希望。"你——我是说，你觉得有可能又能对我有那种感觉了？"

"我从来没有停止过爱你，乔丹。"她说，于是他抱住她用力地亲她，都要把她亲肿了。她靠得他更紧了，要不是突然传来响亮的敲门声，事情也许可以像他们在淋浴间时那样继续进行下去。

"凯尔护卫！"一个声音穿过房门传进来，"醒醒！斯科特护卫希望在楼下他的办公室见你。"

乔丹的胳膊搂着迈亚，他轻声咒骂起来。迈亚笑着用手向上摸过他的后背，划过他的头发。"你认为斯科特护卫能等吗？"她耳语道。

"我想他有这个房间的钥匙，如果他想，可以用钥匙。"

"没关系，"她说，嘴唇轻轻扫过他的耳朵，"我们有很多时间，对吧？我们需要的所有时间。"

喵大帅躺在西蒙面前的桌子上，睡得很沉，四条腿直直地伸向空中。西蒙觉得，这可是项成就。自从他变成吸血鬼后，动物们一般都不喜欢他；它们尽量避开他，如果他靠近，就发出嘶嘶声或是朝他吠叫。对于一直都热爱动物的西蒙来说，这是重大的损失。不过他猜想，如果你已经是巫师的宠物，可能就已经学会了接受生活中的奇怪生物。

结果表明，马格纳斯对于蜡烛的事并不是开玩笑。西蒙休息了一会儿，还喝了点咖啡。咖啡喝下去了，没有反胃，咖啡因把饥饿的感觉压了下去。整个下午，他们都在帮助马格纳斯布置养阿撒泻勒的地方。他们洗劫了当地拉丁裔的杂货店，拿到了茶叶和祈祷用的蜡烛，把蜡烛小心地围成一个圆圈。伊莎贝尔和亚历克正在把地板条搬到圆圈外面，按照马格纳斯教给他们的，撒上盐和干颠茄的混合物，大声念着《禁忌仪式》《十五世纪通灵者手册》里面的字句。

"你把我的猫怎么了？"马格纳斯问。他拿着一壶咖啡回到客厅，他的脑袋周围飘着一圈马克杯，就像围绕太阳旋转的行星模型。"你喝它的血了，是吗？你说了你不饿！"

西蒙愤怒了。"我没有喝它的血。它很好！"他捅了捅喵大帅的肚子。猫打起了哈欠。"第二，你订比萨饼的时候问我饿不饿，所以我说不饿，因为我不能吃比萨饼。我是出于礼貌。"

"那也没有给你吃我的猫的权利。"

"你的猫很好！"西蒙伸出手去抱这只斑纹猫，猫生气地跳了起来，从桌子上下来了，"看到了？"

"算了。"马格纳斯在桌头的座位上坐下，亚历克和伊莎贝尔完成了他们的任务，直起身来，这时马克杯砰的一下落到了桌子上。马格纳斯拍拍手。"大家过来集合！开会的时间到了。我要教你们怎样召唤一个恶魔。"

斯科特护卫在图书室等他们，他仍然坐在那张转椅上，一只小青铜盒子放在他们之间的桌子上。迈亚和乔丹坐在他对面，迈亚禁不住想是不是她的脸上写满了她和乔丹刚才做的事。然而斯科特对他们并没有多大的兴趣。

他把盒子推到乔丹面前。"这是药膏，"他说，"如果涂在加洛维的伤口上，它会过滤掉他血液中的毒性，让恶魔铁失效。他应该几天后就痊愈了。"

迈亚的心脏咚咚跳了起来——终于有好消息了。她抢在乔丹前拿过盒子，把它打开。里面的确都是深色的蜡状膏药，闻起来有一股强烈的草药味，好像是压碎的月桂叶。

"我——"斯科特护卫开口道，他看着乔丹，目光闪烁。

"她应该拿着，"乔丹说，"她和加洛维关系亲近，是他们那个狼群的。他们信任她。"

"你是说他们不信任护卫队？"

"他们有一半人认为护卫队是童话故事。"迈亚说，想了一下之后又加上了"先生"二字。

斯科特护卫看起来恼怒了，可是他还没来得及说话，桌子上的电话响了。他似乎有些犹豫，然后把听筒举高，放到耳朵边。"我是斯科特，"他说，接着，过了一会儿，"是——是，我认为是这样。"他挂上电话，嘴巴弯成似是而非的微笑。"凯尔护卫，"他说，"我很高兴你恰好是今天来我们这里。坐一会儿。这件事和你有点关系。"

听到这个，迈亚惊了一下，但是片刻之后，她更惊讶了，房间的一个角落开始闪闪发光，一个人影慢慢显现出来——就像在暗房里观看图像在底片上成形——一个小男孩的形象形成了。他的头发是深棕色的，短而且直，脖子部分棕色的皮肤上闪着一条金项链的亮光。他看起来非常纤小，轻飘飘的，像一个唱诗班男童，可是他的眼睛里有种东西让他的实际年龄显得似乎更大些。

"拉斐尔。"她认出了他，说道。他以前可不是现在这个透明的身形——是投影，她明白了。她听说过投影，可是从来没有近距离地看过。

斯科特吃惊地看着她。"你认识纽约吸血鬼部落的头领？"

"我们见过一次，在布罗斯林德森林，"拉斐尔意兴阑珊地看着她说，"她是日光行者西蒙的朋友。"

"你的任务。"斯科特护卫对乔丹说，仿佛乔丹已经忘了似的。

乔丹的眉头皱了起来。"他出了什么事吗？"他问，"他没事吧？"

"不是他，"拉斐尔说，"是恶棍吸血鬼，莫林·布朗。"

"莫林？"迈亚惊叫道，"可是她才多大？十三岁？"

"恶棍吸血鬼就是恶棍吸血鬼，"拉斐尔说，"莫林为了自己已经在翠贝卡和下东区大开杀戒，多人受伤，至少有六人死亡。我们已设法为她遮掩，可是……"

"她是尼克的任务对象，"斯科特护卫皱着眉说，"可是他一直没能找到她的踪迹。我们可能需要派遣一名更有经验的人员。"

"我敦促你这么做，"拉斐尔说，"要不是暗影猎手在这个关头如此忙于他们自己的……紧急情况，他们现在肯定已经干预进来了。卡米尔的事情之后部落最不愿发生的事情就是暗影猎手的审查。"

"我理解为卡米尔也仍然处于失踪状态？"乔丹说，"西蒙把杰斯消失的那天晚上发生的一切都告诉了我们，莫林似乎是遵照卡米尔的指令行事。"

"卡米尔不是暗影魅族新成员，所以不在我们的考虑之内。"斯科特说。

"我知道，可是——找到她，你可能就会找到莫林，我想说的就是这个。"

"如果她和卡米尔在一起，不会以这种速度杀人，"拉斐尔说，"卡米尔会阻止她。她很嗜血，可是她了解圣廷，了解《大律法》。她会让莫林和她的行为在他们的视线之外。不，莫林的行为具有逃脱变成野性吸血鬼的所有特征。"

"那，我认为你说得对，"乔丹往后靠了靠，"尼克应该获得支援，不然——"

"不然他可能会出事？如果这样，也许会帮助你未来更集中精力在你自己的任务上。"斯科特护卫说。

"莫林变成吸血鬼不是西蒙的责任，"乔丹说，"我告诉过你——"

斯科特挥了挥手，让他住口。"是的，我知道，"他说，"不然你就会从任务上撤回来，凯尔。但是你的任务对象确实咬了她，而且是在你的看护之下。正是她和日光行者的关系，无论这关系多远，导致了她最终的转变。"

"日光行者非常危险，"拉斐尔说，他的眼睛闪着亮光，"我一直以来都这么说。"

"他不危险，"迈亚凶狠地说，"他心地善良。"她看见乔丹微微瞥了她一眼，速度非常快，以至于她疑惑是不是自己想象出来的。

"胡说，胡说，胡说，"拉斐尔不屑地说，"你们狼人不能集中精力在手头的事

135

情上。我信任你，护卫，因为新生的暗影魅族是你的管辖范围。可是允许莫林成为野吸血鬼有损我的部落的名声。如果你不快点找到她，我就动员起我能调遣的所有吸血鬼。毕竟——"他微笑起来，纤细的尖牙闪着亮光，"最终，她应该由我们杀掉。"

吃完饭后，克拉丽和杰斯穿过蒙着一层迷雾的夜晚，走回公寓。街上人迹寥落，运河的水像玻璃一样，闪着波光。转过一个拐角，他们发现自己来到了一条安静的运河旁边，河边排列着关上了门窗的房子。小船在弯曲的河面上轻轻地上下摇摆，每只船都是黑色的半月形。

杰斯轻柔地笑着往前走，他的手从克拉丽的手里挣脱出来。灯光下，他的眼睛是金色的，睁得很大。他在河边跪下，她看见一道银光闪现——一根石杖——然后其中一只船一下子松开了船锚，开始向河中心漂去。杰斯把石杖插回皮带上，起身一跳，轻轻地落在小船前面的木头座位上。他把手伸给克拉丽。"过来。"

她的目光从他身上移到船上，摇起了头。船只比独木舟大一点点，刷成了黑色，油漆都潮湿了，碎裂开来。看起来它就像只玩具一样轻飘飘的，不结实。她想象着船翻了，他们两人都掉落进冰绿色的河水中。"我不能。我会撞翻它的。"

杰斯没有耐心地摇摇头。"你能做到，"他说，"我训练过你。"为了演示给她看，他向后退了一步。现在他站在薄薄的船沿上，就在桨架旁边。他看着她，嘴角扬起微微的笑。她想，根据所有的物理定律，这艘船处于不平衡状态，应该一边倾斜翻落水中。可是杰斯在那里轻轻地平衡着，就在船后部，仿佛他的身体像烟那样轻。他身后的背景是河水和石头、河道和桥，看不见一幢现代大楼。他光亮的头发，他站着的样子，很像某个文艺复兴时期的王子。

他再一次向她伸出手。"记住，你和你想要的一样轻。"

她想起来了。她训练了若干个小时怎样像杰斯那样下降、平衡、落地，仿佛你是一粒轻轻飘落的灰烬。她吸着气跳了起来，绿色的河水在她下方飞过。她落在了船头，在木座上摇摇晃晃，却站稳了。

她呼出一口气，放松下来，听到杰斯笑着跳到了船上平坦的底部。漏水了。一层浅浅的水淹没了木底。他比她高二十厘米，所以她站在船头的座位上，他们的头是齐平的。

他把手放在她的腰上。"那么，"他说，"你现在想去哪儿？"

她环顾四周，他们已经漂移得远离了河岸。"我们是在偷这条船吗？"

"'偷'是一个多么难听的字。"他思索着。

"你想怎么叫?"

他将她抱到自己身前,然后让她下来。"浏览橱窗的一种极端案例。"

他把她拉得更靠近他,于是她的身体变得僵硬起来。她的脚从她身下向外滑了一下,然后他们两人都滑落到了带弧度的船底,船底很平坦,湿漉漉的,散发着水和湿木头的味道。

克拉丽发现自己压在杰斯身上,她的膝盖跨坐在他的髋部两侧。水浸湿了他的T恤,可是他似乎并不介意。他双手交叉放到脑后,T恤提到了上面。"你真的是用激情的力量击倒了我,"他说道,"做得很好,弗雷。"

"你摔倒只是因为你想这么做,我了解你。"她说。月光好像聚光灯一样洒在他们身上,仿佛月光下只有他们。"你从来都不会滑倒。"

他抚摸着她的脸。"我可能不会滑倒,"他说,"可是我会摔倒。"

她的心脏跳个不停,得先吞咽一下口水,然后好像他在开玩笑一样,她轻声回答:"这可能是你一直以来过的最糟糕的台词。"

"谁说它是台词?"

小船摇晃起来,她向前趴着,双手放在他的胸部保持平衡。她的髋部压着他的身体,她看着他的眼睛睁大,从狡黠的金色变成暗色,瞳孔吞没了虹膜。她能在里面看见自己和夜空。

他用一只胳膊肘支撑着身体坐起来,然后用一只手搂住她的脖子后面。她感觉到他贴着她拱起了身体,嘴唇扫过她的唇,可是她向后抽离着,不让他亲。她想要他,如此地想要他,她感觉自己身体里面空空的,欲望似乎已经把她的全身燃烧殆尽。无论她的意识在说什么——这不是杰斯,不是她的杰斯,但是她的身体仍然记得他,他的体形、他的感觉、他皮肤和头发的气味,而且想要他回来。

她对着他的嘴巴微笑,好像她在戏弄他,然后翻到一边,挨着他蜷缩在潮湿的船底。他没有抗议。他用胳膊搂着她,身下的小船轻轻摇摆着,催眠一般。她想把头枕在他的肩上,可是没有。

"我们在漂荡。"她说。

"我知道。我想让你看点东西。"杰斯看着上面的天空。月亮是一团巨大的白色波浪,仿佛一张帆。杰斯的胸口平稳地起伏着。他的手指抚弄着她的头发,她静静地躺在他身边,等待着,看着星星移动,像有一只天文钟一样。她疑惑他们在等什么。最后她听到了,悠长的冲击声,就像水流涌过溃堤的水坝。有影子跑过的时候,天空暗了下来,翻腾着,隔着云层和距离,她几乎看不清他们,不过他们似乎是人,留着卷云一样的长发,骑着马,马蹄闪着血光。捕猎的号角声在夜色里回响，随着这些人消失在月亮后面，星星颤抖了，夜也缩起身来。

她慢慢地吐出一口气。"那是什么？"

"狂野的捕猎。"杰斯说。他的声音听起来非常遥远，像梦里一样。"加布里埃尔的猎犬。他们有许多名字。他们是看不起尘世王宫的精灵。他们在天空中骑马奔腾，进行永恒的捕猎。一年有一个晚上一个凡人可以加入他们——可是一旦加入了捕猎，永远都不能离开。"

"为什么会有人想这么做？"

杰斯突然翻身爬到克拉丽身上，把她压到船底。她几乎没有留意船底的潮湿，她能感觉到热气从他身上一阵阵涌出，他的眼睛燃烧着火。他有办法在她上面支撑起自己，让她不被压到，但是她能感觉到他身体的每一个部位都挨着她——他髋部的形状、他牛仔裤的铆钉、他伤疤的痕迹。"失去你所有的控制，"他说，"这种想法有种吸引力。你不觉得吗？"

她张开嘴要回答，可是他已经在亲吻她了。她亲过他这么多次——温柔的吻、用力的绝望的吻、告别时轻轻一吻，还有似乎持续了几个小时的长吻——这次也没什么不同。对于在一幢房子里住过的人的记忆可能会在他们离开后仍然存在，就像一种心理痕迹，她的身体也记得杰斯，记得他的味道，他的唇斜着在她的唇上面，她的手指触摸到的他的伤疤，在她的抚摸下的他身体的形状。她抛开疑虑，伸手抱紧他。

他翻到一边抱着她，小船在他们身下摇摆着。她能听到水的泼溅声，这时他的手沿着她身体的侧面滑下到腰间，手指轻轻抚摸着她后腰处敏感的肌肤。她的手滑到他的头发里，置身在迷雾中，在河水的声音和气味中，她闭上了眼睛。无穷无尽的时间流逝了，只有杰斯的嘴唇吻着她的唇，只有小船催眠般地轻轻摇摆，以及在她肌肤上的他的手。最后，过了可能几个小时，抑或是几分钟，她听到有人大声喊叫的声音，一个愤怒的意大利人的声音，划破了夜空。

杰斯抽回身，他的表情懒懒的，还有些内疚。"我们最好走。"

克拉丽抬头看着他，头晕目眩。"为什么？"

"因为我们偷的船是那个家伙的，"杰斯坐起身来，把T恤拽好，"他可能要报警了。"

第十一章
一切罪恶的归因

马格纳斯说召唤阿撒泻勒的时候不能用电，所以这套挑高公寓只靠烛光照明。蜡烛在房间中央点亮，形成一个圆圈，一根根高低亮度不同，但都是相似的蓝白火焰。

圆圈里面，马格纳斯画出一个五角阵，他用的是一根花楸枝，相互重叠的三角形在地板上留下灼烧过的痕迹。在五角阵所形成的空隙间有一些符号，与西蒙之前所见都不相同：既不是字母，也不是如尼文，尽管有蜡烛火焰的热量，那些符号还是散发出一股冷峻的胁迫感。

此时窗外昏暗，是那种冬天将至、黄昏刚刚降临时的昏暗。伊莎贝尔、亚历克、西蒙，还有马格纳斯——他大声吟唱着《禁忌仪式》一书中的内容——他们围绕着圆圈的东、南、西、北方，一人站在一个方位上。马格纳斯的声音高高低低，那些拉丁文像是祷告，可事实却完全相反，充满了邪恶。

火焰升得更高了，刻入地板中的符号烧成了黑色。喵大帅之前在房间角落里偷看，现在尖声叫着逃进了黑暗中。蓝白色的火焰升起，这时西蒙透过火焰几乎看不到马格纳斯了。房间里越来越热，巫师的吟唱也越来越快，他黑色的头发在这种湿热中卷曲起来，汗水在他的锁骨上微微闪着光。"以耶稣和死神之名，洒下圣水，勾勒十字架的图案。我祈愿，阿撒泻勒即刻现形！"①

五角阵的中央猛地燃起一团火，升起一股黑色的浓烟，在房间中慢慢消散，让除了西蒙之外的所有人都呛得咳嗽起来。浓烟像漩涡一般打转，在五角阵中央逐渐聚合成人形。

西蒙眨了眨眼。他不确定自己原先的预期是什么，可绝不是这个。这是个高大的男人，赤褐色的头发，既不年轻也不年老——一张看不出年龄的脸，不像人类，冷冰冰的。它肩膀宽阔，穿着一身裁剪考究的黑色套装，脚踩一双闪亮的黑

---

① 《浮士德博士的悲剧》中的原文为浮士德召唤墨菲斯特现形时所用祷文，本书作者将墨菲斯特改为阿撒泻勒。本段拉丁语译文参考《哈佛百年经典第 21 卷：浮士德悲剧　浮士德博士的悲剧　埃格蒙特》，沙洲、叶莉译，北京理工大学出版社，二〇一四年。

皮鞋。两只手腕上都有一道深红色的印子，是捆绑留下的印记，绳子或金属链子造成的，经年累月已经深深嵌入肌肤之中。红色的火焰在它眼中跳跃。

它开口说道："是谁召唤阿撒泻勒？"它的嗓音像是金属的摩擦声。

"是我，"马格纳斯一下合上手中的书，"马格纳斯·贝恩。"

阿撒泻勒的头慢慢转向马格纳斯，它的动作很不自然，像是蛇的脑袋。"巫师，"它说，"我知道你是谁。"

马格纳斯挑起眉毛。"是吗？"

"召唤者，束缚者，恶魔马尔巴斯的毁灭者，你父亲是——"

"好了，"马格纳斯飞快地说，"没必要说这些。"

"可是有必要，"阿撒泻勒的话听上去很有道理，甚至饶有兴致，"如果你请求来自地狱的帮助，为什么不召唤你父亲？"

亚历克张大了嘴看着马格纳斯，西蒙很同情他。他想他们所有人都认为连马格纳斯自己都不知道父亲是谁，只知道它是个恶魔，欺骗了他的母亲，让她相信它是她的丈夫。亚历克很显然并不比其他人知道得更多，西蒙想，这也许让他不太高兴。

"我父亲和我关系不好，"马格纳斯说，"我不想找它。"

阿撒泻勒扬了扬手。"如你所说，主人。你把我困在封印中，你想要什么？"

马格纳斯什么也没说，但是从阿撒泻勒的表情可以很清楚地看出，巫师正用意念同它无声地对话。恶魔眼中的火焰跳跃着，舞动着，像是着急听故事的孩子。"聪明的莉莉丝，"恶魔最终说，"让这个男孩起死回生，并且把他和你们不忍心杀害的人联结在一起，以此来保全他的性命。她总是比我们其他大多数恶魔更善于操纵人类的感情，也许是因为她曾经十分接近人类。"

"有办法吗？"马格纳斯听上去很不耐烦，"可以切断他们之间的联系吗？"

阿撒泻勒摇了摇头。"除非杀了他们二人。"

"那有什么办法只给塞巴斯蒂安造成伤害，而不会让杰斯受伤？"伊莎贝尔急切地问，马格纳斯看了她一眼，想让她平静一下。

"我所能制造或者调遣的武器中没有，"阿撒泻勒说，"我只能打造恶魔属性的武器。来自天使手中的一道闪电也许能燃尽瓦伦丁之子体内的邪恶，或者可以打破他们的联结，或者可以将其在本质上变得更善良。如果我能给个建议的话……"

"哦，"马格纳斯一边说一边眯缝起他的猫眼，"请说。"

"我能想到一个很简单的解决办法让两个男孩分开，让你们的那个活着，并且消减另一个所带来的危险。而我只要求你们一点小小的回报。"

"你是我的奴仆，"马格纳斯说，"如果你想离开这个五角阵，你就得按照我说的去做，而不是要求什么回报。"

阿撒泻勒发出嘶嘶的声音，嘴唇上火苗翻腾。"我如果不是被绑在这里，就是被绑在那里。这对我而言没多大不同。"

"这里就是地狱啊，我不曾走出。"马格纳斯说，是引用古老谚语的那种口气①。

阿撒泻勒露出一个金属般冷酷的微笑。"你可能不会像老浮士德那样骄傲，巫师，但是你没有耐心。我敢肯定，我愿意待在这个五角阵里的时间会超过你乐意监管我的时间。"

"哦，我不知道，"马格纳斯说，"在装修方面我总是相当大胆，你在这儿的确能为这个房间额外增加一些点缀。"

"马格纳斯。"亚历克说，让一个永生的恶魔住在自己朋友的公寓中，他显然并不为这个主意感到兴奋。

"嫉妒，小暗影猎手？"阿撒泻勒朝亚历克龇牙一笑，"你的巫师不是我喜欢的类型，另外我可不想惹怒他的——"

"够了，"马格纳斯说，"告诉我们你的计划，你想要的'小'回报是什么。"

阿撒泻勒双手交叉——这是一双匠人坚实的手，血红的颜色，指甲黢黑。"给我一个快乐的记忆，"它说，"你们每人一个。当我像普罗米修斯被绑在石头上一样的时候，这些东西可以供我取乐。"

"一个记忆？"伊莎贝尔惊讶地说，"你的意思是说这个记忆会从我们头脑中消失？我们再不能想起它？"

阿撒泻勒透过火焰眯着眼看了看她。"你是谁，小家伙？拿非力人？对，我会拿走你的记忆，它将会变成我的，你不再记得它曾在你身上发生过。但是，请不要给我那些你在月光之下屠杀恶魔的记忆。那不是我喜欢的东西。不，我想要的记忆是……私人一些的。"它咧嘴一笑，它的牙齿像铁闸门似的闪着冷光。

"我很老了，"马格纳斯说，"我有许多记忆。如果需要的话，我可以放弃一个。但是我不能替你们剩下的人代言。没人应该像这样被强迫着放弃什么东西。"

"我可以，"伊莎贝尔立即说，"为了杰斯。"

"我也可以，当然了。"亚历克说。随后轮到了西蒙。他突然想到杰斯，在瓦伦丁的船上，在那间小小的房间中，割破手腕，让自己喝他的血。他冒着生命危

---

① 马格纳斯此处引用的是克里斯托弗·马洛所著《浮士德博士的悲剧》中墨菲斯特的话。

险救了西蒙。也许在他心底里是为了克拉丽，但这笔账仍旧存在。"算上我。"

"很好，"马格纳斯说，"你们所有人，试着想想快乐的记忆，必须是真正的快乐，回忆起来会让你喜悦的东西。"他朝五角阵中沾沾自喜的恶魔瞥了一眼。

"我准备好了。"伊莎贝尔说。她闭着眼睛站在那里，脊背挺直，好像准备好了迎接疼痛。马格纳斯朝她走过去，把手放在她的额前，轻声低语。

亚历克看着马格纳斯和他妹妹，他的嘴巴紧闭，然后闭上了自己的眼睛。西蒙也急忙闭上眼睛，努力去记起一段快乐的回忆——和克拉丽有关的什么事吗？可现在与她相关的许多记忆都因为他担忧她的安危而蒙尘。他们年幼时的什么事吗？一幅画面浮现在他的头脑中——一个炎热的夏日，在科尼岛，他坐在父亲的肩头，丽贝卡在他们身后跑着，拖着几只气球。抬头看着天空，想在云朵中找出几个形状，还有母亲的笑声。不，他想，这个不行。我不想失去这个——

他的额头上有一下冰冷的触碰，他睁开眼睛，看到马格纳斯放下手。西蒙朝他眨眨眼，头脑突然一片空白。"可是我什么都没想到啊。"他抗议说。

马格纳斯的那双猫眼十分伤感。"不，你想到了。"

西蒙看看房间四周，感到有点头晕。其他人看起来也一样，好像从一个奇怪的梦中醒来。他遇上伊莎贝尔的目光，她漆黑的睫毛眨了眨，思忖着她自己想到了什么，她所放弃的快乐是什么。

五角阵中央一声闷响让他注视的目光离开伊莎。阿撒泻勒竭尽所能地站在五角阵边缘，从它的喉咙中缓缓发出饥饿的低吼。马格纳斯转过身，看着恶魔，一脸厌恶的表情。他拳头紧握，手中似乎有什么东西闪着光，好像他拿着一枚巫光石。他一转身，把那东西从侧面飞快地扔了出去，扔进了五角阵的中心。西蒙用吸血鬼的视力追踪着它。那是一串光珠，一边飞一边扩大，一直变成了包含许多图像的圆圈。西蒙瞥到蔚蓝大海的一角，瞥到一条缎子裙子，穿裙子的人一边旋转，裙摆一边张开了，还有马格纳斯的脸闪现了一下，是一个男孩子的脸，有一双蓝色的眼睛——随后，阿撒泻勒张开手臂，由图像形成的圆圈进入它的身体消失了，像是丢在外面的垃圾被吸进了喷气式飞机的机身。

阿撒泻勒吸了一口气。它之前那双闪烁着红色火焰的眼睛现在如同篝火一般熊熊燃烧着，它说话的时候声音也劈啪作响。"啊——真美味。"

马格纳斯严厉地说："现在是你要履行约定了。"

恶魔舔舔嘴唇。"要解决你们的问题得这样。你把我放到世上来，我抓住瓦伦丁的儿子，把他带进地狱里生活。他不会死，那么你们的杰斯也会活着。然后他将被迫远离人世，慢慢地他们之间的联结就会消失。你们就能重新拥有你们的朋友了。"

"那之后呢?"马格纳斯缓缓说道,"我们放你到世上来,然后你回去,让自己重新被困住?"

阿撒泻勒大笑道:"当然不是,傻巫师。让我帮这个忙的代价就是我的自由。"

"自由?"亚历克满腹怀疑地说,"地狱王子被放到世上?我们已经给了你我们的记忆——"

"那些记忆是你们听一听我的计划的代价,"阿撒泻勒说,"要实施计划,我的自由才是你们需要付出的。"

"这是欺骗,而且你明明知道,"马格纳斯说,"你在要求不可能的事情。"

"你也是,"阿撒泻勒说,"按理说,你们的朋友永远离开你们了。'人若向耶和华许愿或起誓,要约束自己,就不可食言。'①因为莉莉丝的咒语,他们的灵魂捆绑在了一起,而且两人都是同意了的。"

"杰斯绝不会——"亚历克开口说道。

"他说了誓言,"阿撒泻勒说,"他自愿的或是被迫的,都没关系。你们要求我割断这个联结,这只有上天能做到,可上天不会帮助你们,你们和我一样知道这点。这就是为什么人们召唤恶魔而不是天使,不是吗?要让我介入,这就是你们需要付出的代价。如果你们不想支付,那就必须学会接受你们所失去的。"

马格纳斯面色苍白,肌肉紧绷。"我们要单独商量一下,讨论看看是否能够接受你的提议。与此同时,你消失吧。"他挥了挥手,阿撒泻勒消失了,只留下一股烧焦的木头味。

房间里的四个人满脸狐疑地面面相觑。"它要求的东西,"亚历克最后说,"这不可能,对吧?"

"理论上,一切皆有可能,"马格纳斯说着目视前方,像是望向深渊,"可是将一个大恶魔放到世上——不仅仅是大恶魔,而且是地狱王子,仅次于路西法——它可能造成的破坏——"

"难道,"伊莎贝尔说,"塞巴斯蒂安不会造成同样大的破坏吗?"

"就像马格纳斯说的,"西蒙愤恨地插话说,"一切皆有可能。"

"在圣廷看来,可能没有更大的罪行了,"马格纳斯说,"无论是谁把阿撒泻勒放到世上来,都会成为通缉犯。"

"可如果是为了摧毁塞巴斯蒂安……"伊莎贝尔开口说。

---

① 出自《圣经·旧约·民数记》第三十章第二节,译文参考和合本。

"我们没有证据表明塞巴斯蒂安在谋划什么,"马格纳斯说,"我们所知道的全部只是他想在伊德里斯的一幢体面的乡村别墅里安顿下来。"

"与克拉丽和杰斯一起?"亚历克难以置信地说。

马格纳斯一耸肩。"谁知道他想要和他们干什么?也许他只是很孤独。"

"他从那个房顶上把杰斯绑架走绝不是因为他迫切需要份兄弟情,"伊莎贝尔说,"他是有什么阴谋。"

他们都看着西蒙。"克拉丽正在努力查出那是什么,她需要一些时间。别说'我们没有时间了',"他补充说,"她知道这一点。"

亚历克梳理了一下自己深色的头发。"好吧。但我们浪费了一整天,我们哪里有这一天的时间可浪费。不能再有那些愚蠢的主意了。"他的声音难得如此严厉。

"亚历克。"马格纳斯说着把一只手放在朋友的肩头。而亚历克站着不动,生气地盯着地板。"你还好吗?"

亚历克看着他。"你又是谁?"

马格纳斯微微抽了一口气,他看上去——在西蒙的记忆中是第一次——竟然有些不知所措。虽然只出现了一瞬间,但的确是那样。"亚历山大。"他说。

"拿快乐记忆的事开玩笑还太早,我知道了。"亚历克说。

"你觉得呢?"马格纳斯的声音提高了些。还不等他再说些什么,门一下大开,迈亚和乔丹进来了。他们的脸庞因为寒冷而红彤彤的,而且——西蒙有些吃惊地看到——迈亚穿着乔丹的皮夹克。

"我们刚从警察局过来,"迈亚激动地说,"卢克还没醒,但看起来他会没事——"她停了下来,四下看着仍在微微发光的五角阵、黑色的烟雾和地板上烧焦的斑块。"好吧,你们这些家伙干了什么?"

杰斯将一只胳膊甩到一座古老的拱桥上,然后爬上去,再加上魔法伪装的帮助,克拉丽和杰斯逃脱了意大利警察的追捕。他们一停下奔跑的脚步,就靠在一幢大楼边瘫倒在地,互相握着手,靠在一起大笑。克拉丽感觉到一阵强烈纯粹的快乐,不得不把头伏在杰斯肩上,用内心强硬的声音提醒自己,这不是他,然后她的笑声消退了,沉默下来。

她突然安静下来,杰斯似乎以为她累了。他轻轻牵着她的手,走回他们出来时的那条街,狭窄的河道两端都有桥。克拉丽在两座桥之间认出了他们离开的那栋没有标记、没有特征的排屋。她浑身颤抖起来。

"冷吗?"杰斯把她拉近,亲吻她。他比她高那么多,他要么得弯下腰,要么得抱起她。这次他选择了后者,他把她一把抱起穿过房屋的墙壁,她不由得要倒抽气,可是压制住了。他把她放下来,砰的一声踢上门——这门突然出现在他们身后——正要脱下外套,这时响起了强忍的低声轻笑。

灯光照亮了他们周围,克拉丽从杰斯身边抽离开来。塞巴斯蒂安坐在沙发上,双脚跷在咖啡桌上。他浅色的头发乱蓬蓬的,眼睛乌黑闪亮。他也不是一个人。那里有两个女孩,在他旁边一边一个。一个肤色很浅,穿得有点少,一条闪光的短裙和一件闪亮的上衣。她的手张开着摸过塞巴斯蒂安的胸膛。另一个年纪更小一些,长得更加柔和,黑色的头发剪成短发,头上束着一条红色天鹅绒发带,穿着一条黑色蕾丝连衣裙。

克拉丽感觉她的神经绷紧了。吸血鬼,她想道。她也不知道她是怎么知道的,可是她知道——无论是黑发女孩皮肤蜡状的白色光泽还是她眼睛的深不见底,或者可能克拉丽刚学会察觉这些事情,就像一名真正的暗影猎手。那女孩知道她的心思,克拉丽看得出来。那女孩对她咧嘴笑着,露出她的小尖牙,然后弯身用尖牙轻轻划过塞巴斯蒂安的锁骨。他的眼睑跳动着,浅色的睫毛低垂在黑色的眼睛上面。透过睫毛他看着克拉丽,对杰斯置之不理。

"你的小约会玩得开心吗?"

克拉丽希望自己能说些粗鲁的话,可是相反她只是点了点头。

"嗯,那么,你想加入我们吗?"他说,指他自己和那两个女孩,"喝点酒?"

黑发女孩笑起来,用意大利语跟塞巴斯蒂安说了些什么,声音是疑问式的。

"不,"塞巴斯蒂安说,"Lei è mia sorella."

那女孩坐回来,显得很失望。克拉丽的嘴巴发干。突然她感觉到杰斯的手挨着她的手,结茧的指尖很粗糙。"我不这样认为,"他说,"我们上楼了,明早见。"

塞巴斯蒂安摆动着手指,他手上的摩根斯特恩戒指在光线的照射下,像烽火那样闪着火星。"再见。"

杰斯带克拉丽走出房间,上了玻璃楼梯。他们到了走廊里时,她才感觉自己又开始呼吸了。这个不同的杰斯是一回事,塞巴斯蒂安是另一回事。他身上发出的胁迫感就像火焰冒出的烟。"他说什么?"她问,"用意大利语?"

"他说:'不,她是我妹妹。'"杰斯说。他没说那个女孩问塞巴斯蒂安什么。

"他经常这样吗?"她问。他们在杰斯的房门口停下来,"带女孩回来?"

杰斯抚摸着她的脸。"他做他想做的事,我不过问,"他说,"如果他愿意的话,可以带只高一米八、穿比基尼的粉红兔子回家。这不关我的事。但是如果你问我有没有带任何女孩来过这里,答案是没有。除了你,我谁都不想要。"

她没有问这个，不过她还是点了点头，好像放心了似的。"我不想下楼回那里。"

"你今晚可以和我睡在我的房间，"他金色的眼睛在黑暗中非常明亮，"或者你可以睡在主卧室。你知道我永远不会要求你——"

"我想和你在一起。"她说，同时惊讶于自己的热切。可能只是睡在那个瓦伦丁曾经睡过的房间，那个他曾希望和她妈妈再一起生活的房间的想法，对她来说太难以接受了。或者也许她累了，而她和杰斯只在同一张床上睡过一个晚上，他们只是用手抚摸对方，仿佛有一把没有剑鞘的剑放在他们中间。

"给我一秒钟清理一下房间，屋里很乱。"

"是的，我之前在里面时，我想我可能真的看见窗台上有一粒灰尘。你最好清理掉。"

他拽着她的一缕头发，让发丝穿过他的指间。"不要那么积极反对我的爱好，不过你需要睡觉时穿的衣服吗？睡衣，或者……"

她想起主卧里装满了衣服的那个衣橱。她必须要习惯这种想法了，不如现在就开始。"我去拿件睡裙。"

几分钟之后她站在一个打开的抽屉前面想道，当然了，男人因为想让他们生命中的女人穿而买的那种睡裙，不一定是你会给自己买的那种东西。克拉丽通常穿着吊带背心和短睡裤睡觉，可是这里全部都是丝绸和蕾丝，或者很短，要么就是三点式。她最后挑了一条长度到她大腿的淡绿色丝质直筒衬裙。她想起楼下女孩的红指甲，那个把手放在塞巴斯蒂安胸膛上的女孩。她自己的手指甲咬得很短，脚指甲只涂过透明的指甲油。她想着像伊莎贝尔会怎么做，伊莎非常清楚自己的女性魅力，可以将其施展为武器而不是不解风情地看着，仿佛搬新家有人送了礼物，主人却不知道该放在哪里。

去杰斯卧室之前，她摸了摸手指上的金戒指，祝自己好运。他坐在床上，光着上身，下面穿着黑色的睡裤，在床头灯打下的小小一圈黄色光晕下读一本书。她站在一旁看着她。她能看见他翻书时皮肤下面肌肉线条的细微变化——也能看见莉莉丝的印记，就在他心脏的上方。它不像他其余的印记那样看起来是黑色的花纹；它是银红色的，像掺了血的水银。它看起来似乎并不属于他。

门在她身后咔嗒一声关上了，杰斯抬起头看。克拉丽发现他的神色变了。她可能不那么喜欢这条睡裙，可是他却截然相反。他脸上的表情让她寒毛直竖。

"你冷吗？"他把被单掀开。她爬上去和他坐在一起，他把书扔到床头柜上，然后他们一起滑落到毯子下面，直到他们互相对着彼此的脸。他们在船上躺着亲吻，似乎吻了好几个小时，可这个不同。那是在公共场合，在城市人群和星星的注视下。而这是一种突然的亲密，毯子下只有他们两人，彼此的呼吸以及身体的温热混合在一起。没有人看着他们，没有人阻止他们，没有理由停下来。他伸出手放在她的脸颊上，她感觉自己血液奔腾的声音震耳欲聋。

他们的眼睛离得如此近，她都能看见他虹膜中金色和深金色的花纹，像蛋白石马赛克。她这么长时间一直很冷，可是现在她感觉好像在燃烧，同时又好像在融化，融进他的身体里——而他们几乎没有碰到对方。她发现自己的目光被吸引到了他最柔弱的部位——他的太阳穴、眼睛、喉咙底部的脉搏，她想亲吻那里，感觉她唇下他的心跳。

他留有疤痕的右手沿着她的脸颊往下移动，经过她的肩膀和侧面，一直到她的臀部，一路长长地爱抚下来。她明白了男人们为什么这么喜欢丝质睡裙。没有摩擦，感觉就像用手滑过玻璃。"告诉我你想要什么。"他耳语道，掩盖不了他声音中的干哑。

"我只想让你抱着我，"她说，"在我睡觉的时候。我现在只想要这个。"

他的手指一直在她臀部慢慢画圆圈，这时停住了。"只有这个？"

其实她想要的不是这个。她想亲吻他，直到她失去空间、时间和地点的概念，就像她在船上那样——吻他直到忘了她是谁，她为什么在这儿。

但是这是个非常糟糕的想法。

他躁动不安地看着她，她想起第一次见到他的情景，还有她是怎样觉得他看起来既英俊，却又致命，就像一只狮子。这是个试验，她想。也许还是个危险的试验。"只有这个。"

他的胸膛起伏个不停。莉莉丝的印记似乎就在他心脏上面的皮肤上跳动着。他的手握紧了她的臀部，她能听见自己的呼吸，浅得如同退潮时的潮汐。

他拉她到自己那边，把她翻过来，直到他们像勺子那样叠在一起，她背对着他。她吸了口气。她能感受到他皮肤的滚烫，似乎有点发烧。可是他的胳膊环抱着她的感觉很熟悉。他们两人像一直以来那样，非常贴合，她的头在他的下巴下面，她的脊背靠在他胸部和腹部结实的肌肉上，她的腿弯曲着跨在他的腿上。"好了，"他耳语道，他的呼吸对着她脖子的后面，让她浑身起鸡皮疙瘩，"那我们睡觉吧。"

就这样了。慢慢地，她的身体放松下来，心脏的跳动也放缓了。杰斯抱着她的胳膊和以前一样，感觉很舒服。她握着他的手，闭上了眼睛，想象着他们的床从这个奇怪的监狱里分离了出去，只有他们两人飘过太空或是海面。

她就这样睡着了，头缩在杰斯的下巴下面，脊背贴着他的身体，他们的腿交缠在一起。这是她好几个星期以来睡得最好的一觉。

西蒙坐在马格纳斯备用房间的床沿上，低头盯着膝盖上的旅行包。

他能听见客厅里传来的声音。马格纳斯在对迈亚和乔丹解释那天晚上发生的事，伊莎偶尔补充一个细节。乔丹说着他们应该点中国菜，这样他们不会饿；迈亚笑着说只要不是玉狼店里的菜就行。

饿，西蒙想。他开始饿了，像有什么东西拉拽他的血管。这种饥饿和人类的饥饿不同。他感觉身体被挖空了。他想，如果有人敲击他，他会像只钟一样响起来。

"西蒙。"房门打开了，伊莎贝尔悄悄走了进来。她的黑发松散着垂落下来，几乎到了腰间。"你没事吧？"

"我没事。"

她看见他膝头的旅行包，她的肩膀绷紧了。"你要走吗？"

"呃，我没有打算永远留在这里，"西蒙说，"我是说，昨天晚上——不同。你让……"

"好吧，"她的声音响亮得不自然，"嗯，你至少可以搭乔丹的车回去。对了，你注意到他和迈亚了吗？"

"注意到他们什么？"

她放低了声音。"他们的公路小旅行中绝对发生了什么事。他们现在是一对了。"

"嗯，那很好。"

"你嫉妒吗？"

"嗯，你和迈亚……"她摆了摆手，睫毛下面的眼睛看着他，"你是……"

"哦，不，不，根本没有。我为乔丹高兴。这真的会让他开心。"他认真地说。

"好，"伊莎贝尔又抬头看他，他看见她面若桃花，红彤彤的，不仅仅是因为冷，"你今晚留在这儿吗，西蒙？"

"和你？"

她点点头，没有看他。"亚历克要去学院多拿些他的衣服。他问我想不想和他一起回去，可是我——我更愿意和你待在这里。"她扬起下巴，直直地看着他。"我不想自己睡。如果我在这里，你愿意留下来陪我吗？"他能看得出她讨厌这么问。

"当然了,"他尽可能轻地说,把饥饿的想法从头脑中赶走,或者尽量赶走。上次他尽力要忘记喝血,结果是乔丹把他从半昏迷的莫林身上拉开。

可是那时他好几天都没吃东西了。这次不一样。他知道他的界限,对此他很肯定。

"当然,"他又说了一遍,"那好极了。"

卡米尔坐在沙发上对着亚历克得意地笑。"马格纳斯以为你现在在哪儿?"

亚历克把一块木板放在两块空心砖上,当作凳子,他伸展着他的长腿,看着他的靴子。"在学院拿衣服。我本来要去北边的哈莱姆区,可是我却来了这里。"

她眯起了眼睛。"为什么这样?"

"因为我做不到。我不能杀拉斐尔。"

卡米尔举起手。"为什么不能?你和他有什么私人关系吗?"

"我几乎不认识他,"亚历克说,"但是杀他就是故意违反《盟约》。不是说我以前没有违反过法律,可是出于合理的原因违反法律与出于自私的原因违反法律还是不同的。"

"哦,亲爱的上帝,"卡米尔开始踱步了,"有良知的拿非力人,饶了我吧。"

"对不起。"

她的眼睛眯起来了。"对不起?我要让你——"她停住了。"亚历山大,"她用更平静的声音接着说,"马格纳斯怎么办?如果你继续这样下去,你会失去他。"

亚历克看着她走来走去,她沉静得像只猫一样,表情既好奇又流露出同情。"马格纳斯是在哪儿出生的?"

卡米尔笑了。"你连这个都不知道?我的天啊,巴达维亚,如果你非要知道的话。"发现他一脸不解,她哼道:"印度尼西亚。当然,那时候是荷属东印度群岛。我相信他的母亲是当地人,他的父亲是个沉闷的殖民者。好吧,那不是他真正的父亲。"她的嘴唇弯起,挤出一个微笑。

"他真正的父亲是谁?"

"马格纳斯的父亲?哎呀,当然是个恶魔。"

"我知道,但是哪个恶魔?"

"这能有什么关系,亚历山大?"

"我有种感觉,"亚历克固执地继续说,"它是一个相当强大的恶魔。可是马格纳斯不愿意谈论它。"

卡米尔叹了口气,跌坐在沙发上。"好吧,他当然不愿意。人必须保留一些神秘感，亚历克·莱特伍德。一本还没读的书总是比一本已经记住的书更让人兴奋。"

"你的意思是我跟他说得太多了？"亚历克抓住这个建议。在这个女人冰冷美丽的外壳下，她肯定知道些什么，某个秘密的、能让他不把一切搞砸的关键。

房间里充满了黎明时分半透明的光线。克拉丽坐起来，看着杰斯睡觉。他侧身睡着，蓝色的空气中，他的头发是浅黄铜色的。他的脸颊压在手上，睡姿像一个孩子。他肩上的星形疤痕露了出来，他的胳膊、后背、侧面，全身上下的旧如尼文图案也都露了出来。

她不知道别人是不是也会像她一样，觉得这些疤痕很美，或者如果她这么觉得，是因为她爱他，而它们是他的一部分。每一个伤疤都诉说着某一个时刻的故事，有些甚至挽救了他的生命。

他在睡梦中呢喃，翻身平躺下来。他的手张开放在肚子上，手背上黑色的占卜如尼文清晰可见，再上面是克拉丽不觉得美的一个如尼文：莉莉丝的如尼文，把他和塞巴斯蒂安联结起来的那个。

它似乎在搏动，就像伊莎贝尔的红宝石项链，就像第二颗心脏。

她像只猫一样悄悄地跪在床上，伸出手从墙上拿下那把希伦戴尔匕首。她和杰斯的那张照片也一起掉落了下来，在空中旋转着，然后面朝下掉在地上。

她咽了一下口水，又看了看杰斯。即便是现在，他依然如此地充满活力，他的身体由内而外都似乎散发着微光，仿佛被体内的火光照亮。他胸口上的疤痕平稳地搏动着。

她举起了匕首。

克拉丽一惊，醒了，心脏在胸腔里狂跳不已。房间像只旋转木马一样在她周围转动：仍然黑洞洞的，杰斯的胳膊抱着她，他的呼吸在她的脖子后面暖暖的。她能感觉到他的心跳贴着她的脊背。她闭上眼，吞下嘴巴里苦涩的滋味。

这是个梦。只是个梦。

可是现在她怎么也睡不着了。她小心地坐起来，轻轻拿开杰斯的胳膊，爬下了床。

地面冰凉，她的光脚一碰到就不由得瑟缩了一下。在半明亮的光线中她发现了卧室的门把，于是将门打开。然后她僵住了。

外面的过道虽然没有窗户，可是却被带着垂饰的枝形吊灯照亮了。一摊又黏又黑的液体弄脏了地板。一面刷成白色的墙上有一个清晰的血手印。通往楼梯的这面墙溅上了血，楼梯上则有一长条黑色的血迹。

克拉丽向塞巴斯蒂安的房间看去。房间很安静，门关着，里面没有光线透出来。她想起穿闪亮上衣的那个金发女孩抬头看着他。她又看了看那个血手印，它像是一个信号，一只伸出去的手，说着"住手"。

这时塞巴斯蒂安的房门开了。

他走了出来。他穿着一件保暖T恤，下面是黑色的牛仔裤，银白色的头发乱糟糟的。他在打哈欠。看见她后他又打量了她一眼，脸上现出惊讶的表情。"你在这里干什么？"

克拉丽吸了一口气，空气中弥漫着一股金属味。"我在干什么？你在干什么？"

"下楼拿些毛巾，清理这些污秽，"他无动于衷地说，"吸血鬼和她们的游戏……"

"这看起来不像游戏的结果，"克拉丽说，"那个女孩——和你在一起的那个人类女孩——她怎么了？"

"她看见尖牙有点吓着了。有时候她们会这样，"看见她脸上的表情，他笑了，"她恢复过来了，甚至还想玩。如果你想查看一下确认她还活着的话，她现在在我床上睡着了。"

"不……没这个必要。"克拉丽垂下了眼睛。她希望除了这件睡觉时穿的丝质睡裙外，自己还穿了别的衣服。她感觉自己好像赤身裸体似的。"你怎么样？"

"你在问我有没有事？"她不是这个意思，可是塞巴斯蒂安看起来很高兴。他把T恤衫的领子拉开，她能看见他的锁骨上有两处整齐的刺伤。"我可以用移除如尼文。"

克拉丽没有说话。

"去楼下。"他说。他光着脚从她身边走过，用手势示意她跟着他，然后走下玻璃楼梯。他说完以后，她过了一会儿才跟上。他一边走一边开灯，所以当他们走到厨房时，里面亮着温暖的灯光。"酒？"他对她说，一边拉开了冰箱的门。

她在厨台旁边的一张高脚凳上坐下，拉平她的睡裙。"水就好。"

她看着他倒了两杯矿泉水——一杯给她，一杯给自己。他的动作像乔斯琳一样平稳干练，可是对动作的控制肯定是来自瓦伦丁的传授，让她想起杰斯动起来的样子，就像一个认真训练过的舞者。

他一只手把她的水杯推到她那边，另一只手将杯子端到唇边。他喝完后，把杯子重重地放到厨台上。"你可能知道这个，不过和吸血鬼瞎混总让人口渴。"

"我为什么会知道这个？"她的问题比她意欲的更尖刻。

他耸耸肩。"我以为你和那个日光行者会玩些咬人游戏。"

"西蒙和我从来没有玩过咬人游戏，"她的语气非常生硬，"其实，我搞不懂怎么会有人故意想让吸血鬼喝他们的血。你不是仇恨鄙视暗影猎族吗？"

"不，"他说，"不要把我和瓦伦丁混为一谈。"

"是啊，"她嘟哝道，"大错特错。"

"我长得跟他一模一样，而你长得像她，可这不是我的错。"想到乔斯琳，他撇了撇嘴，现出厌恶的表情。克拉丽怒视着他。"看，你就是这样。你总是这样看着我。"

"什么样？"

"就像我烧掉动物的圈舍取乐，用孤儿点烟。"他又倒了一杯水。当他转过头去时，她看见他脖子上的刺伤已经开始愈合了。

"你杀了一个孩子。"她严厉地说。她说的时候知道自己应该闭嘴，继续假装她不认为塞巴斯蒂安是个怪物。可是麦克斯。他活在她的心中，仿佛她第一次见到他时那样，在学院的沙发上睡着了，膝盖上放着一本书，眼镜歪斜着戴在小小的脸上。"那不是可以得到原谅的事，永远也不能。"

塞巴斯蒂安吸了一口气。"所以就是这件事，"他说，"这么快就亮牌了，小妹妹？"

"你是怎么想的？"她觉得自己的声音听起来非常细小，还很疲惫，可是他退缩了一下，仿佛她朝他厉声叫嚷了似的。

"如果我告诉你那是个意外，你会相信我吗？"他把杯子放到厨台上说，"我不是有意要杀他，只是要打晕他，这样他不会说——"

克拉丽用眼神阻止他说下去。她知道自己应该掩藏起眼中的恨意，然而却做不到。

"我是说真的。我本来想打晕他，就像对伊莎贝尔那样。我误判了我的力量。"

"那塞巴斯蒂安·维莱克呢？真正的塞巴斯蒂安？你杀了他，不是吗？"

塞巴斯蒂安看着自己的双手，仿佛觉得它们很陌生：他的右手腕上戴着一条银链子，上面有一个金属平片，就像标明身份的手环一样——遮掩住伊莎贝尔砍掉他的手的那道疤痕。"他不应该还手——"

克拉丽感到非常厌恶，她开始滑下凳子，可是塞巴斯蒂安抓住她的手腕，把她拉过来。他们的皮肤触碰在一起，感觉滚烫，她想起在伊德里斯他的触碰烫到她的那次。"乔纳森·摩根斯特恩杀了麦克斯。但是如果我不是那个人呢？难道你

152

没注意到我甚至都不会用相同的名字吗？"

"放开我。"

"你相信杰斯变了，"塞巴斯蒂安平静地说，"我的血改变了他。不是吗？"

她点了点头，没有说话。

"那么，为什么相信可能是另外一种情形那么难？也许是他的血改变了我。也许我不再是以前的我了。"

"你捅了卢克，"她说，"我在乎的人。我爱的人——"

"他要用散弹枪把我打成碎片，"塞巴斯蒂安说，"你爱他，我却不认识他。我在救我自己的命，还有杰斯的命。你真的不明白吗？"

"也许你只是为了让我信任你才这么说。"

"过去的我会在意你是否信任我吗？"

"也许你想要得到什么。"

"也许我只想要一个妹妹。"

听到这个，她抬起眼睛看着他的眼睛——不由自主，难以置信。"你不知道家是什么，"她说，"或者如果你有妹妹的话，怎么对她。"

"我确实有一个。"他的声音很低。他T恤的领口处有血迹。"我给你一个机会，看看杰斯和我正在做的是正确的事。你能给我一个机会吗？"

她想起在伊德里斯认识的塞巴斯蒂安。她听过他好笑的、友好的、冷漠的、嘲讽的、强烈的、还有生气的语气，可还从未听过他恳求的语气。

"杰斯信任你，"他说，"可是我不。他相信你足够爱他，会抛弃一切你珍视或相信的东西，来和他在一起。无论是什么。"

她的下巴绷紧了。"你怎么知道我不会？"

他笑了。"因为你是我妹妹。"

"我们一点也不像。"她怒斥道，然后看见他的脸上慢慢露出了微笑。她咽下其余的话，可是已经太晚了。

"这正是我要说的，"他说，"可是拜托，克拉丽。你在这里，没法回去。你已经把你的命运和杰斯系在一起了。你倒不如全心全意地做这件事，成为正在做的事的一分子。然后你可以决定你自己的看法，关于……我。"

她没有看他，而是低头看着大理石地面，非常轻微地点了下头。

他伸出手，拂开掉落到她眼前的头发，厨房的灯光反射在他戴着的手环上，她以前就注意到上面蚀刻着文字。Acheronta movebo. 她大胆地把手放在他的手腕上。"这是什么意思？"

他看着她的手放在他手腕上银链子的地方。"意思是'这就是暴君的下场'。我戴着它提醒自己记着圣廷。据说这是恺撒成为独裁者之前刺杀恺撒的罗马人的喊话。"

　　"叛徒。"克拉丽说着，放下了手。

　　塞巴斯蒂安的黑眼睛闪出一道光。"或者自由斗士。历史是由胜利者书写的，小妹妹。"

　　"那你打算写这部分？"

　　他对她咧嘴笑了，黑眼睛非常明亮。"你说得没错。"

第十二章

天堂之物

考虑到他们已经在床上一起度过了一晚，西蒙没料到他与伊莎贝尔的第二晚会如此尴尬。这一次伊莎贝尔依然冷静清醒，而且显然对他有所期待。可问题是，他不确定她所期待的是什么。

他已经拿了他一件领尖带扣的衬衫给她穿。她爬进毯子里，挪到靠墙的一边，给他留下充足的空间，而在这个过程中，他也礼貌地看向别处。

他懒得换衣服，就只是脱掉鞋袜，穿着 T 恤衫和牛仔裤爬到她身边。他们肩并肩躺了一会儿，之后伊莎贝尔朝他翻过身，把一只手臂搭在他身上。他们的膝盖碰到一处，伊莎贝尔的脚指甲刮到了他的脚踝。他想往前挪一挪，可他们的额头又撞到了。

"哎哟！"伊莎贝尔生气地说，"你不应该更擅长这个吗？"

西蒙很困惑。"为什么？"

"那些夜晚你都是在克拉丽的床上度过的，整晚都有你们那种美妙的柏拉图式的相拥而眠，"她说着把脸埋在他的肩头，声音变得模糊不清，"我估计……"

"我们就只是睡觉。"西蒙说。他一点儿也不想谈起克拉丽是如何能很好地适应他，和她躺在床上是如何自然得像呼吸一样，她头发的气味是如何让他想起童年和阳光，还有单纯与美好。他知道这些不会有所帮助。

"我知道。可我只是，"伊莎贝尔没好气地说，"不和任何人睡觉。我通常根本不留下过夜。或者说，从不。"

"是你说你想——"

"哦，闭嘴。"她说着吻了他。这回进步了些。他以前也吻过伊莎贝尔，他喜欢她嘴唇的轻柔质地，喜欢双手在她又黑又长的头发中的那种感觉。可当她靠近他的时候，他也能感觉到她身体的温热，感觉到靠在自己身上一双裸露的长腿，感觉到她血液的搏动——还有自己的尖牙突然突出来了。

他慌忙抽身出来。

"现在是怎么回事？你不想吻我？"

"我想。"他尽力把话说出来，可尖牙拦在口中。伊莎贝尔睁大了眼睛。

"哦，你饿了，"她说，"你上次喝血是什么时候？"

"昨天。"他费力地说。

她在他的枕边躺下，眼睛不可思议地又黑又大，非常明亮。"也许你该给自己找点东西吃，"她说，"你知道如果你不吃东西会发生什么。"

"我身边没带血。我必须回公寓去。"西蒙说。尖牙已经开始消退。

伊莎贝尔抓住他的胳膊。"你不必喝冷冰冰的动物血，我就在这儿。"

她的话所带来的震惊像是一股能量之流在他的体内呼啸而过，让他的神经都着了火。"你不是认真的。"

"我当然是。"她开始解开身上穿着的衬衫，露出喉咙和锁骨，在她雪白的肌肤下，血管淡淡的纹路清晰可见。衬衫敞开了，她蓝色的内衣所覆盖的部分比许多比基尼要大得多，可西蒙还是觉得自己嘴里发干。她那条红宝石项链在锁骨下闪烁着，像是红色信号灯。伊莎贝尔。她好像读懂了他的想法，于是抬起手把头发撩到后面，让其散落在一边的肩膀上，露出一侧的喉咙。"你不想……"

他抓住她的手腕。"伊莎贝尔，不要，"他急切地说，"我无法控制自己，控制不了。我可能会伤害你，会杀了你。"

她的眼里闪着光。"你不会。你能控制住自己。面对杰斯，你就曾控制住了。"

"我可没喜欢上杰斯。"

"一点儿也没有？"她满怀希望地说，"一丁点儿也没有？因为那会有点小刺激。啊，好吧。那太糟了。瞧，无论喜不喜欢，当你饥饿难忍，濒临死亡的时候，你咬了他，并且仍旧没有失控。"

"面对莫林，我就没有控制住。乔丹不得不把我拉开。"

"你会的，"她伸出手指，压在他的唇上，继而沿着他的喉咙向下，穿过他的胸膛，在他的心脏曾经跳动的地方停下来，"我相信你。"

"也许你不该相信。"

"我是个暗影猎手。如果必要的话，我可以挣脱你。"

"杰斯没有挣脱。"

"杰斯喜欢面临死亡的感觉，"伊莎贝尔说，"而我不喜欢。"她的双腿伸过来绕在他的腰上——她的柔韧性真是惊人——并且滑身向前，直到她的唇能触碰到他的嘴唇。他想亲吻她的念头如此强烈，他的整个身体都疼痛起来。他迟疑地张开嘴，自己的舌头碰到了她的。但却感到一阵尖锐的疼痛，他的舌头划过自己尖牙锋利的边缘。他尝到了自己的血，便猛地抽身回来，扭脸远离她。

"伊莎贝尔,我不能。"他闭上眼睛。她温热而柔软,在他的腿上,撩人心绪,折磨神智。他的尖牙疼痛难忍,浑身上下感觉像是透过那些血管缠满了坚硬的金属丝线。"我不想让你看到这样的我。"

"西蒙,"她轻柔地抚摸他的脸颊,把他的头转向自己,"这就是你的样子——"

他的尖牙退去了,缓慢地,可仍旧很痛。他用手捂住脸,说话声从指缝中传出。"你不可能想要这个。你不可能想要我。我自己的母亲把我赶出家门。我咬了莫林——她还只是个孩子。我的意思是,你看看我,看看我是什么,我住在哪里,我做了什么。我什么都不是。"

伊莎贝尔轻轻抚着他的头发,他透过手指看着她。仔细打量,他能看到她的眼睛不是黑色的,而是很深的棕色,镶着金色的光斑。他确定自己能在这双眼睛中看到同情。他不知道自己期待她说什么。伊莎贝尔利用男生,然后抛弃他们。伊莎贝尔美丽、强势、完美,不需要任何东西。她最不需要的就是一个吸血鬼,而且还是一个不大擅长做吸血鬼的吸血鬼。

他能感受到她的呼吸。她闻起来很香甜——血液、人的生命力、栀子花的香气。"你不是什么都不是,"她说,"西蒙。拜托,让我看看你的脸。"

他不情愿地放下双手。他现在能更清晰地看到她。月光下,她看上去温柔可爱,肌肤雪白柔滑,头发像是黑色的瀑布。她松开搂住他脖子的双手。"看看这些。"她一边说,一边摸着那些已经愈合的印记所留下的白色伤疤,它们散落在她银色的肌肤上——在她的喉咙上、手臂上、胸前的曲线上。"很丑,是吗?"

"你身上没有丑陋的地方,伊莎。"西蒙说,自己着实一惊。

"女孩子不应该浑身遍布伤疤,"伊莎贝尔实话实说,"可它们并没给你带来烦恼。"

"它们是你的一部分——是的,它们当然不会让我觉得烦恼。"

她用手指触碰着他的唇。"成为一个吸血鬼是你的一部分。我昨晚让你来这儿不是因为我想不到其他人选。我想和你在一起,西蒙。这让我惊慌失措,可我的确这样想。"

她的眼里闪着光。他来不及多停留一秒去弄清楚那到底是不是泪水,便俯身过去,吻了她。这一次一点儿也不尴尬,这一次她靠近他。他突然在她身下,将她搂住。她长长的黑发落下,像是窗帘一般裹住两人。他的手沿着她的背向上,她对他轻柔地呢喃。在他的指尖下,他能感觉到她的伤疤。他想告诉她,他觉得它们是一种装饰,证明她的勇敢,只会让她更加美丽。可这意味着要停止亲吻她,他不想这样。在他的臂弯中，她呻吟着，扭动着。当两人滚到一边时，她的手指伸进了他的发中。此时，她在他身下了，他的臂弯中全是她的柔软与温热，他的口中全是她的味道、她肌肤的气息，咸咸的、香水的气息，还有……血的气息。

他再次浑身僵硬，伊莎贝尔感觉到了，她抓住他的肩膀。她在黑暗中闪着光。"来吧。"她轻声说。他能感觉到她的心脏在贴近他胸膛的地方狂跳。"我想让你继续。"

他闭上眼，把自己的额头贴近她的，试图让自己平静下来。他的尖牙又出来了，刺入他的下嘴唇，坚硬而疼痛。"不。"

她那双完美的长腿缠绕着他，双踝紧锁。"我想让你继续。"当她弓身起来的时候，胸膛紧贴着他，喉咙也露了出来。到处都是她血液的气息，弥漫于他的全身，充盈着整个房间。

"你不害怕吗？"他低声说。

"害怕。可我仍想你继续。"

"伊莎贝尔——我不能——"

他咬了她。

他刀片般锋利的牙齿滑进她喉咙的血管中，如同一把尖刀刺进苹果的表皮，血液涌进他的口中。他不曾有过这般经历。和杰斯那次，他几乎快要死了；和莫林那次，即便在他喝她的血的时候，也感到深重的罪恶感。他很确定地知道，他咬过的这两个人都不喜欢被咬。

可伊莎贝尔喘息着，眼睛睁大，身体弓起，靠近自己。她像只猫咪那样高兴地呜呜低吟，抚摸着他的头发、他的后背，手上急促的小动作说着别停下，别停下。热量从她的体内倾泻而出，进入他的身体，将其点燃。这般感受是他从未感觉过或者想象过的。他能感受到她强而稳健的心跳，透过她血管的搏动传输入自己的血脉中。那一刻他仿佛复活了，他的心脏因纯粹的欣喜而收缩——

他抽身离开。他也不确定是怎么回事，但他抽身离开了，翻到一边仰面躺着，手指深深陷入身旁的床垫中。尖牙消退之时，他仍在发抖。房间在他四周闪烁着微光，在他喝过新鲜人血之后的片刻就会这样。

"伊莎……"他轻声说。他害怕看她，害怕自己的尖牙离开她的喉咙之后，她便会厌恶或者惊恐地瞪着他。

"怎么了？"

"你没阻止我。"他说。这话半是指责，半是希望。

"我不想。"他看着她。她仰面躺着，胸脯快速地起伏，像是在跑步。她脖子的一侧有两个整齐的刺伤，还有两小股血沿着她的脖子一直流到锁骨。西蒙遵从一种似乎深入骨髓的本能，俯身过来，把她脖子上的血舔掉。那味道咸咸的，还有种伊莎贝尔特有的味道。她打了个哆嗦，手指在他的头发中一颤。"西蒙……"

他退回来。她又黑又大的眼睛盯着他，十分严肃，她的脸颊绯红。"我……"

"什么？"有那么一个疯狂的瞬间，他以为她要说"我爱你"，可她只是摇摇头，打了个哈欠，一根手指勾住他牛仔裤腰带上的一个环，其他手指抚摸着他腰际露出的肌肤。

西蒙不知在什么地方听说过打哈欠是失血的一种征兆。他慌乱起来。"你还好吗？是我喝了太多吗？你感觉累吗？你——"

她敏捷地靠近他。"我很好。你是自己停下来的。而我是个暗影猎手，我们血液更替的速率是普通人类的三倍。"

"你……"他几乎无法让自己问出口，"你喜欢这样吗？"

"是啊，"她的声音有些嘶哑，"我喜欢。"

"真的？"

她咯咯一笑。"你感觉不出？"

"我以为也许你是装出来的。"

她用一边的胳膊肘撑起身体，明亮的黑色眼睛俯视着他——一双眼睛怎么能同时既乌黑又明亮呢？"我从不伪装什么，西蒙，"她说，"而且我从不说谎。"

"你总是让人心碎，伊莎贝尔·莱特伍德，"他尽量轻柔地说，她的血液仍旧像火焰一般在他体内涌动，"杰斯曾对克拉丽说你会穿着高跟靴碾压我。"

"此一时彼一时。现在你不同了，"她看着他，"你不怕我了。"

他抚摸着她的脸。"而你什么都不怕。"

"我不知道，"她的头发落下来，"也许你会让我心碎。"还不等他说什么，她吻了他。他想，不知道她是否能尝到自己血液的味道。"现在闭嘴。我想睡觉了。"她说着在他的身侧蜷起身子，闭上了眼睛。

不知怎的，他们之前不合适的地方现在变得很合适。没什么尴尬的地方，也没什么会戳到他，或者撞到他的腿。这感觉不像是童年、阳光或温情。这感觉奇特、灸热、兴奋、有力……很不同。西蒙清醒地躺着，眼睛盯着天花板，心不在焉地用手抚摸着伊莎贝尔如丝般光滑的黑发。他感觉自己像是被吸入了一股龙卷风里，然后被扔到一个遥远的地方，那里的一切都很陌生。最后，他转过头，轻轻吻了伊莎的额头。她动了动，嘟哝了一句，但没有睁开眼睛。

克拉丽早晨醒来的时候，杰斯还睡着，弓身侧躺着，一只手臂伸开，刚好能碰到她的肩头。她吻了吻他的脸颊，然后起来了。她正准备走进浴室去冲个澡，可好奇心还是占了上风。她轻声走到卧室门口，悄悄朝外看。

走廊墙上的血不见了，墙壁上也没有了痕迹。这么干净，她思忖整件事情是否只是个梦——那些血、和塞巴斯蒂安在厨房里的对话，所有这一切。她迈步出去，穿过走廊，把手放在曾经有血手印的墙上——

"早上好。"

她一下转过身，是她哥哥。他无声无息地走出自己的房间，站在走廊中央，一脸坏笑地看着她。他看上去刚冲了澡，湿漉漉的浅色头发是银色的，几乎像是金属质地。

"你准备一直穿这个？"他问道，看着她的睡裙。

"不，我只是……"她不想说自己是来查看走廊中是否仍有血迹。他只是看着她，觉得有趣，又有种优越感。克拉丽退回去。"我要去换衣服。"

他在她身后说了什么，可她没有停下来听，只是冲回杰斯的卧室，在身后关上门。片刻后，她听到走廊中响起声音——仍旧是塞巴斯蒂安的，还有女孩子的，说着动听的意大利语。昨天晚上的女孩，她想。那个他说睡在他房间的女孩。就是在这时，她意识到自己曾有多么怀疑他在撒谎。

但他说的是实话。"我给你一个机会，"他说过，"你能给我一个机会吗？"

她能吗？这可是他们说的塞巴斯蒂安。她一边不安地反复思量，一边冲澡，小心地选择衣服。衣服在衣橱里，都是为乔斯琳挑选的，与她平常的风格相去甚远，很难挑选穿什么。她找到一条牛仔裤——高档品牌货，从仍旧挂在上面的价格标签就能看出——还有一件花点丝质衬衫，领子那里有个蝴蝶结，有种她喜欢的年代感。她在外面穿上自己那件天鹅绒外套，之后回到杰斯的房间，可他不在了，但不难猜出他在哪儿。杯碟的叮当声、笑声，还有做饭的香味，从楼下飘上来。

她一次走下两级玻璃楼梯，可却在最后一格停下来，看着厨房里。塞巴斯蒂安靠在冰箱上，抱着双臂，而杰斯在锅里摆弄着洋葱和鸡蛋之类的东西。后者光着脚，头发乱蓬蓬的，衬衫扣子也胡乱扣着。看到他，让她心里七上八下。她从没见过他像这样，清晨刚起来，仍旧有睡梦温暖的金色光环缠绕在身上。她感到一阵锥心的难过，所有这些第一次的经历都发生在并不属于她的那个杰斯身上。

即便如此，他看上去的确很开心，眼中没有阴霾，一边大笑，一边翻动锅里的鸡蛋，然后把煎蛋卷放进盘子里。塞巴斯蒂安跟杰斯说了什么，他朝克拉丽看过来，微微一笑。"炒蛋还是煎蛋？"

"炒蛋。我不知道你会做鸡蛋。"她从楼梯上下来，走到厨台旁。阳光透过窗户照进来——尽管房间里没有时钟，她猜到应该是上午挺晚的时候了——厨房中的玻璃和金属表面闪着光。

"谁还不会做鸡蛋啊？"杰斯把想法大声说出来。

克拉丽举起手——与此同时，塞巴斯蒂安也举起了手。她不禁有些许吃惊，慌忙放下手，但塞巴斯蒂安还是看到了，咧嘴笑了。他总是咧嘴笑，她真希望自己能给他一记耳光，让那笑容从他脸上消失。

她不看他，忙着从桌上的东西里挑些放进自己的早餐盘子里——面包、新鲜黄油、果酱、切片培根——那些耐嚼又大块头的东西。还有果汁和茶。他们这儿吃得真不错，她想。然而，如果以西蒙为参照，十几岁的男孩子总是感到饿。她朝窗外看了一眼——又多看了一眼。河道不见了，取而代之的是远处高耸的山丘，山顶上有座城堡。

"我们现在在哪儿？"她问道。

"布拉格，"塞巴斯蒂安说，"杰斯和我要来这儿办点儿事。"他朝窗外瞥了一眼。"事实上，我们可能得马上出发了。"

她朝他甜甜地一笑。"我能和你们一起去吗？"

塞巴斯蒂安摇摇头。"不行。"

"为什么不行？"克拉丽把手臂抱在胸前，"是什么我不能参与的兄弟情义吗？你们是要理个情侣发型吗？"

杰斯递给她一只盛着炒蛋的盘子，可却看着塞巴斯蒂安。"也许她可以去，"他说，"我的意思是，就这趟差事——这事没危险。"

塞巴斯蒂安的眼睛像是弗罗斯特[①]诗歌中的树林，昏暗深邃，不透露任何信息。"任何事都可能变得危险。"

"好吧，你说了算。"杰斯耸了耸肩，伸手拿过一颗草莓，扔进嘴里，又把手指上的汁液舔掉。这个，克拉丽想，是眼前这个杰斯和她的杰斯之间一个明显又绝对的区别。她的杰斯对任何事情都有一种强烈的、百分百的好奇。他绝不会耸耸肩，按照其他人的计划行事。他像是大海，不停地拍打满是岩石的海岸。而这个杰斯是……一条平静的河流，在阳光下闪着光。

[①] 罗伯特·弗罗斯特（Robert Frost，1874—1963），美国诗人，作品主要描写新英格兰的风土人情，名作有《白桦树》和诗集《山间》。

因为他快乐？

克拉丽的手握紧叉子，指节都变白了。她讨厌自己脑袋里那个微弱的声音，像希丽宫的精灵女王，在本不该生疑之处埋下疑虑，问出那些没有答案的问题。

"我去拿我的东西。"杰斯又从盘子里拿起一颗草莓，扔进嘴里，然后冲上楼去。克拉丽抬起头，透明的玻璃台阶似乎看不到，他像是飞上去，而不是跑上去的。

"你没吃鸡蛋呢。"是塞巴斯蒂安。他已然走到了厨台旁——还是那样无声无息，真讨厌——他正看着她，眉毛挑起。他稍微有些口音，是住在伊德里斯的人特有的口音和更多一些英国口音的混合。她思量是他之前隐藏了这一点，还仅仅是自己不曾留意。

"实际上我不喜欢吃鸡蛋。"她坦承。

"可你不想告诉杰斯，因为给你做早餐他似乎很高兴。"

既然的确如此，克拉丽什么也没说。

"很有趣，不是吗？"塞巴斯蒂安说，"好人撒的谎。从现在起，在你生命剩余的日子里，他可能每天都做鸡蛋给你吃。而你会塞下那些鸡蛋，因为你无法告诉他你不喜欢鸡蛋。"

克拉丽想到精灵女王。"爱让我们所有人都成为骗子？"

"正是。你学得很快，不是吗？"他朝她走近一步，一丝焦虑刺过她的神经。他喷了和杰斯一样的古龙水，她闻出了那股柠檬混合黑胡椒的气味，可是喷在他身上闻起来完全不同。不知怎的，完全不对劲。"我们这方面有共同点。"塞巴斯蒂安说着开始解开衬衫。

她慌忙站起来。"你在做什么？"

"放轻松，妹妹。"他解开最后一颗纽扣，衬衫打开了。他慵懒地一笑。"你是有书写如尼文神奇能力的女孩，对吧？"

克拉丽缓缓点了点头。

"我想要一个增强力量的如尼文，"他说，"如果你是最好的，我想让你来写。你不会拒绝哥哥想要一个如尼文的要求，对吧？"他的黑眼睛扫视着她。"另外，你想让我给你一个机会。"

"而你想让我给你一个机会，"她说，"那我和你做笔交易。如果你让我和你们一起去办事，我就给你一个增强力量的如尼文。"

他脱掉衬衫剩下的部分，扔在厨台上。"成交。"

"我没有石杖。"她不想看他，可真的很困难。他似乎是有意要入侵她的私人空间。他的身形和杰斯的很像——结实,各处都没有一丝赘肉,皮肤下的肌肉线条很明显。他也像杰斯那样浑身布满疤痕,尽管他的皮肤更加雪白,白色的疤痕不像在杰斯金色的皮肤上那样明显。那些印记在她哥哥身上更像是银色的笔写在白色的纸上。

他从腰间抽出一根石杖,递给她。"用我的。"

"好,"她说,"转过去。"

他照做了,可她强压下一声惊叫。他裸露的脊背上全是一条条凹凸不平的伤疤,一条挨着一条,这么多不会是偶然的事故。

鞭印。

"谁这么对你?"她说。

"你以为是谁呢?我们的父亲,"他说,"他用的是一条恶魔金属制成的鞭子,所以移除如尼文无法治愈。这是为了提醒我。"

"提醒你什么?"

"听话的危险。"

她摸了摸一条伤疤,感觉它在自己的指尖发烫,似乎是新伤,而且粗糙不平,但周边的肌肤很光滑。"你的意思不是'不听话'吗?"

"我就是我说的意思。"

"疼吗?"

"一直都疼,"他不耐烦地扭头瞥了一眼,"你在等什么?"

"没什么。"她把石杖的顶端放在他的肩胛骨处,尽力让自己的手稳住。她一部分的大脑飞速转着,想着给他刻上一个让他受伤、让他恶心、搅乱他五脏六腑的印记会是多么简单的事情——可如果她这么做,杰斯会怎样?她把头发从脸前甩开,小心地在肩胛骨和脊背的连接处画出一个强壮如尼文。如果他是天使,就会在那个地方有一对翅膀。

她完成的时候,他转过身,从她手里拿回石杖,穿上衬衫。她没期待他会感谢她——她的确也没得到感谢。他一边把衬衫扣起来,一边动动肩膀,咧嘴一笑。"你真不错。"他说,仅此而已。

片刻之后,楼梯上传来声响,杰斯回来了,他正把一件绒面革的外套披上身。他还系上了挂满武器的腰带,戴了一双露出手指的黑手套。

克拉丽朝他笑笑,其中有股她自己也没觉察的温暖。"塞巴斯蒂安说我能和你们一起去。"

杰斯扬起眉毛。"所有人都来个一样的发型吗?"

"我可不希望，"塞巴斯蒂安说，"我理鬓发非常难看。"

克拉丽低头看看自己。"我需要换上战斗服吗？"

"并不需要。这趟差事不是那种需要战斗的类型。可做些准备总是好的。我会从武器房给你拿些东西。"塞巴斯蒂安说，随后在楼上消失了。克拉丽默默地埋怨自己四下搜寻的时候没有找到武器房。那里面一定有东西能为他们在计划什么提供一点儿线索——

杰斯抚摸了一下她的脸颊，她一惊。她几乎忘了他在这儿。"你确定你想这么干？"

"当然。待在屋里我会精神失常的。另外，你教过我怎么战斗。我猜你会想让我实践一下。"

他的嘴唇一撇，露出个坏笑。他把她的头发放到后面，轻声在她耳畔说着怎么运用在他这里所学到的东西。塞巴斯蒂安回来加入他们的时候，他抽身离开了。塞巴斯蒂安穿着外套，手里拿着一条武器腰带，上面插着一把匕首，还有一把天使之刃。他伸手将克拉丽拉到自己身边，把腰带围在她的腰际，绕了两圈，让它低低地挎在她的腰上。她很吃惊，没有推开他，直到他弄好了，她也没找到机会。他转过身，冲一面墙走去，那里出现了大门的轮廓，闪着光，像是梦境中的门。

他们穿过了这扇门。

图书室响起轻柔的敲门声，玛丽斯抬起了头。此刻天气阴沉，窗外光线昏暗，圆形的房间中只有罩着绿色灯罩的台灯发出一抹微光。她说不清自己坐在写字桌后面有多久了。在她面前的桌子上散落着好几个空了的咖啡杯。

她站起身。"进来。"

门打开的时候，轻轻地咔嗒响了一下，可却没有脚步声。片刻后，一个穿着羊皮纸颜色袍子的人滑入房间。他的风帽拉下，脸露了出来。"你召唤了我们，玛丽斯·莱特伍德？"

玛丽斯松了松肩膀，她感到浑身紧绷，疲惫而苍老。"使者撒迦利亚，我等的是——好吧。这没什么。"

"使者伊诺克？他是比我资深，但我想你的召唤可能与你养子的失踪有关。关于他的安危，我有特别的兴趣。"

她好奇地看着他。大部分无声使者不会发表主观意见，或者提及他们的个人情感，如果他们有任何个人情感的话。她把自己打结的头发捋顺，从书桌后面走出来。"很好。我想给你看样东西。"

她从来没有真的适应无声使者，适应他们走路时的那种悄无声息，好像他们的双脚不接触地面。撒迦利亚似乎在她身边悬空着，她领着他穿过图书室，来到钉在北墙上的一张世界地图前。这是一张暗影猎手地图，在欧洲的中心显示着伊德里斯的所在，还用金边显示出其周围的法术屏障。

在地图下面的架子上放着两样东西。一件是片碎玻璃，上面沾着干了的血迹。另一件是块破旧的皮质袖口边，装饰着拥有天使法力的如尼文。

"这些是——"

"杰斯·希伦戴尔的袖口和乔纳森·摩根斯特恩的血。我想追踪他们的尝试并没有成功？"

"准确地说这不是追踪，"玛丽斯挺直肩膀，"当我还在集团之时，瓦伦丁有一种可以定位到我们所有人的方法。他随时都能知道我们在哪里，除非我们在一些受到保护的地方。我想有这么一种可能，当杰斯还是个孩子的时候，他也许对他做过同样的事情。他似乎能毫不费力地找到他。"

"你所说的方法是什么？"

"一种印记。不是《灰色格雷》中所记载的任何一种。我们所有人都有。我几乎快要忘了它，但毕竟没什么办法可以去除它。"

"如果杰斯有，他会不知道吗？进而采取一些措施防止你们利用它找到他？"

玛丽斯摇摇头。"那可能是他头发下面一个小小的白点，几乎看不到，像我的一样。他不会知道自己有——瓦伦丁不会告诉他。"

使者撒迦利亚从她身边离开，转而研究起地图。"那么你的试验结果是什么？"

"杰斯有那种印记，"玛丽斯说，可她听上去并不欢喜或者得意，"我在地图上看到了他。当他出现的时候，地图上他所处的位置会闪烁，像是种微光。而且他的袖口也会同时闪烁。所以我知道那是他，而不是乔纳森·摩根斯特恩。乔纳森从没在地图上出现过。"

"他在哪儿？杰斯在哪儿？"

"我看到他每次只出现几秒钟，在伦敦、罗马和上海。不久之前，他在威尼斯闪现了一下，之后又消失了。"

"他怎么能在城市之间如此迅速地往来？"

"移空门？"她耸了耸肩，"我不知道。我只知道每次地图闪烁的时候，我都明白他还活着……就眼下而言。这像是我又能呼吸了，就只是一小会儿。"她决然地闭上嘴，恐怕剩下的话脱口而出——她是如何想念亚历克和伊莎贝尔，但又不忍把他们叫回学院，亚历克至少应该为寻找他的兄弟尽些责；她是如何仍旧每天都想到麦克斯，那就像是有人掏空了她肺里的空气，她只有抓住自己的心脏，恐怕自己会死去。她不能够再失去杰斯。

"我可以理解。"使者撒迦利亚在身前握起双手。他的手看上去很年轻，既没扭曲也没变弯，手指修长。玛丽斯经常揣测使者们是如何衰老的，他们能活多久。可这些信息是他们那群人的秘密。"很少有东西能比家庭的关爱更有力量了。但我不明白的是，你为什么选择把这个展示给我看。"

玛丽斯重重吸了一口气。"我知道我应该把这个拿给圣廷看，"她说，"可圣廷现在知道了他和乔纳森的联结。他们在抓捕他们两人，如果找到杰斯，他们会杀了他。但是我自己守着这个秘密肯定是种背叛。"她垂下了头。"我决定告诉你们，无声使者，这是我能忍受的。之后，是否告诉圣廷就是你们的选择了。我——我受不了由我自己做出选择。"

撒迦利亚沉默了好久，然后他的声音在她的头脑中温柔地响起。"你的地图告诉你，你的儿子仍然活着。如果把它交给圣廷，我不认为会对他们有很大帮助，除了告诉他们他正在快速地游走各地、无法追踪之外。他们已经知道这些了。你留着地图。我暂时不会说。"

玛丽斯吃惊地看着他。"可是……你是圣廷的仆人……"

"我曾经也像你一样是个暗影猎手。我像你一样生活过。而且像你一样，我也有深爱的人，他们的安康高于任何东西——任何誓言、任何义务。"

"你……"玛丽斯犹豫着，"你有过孩子？"

"不，没有孩子。"

"抱歉。"

"不必。别让为杰斯的担忧吞噬掉你自己。他是希伦戴尔家的一员，而他们家都是幸存者——"

玛丽斯心中一惊。"他不是希伦戴尔家的一员。他是莱特伍德家的人。杰斯·莱特伍德。他是我的儿子。"

使者撒迦利亚停顿了好久，随后说："我的意思不是要暗示什么。"他松开那双细长的手，退后几步。"你必须意识到一件事。如果杰斯在地图上一次出现的时间不止几秒钟，你必须告诉圣廷。你应该做好出现这种可能性的准备。"

"我觉得我做不到，"她说，"他们会派人追捕他，设下陷阱等着他。他还只是个孩子。"

"他从不只是个孩子。"撒迦利亚一边说，一边转身滑行着离开房间。玛丽斯没有目送他离去，而是转身盯着地图。

"西蒙？"

宽慰像是一朵鲜花般在他的胸膛中绽放。克拉丽的声音，有些迟疑，但那么熟悉，充盈在他的头脑里。他看看身边，伊莎贝尔还睡着。白天的日光透过窗帘的边缘清晰可见。

"你醒着吗？"

他翻身仰面躺着，盯着天花板。"我当然醒着。"

"好吧，我不太确定。你大概比我这里晚六七个小时。这里是黄昏了。"

"意大利？"

"我们现在在布拉格。太漂亮了。有一条大河，还有很多有尖顶的建筑。从远处看有点儿像伊德里斯。但这里很冷，比家里冷多了。"

"好了，气象报告够多的了。你安全吗？塞巴斯蒂安和杰斯在哪儿？"

"他们和我在一起，但我走开了一些。我说我想和桥上的风光好好交流一番。"

"所以我是桥上的风光？"

她笑了，或者至少他感到在他的头脑里响起了类似笑声的东西——轻柔而又有些紧张的笑声。"我不能耽搁太久，尽管他们好像没怀疑什么。杰斯……杰斯肯定没有。塞巴斯蒂安比较难琢磨。我觉得他不信任我。我昨天搜查了他的房间，可什么都没有——我的意思是，没有东西能透露他们在计划什么。昨晚……"

"昨晚？"

"没什么，"这真奇怪，她的声音只出现在他的头脑里，而他仍能觉察到她隐瞒了什么，"塞巴斯蒂安的房间里有一只我妈妈曾有过的盒子。里面装着他小时候的东西。我想不明白为什么。"

"别浪费时间弄明白塞巴斯蒂安了，西蒙告诉她，他不值得。弄清楚他们要干什么。"

"我在努力，"她听上去有些恼怒，"你还在马格纳斯家吗？"

"对。我们进展到计划的第二阶段了。"

"哦，是吗？第一阶段是什么？"

"第一阶段是围坐在桌前，订比萨饼，讨论。"

"第二阶段是什么？坐在桌前，喝咖啡，讨论？"

"准确地说不是，"西蒙深吸了一口气，"我们召唤了恶魔阿撒泻勒。"

"阿撒泻勒？"她的声音在西蒙头脑中尖锐地响起，他几乎要捂住自己的耳朵，

"这么说这就是那个愚蠢的蓝精灵问题所涉及的内容。告诉我你是在开玩笑。"

"我没有。说来话长。"他尽可能地把事情告诉她。他一边说,一边看着伊莎贝尔呼吸,看着窗外的光线更加明亮起来。"我们觉得它能帮我们找到一种可以伤到塞巴斯蒂安而不会伤到杰斯的武器。"

"好吧,可是——召唤恶魔?"克拉丽听上去并没有信服,"而且阿撒泻勒并不是普通的恶魔。在这一点上我站在恶之队一边。你是善之队。记住这个。"

"你知道事情不是那么简单的,克拉丽。"

他似乎感到她叹了口气,一阵风吹过他的皮肤,让他脖子后面的毛发竖了起来。"我知道。"

城市与河流,克拉丽一边想,一边把手从戴在右手的金戒指上拿开。她转过身,视线离开查理大桥,回到杰斯和塞巴斯蒂安身上。他们在这座古老石桥的另一边,指着什么她看不到的东西。桥下的河水是一种金属的颜色,无声地流过古老的桥墩;天空也是一样的颜色,散布着几块黑云。

风像鞭子一样打着她的头发和外衣,她走过去加入塞巴斯蒂安和杰斯。他们再次出发了,两个男孩轻声交谈着。如果乐意,她也可以加入谈话,她想。可这里有种城市宁静的可爱之处,远处的尖顶高耸入薄雾之中,让她想安静下来,独自欣赏与思考。

大桥的尽头连接着一条蜿蜒的鹅卵石街道,街道两旁是旅游商店,店里出售鲜红的石榴石、大块的金色波兰琥珀、厚重的波西米亚玻璃和木头玩具。即便是在此刻这个光景,服务生也站在夜总会外面,拿着可以给酒水打折的优惠券或卡片。塞巴斯蒂安不耐烦地示意他们靠边站,用捷克语大声表达着他的恼火。当街道变宽,延展进入一个中世纪的古老广场后,拥挤的人群也得以缓解。尽管天气寒冷,广场上仍旧满是成群的行人和小亭子,那里出售香肠和加了香料的热苹果酒。他们三人停下来吃东西,围坐在一张摇摇晃晃的高桌子前。此时广场中央那个巨大的天文钟开始报时。机械叮叮当当地启动了,时钟两侧的小门里出现了一圈跳舞的木头小人——十二门徒 [①],这些小人一边不停地转圈,塞巴斯蒂安一边解释。

"有个传说,"他说着俯身向前,用手抱住盛着热苹果酒的杯子,"这个时钟造好之后,国王挖掉了造钟人的眼睛,这样他就再不可能造出同样漂亮的东西了。"

[①] 十二门徒是耶稣基督派出传布福音的十二个使徒。

克拉丽打了个寒战,朝杰斯稍微靠近了一些。自从他们离开大桥后,他一直很安静,像是陷入了沉思。行人——主要是女孩子——经过的时候都会停下来看看他。他的头发颜色明亮,在这座老城广场上那些冬天的灰暗颜色中十分突出。"真是暴虐。"她说。

塞巴斯蒂安用手指沿着杯子边缘划了一圈,又把外面的苹果酒舔掉。"往事犹若他乡。"

"异乡。"杰斯说。

塞巴斯蒂安慵懒地看着他。"什么?"

"'往事犹若异乡:他们那里行事不同',[①]"杰斯说,"这才是完整的引文。"

塞巴斯蒂安耸了下肩,推开杯子。如果把杯子归还到购买苹果酒的小亭子,可以得到一欧元。可是克拉丽猜测塞巴斯蒂安不愿为了微不足道的一欧元伪装是个良好公民。"我们走。"

克拉丽还没喝完,可还是放下杯子,跟了上去。塞巴斯蒂安领着他们离开广场,进入一片迷宫般的狭窄弯曲街道。杰斯纠正了塞巴斯蒂安,她思索着。当然那只是无关紧要的东西,可莉莉丝的血液法力不是应该将他与她哥哥捆绑在一起吗?他不是应该认为塞巴斯蒂安做的所有事情都是对的吗?这会是某种信号吗——即便是非常微小的一种信号——把他们联结在一起的咒语开始消退了?

这种希望很愚蠢,她清楚。可有时希望是你所拥有的全部。

街道变得更加狭窄幽暗了。头顶的云层完全遮住了西沉的太阳,四处点着老式的煤气灯,照亮迷雾般的昏暗。街道变成了鹅卵石小路,人行道愈发狭窄,迫使他们走成一列,好像是在小心穿过一座窄桥。只有看到其他行人出现又消失在雾中,才让克拉丽感觉到不是进入了自己想象出来的梦境城市中的某种扭曲时空。

他们终于到了一座石头拱门前,拱门之后是一个小广场。大部分店铺都熄了灯,但其中一家还亮着。招牌上的金字写着"古董店",窗户里摆满了装着各式东西的陈旧展示瓶,上面剥落的标签注释着拉丁文。塞巴斯蒂安朝这家店走去,克拉丽十分吃惊。他们要这些破旧的瓶瓶罐罐会有什么用呢?

他们踏进门的时候,她打消了这个念头。店铺里面灯光昏暗,一股樟脑丸的气味,可塞得满满当当,每个缝隙里都不可思议地收纳着各式破烂——或者不是破烂的东西。和精美的天国示意图挤在一起的是一些盐罐和胡椒瓶。这些佐料瓶

---

① 此引文出自英国作家哈特利(L. P. Hartley,1895—1972)。

都雕刻成了小人的样子，像是老城广场的时钟上的那些。还有一堆堆陈旧的烟草罐和雪茄盒、装裱在玻璃里的邮票、民主德国和俄国设计的老式相机和一只美轮美奂的雕花玻璃碗。这只玻璃碗是浓稠的翠绿色，旁边放着一叠浸了水的旧台历。他们头顶上一根装了底座的杆子上挂着一面破旧的捷克国旗。

塞巴斯蒂安穿过一堆堆东西，走向店铺后面的柜台。克拉丽才意识到自己误认为是人体模特的东西实际上是个老人。老人的脸皱得像是一张旧床单，他靠着柜台，抱着双臂。柜台的表面是块玻璃，上面放着一摞摞老式珠宝和闪闪发光的玻璃珠，还有带链子和宝石搭扣的小钱包和一排排袖扣。

塞巴斯蒂安用捷克语说了些什么，老人点点头，扬起下巴指了指克拉丽和杰斯，一脸疑虑。克拉丽看到，他的眼睛是深红色的。她眯起自己的眼睛，努力集中精神，开始剥去他身上的魔法伪装。

这非常不易，伪装似乎像粘蝇纸一般贴在他身上。最后，她努力把伪装揭开了一点儿，仅能瞥见几眼站在她面前的这个生物的真面目——高大的人形生物，灰色的皮肤，深红的眼睛，满嘴尖牙向四周突出，巨蟒似的长手臂尽头是像鳗鱼一样的头——小小的，但长满牙齿，露出凶光。

"维提斯魔，"杰斯在她耳边嘀咕，"它们很像火龙，喜欢收集亮闪闪的东西。无论是破烂还是珠宝，对它们来说都一样。"

塞巴斯蒂安转过头看着杰斯和克拉丽。"他们是我弟弟和妹妹。"他停了一下又说："他们完全值得信赖，米雷克。"

克拉丽身上微微一颤，她不喜欢作为杰斯的妹妹，即便是为了方便这个恶魔。

"我不喜欢这样，"那个维提斯魔说，"你说过我们将会只与你交易，摩根斯特恩。我知道瓦伦丁有一个女儿，"它的头朝克拉丽一低，"我还知道他只有一个儿子。"

"他是养子。"塞巴斯蒂安指着杰斯轻快地说。

"养子？"

"我想你会发觉这年月现代家庭的概念真的在以一种惊人的速度发生着改变。"杰斯说。

那个恶魔——米雷克——看上去并不为所动。"我不喜欢这样。"它又说了一遍。

"可你会喜欢这个。"塞巴斯蒂安说着从口袋中掏出一个小钱袋，袋口系着。他把钱袋口朝下放在柜台上，叮叮当当掉出一堆铜钱，铜钱相互碰撞着滚过玻璃台面。"死人眼睛上的铜钱①。一百枚。现在,你有那个我们说好的东西了吗?"

一条长着牙齿的手臂摸索着伸过柜台,轻轻咬了咬铜钱。恶魔红色的眼睛扫过那一堆东西。"非常好,可是要买你想找的东西,这些不够。"它用一条弯曲起伏的手臂示意了一下,手臂上方出现了一大块在克拉丽看来像是岩石晶体的东西——只是这东西更加光彩夺目,更加透明,银光闪闪,十分美丽。她猛然一惊,意识到这是锻造天使之刃的材料。"纯的阿达玛斯石,"米雷克说,"天堂之物。无价之宝。"

愤怒在塞巴斯蒂安脸上如同闪电般飞速闪现而过。一瞬间,克拉丽看到了表面之下那个邪恶的家伙,那个在霍奇倒下死去之时大笑的家伙。随后那表情消失了。"可我们是说好价格的。"

"我们还说好你一个人来呢。"米雷克说。它红色的眼睛转到克拉丽身上,然后是杰斯。后者一动不动,可显露出一种控制有素的静止,像是一只准备进攻而蜷伏起来的猫咪。"我来告诉你,你还能给我些什么,"它说,"你妹妹一绺漂亮的头发。"

"好,"克拉丽说着往前一步,"你想要一点儿我的头发——"

"不!"杰斯走过来挡住她,"它是个黑魔法师,克拉丽。你不知道它会用一绺头发或者一滴血做些什么。"

"米雷克。"塞巴斯蒂安看也不看克拉丽,而是缓缓地说。就在此时此刻克拉丽想,如果塞巴斯蒂安想用自己的一绺头发交换阿达玛斯石,有什么可以阻止他?杰斯提出了反对,可他同时受制于人,会按照塞巴斯蒂安的要求去做。在这种两难的境地中,什么会获胜?是法力的束缚,还是杰斯对她的感情?"绝对不行。"

恶魔像蜥蜴那样缓慢地眨了眨眼。"绝对不行?"

"我妹妹头上的一根头发你都不能碰,"塞巴斯蒂安说,"我们的交易你也不能反悔。没人可以欺骗瓦伦丁·摩根斯特恩的儿子。按说好的价钱来,否则——"

"否则什么?"米雷克咆哮说,"否则我会后悔?你不是瓦伦丁,小孩儿。啊,那是个会鼓动忠诚的人——"

"不,"塞巴斯蒂安说着从腰间拔出一把天使之刃,"我不是瓦伦丁。我不想像瓦伦丁那样和恶魔谈交易。如果我不能让你忠诚,我会让你害怕。要知道我比我父亲当年要强大得多。如果你不和我公平交易,我就会要了你的命,然后得到我

---

① 在希腊神话中,这种铜钱是死者亲属放于死者双眼上的(或放于死者口中),为了付给冥界负责摆渡的神卡戎,让其将死者摆渡过冥河。

此行所需要的东西。"他举起手中的天使之刃。"杜马赫。"他轻声说着把天使之刃往前一挥，刀刃便像一团火焰般发出夺目的光亮。

恶魔往后退缩了，用一种含糊不清的语言厉声说出几句话。杰斯的手中已经握了一把短刀。他朝克拉丽喊了一句，可是还不够快。有什么东西重重打在她的肩头，她向前倒去，手脚摊开摔在堆满杂物的地板上。她迅速翻身，仰面朝上一看——

继而发出一声尖叫。赫然耸立在她上方的是一条巨蟒——或者说，至少这个东西有个细长而长满鳞片的身体和像眼镜蛇那样能鼓起来的头，但是它的身上如同昆虫般长满了无数条舞动的长腿，每条腿的尽头都是锯齿状的爪子。克拉丽胡乱摸索着武器腰带，此时这个家伙往后竖立起来，黄色的毒液从尖牙上滴落，继而发起攻击。

西蒙在和克拉丽"通话"之后又睡着了。当他再次醒来的时候，灯亮了，伊莎贝尔跪在床边，穿着牛仔裤和一件破旧的T恤衫。这些衣服她一定是从亚历克那里借来的。衣服袖子上有洞，边上的针脚也开了线。她把喉咙处的领口拉开，用石杖尖在胸口的皮肤上画着如尼文，就在锁骨下方的位置。

西蒙用胳膊肘把自己支撑起来。"你在做什么？"

"移除文，"她说，"为了这个。"她把头发撩到耳后，他看到自己在她喉咙一侧弄出的那两个针刺伤口。她完成如尼文之后，伤口平复了，只留下淡淡的白色小斑点。

"你……还好吧？"他的声音像是在耳语，很轻柔。他努力克制住想问的其他问题。我伤到你了吗？现在你觉我是个怪物了吧？我把你吓坏了吧？

"我很好。比平常睡得要多一些，但我想这可能是件好事。"看到他的表情，伊莎贝尔把石杖放回腰间。她朝西蒙爬过来，像猫咪般优雅。她来到西蒙身边，头发落下来环绕着两人。他们如此靠近，彼此的鼻子都能碰到。她目不转睛地注视着他。"你为什么这么不安？"她说。他能感觉到她的呼吸拂过自己的脸庞，像一阵呢喃般轻柔。

他想把她拉倒，吻她——不是咬她，仅仅是吻她——可就在这时，公寓的门铃响了。片刻之后，有人敲了敲卧室的门——事实上，是重重地捶，门上的合叶都颤动了。

"西蒙，伊莎贝尔，"是马格纳斯，"瞧，我不管你们是睡着了，还是在对彼此干什么难以启齿的事情。快穿好衣服，到客厅里来。马上。"

西蒙盯着伊莎贝尔看了看，后者也和他一样迷惑不解。"怎么了？"

"快出来。"马格纳斯说，他踱步离开他们房间的脚步声很响。

伊莎贝尔从西蒙身边离开，这让他大失所望。伊莎贝尔叹了口气。"你觉得是什么事情？"

"不知道，"西蒙说，"善之队的紧急会议，我猜。"克拉丽用这个说法的时候，他觉得很有趣。可伊莎贝尔只是摇摇头，又叹了口气。

"我不确定最近有什么好事。"她说。

第十三章

人骨吊灯

巨蟒的头部朝克拉丽俯冲下来之时，一道模糊的光拦腰砍来，几乎让她失明。是一把天使之刃，闪闪发光的刀刃干净利落地将恶魔的头割了下来。那颗头落下，飞溅出毒液与毒血。克拉丽翻身滚到一边，可还是有些毒液溅到了她身上。还没等恶魔的两截躯体摔在地上，它便消失了。克拉丽强忍住疼痛的叫喊，挪动着准备站起来。一只手忽然出现在她的视野中——要把她拉起来。杰斯，她想，可当她抬头看时，才意识到自己盯着看的是她哥哥。

"来，"塞巴斯蒂安说，他的手仍旧伸着，"还有更多恶魔。"

她抓住他的手，让他把自己拉起来。他身上也溅满了恶魔血液——那种黑绿色的东西，沾到之处都会被烧坏，在衣服上留下烧焦的斑块。就在她看着他时，一个长着蛇头的东西——她稍后才意识到是眼镜蛇魔，她记得在一本书里看到过示意图——在他身后竖起，那东西的颈部像眼镜蛇那样鼓起。克拉丽不假思索地抓住他的肩头，用力把他推到一边。恶魔发动攻击之时，他摇晃着后退，而克拉丽起身迎上去，手里拿着从腰带上拔出的短刀。她将短刀完全刺入，同时身体转到一侧，避开那家伙的尖牙。刀刃插入的时候，恶魔发出的嘶嘶声变成了一声低吼。她大叫一声，但牢牢握着短刀，这条眼镜蛇魔消失不见了。

她急忙转过身，塞巴斯蒂安正在店门口与另一条眼镜蛇魔打斗，杰斯则在古董陶瓷展柜旁抵御另外两条，陶瓷碎片散落一地。克拉丽手臂往后一甩，扔出短刀，就像杰斯教她的那样。短刀飞过空中，击中了一个恶魔的身侧，让其一边抖动一边尖叫着离开了杰斯。杰斯猛地转过身，看到她，眨了眨眼，随后扬手割掉了剩下一条眼镜蛇魔的头。它的尸体一边瘫倒下去，一边消失了。杰斯身上溅满了黑色的血液，他咧嘴笑了笑。

一阵不知名的感觉涌过克拉丽体内——是一种欣喜的嗡鸣感觉。杰斯和伊莎贝尔都跟她说过战斗中的兴奋感，可她之前从没真正体验过。现在，她感觉到了。她感到浑身充满能量，热血沸腾，力量从脊背深处散发出来。她周围的一切似乎都慢了下来。她看到那条受伤的眼镜蛇魔转过身，面向她，挪动昆虫般的脚朝她冲过来，并且嘴唇卷起，露出尖牙。她往后退了一步，从墙面的基座上拔下那面古董旗帜，把旗杆的一端插入眼镜蛇魔一边喘气一边大张着的嘴里。旗杆从那家伙的头盖骨后面穿出来，眼镜蛇魔消失了，也带走了那面旗帜。

克拉丽大笑起来。塞巴斯蒂安刚刚了结另一个恶魔，听到动静转过身，他双目圆睁。"克拉丽！阻止它！"他大喊道。克拉丽一回身，看到米雷克的手在一扇通往店铺后面的门上摸索着。

她迅速跑过去，一边跑一边从腰带上拔出天使之刃。"纳克！"她大喊一声，跃上柜台，从上面飞身而下，手中的武器爆发出夺目的亮光。她扑到维提斯魔的身上，将其撞倒在地。恶魔用一条鳗鱼似的手臂猛地钳住了她，但她挥动天使之刃，割落了那条手臂。黑色的血液四处飞溅。恶魔用一双惊恐的红眼睛看着她。

"停，"它喘息着说，"无论你想要什么，我都可以给你——"

"我已经有了想要的全部。"她轻声说着把天使之刃劈了下去。刀刃刺入恶魔的胸腔，米雷克沉闷地低吼一声，消失了。克拉丽重重跌坐在地毯上。

片刻之后，柜台的一侧出现了两个脑袋，往下盯着她——一个一头金发，一个一头银发。是杰斯和塞巴斯蒂安。杰斯睁大了眼睛，而塞巴斯蒂安则面色苍白。"以天使之名，克拉丽，"他喘着粗气说，"阿达玛斯石——"

"哦，你想要的那东西？在这儿。"石头的一部分滚入了柜台下面，克拉丽此刻把它捡了起来。那一团光彩夺目的银色物体只是在她满是鲜血的双手触碰过的地方有些污迹。

塞巴斯蒂安颇感宽慰地嘟哝了一句，从她手里夺过阿达玛斯石。而杰斯则用一个轻巧的动作翻过柜台，落到克拉丽身边。他跪下来，把她拉近，用手检查她的身体，神色阴郁，满是关切。她抓住他的手腕。

"我没事。"她说。她的心在狂跳，血液仍在血管中奔腾。他张开嘴，想说什么，可她俯身过来，把双手放在他的脸颊两侧，指甲陷入其中。"我感觉很好。"她看着他，他衣衫凌乱，浑身都是血和汗，可她却想吻他。她想——

"行了，你们俩。"塞巴斯蒂安说。克拉丽离开杰斯，抬头看了她哥哥一眼。他正朝两人咧嘴笑着，一只手里懒洋洋地转着阿达玛斯石。"明天我们要用这个，"他说着朝石头点点头，"可今晚——等我们稍微清理一下——就去庆祝。"

西蒙光着脚走进客厅，伊莎贝尔跟在后面。他看到了一幅令人吃惊的场景。地板中央的圆圈和五角阵闪着刺眼的银光，像是水银。浓烟从中心升起，形成一根黑红色的高柱，顶端是白色的。整个房间闻起来像是着了火。马格纳斯和亚历克站在圆圈外面，和他们一起的还有乔丹和迈亚——从他们穿的衣服和戴的帽子判断——看上去像是刚刚过来。

"这是怎么了？"伊莎贝尔问，她伸了伸细长的手臂，打了个哈欠，"为什么所有人都在看五角阵这个频道？"

"稍微等一下，"亚历克严肃地说，"你会明白的。"

伊莎贝尔耸耸肩，也加入了众人的行列。正当所有人目不转睛时，那股白烟开始打转，速度越来越快，五角阵中央出现了一股小型的龙卷风，其中显示出烧焦的字迹：

你们决定了吗？

"啊，"西蒙说，"它一上午都这样吗？"

马格纳斯扬了扬手臂。他穿着皮裤和一件衬衫，上面绣着弯弯曲曲的金属质地的闪电。"外加一整晚。"

"就只是一遍一遍问同样的问题？"

"不，它会说不同的话，有时候会骂人。阿撒泻勒似乎挺开心。"

"它能听到我们的声音吗？"乔丹把头歪到一边，"嘿，恶魔。"

燃烧的字迹重新组合。

你好，狼人。

乔丹往后退了一步，看着马格纳斯。"这个……正常吗？"

马格纳斯似乎非常不高兴。"这当然不正常。我从没召唤过一个像阿撒泻勒这样强大的恶魔，可即便如此——我查阅了文献，找不到先例。情况失控了。"

"必须把阿撒泻勒送回去，"亚历克说，"像是，永久性地送回去。"他摇了摇头。"也许乔斯琳是对的，召唤恶魔不会是什么好事。"

"我很确定，我就是因为有人召唤了恶魔才降生的，"马格纳斯提醒他说，"亚历克，我这么干过无数次。我不知道为什么这次不同。"

"阿撒泻勒出不来，对吧？"伊莎贝尔说，"我是说，从五角阵里出来。"

"不会，"马格纳斯说，"可它也不应该有能力做它现在正在做的这些事情。"

乔丹俯下身，双手扶着膝盖，他穿着一条蓝色的牛仔裤。"在地狱里是什么感觉，伙计？"他问道，"是热还是冷啊？两者我都听说过。"

没有回答。

"干得好，乔丹，"迈亚说，"我想你把它惹烦了。"

乔丹戳了戳五角阵的边缘。"它会算命吗？那个，五角阵，我们的乐队会火吗？"

"它是个来自地狱的恶魔，又不是神奇八号球[①]，乔丹，"马格纳斯没好气地说，"还有，离五角阵的边缘远一点儿。召唤恶魔，将其困在五角阵中，它不会出来伤害你。可如果走进五角阵，你就把自己置于恶魔的能力范围内了——"

就在这时，烟柱开始汇合。马格纳斯的头猛地抬起来，亚历克也站了起来，差点掀翻椅子。烟雾显现出阿撒泻勒的形态。最先出现的是它的套装——灰色和银色的细条纹面料，袖口精致——之后它的身体似乎撑起了这套衣服，那双着火的眼睛最后出现。它看看四周，显然很满意。"我看到，所有人都在这儿，"它说，"那么，你们决定了吗？"

"我们决定了，"马格纳斯说，"我相信我们不需要你帮忙。但无论如何，谢谢你。"

一阵沉默。

"你可以走了，"马格纳斯摆了摆手，做出再见的手势，"谢谢。"

"我不这么觉得，"阿撒泻勒一边兴致勃勃地说，一边抽出手帕，擦着自己的指甲，"我觉得我可以留下来。我喜欢这儿。"

马格纳斯叹了口气，和亚历克说了些什么。后者走到桌前，拿回一本书，递给巫师。马格纳斯翻开书，开始朗读。"该入地狱的灵魂啊，走吧。回到你的国度，那里有烟与火，灰烬与——"

"那个对我不管用，"恶魔不耐烦地说，"继续尝试好了，如果你高兴的话。我还是会在这儿。"

马格纳斯看着它，满眼怒火。"你不能强迫我们和你讨价还价。"

"我可以试试，好像没什么更好的事情可以让我打发时间——"

此时一个熟悉的身影飞快地穿过房间，阿撒泻勒突然住了口。是喵大帅，忙着追上一只看似是老鼠的东西。就在所有人惊恐的注视下，这只小猫冲过了五角阵的边界——西蒙本能地，而不是出于理性的思考，也紧随其后跳进了五角阵，他急忙把猫咪抱起，搂在怀里。

[①] 神奇八号球是一种自二十世纪五十年代在美国兴起的算命道具，形状为较大的黑白色八号撞球，里面装有一个漂浮在液体中的二十面体，每一面上都是一个问题的答案，答案有肯定、否定和中性三种，透过底部窗口可以看到答案。

"西蒙!"他不用转身就知道这是伊莎贝尔,是她出于本能的喊声。他转头看看她,这时她正把手捂在嘴上,睁大了眼睛看着他。他们所有人都盯着他。伊莎的脸上因为恐惧而惨白得毫无血色,甚至连马格纳斯看上去也非常不安。

召唤恶魔,将其困在五角阵中,它不会出来伤害你。可如果走进五角阵,你就把自己置于恶魔的能力范围内了。

西蒙感到有人拍了一下自己的肩头。他转过身的时候,把喵大帅放了下去。小猫溜出了五角阵,穿过房间,躲到了沙发下面。西蒙抬起头,阿撒泻勒那张巨大的脸赫然耸立在他眼前。如此近的距离之下,他能看清恶魔皮肤上的肌理,像是大理石上的纹理,还有阿撒泻勒深邃眼底中的火焰。阿撒泻勒咧嘴笑起来时,西蒙看到它的每颗牙齿顶端都有一枚钢针。

阿撒泻勒吐了一口气,一股滚烫的硫黄烟雾围绕住西蒙。当恶魔用手钳住他的手臂时,他模模糊糊听到马格纳斯的声音,起起伏伏地唱诵着,还有伊莎贝尔尖声喊着什么。阿撒泻勒把西蒙拎起来,他的脚悬空了——然后把他扔出去。

或者说,试图把他扔出去。它的手从西蒙身上滑落,西蒙掉在地上,蜷成一团,而阿撒泻勒往后一退,似乎撞到了一面隐形的屏障,发出一声像是石头崩塌的声响。阿撒泻勒跪倒了,之后又痛苦地站起来。它怒吼着抬起头,牙齿露出凶光,朝西蒙走过来——西蒙后知后觉地意识到发生了什么,他颤抖着抬起一只手,把额上的头发撩开。

阿撒泻勒停下了脚步。它双手的指甲尖上也同样是尖利的钢针,跟牙齿上的一样。它收起双手。"游荡者,"它吸了一口气,"是你吗?"

西蒙僵住了。马格纳斯仍在轻声吟唱,像是背景音,可其他人都安静了下来。西蒙很害怕,不敢往四下看,不敢与他的任何一个朋友对视。克拉丽和杰斯,他想,已经见过这印记的威力,见过其发出的怒火,可其他人没有。他们变得沉默并不奇怪。

"不,"阿撒泻勒说,它那双冒火的眼睛眯缝了起来,"不,你太年轻了,而这个世界已经很老了。可谁有胆量把天堂的印记刻在一个吸血鬼身上?而且这是为什么?"

西蒙放下手。"你再碰我一下就能找到答案。"他说。

阿撒泻勒咕哝了一声——既像是笑声,又像是表达厌恶。"我想我不会,"它说,"如果你试图歪曲上天的意志,要我赌上我的自由与你同呼吸共命运,这可不值得。"它朝房间四周扫视了一圈。"你们全都是疯子。祝你们好运,人类的孩子,你们会需要它。"

随后，它消失在一团火焰中，只在身后留下灼热的黑烟——和硫黄的气味。

"别动。"杰斯说，他手里握着希伦戴尔的家族匕首，用刀尖从领口划开克拉丽的衬衫。他小心地将衣服从她肩头脱下，而她就只穿着牛仔裤和一件背心坐在水槽边。大部分的毒血和毒液都溅在了牛仔裤和外套上，可是那件纤巧的真丝衬衫全毁了。杰斯把衣服扔进水槽，衣服沾水后发出嘶嘶的声响。他又掏出石杖，在克拉丽肩头轻轻画出有治愈效果的如尼文轮廓。

她闭上眼睛，感受着如尼文的灼热，随后疼痛缓解了，这种感觉扩散到她的手臂，又沿着脊背向下，像是打了麻药，可不会让人失去知觉。

"好些了吗？"杰斯问道。

她睁开眼睛。"好多了。"效果并不完美——移除文对于恶魔毒液所引起的灼伤并没有太大效果，但这些伤痕在暗影猎手的皮肤上愈合得很快。实际上，这些伤只是有些许刺痛，而克拉丽仍旧沉浸在战斗的兴奋之中，几乎没有留意到伤痛。"轮到你了？"

他微笑着把石杖递给她。他们在古董店的后面。因为担心会引起盲呆的注意，塞巴斯蒂安到前面去把店铺锁上，将灯光调暗。他对"庆祝"这事很起劲，离开他们的时候，他还在权衡是回到公寓去换衣服，还是直接去小城区的夜店。

如果克拉丽对于庆祝一下的主意感到有些不对，那种感觉也淹没于她奔腾的血液中了。这真是让人惊讶，在所有人之中，竟是与塞巴斯蒂安并肩作战打开了她体内的开关，这似乎开启了她作为暗影猎手的本能。她想一跃而起，冲上高楼，来上一百次后空翻，学会像杰斯那样用刀刃劈砍。但她只是从杰斯那里接过石杖，说："那脱掉你的上衣。"

他把衣服从头上脱去，她努力保持平静。他的身侧有一条长长的切口，紫红色的边缘肿胀起来，锁骨和右肩上还有恶魔血液的灼伤。可他仍然是她所认识的最英俊的人，淡金色的肌肤、宽阔的肩膀、纤细的腰身，还有金色的毛发从肚脐到牛仔裤腰带处形成一条细线。她让自己的视线离开他，然后把石杖放在他的肩头，灵巧地在他的皮肤上刻画治愈如尼文，他一定成百上千次地使用过这个如尼文了。

"感觉好吗？"她完成的时候问道。

"嗯。"他俯身过来，她能闻到他的气息——鲜血与灼烧的气味、汗味，还有他们在水槽边找到的廉价肥皂的味道。"我喜欢这样，"他说，"你呢？像这样并肩作战？"

"这……很紧张。"他已经站在了她两腿之间，靠得很近，用手勾住她牛仔裤的腰带。她的手在他的肩头颤抖，她看到自己手指上那只金色树叶的戒指闪着光。这让她稍稍清醒了一些。别分心，别迷失其中。这不是杰斯，不是杰斯，不是杰斯。

他的唇轻轻碰了碰她的嘴唇。"我觉得这太不可思议了，你太不可思议了。"

"杰斯。"她轻声说，可门却砰的一声响了。杰斯惊讶地放开她，而她也往后一滑，撞上了水龙头。龙头一下打开了，水溅了两人一身。克拉丽惊叫一声，而杰斯则大笑起来，转身去开门。克拉丽则连忙把水龙头关上。

毫无疑问，是塞巴斯蒂安。考虑到他们刚刚的经历，他看上去干净极了。他扔掉了那件脏了的皮夹克，换上了一件老式军外套。他把这件外套穿在T恤衫外面，看上去像是廉价旧货店里的流行穿戴。他手里拿着什么东西，黑色的，闪闪发光。

他挑起眉头。

"你把我妹妹扔进水池里是有什么原因吗？"

"我使她为我倾倒。"杰斯说着弯腰抓起自己的上衣，一下穿在身上。和塞巴斯蒂安一样，他的外套挡住了大部分的伤痕，尽管衣服侧面有个小口子，恶魔的爪子挠过那个地方。

"我给你拿了件能穿的东西。"塞巴斯蒂安一边说，一边把那件闪闪发光的黑色衣服递给克拉丽。后者扭动着从水槽中下来，站在那里，肥皂水滴落在铺了瓷砖的地板上。"这是件古董货，看上去是你的尺码。"

克拉丽很吃惊，她把石杖还给杰斯，接过塞巴斯蒂安推荐的衣服。这是条裙子——其实是条衬裙——颜色乌黑，有着精致的珠子肩带和蕾丝下摆。肩带可以调节，面料也有一定弹性。她猜测塞巴斯蒂安是对的，这衣服可能适合她。想到要穿一件塞巴斯蒂安挑选的衣服，她有点不乐意。可她总不能穿着一件背心和湿透了的牛仔裤去夜总会吧。"谢谢，"她终于开口说道，"好了，我换衣服的时候你们两个都出去。"

他们出去了，在身后关上门。她能听到他们大声讲话的声音。尽管听不清内容，她知道他们彼此开着玩笑，气氛融洽而熟悉。这太奇怪了，她一边想，一边脱掉牛仔裤和背心，把裙子从头上套下来。杰斯几乎没向任何人敞开过心扉，却与塞巴斯蒂安一起嬉闹，开着玩笑。

她转身看着镜子里的自己，黑色能很好地衬托出她的肤色，也让她的眼睛看上去更大更黑，发色更红，手脚也显得纤长而洁白。她的眼睛下面有些黑眼圈，原先搭配牛仔裤的靴子给这身装束添加了一份强硬之势。她不确定自己是否看上去很漂亮,但她很有把握自己看上去像是那种不好惹的人。

她揣测着不知道伊莎贝尔是否会同意这点。

她打开盥洗室的门,走了出去。这里是店铺昏暗的后半部分,胡乱堆放着前面放不下的破烂。有幅天鹅绒的帘子将这里与其他部分隔开,杰斯和塞巴斯蒂安在帘子的另一边。他们交谈着,可她还是听不清内容。她撩开帘子,踱步出来。

灯亮着,但是店铺前门玻璃窗上的金属卷帘已经放下,路人看不到店铺里面。塞巴斯蒂安翻弄着架子上的东西,他细长的双手一样接一样地小心拿起各种物品,草草看上一眼,便又放回架上。

杰斯率先看到了克拉丽。她看到他的眼睛一亮,记起了他第一次看见自己盛装打扮的样子,那次她穿着伊莎贝尔的衣服,去参加马格纳斯的派对。和那个时候一样,他的目光缓缓移动,从她的靴子到腿,再到腰和上半身,最后停在她的脸上。他慵懒地一笑。

"我能看得出这不是条裙子,而是穿在里面的衬裙,"他说,"可我猜这会是给我的大福利。"

"需要我提醒你吗?"塞巴斯蒂安说,"这可是我妹妹。"

"大部分兄长看到像我这样一个相貌堂堂的绅士在城里追求他们的妹妹,都会感到非常高兴的。"杰斯说着从架子上抓过一件军夹克,把胳膊伸进去。

"追求?"克拉丽重复道,"接下来你就要告诉我你是个混蛋或者花花公子了。"

"然后就是在凌晨用手枪决斗了,"塞巴斯蒂安说着大步走向天鹅绒帘子,"我马上回来,我得把头发上的血洗掉。"

"你真是麻烦。"杰斯咧嘴一笑,朝他身后喊道,然后他向克拉丽伸出手,把她拉到自己身边。他压低声音,耳语道:"还记得我们去参加马格纳斯的派对吗?你和伊莎贝尔一起走进大厅,西蒙几乎要中风了。"

"真有趣,我也想着同样的事情呢,"她向后仰起头,看着他,"我记得那时你对于我的样子没有任何评论。"

他的手滑过她衬裙的肩带,指尖触碰着她的肌肤。"我以为你不怎么喜欢我。而且我认为当着一个观众的面,把我想对你做的所有事情都详细描述一遍,并不会改变你的想法。"

"你以为我不喜欢你?"她不敢相信地提高了音调,"杰斯,怎么会有女孩子不喜欢你啊?"

他耸耸肩。"毫无疑问,世上的疯人院里住满了看不到我的魅力的不幸女人。"

有个问题就在她的口中，这个问题她一直想问，但是一直没能问出口。毕竟，在遇见她之前，他做过什么有什么要紧的呢？他似乎能读懂她脸上的表情，他金色的目光稍微柔和了一些。

"我从不在意女孩子们对我的想法，"他说，"在你之前从不。"

在你之前。克拉丽的声音微微颤抖。"杰斯，我在想——"

"你们这样谈话实在是无聊又烦人，"塞巴斯蒂安说着重新出现在天鹅绒帘子前，他银色的头发湿漉漉的，有些凌乱，"准备走了吗？"

克拉丽离开杰斯，红着脸。杰斯看上去则处变不惊。"是我们在等你。"

"看样子你们找到了打发时间的方法啊。来吧，出发。我告诉你们，你们一定会爱死这个地方的。"

"我是要不回租房的押金了。"马格纳斯闷闷不乐地说。他坐在桌子上，周围都是装比萨饼的盒子和咖啡杯，看着善之队里的其他人尽量把因为阿撒泻勒的出现而造成的破坏清理干净——墙上那些烟熏的凹洞、从天花板的管道上滴下来的硫黄味黑色黏液，还有灰烬和其他嵌进地板里的灰黑色东西。喵大帅伸展着身体躺在巫师的大腿上，打着呼。马格纳斯不必参加打扫，因为他已经任由自己的公寓毁坏了大半；西蒙也不必参加，因为在五角阵的意外之后，似乎没人知道怎么对待他了。他曾尝试着和伊莎贝尔说话，可她只是气势汹汹地朝他挥舞拖把。

"我有个主意。"西蒙说。他坐在马格纳斯旁边，手撑在膝上。"但你不会喜欢它。"

"我有种感觉，你是对的，舍文。"

"西蒙。我的名字是西蒙。"

"随你的便，"马格纳斯挥了挥修长的手，"你的主意是什么？"

"我有该隐印记，"西蒙说，"这意味着没人能杀死我，对吗？"

"你可以自杀，"马格纳斯说，有些不太配合的样子，"据我所知，无生命的物件可以在偶然之中杀死你。所以说，如果你计划自学伦巴达舞，而且是在涂了油的舞台上，下面是插满尖刀的深坑，我可不会这么做。"

"我周六有事做了。"

"可没有其他什么能杀死你。"马格纳斯说。他的目光从西蒙身上转开，他盯着亚历克，后者似乎正与拖把大作战。"为什么这么问？"

"五角阵里所发生的事情，阿撒泻勒的反应，让我想到，"西蒙说，"你说过召唤天使比召唤恶魔更危险，因为他们可能把召唤者一拳击倒，或者用天堂之火烧死。可如果是我来做……"他的声音轻了下去。"那个，我会安然无恙，对吗?"

这把马格纳斯的注意力吸引了回来。"你?召唤天使?"

"你可以告诉我怎么做,"西蒙说,"我知道自己不是巫师,可瓦伦丁成功过。如果他可以,我不是也应该可以吗?我的意思是,有些人类也可以施法。"

"我无法保证你会活着,"马格纳斯说,可在这警告背后,他的声音中流露出一丝兴趣,"印记是上天的护佑,但它能保护你对抗上天吗?我不知道答案。"

"我明白。可你认同在我们所有人之中,我也许是最有可能的,对吗?"

马格纳斯朝迈亚看过去,她正大笑着把脏水泼向乔丹,而后者大叫着转身躲开了。她把自己的鬈发撩到后面,在额头上留下一道污迹。她看上去很年轻。"对,"马格纳斯不情愿地说,"也许你是。"

"你父亲是谁?"西蒙问。

马格纳斯的目光回到亚历克身上。他的眼睛是金绿色的,就如同他大腿上那只猫咪的眼睛一样难以捉摸。"这不是我喜欢的话题,斯梅德利。"

"西蒙,"西蒙说,"如果我要为你们大家去送死,你至少应该记住我的名字。"

"你不是为我去送死,"马格纳斯说,"如果不是为了亚历克,我就会……"

"你就会怎样?"

"我做了个梦,"马格纳斯说,他的目光迷离,"我看到一座血迹斑斑的城市,尸骨建成高塔,街道上血流成河。也许你能拯救杰斯,日光行者,但你无法拯救世界。黑暗将至。'那地甚是幽暗,是死荫混沌之地,那里的光好像幽暗。'① 如果不是为了亚历克,我就会离开这儿。"

"你会去哪儿?"

"躲起来,等着烟消云散。我不是英雄。"马格纳斯拎起喵大帅,把它扔到地上。

"这也有点像英雄。"西蒙说。

"你爱克拉丽之深竟让你为了她毁了自己的整个人生,"马格纳斯的声音里有种苦楚,这一点不像他,"看看这让你到了什么境地。"他抬高声音。"好了,所有人。到这儿来,谢尔登有了个主意。"

"谢尔登是谁?"伊莎贝尔说。

布拉格的街道寒冷而漆黑。尽管克拉丽把那件沾满脓液的外套裹在肩上,还是感觉到冰冷的空气刺入嗡鸣的血管中,将战斗过后残留的兴奋渐渐平息下来。

---

① 出自《圣经·旧约·约伯记》第十章第二十二节,译文参考和合本。

她买了杯热酒，好让这种兴奋持续，并且双手抱着杯子取暖。此时她、杰斯和塞巴斯蒂安置身于如迷宫般弯弯曲曲的古老街道之中，街道越来越窄，越来越暗。街道没有标识，也没有名字，更没有其他行人。唯一不变的是头顶上的月光，穿过厚厚的云层移动着。最后，一段不高的石阶把他们引入一个小广场之中。广场一侧亮着闪烁的霓虹招牌，上面写着"KOSTI LUSTR"。招牌下面是敞开的大门，这个墙上的空缺看上去像是一颗缺失的牙齿。

"'KOSTI LUSTR'是什么意思？"克拉丽问。

"意思是'人骨吊灯'，是这家夜总会的名字。"塞巴斯蒂安说着信步向前。他浅色的头发上映出霓虹招牌不断变换的颜色：热辣的红色、冷峻的蓝色、闪亮的金色。"你们来吗？"

克拉丽踏入夜总会的那一刻，强烈的声音和灯光便扑面而来。里面十分宽敞，空间紧凑，看上去好像曾是座教堂的内部。她仍旧能看到墙上高高的彩色玻璃窗。刺眼的彩色聚光灯让人分辨出躁动人群中舞者们一张张极度兴奋的脸庞，灯光一下照亮了他们：热情的粉红、霓虹似的绿色、火辣的紫色。一面墙边有个打碟的工作台，让人入迷的音乐从扬声器中传出。音乐声从她的脚底穿入，进入血液，让她的筋骨都震动起来。房间里很热，因为人群的拥挤和汗水的气息，还有烟酒的味道。

她正要转身询问杰斯是不是想跳舞，却感到一只手放到了自己的背上。是塞巴斯蒂安。她浑身一紧，但没有挣脱。"来，"他在她耳边说，"我们不要在这儿和这些乌合之众待在一起。"

他的手像一根钢筋似的紧贴着她的脊背。她就让他这样推着往前走，穿过跳舞的人。人群似乎分开让他们通过，人们抬眼看看塞巴斯蒂安，继而就移开注视的目光，往后退去。屋里越来越热，他们走到另一端的时候，克拉丽几乎气喘吁吁。那里有道拱门，她之前没有注意到。一截有些磨损了的石阶向下，盘旋着通向黑暗。

她一边抬头看，塞巴斯蒂安一边把手从她的背后拿开，灯光在他们周围闪烁。杰斯拿出自己的巫光石，朝她龇牙一笑，在刺眼而密集的灯光下，他的脸上满是棱角与阴影。

"'堕入之路轻而易举。'"他说。

克拉丽打了个哆嗦，她知道这整个句子。堕入地狱之路轻而易举[1]。

---

[1] 出自古罗马诗人维吉尔的史诗《埃涅阿斯纪》。

第十三章 | 人骨吊灯

"来吧。"塞巴斯蒂安一摆头,随后往下走去。他姿态优雅,步履稳健,丝毫不担心会在被岁月打磨光滑的石阶上滑倒。克拉丽跟在后面,动作有些迟缓。他们越往下走,空气越冷,震耳的音乐声渐渐淡去。她能听到他们的呼吸声,看到他们的影子映在墙上,扭曲而细长。

他们刚走到楼梯底部,她就听到新的音乐声,节奏比楼上夜总会的更加有力。声音穿透她的耳膜,进入血管,让她感到眩晕。当他们来到最后一级台阶,踏入一间大得让人吃惊的房间时,她几乎头晕目眩。

所有的一切都是石头打造的,墙面高低不平,但脚下的地板倒是光滑。一尊巨大的生着黑色翅膀的天使雕像在对面的墙边矗立着。它的脑袋隐藏在远处上方的黑影中,翅膀上垂下一串串石榴石,看上去像是一滴滴鲜血。色彩与灯光像是樱桃爆竹①似的炸开来,充盈着整个房间,而且并不像是楼上的那种人造灯光——这些光彩美丽闪耀,好似烟火,每次都会给下面舞动的人群洒下点点闪光。硕大的大理石喷泉喷洒出闪亮的水花,黑色的玫瑰花瓣漂在水面上。远处置于所有一切之上、摇荡在满屋拥挤的跳舞人群头顶上的,是一盏人骨做成的大吊灯,由一根长长的金绳悬挂着。

吊灯十分繁复,同时令人毛骨悚然。吊灯的主体由连接在一起的脊柱组成,股骨和胫骨像是装饰品,从吊灯的枝干垂下,每一根都挂着颗头骨,而每颗头骨中都有一支巨大的蜡烛。黑蜡像是恶魔血液那样往下滴,洒在下面跳舞的人身上,可似乎没人在意。而那些舞者本身——旋转着,扭动着,拍着手——也没有一个是人类。

"狼人和吸血鬼,"塞巴斯蒂安说,像是在回答克拉丽没有问出口的问题,"在布拉格,他们是同盟。这是他们……放松的地方。"房间中吹过一阵热风,像是沙漠里的风。这阵风吹起他银色的头发,挡住了他的眼睛,也隐藏了其中的表情。

克拉丽扭动着脱下外套,把衣服盖在胸前,好似个盾牌。她睁大眼睛四下张望。她能感觉到房间里其他人都不是人类,吸血鬼苍白的脸色,还有他们的敏捷和慵懒的优雅,以及狼人的力量与速度。他们大部分都很年轻,相互紧贴着跳舞,身体上下扭动。"可是——他们不介意我们来这儿吗?我们拿非力人?"

"他们认识我,"塞巴斯蒂安说,"他们也知道你们是和我一起的。"他伸手过来,把她紧握在手里的外套扯掉。"我去帮你把衣服挂起来。"

"塞巴斯蒂安——"可他走开了,进入了人群。

---

① 一种状似樱桃响声极大的爆竹。

她看看身旁的杰斯。他的拇指勾在腰带上，四下张望，放松而颇有兴致。"吸血鬼衣帽间？"她说。

"为什么不呢？"杰斯笑了笑，"你会注意到，他没提出把我的外套也拿走。骑士精神已经消失了。"看到她满是疑问的表情，他把头歪向一边。"管他呢。也许他来这儿是找什么人谈事情。"

"所以说不只是找乐子？"

"塞巴斯蒂安从不做什么单纯寻欢作乐的事，"杰斯牵起她的手，把她拉向自己，"可我会。"

果然如西蒙所料，没人热衷于他的计划。众人异口同声地表示反对，继而又七嘴八舌地试图劝说他放弃，还纷纷询问整个计划的安全性，其中大部分问题是提给马格纳斯的。西蒙把胳膊肘撑在膝盖上，等着这一切结束。

终于，他感到有人轻轻碰了一下他的手臂。他转过身，让他吃惊的是，竟是伊莎贝尔。她给了他一个手势，让他跟着自己来。

他们在靠近一根柱子的阴影里停下来，争论声还在他们背后激荡。因为伊莎贝尔开头是最大声的反对者，西蒙做好了准备，等着她骂自己。可是，她只是紧闭着嘴，看着他。"好吧，"因为讨厌这种沉默，他最后说，"我猜你现在对我很不满意。"

"你猜？我真想踢你一脚，吸血鬼，可是我不愿意弄脏我这双昂贵的新靴子。"

"伊莎贝尔——"

"我不是你女朋友。"

"对，"西蒙说，尽管他禁不住觉得有一丝失望的刺痛，"我知道。"

"你和克拉丽在一起的那些时间，我从未发过什么牢骚，我甚至还鼓励你那么做。我知道你有多在乎她，而她有多在乎你。可这个——这个你提出要去做的不理智的冒险，你确定吗？"

西蒙四下看看——马格纳斯乱作一团的公寓，还有在角落里争论他命运的那几个人。"这不仅仅是和克拉丽有关。"

"好吧，这不是和你妈妈有关吧，是吗？"伊莎贝尔说，"她把你叫作怪物？你不需要证明任何东西，西蒙。那是她的问题，不是你的。"

"事情不是这样。杰斯救过我的命。我欠他的。"

伊莎贝尔看上去很吃惊。"你这么做不仅仅是为了偿还杰斯，对吧？因为我想迄今为止大家互不相欠。"

"对,不完全是,"他说,"瞧,我们都知道现状。塞巴斯蒂安不可能逍遥法外,这不安全。圣廷在这点上是正确的。可如果他死了,杰斯就没命了。而如果杰斯死了,克拉丽就……"

"她会活下去,"伊莎贝尔说,她说得飞快而坚决,"她很坚强。"

"她会伤心。也许永远好不了。我不愿她受到这样的伤害。我也不愿你受到这样的伤害。"

伊莎贝尔抱起双臂。"当然不。可你觉得如果你出了事,西蒙,她不会伤心吗?"

西蒙咬着嘴唇。事实上,他没想过这个,没想到事情会发展成这样。"那你会怎样?"

"我会怎样?"

"如果我出了事,你会伤心吗?"

她一直盯着他,脊背挺直,下巴一动不动。可她的眼里闪着光。"会。"

"可你想要我去帮助杰斯。"

"对。"

"你必须让我这么做,"他说,"不仅仅是为了杰斯,或者为了你和克拉丽,尽管你们是相当大的一部分原因。这是因为我相信黑暗将至。马格纳斯这么说的时候,我是相信的。我相信拉斐尔真的害怕一场战争,我相信我们只看到了塞巴斯蒂安计划中的一小部分。但我认为他离开的时候带走杰斯并不是巧合,他和杰斯联结在一起也不是。他知道我们需要杰斯来赢得战争,他知道杰斯是谁。"

伊莎贝尔没有否认。"你和杰斯一样勇敢。"

"也许吧,"西蒙说,"可我不是拿非力人,我做不了他能做的事情。而且我对许多人而言并不太重要。"

"特别的使命,特别的苦恼,"伊莎贝尔小声说,"西蒙——你对我而言意义非凡。"

他伸过手,轻轻捧着她的脸颊。"你是个战士,伊莎。这是你所做之事,也让你成为你。可如果你无法向塞巴斯蒂安开战,因为伤害他就会伤害杰斯,你就不能战斗。而如果你必须杀死杰斯才能赢得战斗,我想这会磨灭你的一部分灵魂。我不想看到这个。如果我能做什么让它改变,我就不想看到。"

她咽了下口水。"这不公平,"她说,"必须你去——"

"这是我的选择。而杰斯没有选择。如果他死了,是为了和他毫不相干的东西,或者说不是真正和他有关系的东西。"

伊莎贝尔长出了一口气。她松开双臂，抱着他的胳膊肘。"好吧，"她说，"我们走。"

她领着他回到人群中。当她清了清喉咙的时候，几个人停止了争论，盯着他们，好像大家直到这时才注意到两人之前消失过。

"够了，"她说，"西蒙已经做出了决定，并且这个决定由他做主。他准备召唤天使拉结尔，而我们要竭尽所能帮助他。"

他们跳着舞。克拉丽尽量让自己沉浸在震耳欲聋的音乐节拍和自己血管里奔腾的血液中，这是她曾经和西蒙在群魔殿俱乐部里的状态。当然，西蒙过去跳舞相当糟糕，而杰斯却跳得非常出色。她猜这说得通，因为所有那些经过训练的打斗控制力和仔细谨慎的优雅，几乎没有什么是他的身体不能做到的。当他向后甩头的时候，他的头发沾满汗水，颜色变深，贴在鬓角上，他喉咙的曲线在人骨吊灯的光亮之下闪着光。

她看到其他跳舞的人打量他的样子——欣赏、揣测、捕食者的饥饿。一股她不能名状也无法控制的占有欲在她体内涌起。她靠得更近，贴着他的身体向上滑动，她以前看到过女孩子们在舞池里这么做，可她从没胆量自己尝试。她过去总是确信自己的头发会被什么人的腰带扣卡住，可现在情况完全不同了。几个月来的训练不仅仅在战斗中奏效，而且在她必须要运用自己身体的任何时候都管用。她感到一种有节奏的律动，是她以前从未有过的状态。她用自己的身体紧贴着杰斯。

他之前闭着眼睛。就在他们头顶上的彩灯突然炸开、点亮黑暗之时，他睁开了眼睛。金属光泽的液滴洒落在他们身上，沾满杰斯的头发，在他的肌肤之上像水银似的闪光。他用手指摸了一下滴在他锁骨上的银色液体，拿给克拉丽看，然后他的嘴唇一弯。"你还记得第一次在塔基饭店我告诉你的东西吗？关于精灵食物的？"

"我记得你说你沿着麦迪逊大街裸奔，头上还长了鹿角。"克拉丽一边说，一边眨眼弄掉睫毛上的银色液滴。

"我认为那从来都没有证实确实是我，"只有杰斯能一边跳舞一边讲话，还不会看起来很别扭，"嗯，这个东西——"他轻轻拂去粘在头发和皮肤上的银色液体，这些东西把他染成了金属色，"就像是那个，会让你……"

"兴奋起来？"

他看着她，眼神幽暗。"这会很有趣。"又一个花朵样的东西飘过来，在他们头顶上炸开。这次飞溅下来的是银蓝色的东西，像是水花。杰斯把手边的一滴舔掉，然后仔细看着她。

兴奋。克拉丽从没嗑过药，甚至连酒也不喝。也许她和西蒙在十三岁的时候，从西蒙妈妈的酒柜里偷出来喝下去的那瓶咖啡甜酒可以算作一次。之后他们就极为恶心，事实上，西蒙吐得栽进了树篱。这并不值得，但她的确还记得那种晕晕乎乎的感觉，还有傻傻的笑和没缘由的开心。

当杰斯把手放下时，他的嘴里沾满了银色的东西。他仍旧看着她，金色的眼睛在长长的睫毛下面颜色变深了。

没缘由的开心。

她想起上次大战之后，在莉莉丝还没开始控制他以前，他们两人在一起的样子。他是那个挂在他墙上的照片中的杰斯：那么开心。他们两人都很开心。她看着他的时候，没有萦绕心头的怀疑，不觉得芒刺在背，不会消磨掉两人之间的亲密。

她随后靠上前，吻了他，动作缓慢而确定。

她的口中顿时充满一股酸甜的味道，是美酒与糖果的混合。更多的银色液体洒落在他们身上，她抽身离开他，从容地舔着自己的嘴唇。杰斯粗重地喘着气，伸手过来拉她，可她转身躲开了，大笑着。

突然之间，她感到狂野而自由自在，难以置信地轻盈。她知道有什么极为重要的事情自己应该去做，可她不记得那是什么了，还有为什么自己会这么在乎那事。在她身边跳舞的那些人的面孔看上去不再阴险狡诈，也不再吓人，而是有种阴暗之美。她置身于一个有回声的巨大洞穴之中，周围的光影染上的颜色比任何落日都要更迷人、更明快。耸立在她头上的天使雕像也似乎十分仁慈，比拉结尔和他所发出的冰冷白光要仁慈无数倍。雕像还在高声吟唱，声音纯净、完美无缺。她旋转着，越来越快，把悲伤、记忆和失去都抛在脑后。她一直旋转，直到转入一双臂膀之中。这双臂膀从后面缠绕住她，把她抱得紧紧的。她往下一看，一双满是疤痕的手紧锁在她的腰间，手指修长美丽，还有个洞察力如尼文。是杰斯。她瘫软在他身上，闭上眼睛，让自己的头枕在他的肩头。她的脊背能感觉到他的心跳。

没有人的心脏像杰斯这样跳动，也绝不会。

她一下睁开眼睛，转过身，继而伸出手推开他。"塞巴斯蒂安。"她轻声说。她哥哥龇牙笑着看看她，他身上有银黑两色，像是摩根斯特恩戒指。

"克拉丽莎，"他说，"我想给你看样东西。"

不要。她想说这句话，但这想法又消失了，像糖溶解在水中一样。她不记得为什么她应该对他说不。他是她哥哥，她应该爱他。他带她来到这个美丽的地方。

也许他做过坏事,可那是很久以前,她都记不得那些事了。

"我能听到天使在唱歌。"她对他说。

他咯咯一笑。"我想你发现了这些银色的东西不只是亮闪闪的。"他伸过手,食指划过她的脸颊。他的手指拿开时,变成了银色的,好像触碰到了一滴染了色的泪水。"跟我来,天使女孩。"他伸出手。

"可杰斯,"她说,"我在人群中找不到他了——"

"他会找到我们的。"塞巴斯蒂安握住她的手,他的手出乎意料地温暖而抚慰人心。她让他牵着自己走向房间中央的一个喷泉,并在它宽阔的大理石边缘上坐下。"看看水里,"他说,"告诉我你看到了什么。"

她俯下身,看着水池中平静而黢黑的水面。她能看到自己的脸倒映其中,她双目圆睁,目光狂野,眼上的妆都花了,像是淤青,她的头发也乱作一团。这时塞巴斯蒂安也俯身过来,她看到他的脸出现在自己的旁边。他银色的头发倒映在水中,让她想起河水中的月亮。她伸手去触碰它的光辉,水面一抖,他们的倒影扭曲了,模糊了。

"有什么?"塞巴斯蒂安说,他的声音中有一股低沉的催逼。

克拉丽摇摇头,他这样很傻。"我看到了你和我,"她用一种责骂的语气说道,"还有什么?"

他把手放到她的下巴下面,把她的脸扳向自己。他眼睛乌黑,像黑夜一般,只有一圈银边把瞳孔勾勒出来。"你没看出来吗?我俩一模一样,你和我。"

"一模一样?"她朝他眨眨眼。他的话有什么地方根本不对,可她说不出是哪里。"不……"

"你是我妹妹,"他说,"我们有着相同的血液。"

"你流着恶魔的血液,"她说,"莉莉丝的血。"出于某种原因,这让她觉得好笑,她咯咯地笑着。"你全是黑暗,黑暗,黑暗。而杰斯和我是光明。"

"你体内有一颗黑暗之心,瓦伦丁的女儿,"他说,"你只是不愿承认。如果你想要杰斯,你最好接受这一点。因为他现在属于我了。"

"那么,你属于谁?"

塞巴斯蒂安的嘴巴张开,可他什么也没说。这是第一次,克拉丽想,他看上去像是哑口无言。她很吃惊,他的话对她而言没多大意义,而她也只是闲来无趣好奇而已。还不等她开口说其他什么话,一个声音在他们头顶响起。

"你们在干什么?"是杰斯。他看看他们中的一个,又看看另一个,表情难以捉摸。他身上闪亮的东西更多了,银色的液滴挂在他金色的头发上。"克拉丽。"

他听上去有些生气。她从塞巴斯蒂安那里挣脱出来，单脚跳着站起来。

"对不起，"她气喘吁吁地说，"我在人群里走丢了。"

"我注意到了，"他说，"前一秒我还在和你跳舞，后一秒你就不见了，然后一个非常缠人的狼人想解开我的衣扣。"

塞巴斯蒂安轻轻一笑。"男狼人还是女狼人啊？"

"不确定。不管男女，他们都需要刮刮毛。"他拉起克拉丽的手，手指轻轻握住她的手腕。"你是想回家，还是再跳一会儿？"

"再跳一会儿。行吗？"

"去吧，"塞巴斯蒂安仰着身，手臂撑在身后喷泉的边缘上，笑容像是剃刀的锋刃，"我不介意看你们跳。"

有什么闪现在克拉丽眼前：她记起那个血手印。这画面消失得很迅速，就像出现时一样迅猛。她皱了皱眉。夜色太美，不适合想这些丑陋的东西。她只匆匆回头看了哥哥一眼，便任凭杰斯领着她回去。他们穿过人群，走向边缘的地方，那里靠近阴影之处，人群不那么拥挤。他们走过去的时候，又一个彩色的灯球在他们头顶炸开，洒下银色的东西，她仰起头，用舌头捕捉到甜咸的液滴。

在房间中央，人骨吊灯之下，杰斯停下来，她轻快地走向他。她用手臂抱住他，她感到银色的液体像泪水一般滑过她的脸颊。他T恤衫的材质很薄，她能感觉到在那之下他肌肤的温热。她的手滑过他衣衫的下缘，指甲轻轻抓弄他的肋骨。他目光低垂看向她，俯身在她耳边轻语，银色的液滴在他的睫毛上闪闪发光。他的双手抚过她的肩头，又沿着她的手臂往下。他们两人都没有真的在跳舞了：让人昏昏欲睡的音乐在他们周遭继续响着，还有舞者转来转去。可克拉丽几乎没有注意到这些。一对跳舞的人经过，大笑起来，用捷克语嘲弄了一句。克拉丽听不懂，但是猜测那句话的大意是"去找个房间吧"。

杰斯不耐烦地哼了一声，随后他又拉着她穿过人群，来到靠墙一排阴暗小室中的一间。

那里有许多这样的圆形小室，里面有条石头长凳，还有天鹅绒的门帘，可以拉起来，算是让人有些许隐私。杰斯用力一拉，把门帘合上。他们两人彼此相拥，像是海水拍打着海岸。他们的唇碰触滑动在一处。杰斯把她抱起，这样她便紧贴在他身上，而他的手指缠绕在她裙子光滑的材质之中。

克拉丽意识到这种热度与温柔，双手找寻着、探索着、顺从着、按压着。她的手钻进杰斯的T恤衫下面，指甲在他的背上划过，当他倒抽一口气的时候，她却感到格外满足。他用力咬了她的下嘴唇，她在嘴里尝到了血的味道，咸而温热。

仿佛他们想将对方切割开来，她想着，那样就能钻进对方体内，分享彼此的心跳，即便这会让二人送命。

小室中很黑，黑得杰斯只是阴影与金色混合的轮廓。他用身体把克拉丽压在墙上，他的手沿着她的身体往下滑，一直来到她裙子的下摆，又沿着她的腿把裙子撩起。

"你在干什么，"她轻声问，"杰斯？"

他看着她。夜总会里奇特的灯光让他的眼里满是破碎的色彩。他的笑容坏坏的。"你可以让我停下来，什么时候都行，"他说，"可你不会。"

塞巴斯蒂安拉开遮挡在一间小室外沾满灰尘的天鹅绒门帘，笑了起来。

小小的圆形房间里有一圈长凳，一个男人坐在里面，胳膊肘撑在石头桌子上。他长长的黑发梳在脑后，一侧脸颊上有一道叶子形状的疤痕，或者像是一枚印记，他的眼睛好似青草般翠绿。他穿着一身白色套装，口袋上露出手帕的一角，上面绣着绿色的叶子。

"乔纳森·摩根斯特恩。"米利翁说。

塞巴斯蒂安没有纠正他。精灵非常看重姓名，他们只用父亲为孩子所选择的名字称呼对方。"我原本不确定你会在约定时间出现在这里，米利翁。"

"我需要提醒你，精灵从不说谎。"这位精灵骑士说。他抬起手，把塞巴斯蒂安身后的门帘拉上。外面震耳欲聋的音乐声变得相当模糊，可绝不会完全听不到。"那么进来吧，请坐。要酒吗？"

塞巴斯蒂安在长凳上坐下。"不，什么都不需要，"酒，比如说精灵的烈酒，只会让他的思维模糊，而精灵的酒量似乎更好，"必须承认，收到信息说你想在这里见我的时候，我很惊讶。"

"你首先应当知道女王对你有特殊的兴趣。她知晓你的全部行动，"米利翁喝了一小口酒，"今晚布拉格有很强烈的恶魔活动。女王非常关切。"

塞巴斯蒂安摊开手臂。"如你所见，我没受伤。"

"这么强烈的活动一定会引起拿非力人的注意。事实上，如果我没猜错的话，有几个拿非力人已经在外面放松娱乐了。"

"在外面干什么？"塞巴斯蒂安很是无辜地问。

米利翁又喝了一口酒，盯着他。

"哦，对。我总是忘记精灵说话非常幽默。你的意思是说外面人群里有几个暗影猎手，是来搜捕我的。我知道，我早就注意到他们了。女王如果认为我连几个拿非力人都不能独自处理掉,那她也不会给予我如此之高的评价了。"塞巴斯蒂安从腰间拔出一把匕首,转了一圈,小室中仅有的一点亮光在刀刃上闪闪发光。

"我会把你的这番话转告她,"米利翁小声说,"我必须承认,我不知道你有什么吸引了她。我估量过你的能力,发现并无所长,但我与女王喜好不同。"

"在天平上称过,发现不合格?"塞巴斯蒂安饶有兴致地俯身向前,"让我来给你分析一下,精灵骑士。我年轻、帅气,而且为了得到想要的,我愿意毁灭整个世界。"他手中的匕首沿着石头桌子上的一条裂痕滑动。"和我一样,女王乐意玩场长久的游戏。可我想知道的是,当拿非力人的黄昏到来时,希丽宫会站在我这边,还是我的对立面?"

米利翁面无表情。"女王说她站在你这边。"

塞巴斯蒂安的嘴角扬起。"这真是个绝好的消息。"

米利翁哼了一声。"我总是相信人类会自我终结,"他说,"一千年来,我一直预言你们会将自己置于死地,可我没料到结局会是如此这般。"

塞巴斯蒂安在手中转动着那把明晃晃的匕首。"没人会料到。"

"杰斯,"克拉丽轻声说,"杰斯,会被人发现的。"

他没有停下手中正在做的事。"不会。"他沿着她的头颈一路吻下来,这很有效地打乱了她的思绪。他的双手在她的身上,这很难让人保持清醒。她的头脑和记忆都天旋地转,她的手紧紧攥着杰斯的衣服,她确定自己都要把衣料撕破了。

她背后的石墙冰冷,可杰斯亲吻着她的肩头,把她裙子的肩带放下。她又热又冷,颤抖着。世界变得支离破碎,像是万花筒里的明快碎片。她在他的手中就要破碎。

"杰斯——"她抓着他的衣衫,上面黏糊糊的。她低头看看自己的双手,一时间她无法理解自己看到了什么。银色的液体,混合着红色的东西。

血。

她抬头看,在他们头顶的天花板上倒悬着一具尸体,绳子捆在脚踝处,像是可怕的彩陶罐[①]。

克拉丽尖叫起来,可是这尖叫没有声音。她推开杰斯,后者踉跄着后退,他的头发、衬衫和露在外面的皮肤上,全是鲜血。她拉起裙子的肩带,跌跌撞撞地

[①] 一种墨西哥人过节时吊起来给孩子玩的器具,其中装有糖果、玩具等,让小孩蒙住眼睛后用棒击破,从而获得里面的物品。

走向将小室遮蔽起来的门帘，用力拉开了它。

那尊天使雕像也不再像原先的样子。黑色双翼是蝙蝠的翅膀，美丽而仁慈的脸庞变成了狰狞的笑容。天花板吊下来一根根扭曲的绳子，上面悬挂着各种遭到屠杀的尸体。克拉丽感到杰斯的手抓住了自己的手臂，把她往后拉，可她挣脱了。她盯着墙边一排玻璃箱体，之前她以为里面是鲜艳的鱼类。现在里面的水不再清澈，而是又黑又浑，溺亡的尸体漂浮其中。她想起塞巴斯蒂安漂浮在玻璃棺材中。一声尖叫在她的喉管中涌起，可她把它压了下去，继而静谧与黑暗包围了她。

第十四章

逝如灰烬

克拉丽慢慢地恢复知觉，头昏昏沉沉的，这使她回想起第一次在学院过夜后醒来的那个早晨，当时她被那种浑然不知身在何处的迷茫感所包围。她全身疼痛，头昏脑涨，像被人用铁杠铃砸过似的。她侧躺着，头枕在一个粗糙的东西上，肩膀上也放着什么东西，沉甸甸的。她往下瞥了一眼，看到一只纤细的手正按着她的胸骨，保护着她。她认出了印记，若隐若现的白色伤疤，还有小臂上青筋密布的血管。一阵轻松在她心中油然而生，她小心翼翼地坐起来，从杰斯的臂弯里挣脱出来。

他们在他的卧室里。她认出房间里那种让人难以置信的整洁感，床铺得很整齐，棱角分明得跟医院的床铺一模一样。床还没有弄乱。杰斯睡着了，背靠着床头板，还穿着昨天晚上的那套衣服，脚上的鞋子也没有脱。显然他是怀抱着她睡着的，不过她都不记得了。他身上还沾着在夜总会泼溅到的那种奇怪的银色物质。

他轻轻地翻了个身，好像感觉到她不在身边了似的，然后用闲着的那只胳膊抱住了自己。他看起来没有受伤，也没有疼痛，只是筋疲力尽了，长长的深金色睫毛翘了起来，在眼睛下方留下一抹阴影。他睡着的时候看起来很脆弱——像个小男孩。他本来可以是她的杰斯的。

但他不是。她想起了那家夜总会，在黑暗中他把手放在她身上，到处都是尸体和血迹。她一阵反胃，赶紧用手捂住了嘴巴，忍住那种恶心的呕吐感。想到的这一切让她觉得浑身不适，这阵不适背后隐藏着一种使人不得安宁的刺痛，那是一种失落感——她失去了什么东西，一种十分重要的东西。

"克拉丽。"

她转过头。杰斯半睁着眼睛；他正透过睫毛看着她，他那金色的眼眸因为疲倦黯然无光。"你怎么醒了？"他问，"还只是拂晓呢。"

她一把抓住毯子的边角。"昨天晚上，"她忐忑不安地说道，"尸体——血——"

"什么？"

"那是我看到的。"

"我没看到。"他摇摇头。"精灵们的毒品，"他说，"你知道的……"

"看起来那么逼真。"

"对不起，"他闭上了眼睛，"我本想找找乐子的。本该让你感到开心，让你看到漂亮的东西。我以为我们在一起会过得很愉快。"

"我看到了血，"她说，"而且死去的人们漂浮在水箱里——"

他摇了摇头，睫毛倏地垂了下来。"这全都不是真的……"

"就连发生在你我之间的一切也是——"克拉丽话没说完就打住了，因为他闭上了眼睛，胸口平稳地上下起伏着。他又睡着了。

她站了起来，没有看杰斯一眼，径直向洗手间走去。她看着镜子中的自己，浑身麻木。她身上还残留着银色残留物的污渍。这使她想起那次她背包里的金属笔爆开时的情景，里面的东西全毁了。文胸的一根肩带断了，很可能是昨天晚上被杰斯扯断的。眼睛周围全是黑乎乎的眼影，皮肤和头发上还沾着银色的东西。

她觉得有些眩晕，一阵恶心，赶紧扯下吊带裙和内衣，把它们随手扔进垃圾桶，然后在热水里缩成一团。

她一遍又一遍地洗头发，拼命地想把已经干掉的黏糊糊的银色东西洗掉，好像是在用力想把油漆洗掉似的。这东西的气味久久不能散去，就像花瓶里的花腐烂后水的气味一样，她的皮肤上残留着一股淡淡的甜味，还夹杂着一些腐烂的臭味。好像用多少香皂都不管用。

她不停地洗啊洗，直到确定自己干净得不能再干净了才擦干身体，走到主卧准备穿衣服。她重新套上牛仔裤和靴子，穿上一件干净的全棉毛衣，然后松了口气。正当她准备套上第二只靴子的时候，那种让人不得安宁的感觉，那种若有所失的感觉又向她袭来，她顿时僵在那里。

她的戒指。那只使她可以跟西蒙通话的金戒指！

它不见了。

她疯狂地四处搜寻，把垃圾桶翻了个遍，想看看戒指是不是钩在裙子上了，趁杰斯平静地酣睡时又把他的卧室找了个遍。她搜遍了地毯和床单，检查了床头柜抽屉里的每个角落，却一无所获。

最后，她坐了回去，心脏在胸中怦怦地跳个不停，胃里翻江倒海很不舒服。

戒指不见了。丢了，丢在某个地方，不知怎么弄丢的。她试图回想自己最后一次看见它的情景。她将那柄匕首刺向眼镜蛇魔的时候戒指肯定还在手指上闪过金光。是不是在古董店里掉落了？是不是落在夜总会里了？

她用指甲狠狠地掐自己穿着蓝色牛仔裤的大腿,直到自己痛得大喘一口气。集中精神,她告诉自己。集中精神。

戒指或许从她的手指上掉下来,落在公寓的其他地方了。很可能是杰斯抱着她上楼梯的某个时候。可能性虽小,但每个可能性都不能放过。

她站了起来,蹑手蹑脚地走进过道。她朝塞巴斯蒂安的卧室走去,接着却犹豫了。她想不出为什么戒指会在那里,把他吵醒了只会弄巧成拙。她转过身,朝楼下走去,小心翼翼地不让靴子发出声音。

她的脑子转个不停。没有办法联系到西蒙,她该怎么办?她需要告诉他那个古董店、那块阿达玛斯石。她本该早一些跟他联系的。她很想朝墙上打一拳,但她迫使自己头脑冷静,仔细想一想还有没有其他的办法。塞巴斯蒂安和杰斯开始信任她了;如果她能在人潮涌动的大街上甩开他们,哪怕只有一会儿,她就能用付费电话呼叫西蒙。她可以潜入一家网吧给他发邮件。她比他们俩都更懂盲呆技术。丢失戒指并不意味着一切全完了。

她不会放弃。

她满腹心思都在想接下来该怎么做,起初根本没看见塞巴斯蒂安。幸运的是,他正背对着她。他正对着墙站在客厅里。

克拉丽已经来到楼梯底部,突然僵住了,紧接着她一路猛冲,身体紧紧贴在将厨房和大客厅隔开的那半堵墙上。她告诉自己没有理由惊慌失措。她住在这里。如果塞巴斯蒂安看见她的话,她可以说自己下楼来倒水喝。

但趁他不注意观察他的机会是那么诱人。她稍稍挪了挪身体,绕过厨房的厨台偷偷地瞄过去。

塞巴斯蒂安仍然背对着她。他已经换下了在夜总会穿的那身衣服,穿着领尖带扣的衬衫和牛仔裤。他转身时,衬衫飘了起来,她看见武器带正松垮垮地挂在他的腰上。他抬起右手时,她看见他手里握着一根石杖——他握石杖的姿势,给人一种一丝不苟的沉思感,刹那间,她想起了妈妈手握画笔的样子。

她认出塞巴斯蒂安身上有某种东西使她想起了妈妈,也想到了她自己。她闭上眼睛,心口猛地一紧,感觉就像布料被钩子勾住了似的。这使她意识到不管他骨子里有多么恶毒,他们的血管里却仍然流淌着相同的血液。

她又睁开了眼睛,正好看见塞巴斯蒂安面前出现了一扇门。他伸手取下挂在墙上钩子上的一条围巾,然后走进了黑暗里。

克拉丽只能当机立断。留下来搜索屋子,或者跟着塞巴斯蒂安,看看他要去哪里。她的头脑还没想清楚脚就往前走了。她转身飞也似的从墙壁这里跑开,冲进门上黑漆漆的入口，紧接着门就在她身后关上了。

卢克躺在一个房间里，只有昏黄的街灯从钉着板条的窗户缝隙里洒落进来，照亮屋内。乔斯琳知道她本该让人装上电灯的，但她宁愿就这样。黑暗掩饰了他伤痕累累的身体、苍白的脸庞，还有凹陷下去的眼窝。

实际上，在昏暗之中他看起来很像在集团形成之前她所熟识的那个伊德里斯男孩。她还记得他在学校后院的样子，消瘦的身材，棕色的头发，湛蓝的眼睛，不知所措的双手。他曾经是瓦伦丁最好的朋友，正因为此，没有人真正地正视过他。就连她也不曾注意到他的存在，否则她就不会对他对自己的感情那么毫无觉察。

她记得自己嫁给瓦伦丁的那一天，明媚的阳光透过天使大厅的水晶屋顶照射进来。那时她十九岁，瓦伦丁二十岁，她父母对她年纪那么小就嫁人非常不满，他们那么不高兴，至今她仍历历在目。他们不赞成，但当时她压根儿就没当回事儿——他们不理解。她曾经那么笃定今生非瓦伦丁不嫁。

卢克是他的伴郎。她记得自己在过道里走过时他的表情——她无意间匆匆地瞥了他一眼，就将全部的注意力转移到了瓦伦丁身上，因为那时她眼里只有他。她记得当时自己认为他肯定身体不舒服，看起来很痛苦。后来，在宾客们聚集的天使广场——集团的大部分成员都到了，包括玛丽斯和罗伯特·莱特伍德，那时他们已经结婚了，就连年纪还不到十五岁的杰里米·庞特梅西也来了——她和卢克、瓦伦丁站在一起，有人还开玩笑说要是新郎不出现，新娘就只得嫁给伴郎了。卢克当时穿着晚礼服，上面印着象征婚姻幸福美满的金色如尼文，他看起来非常英俊，但是其他人大笑时，他的脸色却显得特别苍白。他肯定很讨厌娶我的这个想法，她当时心想。她记得自己笑着碰了碰他的肩膀。

"别这样，"她打趣道，"我知道我们都那么熟了，不过，我保证你永远都不会走到非要娶我的那一步！"

接着，阿玛提斯走了过来，身后还拽着正在大笑的斯蒂文，然后乔斯琳早就把跟卢克有关的一切抛到九霄云外去了，也把他看她的眼神，还有瓦伦丁看他的古怪神情全都抛到脑后去了。

此刻，她朝卢克看了一眼，在椅子里动了动。他的眼睛睁开了，这是那么多天以来他第一次深情地注视她。

"卢克。"她轻声喊道。

他一脸迷惑。"多久——我睡了多久？"

她很想冲过去抱住他，但他身上仍然缠着厚厚的绷带，这让她望而却步。相反，她握住他的手，拿起来用手背摩挲自己的脸颊，两只手十指交错在一起。她闭上眼睛，眼泪流淌下来。"大概三天。"

"乔斯琳，"他不无警觉地说道，"我们为什么在警察局？克拉丽去哪儿了？我真的记不起来——"

她放下他们交错在一起的手，尽自己最大的努力语气平静地告诉他事情的经过——塞巴斯蒂安和杰斯、刺入他身侧的恶魔金属，还有卢普斯护卫队的帮助。

"克拉丽，"她话音刚落他就说道，"我们得去救她。"

他把手从她的手中抽出来，开始挣扎着坐起来。哪怕在昏暗的灯光下，她还是能看出他痛得痉挛时，脸色变得更苍白了。

"这不可能。卢克，躺回去，求你了。难道你觉得如果有办法救她的话，我会不去吗？"

他用力把腿挪到床边，这样他就能坐起身来，紧接着他喘了一大口粗气，双手撑着身体向后仰。他的情况糟透了。"但是她情况危险——"

"你认为我没想过她的危险处境吗？"乔斯琳把手放在他的肩膀上，轻轻地把他推回到枕头上，"西蒙每天晚上都跟我联系。她没事。你现在的身体情况什么事情也做不了。害死自己也帮不了她。请信任我，卢克。"

"乔斯琳，我不能就躺在这里啊。"

"你可以，"她站起来说道，"而且你会，如果我不得不亲自监督你的话。你到底怎么啦，卢西恩？你疯了吗？我为克拉丽担惊受怕，我也一直为你担惊受怕。请别这样做——别这样对我，要是你出了什么事——"

他惊讶地看着她。血已经从缠在他胸口上的白色绷带上渗出来了，他刚才的动作撕裂了伤口。"我……"

"什么？"

"我还不习惯你爱我呢。"他说。

他的话透出一种温顺，她不能将之与卢克联系在一起，她深情地凝视着他，过了一会儿才开口。"卢克，请你躺回去。"

他把枕头压得更深了，好像是为了表示妥协。他喘着粗气。乔斯琳飞快地跑到床头柜那边，给他倒了一杯水，跑回来塞进他手里。"喝了吧，"她说，"求你了。"

卢克接过杯子，蓝色的双眸一直跟随着她，看着她在他床边的椅子上坐了下来。她一直坐在那把椅子上，一动不动地坐了好久，连她自己都很惊讶自己竟然没跟椅子融为一体。"你知道我在想什么吗?"她问,"就在你醒来之前。"

他呷了一口水。"我猜不到。"

"我在想我嫁给瓦伦丁的那天。"

卢克放下水杯。"我这辈子最糟糕的一天。"

"比你被咬的那天还糟糕?"她问道,顺便把腿盘了起来。

"还要糟。"

"我不知道,"她说,"我不知道你对我的感情。我希望我知道。我想事情会不一样。"

他看着她,一脸的难以置信。"怎么会?"

"我不会嫁给瓦伦丁,"她说,"要是我知道的话,就不会。"

"你会——"

"我不会,"她斩钉截铁地说,"我那时候太傻了,不明白你对我的感情,不仅如此,连我对你的感情也一无所知。我一直爱着你,虽然我自己不知道。"她探过身子,温柔地吻了吻他,不想弄痛他。然后她用自己的脸颊紧贴着他的。"答应我,你不会再让自己有危险了。答应我。"

她感觉到他空着的那只手摸着她的头发。"我答应你。"

她坐了回去,觉得有些满意。"我希望时间能够倒流,纠正所有的错误。嫁给对的人。"

"但那样的话我们就不会有克拉丽。"他提醒她。她喜欢他说"我们"的语气,那么漫不经心,仿佛在他心中,克拉丽毫无疑问就是他自己的女儿。

"要是她成长的时候你能多陪陪她的话……"乔斯琳叹了口气,"我只是觉得自己所做的一切都是错的。我尽想着要保护她,我想我对她的保护有些过头了。她想都不想地就一头冲进危险里。我们成长的过程中亲眼看见朋友们战死沙场。她从来没见过。我不希望她经历那一切,但有时候我担心,她根本不相信自己会死。"

"乔斯琳,"卢克的声音很温柔,"你抚养她长大,把她教育成一个好人。一个有价值观、懂得是非善恶并且为之努力的人。就像你一样。你不可能教出一个与自己言行举止相反的小孩。我认为她并不是不相信自己会死。我想,就像你的一言一行一样,她只是相信有值得为之牺牲的东西。"

克拉丽尾随着塞巴斯蒂安穿过了密密麻麻的狭窄街道,一直躲在房子旁边的阴影里。他们已经不在布拉格了——这一点立刻就明了了。路上一片漆黑,头上的天空是清晨独有的那种空旷的蓝色，她所经过的商店上方悬挂的招牌全是法语。街道标牌也全是法语：塞纳路、雅各布路和修女院街。

他们从城里穿过时，打她身边经过的人像鬼魅一般。不时有轿车轰隆隆地驶过，停在商店后面的卡车正赶早装货卸货。空气中弥漫着河水和垃圾的味道。她相当确定他们现在身处何方，就在这时他们转了个弯，来到一条宽敞的大街上，一个路牌在薄雾蒙蒙的黑暗中赫然出现在眼前。箭头分别指向通往巴士底狱、圣母院和拉丁区的路。

巴黎，克拉丽心想，塞巴斯蒂安横穿马路时她悄悄地躲在一辆停着的轿车后面。我们在巴黎。

真讽刺。她一直希望跟熟悉这个城市的某个人去巴黎。一直都想在巴黎的街道上散步，看看塞纳河，画画这里的建筑。她从来没想过会这样。从来没想过竟然会跟踪塞巴斯蒂安，穿过圣日耳曼大道，经过一家鲜黄色的邮局，朝南经过一条铁栅栏紧闭但阴沟里却塞满了啤酒瓶和烟蒂的大街，再往北来到一条房屋林立的狭窄街道。塞巴斯蒂安在一幢房子前面停了下来，克拉丽也紧贴着墙壁止住脚步。

她看着他抬起一只手往门边的一个盒状装置里揿入了一个密码，她的眼睛追随着他手指移动的位置。咔嗒一声门开了，他走了进去。门一关上，她就小跑着跟过去，停下来输入同样的密码——X235——等待着听见那个轻轻的意味着门打开的声音。声音响起，她百感交集，既感到放心，又感到惊讶。不该这么容易吧。

过了一会儿她就站在了庭院里面。这是个四四方方的院子，四面都被看起来普通得不能再普通的建筑包围着。从敞开的门看过去，可以看见三级台阶。然而，塞巴斯蒂安却早已不见了踪迹。

所以，不会那么容易啊。

她向前走进庭院里，意识到自己这么做意味着从庇护她的阴影里走出来进入视野开阔的地方，从而将自己暴露在外。时间每过一秒，天色就变得明亮一分。克拉丽想到别人看得见自己，颈项上的汗毛都倒竖起来，她赶紧猫着腰躲进自己遇到的第一个楼梯井的阴影里。

里面很朴素，木质楼梯通向楼上，也指向地下，墙壁上有一面廉价的镜子，她从中看到了自己苍白的脸庞。有股非常明显的烂卷心菜味儿，有那么一刻她甚至认为自己仿佛就站在垃圾桶存放地似的，紧接着她本已疲倦的头脑猛地一转方才意识到：原来这恶臭表明这里有恶魔。

她精疲力竭的肌肉开始颤抖，但她紧紧地把手握成拳头。她意识到自己手无寸铁，这真是种痛苦。她深深地吸了一口这充满恶臭的空气，开始顺着台阶往下走。

一路往下，气味越来越浓，空气越来越浑浊，要是有石杖和夜视如尼文就好了。但现在她无能为力。楼梯绕来绕去，她顺着楼梯往下走，一股感激之情在心中油然而生，多亏没有光，因为她正好踩到了一摊黏糊糊的东西。她一把抓住扶手，用力地用嘴巴呼吸。黑暗越来越浓了，她两眼一抹黑地继续走着，心脏怦怦直跳，响声大得使她确信别人肯定听得见。巴黎的街道，平凡的世界，这一切仿佛都停留在远古时代。这里只有黑暗和她自己，一直不停地往下、往下、往下、再往下。

就在这时——远处有灯光在闪耀，只是一个小点，像火柴头突然燃烧起来那样。由于光越来越亮，她向扶手挪了挪，几乎蹲了下来。现在她能看见自己的手了，还有脚下台阶的轮廓。只剩下几级台阶了。她来到楼梯最下方，回头扫了一眼。

看不出与普通公寓楼的任何相似之处。一路上的木质楼梯不知道在什么地方变成了石头，她现在正站在一个由火把点亮的石壁小屋里，火把散发出令人作呕的浅绿色光。地板是石头铺成的，打磨得很光滑，上面雕刻着许多奇怪的符号。她绕开这些符号，穿过屋子向唯一的出口走去，那是一个拱形石门，顶上钉着一只人类头骨，位于由两把装饰用的斧头交叉组成的 V 字形中间。

穿过拱门她就能听见声音了，不过太远了，听不清他们在说什么，但有声音却是千真万确的。"这边走，"它们仿佛在说，"跟着我们。"

她抬头看了看头骨，它那空洞洞的眼睛正嘲讽似的回望着她。她不知道自己身在何方——巴黎是否仍然还在她的头顶上，或者她是否走进了另一个完全陌生的世界，就像进入无声之城那样。她想起了杰斯，她趁他睡着时跑了出来，这一切恍若隔世。

她这么做是为了他，她提醒自己。把他抢回来。她穿过拱形门走进前面的走廊，本能地紧贴着墙壁。她静悄悄地往前潜伏而行，那些声音越来越大。走道里很幽暗，但并不是没有光。没走几步，就有另一只浅绿色的火把在燃烧，散发出烧炭的气味。

一扇门突然在她左边打开了，声音变得更大了。

"……不像他父亲，"一个像砂纸般沙哑的声音说，"瓦伦丁根本不会跟我们做交易。他会让我们成为奴隶。这个人会把这个世界给我们。"

慢慢地，慢慢地，克拉丽透过门的边缘偷偷看过去。

第十四章 | 逝如灰烬

屋子里空荡荡的，墙壁很光滑，什么家具都没有。里面是一群恶魔。它们长得像蜥蜴，身上有坚硬的棕绿色皮肤，但每个都有六条章鱼状的腿，移动的时候发出刺耳的窸窸窣窣声。它们的头呈灯泡状，像外星人，上面有小平面状的黑眼睛。

她咽了一口苦水。这一幕使她回想起吞噬魔，那是她见过的第一批恶魔。这种蜥蜴、昆虫和外星人的组合怪诞得让她的胃不由自主地翻江倒海起来。她更加用力地顶住墙壁，想听得更清楚些。

"是这样，如果你信任他的话。"很难分辨到底是哪一个在说话。它们移动时腿一张一合，灯泡状的身体上下起伏。它们好像没有嘴巴，说话的时候只有一簇簇小小的触角在颤动。

"伟大的母亲信任他。他是她的孩子。"

塞巴斯蒂安。它们当然是在谈论塞巴斯蒂安。

"他也是拿非力人，他们是我们的劲敌。"

"他们也是他的敌人。他身上流淌着莉莉丝的血。"

"但是他称为同伴的那个人流淌着我们敌人的血。他是天使的后裔。"这句话带着强烈的憎恨，克拉丽感觉像被人掴了一巴掌似的。

"莉莉丝的孩子让我们放心，他牢牢地控制着他，实际上他似乎很顺从。"

传来一声干巴巴的轻笑，像昆虫一样。"你们这些小年轻担心过头了。拿非力人很久以来都不让我们接近这个世界。这里满是宝藏。我们要把它吸干，只留下一片灰烬。至于那个天使男孩，他将是他们那一族最后一个死去的。我们要在柴火堆上烧死他，直到他只剩下金色的骨头。"

愤怒在克拉丽心中升腾而起。她猛吸了一口气——发出微弱的声音，虽然很小。离她最近的恶魔猛地抬起头。克拉丽僵立了片刻，被它那反光的黑眼睛发出的怒火吓得动弹不得。

然后她转身就跑。跑，朝出口跑，朝台阶和通往黑暗的道路跑。她听得见身后的喧闹声，那些东西在尖叫，紧接着它们滑动时发出的窸窸窣窣声就跟了上来。她回过头看了一眼，明白自己逃不掉了。尽管她抢先一步，但它们差不多就要追上她了。

她能听见自己喘着刺耳的粗气，呼哧呼哧地吸进呼出，她跑到拱门那里时一个转身跳了起来，用手一把抓住了它。她用尽全力往前扑去，穿着靴子的脚踢到了第一个恶魔，它大声尖叫着往后一退。克拉丽仍然悬空着，她抓住头骨下交叉的一把斧头，将它一把拉了出来。

斧头卡得很紧，纹丝不动。

她闭上眼睛，抓得更紧了，拼尽全身的力气，用力拉。

斧头从墙壁上拔出来时发出撕裂声，石头和石灰石倾泻而下。克拉丽失去了平衡，蜷缩着身体落在地面上，斧头挡在她面前。斧头很重，但她几乎感觉不到。发生在古董店的那一幕再次发生了。时间变慢，感受越来越强烈。她能感觉到空气从她的皮肤上扫过发出的每个私语声，脚下的地板上传来的每个起伏不定的声音。第一个恶魔冲过门道时，她赶紧抱住自己，它像狼蛛一样靠坐起来，腿在她身体上方抓来抓去。在它脸上的那些触角下方是一对长长的滴着口水的毒牙。

她手里的斧头似乎自动地投掷了出去，深深地陷进了那东西的胸口。她立刻想到杰斯曾经告诉过她不是刺伤胸部，而是要斩首。并不是所有的恶魔都有心脏。但在这种情况下，她是幸运的。她不是击中了心脏，就是击中了致命气管。那个东西抽搐着，不停地尖叫。血汩汩地从伤口处冒了出来，接着就消失了。她只得一个踉跄往后退，手上还拿着沾满脓液的武器。恶魔的血是黑色的，像沥青一样散发着恶臭。

第二个恶魔朝她扑过来，她猫下腰，把斧头往外一挥，砍断了它的几条腿。它哀嚎着翻倒在过道上，像砸碎了的椅子一样。另一个恶魔已经重重地踩着它的身体，向她逼近。她又一挥，斧头砍进这个东西的脸里面去了。她往后一退，背靠着楼梯井站了起来。只要它们其中一个从她身后伏击，她肯定就没命了。

被她切开脸的那个恶魔非常生气，又向她扑来。她挥舞着斧头，砍断了它的一条腿，但它的另一条腿却缠住了她的手腕。灼热的疼痛感传遍她的手臂。她尖叫起来，拼命想要把手抽出来，但恶魔紧抓不放。感觉就像成千上万根炙热的针正在往她的皮肤上扎一般。她仍然在尖叫，挥出左手臂，一拳打到了那东西的脸，正好击中了被她的斧头砍伤的地方。恶魔嘶嘶地叫了一声，稍微松了一下腿。她刚一抽出手，恶魔就从后面冲过来——

不知道从哪里飞来的一把刀刃闪烁着微光砍了下来，砍进恶魔的头颅里。她目不转睛地看着恶魔消失不见了，接着她看见了自己的哥哥，他手里正拿着一把闪闪发光的六翼天使之刃，脓液溅到他白衬衣的前襟上。在他身后的屋子里什么都没有，除了一个恶魔的身体还在抽搐。

塞巴斯蒂安。她惊讶地盯着他。他刚刚救了她的命吗？

"离我远一点，塞巴斯蒂安。"她厉声说道。

他好像没听见她说话。"你的胳膊。"

她低头看了一眼自己的右手腕，那里仍然在刺骨地疼。恶魔的吸盘紧紧地吸附在她的皮肤上，在她的胳膊上留下了一圈粗粗的茶杯状伤口。伤口已经在变黑，慢慢地变成了一种令人作呕的淤青。

她又抬头看了一眼哥哥。他的白头发在黑暗中看起来像光圈一般。或者很可能只是她的视觉正在消失。墙壁上的绿色火把也被光圈包围着，塞巴斯蒂安手上的天使之刃也有光圈。他正在说话，但他的声音很模糊，无法辨认，仿佛他是在水下说话一样。

"……致命的毒液，"他在说，"你到底在想什么，克拉丽莎？"他的声音越来越远，然后又回来了。她用力集中精神。"……竟然用装饰用的斧头打掉六个达哈克恶魔——"

"毒液，"她重复道，顷刻间他的脸又变得清晰起来，他的嘴角绷得很紧，眼睛突出，令人顿觉错愕，"那么我猜你并没有救我，是不是？"

她的手一阵抽搐，斧头从她的手中滑落，砰的一声掉在地板上。她慢慢地摔倒时感到自己的毛衣擦到了粗糙的墙壁，除了躺在地上，她什么都不想做。但塞巴斯蒂安没有让她休息。他用胳膊夹住她，把她扶了起来，然后搀扶着她，把她那只没受伤的胳膊绕在了他的脖子上。她想要挣脱他，但她浑身无力。她觉得胳膊肘内侧传来阵阵刺痛，是灼烧——是石杖触碰的感觉。麻木传遍了她的血管。她闭上眼睛之前看到的最后一样东西就是拱门上方的骷髅。她敢发誓那空洞洞的眼睛充满了嘲笑。

第十五章
玛格达莱娜

恶心和疼痛一阵接一阵地像漩涡一般向她扑来。克拉丽只看见周围有模模糊糊的颜色：她知道她的哥哥正搀扶着她，他迈出的每一步都像冰锥似的敲击着她的头颅。她知道自己正紧紧地靠在他身上，他的胳膊传来的力量让她感到安慰——跟塞巴斯蒂安有关的一切竟然会是种安慰，而且他好像根本不关心自己走路的时候是不是会撞到她，这种感觉真诡异。恍恍惚惚地，她知道自己正大口喘着气，听见哥哥在叫自己的名字。

然后，一切都归于沉寂。有那么一刻她以为一切都结束了：她已经死了，在跟恶魔的战斗中阵亡，就像大多数暗影猎手一样。接着她又感到胳膊内侧传来一阵灼热的刺痛，一股冰一般的感觉猛地涌遍她的血管。她疼得闭紧了眼睛，不管塞巴斯蒂安对她做了什么，那股冰冷就像朝她脸上泼了一杯水似的。慢慢地，世界停止旋转，恶心和疼痛的漩涡逐渐消散，最后只在她的血流里留下一些小小的涟漪。她又能呼吸了。

她喘着粗气睁开了眼睛。

湛蓝的天空。

她正躺着，盯着那一望无垠的湛蓝天空，上面布满棉花般的云朵，像学院里的医务室屋顶上粉刷的天空一般。她的右手上仍然有受伤时留下的圈状印记，尽管它们逐渐褪成了浅粉色。在她的左臂上有一个移除文，慢慢淡得看不清楚了，她的胳膊肘旁边放着一枚曼德琳止疼片。

她深深地吸了一口气。秋天的空气带有一丝树叶的气息。她看得见树梢，听得见车来车往的嗡嗡声，还有——

塞巴斯蒂安。她听见一声低声轻笑，才明白过来她根本不是躺着，原来自己正靠在哥哥身上。塞巴斯蒂安，很温暖，正在呼吸，他的胳膊正搂着她的脑袋。她身体的其他部位则放松地伸展在一条略微有些湿气的木长凳上。

她猛地坐直了身体。塞巴斯蒂安又大笑起来。他正坐在公园长凳的另一边，上面还有精致的铁制扶手。他的围巾折叠着放在膝盖上，而她正躺在那里，另一只没有捧着她的脑袋的手则放松地搁在长凳上。他解开了白色衬衣，以隐藏脓液留下的污渍。里面穿着一件浅灰色 T 恤。银色的手镯在他的手腕上发着微光。黑色的双眼饶有兴致地端详着她的一举一动——她赶紧抽回身体，离他越远越好。

"你个子那么矮真是好事一桩啊，"他说道，"要是你个子太高的话，抱着你可就会相当困难了。"

她费力地保持平静的语气。"我们在哪里？"

"卢森堡花园，"他回答，"卢森堡花园非常漂亮。我得把你带到你能躺下的地方，马路中央可不是什么好主意。"

"就是啊，任由人家留在马路上死去还专门有个词儿呢。车祸谋杀罪。"

"那可是两个词儿，我认为在严格意义上，只有你故意开车碾上去才称得上车祸谋杀罪，"他搓着手仿佛想要取暖似的，"不管怎样，为什么我要在大费周章救了你之后再把你扔在大街上呢？"

她咽了咽口水，低头看着胳膊。伤口现在更加淡了。如果不仔细找的话，很可能根本不会注意到。"你为什么那么做？"

"我为什么做什么？"

"救我。"

"你是我妹妹。"

她咽了咽口水。在清晨的阳光下，他脸上有些红晕。他的脖子被恶魔脓液溅到的地方有一些若隐若现的烫伤。"你以前从来不在乎我是你妹妹。"

"我没有吗？"他用黑色的眼睛上下打量着她。她想起她跟吞噬魔战斗后中毒得奄奄一息时杰斯来到她家的情景。他用塞巴斯蒂安所采用的方法为她疗伤，然后用同样的方法搀扶着她出门。或许早在魔咒将他俩联结在一起以前，他们之间就有更多相同点，只是她不愿意那样想。"我们的父亲死了，"他说，"没有其他亲人。你和我，我们是最后的血脉。摩根斯特恩家族最后的血脉。你是我唯一的机会，让某个人血管里流淌的血液和我的一样。某个跟我一样的人。"

"你知道我在跟踪你。"她说。

"我当然知道。"

"你故意让我跟踪的。"

"我想看看你要干什么。我承认我没想到你竟然会跟着我到那里去。你比我以为的要勇敢些。"他拿起膝盖上的围巾，围到了脖子上。公园里的人开始多起来了，许多游客手里拿着地图，父母怀里抱着孩子，老人家坐在像这样的长凳上，抽着烟斗。"你永远都不可能打赢刚才那场战斗。"

"我或许能。"

他咧嘴一笑，笑容只是一闪而过，好像是他没忍住似的。"可能吧。"

她弯腰拾起草地上的靴子，里面被露水浸透了。她不打算感谢塞巴斯蒂安。不会为任何事情感谢他。"你为什么跟恶魔打交道？"她追问，"我听见它们跟你说话。我知道你在做什么——"

"不，你不知道，"笑容消失了，高人一等的口吻又回来了，"首先，那些不是我在打交道的恶魔。那些是它们的守卫。那就是为什么它们单独在一个屋子里，而我不在那儿的原因。达哈克恶魔没那么聪明，不过它们很卑鄙，很粗俗，也很有防御性。其实事情并不像它们想的那样，它们并不了解当时正在发生的事情。它们只是在重复从主人那里听来的流言蜚语。大恶魔。那才是我见的对象。"

"以为这样会让我感觉好受些吗？"

他的身体伏在长凳上向她探过来。"我没打算让你好受些。我只是想告诉你真相。"

"难怪你现在好像反应过激了似的。"她说，尽管这并不十分准确。塞巴斯蒂安脸色平静，真让人心烦意乱，不过他下巴的轮廓和太阳穴上的跳动告诉她，其实他并不像他伪装的那样平静。"达哈克说你打算把这个世界送给恶魔们。"

"那么，这听起来像是我会干的事吗？"

她只是看着他，一言不发。

"我以为你说过打算给我机会呢，"他说，"你在阿利坎特遇到我时我还不是我自己。"他的眼神很清澈。"此外，我也不是你遇见过的唯一一个信任瓦伦丁的人。他是我父亲。我们的父亲。怀疑你从小到大就信仰的东西并不容易。"

克拉丽把胳膊环抱在胸前；空气清新而寒冷，带着冬天的肃杀。"好吧，这倒是的。"

"瓦伦丁错了，"他说，"他相信他是被圣廷冤枉的，他根本无法释怀，满心只想向他们证明他是正确的。他希望天使升起，告诉他们他就是暗影猎手乔纳森转世，他是他们的领袖，跟着他就是正道。"

"事情并不完全是这样。"

"我知道发生了什么事。莉莉丝跟我说起过，"他不假思索地说着，仿佛跟巫师之母谈话是每个人时不时就会经历的事情一般，"别欺骗自己，以为所发生的一切都是因为天使慈悲心肠，克拉丽。天使和冰凌一样冷酷无情。拉结尔被激怒是因为瓦伦丁忘了全体暗影猎手的使命。"

"什么使命？"

"杀死恶魔。那是我们的职责。近年来越来越多的恶魔潜入我们的世界,你肯定听说过吧?听说过我们不知道该怎么把它们赶出去吧?"

一些话在她心里回响,那是杰斯曾经跟她说起过的,仿佛是上辈子的事情了,那时他们第一次造访无声之城。"我们可能能够防止它们来到这里,但还没有人能够弄清楚该怎么做。实际上,越来越多的恶魔穿进来了。这个世界以前很少有恶魔入侵,制止它们很容易。但从我出生起,越来越多的恶魔穿过法术屏障潜入进来。圣廷只会派暗影猎手去对付,很多时候他们都有去无回。"

"与恶魔的大战就要来临,圣廷根本毫无准备,"塞巴斯蒂安说,"我父亲在这一点上倒是正确的。他们太墨守成规,听不进警告,也不愿意改变。我和瓦伦丁一样,不希望暗影猎手毁灭,但我担心圣廷的盲目自大将注定毁灭掉暗影猎手们保护的这个世界。"

"你希望我相信你在乎这个世界是不是会被毁灭?"

"呃,我确实生活在这里,"塞巴斯蒂安说话的语气比她预期的要温和,"有时候极端情况要用极端手段。克敌制胜首先要知己知彼,甚至还要跟敌人打交道。如果我能使那些大恶魔信任我的话,那么我就能把它们引诱到这里来,它们在这里能被摧毁,它们的追随者也能被摧毁。那样应该能力挽狂澜。恶魔会明白这个世界可不是它们想象的那样触手可得。"

克拉丽摇摇头。"你打算用什么来应对,只有你和杰斯?你的能力令人印象深刻,但别误会,就算你们俩——"

塞巴斯蒂安站起来。"你真的没有想过我可能已经深思熟虑过了,是不是?"他低头看着她,秋风吹拂着他的白发,遮挡住他的脸,"跟我来。我想给你看样东西。"

她犹豫了。"可是杰斯——"

"还在睡觉呢。相信我,我知道,"他伸出手,"跟我来,克拉丽。如果我不能使你相信我的计划,或许我能证明给你看。"

她盯着他。各种各样的影像像抖动的五彩纸屑一样在她的头脑里翻转:布拉格的古董店、她丢失在黑暗中的叶片状金戒指、在夜总会的小室中抱着她的杰斯、漂浮着尸体的玻璃水箱。手里紧握着一把天使之刃的塞巴斯蒂安。

证明给你看。

她抓住他的手,让他把自己拉起来。

为了成功地召唤出拉结尔,善之队确定他们需要找到一个相当隐蔽的地方,不过这可大费了一番唇舌。"我们可不能在中央公园的中心位置召唤一个十八米高的天使，"马格纳斯就事论事地评论道，"人们可能会注意到，哪怕是在纽约。"

"拉结尔有十八米那么高？"伊莎贝尔惊叹道。她正懒洋洋地躺在一把从桌子旁拉过来的摇椅上。她的黑眼睛下方有黑眼圈；她——像亚历克、马格纳斯和西蒙一样——都累极了。他们全都好久没睡觉了，一直在睁大眼睛查阅马格纳斯那些旧得像洋葱皮一样薄的魔法书。伊莎贝尔和亚历克都懂希腊文和拉丁文，亚历克比伊莎更了解恶魔语言，但还是有那么多东西只有马格纳斯一个人懂。迈亚和乔丹发现他们帮不上忙，就到警察局看望卢克去了。同时，西蒙只能在旁边打打杂：准备食物和咖啡、根据马格纳斯的指令抄符号、取更多的纸张和铅笔，甚至还包括给喵大帅喂食，它在马格纳斯的厨房里蜷缩成一团毛球以示感谢。

"实际上，他只有十七米高，但他喜欢夸张。"马格纳斯说。疲惫没有改善他的性情。他的头发像棍子似的竖了起来，他用手背擦过眼睛的地方还沾着闪光的黑色污渍。"他是天使，伊莎贝尔。难道你什么都没学过？"

伊莎贝尔不耐烦地吐了吐舌头。"瓦伦丁在他的地洞里召唤过天使。我不知道你为什么需要那么大的地方——"

"因为瓦伦丁比我强多了，"马格纳斯怒气冲冲地说，还扔下了笔，"瞧——"

"别冲我妹妹大吼大叫。"亚历克说。他语气虽然平和，却气势十足。马格纳斯惊讶地看着他。亚历克继续说道："伊莎贝尔，当天使在地球空间里出现时，他们的体型会随着其能力的变化而改变。瓦伦丁召唤的天使比拉结尔的级别低。而且如果你要召唤一个比他级别更高的天使，比如迈克尔或加布里埃尔——"

"我可没办法使出能绑住他们的魔法，一会儿都不行，"马格纳斯忍住愠怒说道，"我们召唤拉结尔部分原因在于他创造了暗影猎手，我们寄希望于他会对你们的处境存有特别的怜悯——或者说有一些怜悯。他也是比较高级别的天使。不那么强大的天使可能没有能力帮助我们，但更加强大的天使……好吧，要是出了差错的话……"

"可能不仅仅只有我会死。"西蒙说。

马格纳斯一脸痛苦，亚历克低头看着桌子上凌乱的纸张。伊莎贝尔用手按住西蒙的手。"我简直不敢相信我们竟然坐在这里讨论召唤天使，"她说，"我的整个生命都是以天使之名起誓的。我们知道我们的能力来自天使。但亲眼看见天使的想法……我真的不敢相信。我尽力去想的时候总觉得这个想法太不靠谱。"

大家突然安静下来。马格纳斯的眼睛里充满阴郁，这使西蒙好奇他是否曾经见过天使。他不知道该不该问，但他还没来得及做决定，就从他的手机上传来了嗡嗡声。

"等一下。"他低声说着站了起来。他翻开手机，斜靠在阁楼上的一根支柱上。是短消息——好几条——是迈亚发来的。

好消息！卢克醒了，在说话。看起来他应该没事儿。

欣慰的感觉犹如海浪般涌遍了西蒙的全身。终于有好消息了。他合上手机盖，伸手摸了摸手上的戒指。"克拉丽？"

没有回答。

他强忍住慌张。她可能在睡觉。他抬头发现其他三个人正从桌子那边盯着他。

"谁打来的？"伊莎贝尔问。

"是迈亚。她说卢克醒过来了，在说话。他应该没事儿，"传来一阵如释重负的附和声，但西蒙仍然低头盯着戒指，"她让我想到一个办法。"

伊莎贝尔已经站起身朝他走过来；听到这句话，她停了下来，一脸担忧。西蒙猜想自己并没有责怪她。他近来的想法根本无异于自杀。"什么办法？"她问。

"召唤拉结尔需要什么？要多大的空间？"西蒙问。

马格纳斯本来在看书，现在停下来看着他。"至少得一千六百米左右。肯定得有水。就像林恩湖——"

"卢克的农场，"西蒙说，"在纽约北部的郊外，大概一到两小时的车程。现在应该关闭了，不过我知道怎么去。而且那里有个湖。没有林恩湖那么大，但……"

马格纳斯合上他正在看的书。"这个主意不错，西马斯。"

"几个小时？"伊莎贝尔抬头看着钟问道，"我们到那里得——"

"哦，不行，"马格纳斯说，他把书推开，"尽管你热情无限，令人印象深刻，伊莎贝尔，但到那时我就会累得没办法准确无误地使出召唤魔法了。而且这可不是我想冒险去干的事儿。就这一点，我想我们全都会同意。"

"那么什么时候？"亚历克问。

"我们至少要睡几个小时，"马格纳斯说，"我建议我们下午早些时候出发。夏洛克——对不起，西蒙——打电话给乔丹，看看你到时候能不能借他的卡车。而现在……"他把纸推到一边，"我要睡觉了。伊莎贝尔，西蒙，如果你们愿意的话，欢迎你们再次使用那间客房。"

"不同的客房会更好。"亚历克低声说。

伊莎贝尔看着西蒙，乌黑的眼睛里充满质疑，但他已经把手伸进口袋里拿电话了。"好吧,"他说,"我中午之前回来,不过现在我还有件重要的事情要做。"

白天的巴黎具有别样的风情:弯弯曲曲的狭窄街道向外扩展,绵延至宽敞的大道,柔和的金色建筑上盖着石板色的屋顶,波光粼粼的塞纳河像决斗后留下的伤疤将城市一分为二。塞巴斯蒂安一路上并没有怎么说话,尽管他声称要向克拉丽证明他的计划。他们走过一条画廊林立的街道,那里还有许多布满灰尘的旧书店,来到河边的奥古斯汀大酒店。

塞纳河畔吹起一阵凉风,她不禁一颤。塞巴斯蒂安取下绕在脖子上的围巾,递给她。这是一条黑白相间的杂色粗花呢苏格兰围巾,还余留着他脖子上的体温。

"别傻了,"他说,"你很冷。戴上。"

克拉丽把围巾绕在脖子上。"谢谢。"她条件反射地说道,接着感到心头一颤。

就这样。她感谢塞巴斯蒂安了。她等待着从乌云中冒出一道闪电劈向她的头。但什么都没发生。

他神色古怪地看了她一眼。"你没事吧?你看起来像要打喷嚏似的。"

"我没事。"围巾有股柑橘味的古龙香水味,典型的男生的气味。她不确定自己原本以为这条围巾会是什么味道。他们又开始走了。这一次塞巴斯蒂安放慢了脚步,走在她身旁,停下来解释巴黎各区的编号情况,他们正在横穿第六区,进入第五区,拉丁区,他们能看见远处有一座桥横跨塞纳河,那就是圣米歇尔桥。克拉丽注意到有许多年轻人正从桥上走过;女孩子们跟她年纪相仿或者更大一些,都穿着不可思议的时尚紧身裤和高跟鞋,长发随着塞纳河畔的风翩翩飞舞。她们当中有几个人停下来欣赏地看了几眼塞巴斯蒂安,但他似乎没注意到。

她心想,杰斯会注意到。塞巴斯蒂安很引人注目,他的头发像冰一样白,眼睛乌黑。她第一次见到他时还觉得他很英俊,但那时他把头发染成了黑色;不过,那真的不太适合他。他这个样子更好看。头发的色调使他的皮肤显得有些血色,你的目光会情不自禁地转向他那高高的颧骨上的红晕和他那轮廓优雅的脸庞。他的睫毛长得不可思议,颜色要比他的头发深,略微卷曲,跟乔斯琳的一样——真是不公平。为什么她就没有继承家族的卷睫毛呢?为什么他没有一粒雀斑?"那么,"没等他把话说完,她就突兀地打断了他,"我们是什么?"

他用眼角的余光看了她一眼。"你说'我们是什么'指的是什么?"

"你说我们是摩根斯特恩家族最后的血脉。摩根斯特恩是德语名字,"克拉丽说,"那么,我们的名字在德语里是什么意思?有什么典故吗?为什么除了我们就没有其他人了?"

"你对瓦伦丁的家族一无所知？"塞巴斯蒂安不无怀疑地说。他在矗立于塞纳河畔的围墙边停了下来，就在马路边上。"难道你妈妈什么也没告诉你？"

"她也是你的妈妈，不，她没有。她可不喜欢谈论瓦伦丁。"

"暗影猎手的名字都是复合词。"塞巴斯蒂安慢条斯理地说着爬上了围墙。他向她伸出一只手，过了一会儿她让他拉住自己的手，把她拉到围墙上，站到他旁边。塞纳河在他们的下方流淌，河水呈灰绿色，游船像苍蝇似的悠闲地前进，发出突突突突的声音。"菲尔柴尔德，莱特伍德，怀特劳。'摩根斯特恩'是'晨星'的意思。这是德语名字，但我们家族以前是瑞士后裔。"

"以前是？"

"瓦伦丁是独生子，"塞巴斯蒂安说，"他的父亲——我们的祖父——被暗影魅族杀害，我们的伯祖父战死沙场。他没有孩子。这——"他伸出手摸了摸她的头发，"这是菲尔柴尔德家族遗传的。也有英国血统。我看起来有更多的瑞士血统。像瓦伦丁。"

"你知道我们祖父母和外祖父母的事情吗？"克拉丽问道，她情不自禁地着迷起来。

塞巴斯蒂安放下手，从围墙上跳了下来。他向她伸出手，她握住他的手，这样跳下来的时候就能保持平衡。她一下子撞到他胸前，衬衣下他的胸膛硬邦邦的，但很温暖。一个路过的女孩朝她饶有兴趣地看了一眼，露出嫉妒的神情，克拉丽赶紧往后退。她很想冲那个女孩大喊，告诉她塞巴斯蒂安是她哥哥，不管怎样她都讨厌他。但她没有。

"我对外祖父母一无所知，"他说，"我怎么可能知道呢？"他的笑容有些不自然。"来，我带你看看我最喜欢的一个地方。"

克拉丽打住了。"我以为你打算向我证明你的计划呢。"

"反正来得及的。"塞巴斯蒂安开始走起来，过了一会儿她才跟上去。弄清楚他的计划。在此之前表现得友好些。"瓦伦丁跟他的父亲很像，"塞巴斯蒂安继续道，"他信仰的是力量。'我们是上帝选定的战士。'那是他所信仰的。痛苦使你强大。失去令你更有力量。当他死的时候……"

"瓦伦丁变了，"克拉丽说，"卢克告诉我的。"

"他很爱他的父亲，也很恨他。认识杰斯后你可能会明白这一点。瓦伦丁像他父亲抚养他那样把我们养大成人。你总是回归到你所熟悉的一切。"

"但杰斯，"克拉丽说，"瓦伦丁教给他的不仅仅是战斗。他教他说不同的语言，教他弹钢琴——"

"那是受乔斯琳的影响，"塞巴斯蒂安不情愿地说出她的名字，仿佛他很讨厌听见这个名字似的，"她以为瓦伦丁应该能够谈论书籍、艺术、音乐——而不仅仅是打打杀杀。他把这些传给了杰斯。"

一扇蓝色的铸铁大门赫然出现在他们的左边。塞巴斯蒂安猫着腰钻过去，示意克拉丽跟着他。她不需要弯腰，不过还是跟在他身后，她把手塞进了口袋里。"那你呢？"她问。

他举起双手。它们跟她妈妈的手如出一辙——精致、修长，天生是用来拿画笔或钢笔的。"我学的是弹奏战斗乐器，"他说，"用血作画。我不像杰斯。"

他们现在走在一条狭窄的巷子里，两边是用同样的金色石头堆砌而成的建筑，跟巴黎的其他建筑一样，它们的屋顶在阳光中闪烁着铜绿色的光芒。脚下的街道是鹅卵石铺成的，这里没有汽车，也没有摩托车。她的左边是一家咖啡馆，木质的标牌悬挂在铸铁杆子上，这是这条蜿蜒曲折的街道上唯一的线索，表明这里也有商业活动。

"我喜欢这里，"塞巴斯蒂安顺着她的视线说道，"因为这里让你仿佛回到一百年前。没有汽车的噪音，没有霓虹灯。只是——很宁静。"

克拉丽盯着他。他在撒谎，她心想。塞巴斯蒂安不可能有这样的想法。塞巴斯蒂安以前试图把阿利坎特烧成灰烬，才不会关心"宁静"呢。

她转念一想，这可能跟他的成长背景有关。她从来没见过，但杰斯曾经向她描绘过。一座小房子——实际上，是个小木屋——在阿利坎特外的一个山谷里。那里的夜晚可能会很寂静，夜空繁星密布。但他会想念在那里的时光吗？他会吗？如果不是真正意义上的人类，会有那种感情吗？

这不会让你不安吗？她想说。身处真正的塞巴斯蒂安·维莱克成长和生活过的地方，直到你结束了他的生命？走在这些街道上，使用他的名字，直到在某个地方他的姑姑正在为失去他而感到痛苦？你说他本不该在战斗中还手，那是什么意思？

他的黑眼睛若有所思地看着她。他有幽默感，这她知道；他身上流淌着一种刻薄的智慧，有时候跟杰斯倒有几分神似。但他没有笑。

"来吧，"他接着说道，打断了她的沉思，"这个地方有巴黎最好的热巧克力。"

克拉丽不确定她该如何判断这是真是假，因为这是她平生第一次来到巴黎，不过他们一坐下来，她就不得不承认热巧克力棒极了。饮料是在你的餐桌上制作的——桌子很小，是木质的，就像旧式高靠背椅——巧克力装在一只蓝色的陶瓷罐里，配料有奶油、巧克力粉和糖。成品是浓稠的可可，浓得可以让勺子立起来。

他们也有羊角面包,把面包浸在巧克力里。

"你知道,如果你还想要一只羊角面包的话,他们会给你送过来。"塞巴斯蒂安说着靠在椅背上。他们是这里年纪最轻的顾客,要比其他人年轻几十岁,克拉丽注意到。"你吃这只羊角面包的样子就像恶狼进攻似的。"

"我饿了,"她耸了耸肩,"瞧,如果你想跟我说话的话,就说吧。让我相信。"

他的身体向前靠过来,胳膊肘支撑着桌面。这使她想起前一天晚上盯着他的眼睛的情景,她注意到他一只眼睛的瞳孔周围有一个银色的圆圈。"我在想你昨晚说的话。"

"我昨晚一直有幻觉。我不记得我跟你说过什么了。"

"你问我我属于谁。"塞巴斯蒂安说。

克拉丽正要把巧克力送到嘴里,却停了下来。"我问了?"

"问了,"他专注地端详着她的脸,"而我没有答案。"

她放下杯子,突然觉得非常不自在。"你没必要属于任何人,"她说,"这只不过是修辞手法罢了。"

"好吧,现在让我问你一件事,"塞巴斯蒂安说,"你认为你会原谅我吗?我的意思是,你认为有可能宽恕像我这样的人吗?"

"我不知道,"克拉丽抓紧桌子的边缘,"我——我的意思是,我对宗教意义上的宽恕不是很了解,只知道普通意义上的原谅别人。"她深深地吸了一口气,知道她在打马虎眼。塞巴斯蒂安黑色的眼眸专注而镇定地看着她,正是这种神情使她觉得好像他真的期望她回答别人不能回答的问题。"我知道人必须做一些事情,才能赢得别人的原谅。改变你自己。坦白、忏悔——弥补过错。"

"弥补过错。"塞巴斯蒂安附和道。

"弥补你所做的事情。"她低头看着自己的杯子。塞巴斯蒂安没有做过任何事情来弥补他所犯下的错,没有做一些有意义的事情。

"致敬与告别。"塞巴斯蒂安说着低头看着自己的巧克力杯。

克拉丽想起这是暗影猎手们对死者说的传统敬语。"你为什么说这个?我还没死呢。"

"你知道这句话来自一首诗,"他说,"是卡图卢斯写的。'Frater, ave atque vale.'致敬与告别,我的兄弟。他说的是灰烬,是死者的仪式,他自己为失去兄弟而感到痛苦。我很小的时候就学了这首诗,但我没有感觉到这一点——既感觉不到他的痛苦,又感受不到他失去亲人的悲伤,甚至都没有想过要是死的时候没有人为你感到痛苦的情景。"他突然猛地抬头看着她。"如果瓦伦丁把你和我一起抚养大，你觉得情况会怎样？那样的话，你会爱我吗？"

克拉丽很高兴自己早已把杯子放下来了，否则杯子肯定会摔碎的。塞巴斯蒂安正看着她，脸上没有任何羞涩，也没有任何自然流露的忐忑不安，他问这个古怪的问题时可能会有这样的反应，相反，他看她的眼神好像是把她当成了令人好奇的外来生命形式一般。

"好吧，"她说，"你是我哥哥。我会爱你。我会……我不得不啊。"

他一直用这种专注的眼神目不转睛地看着她。她不知道自己该不该问他是否认为那样也意味着他会爱她。像妹妹一样。但她有种感觉，他压根儿不知道那是什么意思。

"但瓦伦丁没有养育我，"她说，"实际上，我杀了他。"

她不确定自己为什么要这么说。或许她想看看有没有可能让他难过。毕竟杰斯曾经告诉过她，他认为瓦伦丁可能是唯一一个塞巴斯蒂安曾经关心过的人。

但他的脸色没有变。"实际上，"他说，"是天使杀了他。尽管那是因为你。"他的手指在破旧的桌面上画圈圈。"你知道，当我第一次见到你时，在伊德里斯，我还满心希望——我以为你会喜欢我。当你跟我一点儿都不像的时候，我恨你。然后，当我复活后，杰斯告诉我你做过的事情，我意识到我错了。你很像我。"

"你昨天晚上说过了，"克拉丽说，"但我不——"

"你杀了我们的父亲。"他说。他的声音很柔和。"而你并不在乎。根本没再想过，是不是？瓦伦丁在杰斯生命的头十年里把他揍得头破血流，杰斯仍然想念他。为他感到伤心，尽管他们没有任何血缘关系。但他是你的父亲，你杀了他，而你从未因此而失眠过。"

克拉丽张大嘴巴看着他。这不公平。那么不公平。瓦伦丁从来没有当过她的父亲——从来没有爱过他——一直是个十恶不赦必须死的魔鬼。她杀了他是因为她别无选择。

瓦伦丁的形象赫然浮现在她的脑海里，他把剑刺进杰斯的胸口，然后抱着他死去。瓦伦丁为他杀死的儿子落泪。但她从来没有为她的父亲哭泣过。从来没有一丝这样的念头。

"我是对的，不是吗？"塞巴斯蒂安说，"告诉我我错了。告诉我你跟我不像。"

克拉丽低头看着自己的这杯巧克力，现在已经冷了。她感到一阵争论的漩涡在头脑里升腾而起，吞噬着她的思想和话语。"我想你以为杰斯很像你，"她终于哽咽着开口道，"我以为那才是你要他跟你在一起的原因。"

"我需要杰斯，"塞巴斯蒂安说，"但在他内心深处他不像我。你才像我。"他站起来。他肯定在什么时候已经付过钱了；克拉丽记不起来。"跟我来。"

他伸出手。她站起来没有拉住他的手，机械地重新系上他的围巾；她喝过的巧克力感觉就像酸液一样在她的肚子里搅动。她跟着塞巴斯蒂安走出咖啡馆来到巷子里，他正站在那里仰望着头顶上的天空。

"我不像瓦伦丁，"克拉丽在他旁边停下脚步，"我们的妈妈——"

"你的妈妈，"他说，"以前讨厌我。现在恨我。你看见了。她想要杀死我。你想告诉我你继承了你妈妈的血统，好极了。乔斯琳·菲尔柴尔德冷酷无情。她一直就是那样。她假装爱我们的父亲，装了几个月，可能也有几年，这样她就能收集到跟他有关的足够多的信息来出卖他。她一手策划了大叛乱，看着她丈夫的朋友们被杀害。她偷取了你的记忆。你已经原谅她了吗？当她从伊德里斯逃走时，你真的认为她曾经计划带上我一起走吗？一想到我死了，她肯定如释重负——"

"她没有！"克拉丽打断他，"她有只盒子，里面装的是你婴儿时期的东西。她以前经常拿出来，对着这些东西哭泣。每年你过生日的那天。我知道就在你的房间里。"

塞巴斯蒂安薄而优雅的嘴唇抽动了一下。他转过身背对着她开始朝巷子深处走去。"塞巴斯蒂安！"克拉丽在他后面大叫，"塞巴斯蒂安，等等。"她不确定自己为什么希望他回来。不得不承认，她不知道自己在哪里，也不知道怎么找到回公寓的路，但不仅仅是因为这些。她希望开诚布公地吵架，证明她不是像他说的那样。她抬高音量大叫道："乔纳森·克里斯托弗·摩根斯特恩！"

他停下脚步，慢慢地转身，扭过头看着她。

她朝他走过去，他则看着她走过来，头扭向一边，黑色的眼睛眯了起来。"我打赌你甚至不知道我的中间名是什么。"她说。

"阿黛尔，"他说出这个名字的时候有种音乐感，那种熟悉的感觉让她浑身不自在，"克拉丽莎·阿黛尔。"

她来到他身边。"为什么是阿黛尔？我一点儿都不知道。"

"我也不知道，"他说，"我知道瓦伦丁从来都没说过让你叫克拉丽莎·阿黛尔这个名字。他希望你叫塞拉芬娜，是他妈妈的名字。我们的祖母。"他转过身又开始走了，这一次她跟上了。"在我们的祖父被杀后，她就去世了——死于心脏病。死于悲痛，瓦伦丁经常这么说。"

克拉丽想起阿玛提斯，她从来没有从失去初恋斯蒂文的悲伤中走出来；想起了斯蒂文的父亲，悲痛夺去了他的生命；想起了大审判官，她一辈子的使命就是为儿子报仇雪恨。她也想起了杰斯的母亲，在她丈夫死后，她割腕自杀。"在我遇到拿非力人以前，我觉得不可能有人会因悲痛而死。"

塞巴斯蒂安冷冷地笑了笑。"我们建立情感纽带的方式跟盲呆们不一样，"他说，"好吧，有时候，肯定是的。并不是所有人都一样。但我们之间的纽带往往很强烈，坚不可摧。那就是为什么我们跟不同族类相处得那么不好的原因。暗影魅族、盲呆——"

"我妈妈要嫁给一个暗影魅族了。"克拉丽说的时候心一阵刺痛。他们在一座正方形的石头建筑前面停下来，百叶窗刷成了蓝色，差不多到了巷子的尽头。

"他以前也是拿非力人，"塞巴斯蒂安说，"看看我们的父亲。你妈妈背叛了他，离开他，而他穷其一生都在等待，希望再次找到她，说服她回到他身边。那满满一柜子的衣服——"他摇了摇头。

"但瓦伦丁告诉杰斯，爱是懦弱的表现，"克拉丽说，"那会摧毁你。"

"难道你不觉得，如果你大半生都在追逐一个女人，哪怕她恨你入骨，只是因为你无法忘记她？如果你不得不记住自己在这个世界上最爱的那个人，哪怕她背叛了你，并且还在你背后捅刀子，只是因为你无法将她忘记？"他朝她靠近了一些，离得那么近，他说话的气息都吹起了她的头发，"或许你更像你妈妈而不是更像我们的爸爸。不过这又有什么区别呢？你骨子里就冷酷无情，你的心冷若冰霜，克拉丽莎。别告诉我有什么不同。"

不等她回答，他就转身爬上了蓝色百叶窗建筑前的台阶。门边的墙壁上有一排电铃，每个电铃旁边都有个名牌，上面用花体字书写着相应的名字。他按了按名字为"玛格达莱娜"旁边的那个电铃，然后等待着。终于从扬声器里传来一个沙哑的声音。

"是谁？"

"是瓦伦丁的儿子和女儿，"他说，"我们有个约会吧？"

接着是停顿，然后电铃又响了。塞巴斯蒂安拉开门——撑住，礼貌地让克拉丽先走进去。楼梯是木质的，破旧而光滑，像船身似的。他们一路上没说话，吃力地向最上面的楼层爬去，上面的门朝楼梯口虚掩着。塞巴斯蒂安先走了过去，克拉丽紧随其后。

她发现自己来到一间宽敞明亮、透风的房间。墙壁是白色的，窗帘也是白色的。透过一扇窗户，她能看见屋外的街道、鳞次栉比的饭店和时装店。汽车疾驰而过，但声音似乎并没有传进公寓里。地板是打磨过的木质地板，家具是白色油漆的木质家具，而皮质长沙发上摆放着颜色各不相同的坐垫。公寓的一部分装修得像个工作室。阳光透过天窗倾泻而下，照射到长长的木桌子上。那里还摆放着画架，上面挂着衣服，遮挡住了画架上的东西。一件沾满油漆的工作服挂在墙壁上的钩子上。

站在桌边的是个女人。克拉丽猜想她差不多跟乔斯琳同龄，要是没有几个因素模糊了她的年龄的话。她穿着一件宽松的黑色工作服，看不出她的体型，只露出白色的双手、脸和脖子。脸颊两侧都刻有厚厚的黑色如尼文，从她的眼睛的外侧一直延伸到嘴唇边。克拉丽以前没见过这样的如尼文，但她能感觉到它们的意思——力量、技能和手艺。这个女人有一头浓密的赤褐色长发，呈波浪式地垂到她的腰间，她抬眸的时候露出一种奇特的浅橙色，宛如将要熄灭的火焰。

女人紧握着双手，随意地放在工作服的前面。她开口说话时，声音略显紧张，也有些韵律感。"你一定是乔纳森·摩根斯特恩。而她，是你的妹妹？我想……"

"我是乔纳森·摩根斯特恩，"塞巴斯蒂安说，"而这位是我的妹妹。克拉丽莎。请在她面前讲英语。她不懂法语。"

女人清了清嗓子。"我的英语都生疏了，已经很多年不用了。"

"在我看来已经够好的了。克拉丽莎，这位是玛格达莱娜修女。是一位钢铁修女。"

克拉丽错愕地开口道："不过我以为钢铁修女从来没有离开过堡垒——"

"她们不会，"塞巴斯蒂安说，"除非她们参与大叛乱的事情被发现后遭到驱逐。你认为是谁给集团的人提供了武器？"他阴郁地朝玛格达莱娜笑了笑。"钢铁修女是制造者，不是战士。不过，玛格达莱娜在她参与大叛乱的事情被发现之前就逃离了城堡。"

"在你哥哥联系我之前，我已经有十五年没见过拿非力人了。"玛格达莱娜说。她说话时很难说得清到底看着谁；她平淡无奇的眼睛似乎在漫游，但她显然并没有失明。"是真的吗？你有那个……材料？"

塞巴斯蒂安把手伸进悬挂在武器带上的一个口袋里，拿出一个像石英的块状物体。他把它放在长桌子上，一缕阳光穿过天窗照亮了它，仿佛是从它内部点亮的。克拉丽屏住呼吸。这是从布拉格的古董店里找到的阿达玛斯。

玛格达莱娜嘶嘶地吸进一口气。

"纯阿达玛斯，"塞巴斯蒂安说，"从来没有碰过如尼文。"

钢铁修女来到桌边，把手放在阿达玛斯的上面。她的手，上面也刻满了如尼文，在颤抖。"纯阿达玛斯，"她轻声说道，"我已经许多年没有碰过这种神圣的材料了。"

"全都给你制作，"塞巴斯蒂安说，"你做好以后，我会为此付给你更多的钱。

也就是说，如果你相信自己能做出我要的东西的话。"

玛格达莱娜挺直身体。"难道我不是钢铁修女吗？难道我没发过誓吗？难道我的手没有锻造过天堂之物吗？我可以交付我承诺过的东西，瓦伦丁的儿子。千万别怀疑。"

"很高兴听你这么说，"塞巴斯蒂安说话时略带一丝幽默，"那么，今晚我会回来。你知道怎么联系我，如果有需要的话。"

玛格达莱娜摇了摇头。她全部的心思都回到了这个玻璃状的物质上，这块阿达玛斯。她用手指轻轻地抚摸着它。"好的。你们可以走了。"

塞巴斯蒂安点点头，后退一步。克拉丽犹豫了。她想抓住这个女人，问她塞巴斯蒂安命令她做什么，问她为什么要违背盟约律法支持瓦伦丁。玛格达莱娜仿佛感觉到了她的犹豫，抬起头来，勉强地笑了笑。

"你们两个。"她说道。有一会儿，克拉丽以为她要说自己不理解为什么他们俩会在一起，她听说过他们彼此憎恨，听说过乔斯琳的女儿是暗影猎手而瓦伦丁的儿子是罪犯。但她只是摇了摇头。"我的天啊，"她说道，"不过你们俩真像你们的父母。"

第十六章

兄弟姐妹

克拉丽和塞巴斯蒂安回到公寓时，客厅里空无一人，但水槽里放着之前没有的盘子。

"我想你说过杰斯在睡觉的。"她带着一丝指责的口吻对塞巴斯蒂安说道。

塞巴斯蒂安耸了耸肩。"我说的时候他是在睡觉。"他的语气略显讥讽，但并没有特别的不友好。他们从玛格达莱娜家一起走回来的路上大多数时候都很沉默，但气氛并不糟糕。克拉丽任由自己的思绪漫游，只是偶尔被她正跟塞巴斯蒂安并肩而行的事实拉回到现实。"我非常确信我知道他在哪里。"

"在他的房间里？"克拉丽开始朝楼梯走。

"不是，"他来到她面前，"过来。我带你去看看。"

他飞快地朝楼梯走去来到主卧室，克拉丽紧紧地跟在他后面。她迷惑不解地看着他敲了敲衣橱的侧面。衣橱滑开了，露出后面的一组楼梯。塞巴斯蒂安扭头，得意地看着她。"你在开玩笑，"她说，"秘密楼梯？"

"别告诉我这是你今天见过的最奇怪的事情。"他两步并作一步，克拉丽尽管累得快散架了，还是跟着他。楼梯绕来绕去，直到向外延伸进一间宽敞的房间，里面是打磨过的木质地板和高高的墙壁。各式各样的武器悬挂在上面，就像学院里的练功房一样——双刃剑和轮盘、狼牙棒、剑和匕首，石弓和指节铜环，飞镖、斧头和武士长剑。

训练圈整齐划一地画在地板上。杰斯站在中间，背对着门。他没穿上衣，光着脚，穿着一条热身裤，两只手上各拿着一把刀。一个形象从她的头脑里一闪而过：塞巴斯蒂安光着后背，背上伤痕累累，千真万确全是鞭子抽打留下的。杰斯的脊背很光滑，淡金色的皮肤上只有暗影猎手们常见的那些伤疤——还有昨晚她的指甲留下的抓痕。她感到自己脸红了，不过她心里仍然在想这个问题：为什么瓦伦丁要鞭笞一个儿子，而不打另一个？

"杰斯。"她喊道。

他转过身。他身上很干净，银色的液体不见了，金色的头发几乎呈铜黑色，湿漉漉地贴在头皮上，身上全都被汗水浸透了，脸上露出警觉的神色。"你去哪儿了？"

塞巴斯蒂安走到墙壁那边，开始检查那里的武器，手上什么也没戴就开始摸那些剑。"我以为克拉丽可能想看看巴黎。"

"你本来可以给我留言的，"杰斯说，"现在我们的情况并不是最安全，乔纳森。我宁愿不要为克拉丽担心——"

"是我跟踪他的。"克拉丽说。

杰斯转过身看着她，克拉丽看到他眼中闪过伊德里斯那个向她大吼大叫的男孩的影子，那时他非常生气，因为她破坏了他精心策划的保护她的计划。但这个杰斯不一样。他看着她的时候双手并没有颤抖，喉节的颤动也很平稳。"你做了什么？"

"我跟踪塞巴斯蒂安，"她说，"我醒了，想知道他要去哪里。"她把手插进牛仔裤的口袋里，不服气地看着他。他的眼睛打量着她，从她那被风吹得凌乱的头发到她的靴子，她觉得脸上一阵臊红。汗水顺着他的锁骨流下来，也浸湿了腹肌下面的骨嵴。他的运动裤在腰间折叠起来，露出V字形股骨。她记得他的胳膊搂着自己时的感觉：他们紧贴着对方，她能感受到他的每一根骨头和每一寸肌肉顶着自己身体时的每个细节——

她猛然觉得一阵尴尬，头昏脑涨。更糟糕的是杰斯似乎全然不觉得尴尬，或者说，那天晚上发生的一切对他的影响不像对她那样大。他好像只是……很烦躁。烦躁，汗流浃背，而且很热。

"哦，好吧，"他说，"下次你决定从这个有魔法防御的公寓大门溜出去的时候记得要留言，尽管根本就不该有这扇门。"

她挑起眉毛。"你是在挖苦我吗？"

他把一把刀抛到空中又接住了。"可能吧。"

"我带克拉丽去见了玛格达莱娜。"塞巴斯蒂安说。他从墙壁上取下一枚飞镖端详。"我们带去了阿达玛斯。"

杰斯把另外一把刀也抛向空中，但这次他没有接住，刀径直插进了地板。"你带去了？"

"我带了，"塞巴斯蒂安说，"而且我把我们的计划告诉了克拉丽。我告诉她我们打算把大恶魔引诱到这里来，然后摧毁它们。"

"但是你没跟我说过怎样完成，"克拉丽说，"你根本没跟我说起过这回事儿。"

"我以为杰斯在场的时候告诉你会更好。"塞巴斯蒂安说。他的手腕突然朝前一转，飞镖径直飞向杰斯，杰斯敏捷地抛出刀把它截住了。飞镖咔嚓一声落在地板上。塞巴斯蒂安吹起口哨。"身手不凡。"他评论道。

克拉丽转向她哥哥。"你可能会伤到他——"

"他受伤，我也会受伤，"塞巴斯蒂安说，"我只是在告诉你我有多么信任他。现在我希望你信任我们。"他的黑眼睛紧盯着她。"阿达玛斯，"他说，"今天我带给钢铁修女的东西，你知道它是用来做什么的吗？"

"当然知道。六翼天使之刃。阿利坎特的恶魔塔。石杖……"

"还有圣杯。"

克拉丽摇头说："圣杯是黄金的，我见过。"

"阿达玛斯蘸进黄金里。圣剑的剑柄也是用它做成的。他们说天堂的宫殿就是用这种东西建造而成的。而且它不容易控制。只有钢铁修女才能打造它，只有她们才有办法接触到它。"

"那么为什么你给玛格达莱娜一些呢？"

"因为她可以做第二只圣杯。"杰斯说。

"第二只圣杯？"克拉丽难以置信地看看这个，再看看那个，"但你们根本办不到啊。竟然要做第二只圣杯！要是你们能做的话，原来的圣杯丢失后圣廷就不会那么惊慌失措了。瓦伦丁就不会那么想要得到它了——"

"只是个杯子，"杰斯说，"不管它是怎么做成的，除非天使自愿将自己的血液滴进去，它就只是个杯子。这才是使它成为圣杯的关键所在。"

"你认为你们能让拉结尔心甘情愿地为你们把他的血液倒进第二个杯子？"克拉丽说话时语气尖刻得犹如利刀，她简直不敢相信，"祝你们好运。"

"这是个计谋，克拉丽，"塞巴斯蒂安说，"你知道一切为何都有盟友？不管是六翼天使，还是暗影魅族？恶魔们所相信的就是我们想要一个与拉结尔力量相媲美的恶魔。一个力量强大的恶魔会将自己的血液与我们的混合在一起，然后创造出一族全新的暗影猎手。他们不受《大律法》的约束，也不受《盟约》或圣廷法律的制约。"

"你告诉他们你想要创造……相反的暗影猎手？"

"跟那差不多。"塞巴斯蒂安大笑起来，手指头捋着自己的白发。"杰斯，你想帮我解释一下吗？"

"瓦伦丁是个激进的狂热分子，"杰斯说，"他在许多事情上都是错误的。他考虑杀害暗影猎手是错误的，他对暗影魅族的看法也是错误的。但他对圣廷或长老会的看法并没有错。我们的每任大审判官都很腐败。天使传承下来的《大律法》

很随意,也很荒谬,而且他们的惩罚更糟糕。'法律如铁,不可撼动。'这句话你听说过多少次?多少次我们不得不绕过圣廷,躲避他们,哪怕是为了救他们?谁将我关进了监狱?大审判官。谁把西蒙关进了监狱?圣廷。谁会把他烧死?"

克拉丽的心跳开始加速。杰斯的声音,那么熟悉,他的这些话使她虚弱无力。他是对的,也是错的。就像瓦伦丁曾经那样。但她在某种程度上宁愿相信他,而不愿相信瓦伦丁。

"好极了,"她说,"我知道圣廷很腐败。但我不明白这跟与恶魔们做交易有什么关系?"

"我们的使命就是摧毁恶魔,"塞巴斯蒂安说,"但圣廷将全部的精力都倾注在其他任务上了。法术屏障的力量已经在削弱,越来越多的恶魔在地球上蔓延,但圣廷却熟视无睹。我们在遥远的北方打开了一扇门,就在兰格尔岛上,我们会用圣杯的承诺引诱恶魔穿过那扇门。只要它们把自己的血倒进去,就会被摧毁。我已经与几个大恶魔达成了协议。我和杰斯杀掉它们后,圣廷就会对我们刮目相看,到那时他们就不得不听我们的。"

克拉丽盯着他们。"杀掉大恶魔并不那么容易。"

"今天早些时候我就做到了,"塞巴斯蒂安说,"我们俩在杀掉所有的恶魔守卫时也没遇到什么麻烦。因为我杀掉了它们的主人。"

克拉丽看了看杰斯,又看看塞巴斯蒂安,然后又看看杰斯。杰斯眼神冷静,饶有兴趣;但塞巴斯蒂安的眼神却更加认真,好像他正努力看穿她的心思。"好吧,"她缓缓地说道,"要消化的信息很多。而且我也不喜欢你们将自己置于险境。但我很高兴你们对我足够信任才告诉我这一切。"

"我告诉过你,"杰斯说,"我告诉过你她会理解的。"

"我从没说过她不会。"塞巴斯蒂安没有将目光从克拉丽身上移开。

她用力地咽了咽口水。"我昨晚没有睡好,"她说,"我需要休息。"

"太糟糕了,"塞巴斯蒂安说,"我本打算问你想不想去爬埃菲尔铁塔呢。"他的眼睛乌黑,让人读不懂;她说不出他是在开玩笑,还是认真的。她还没来得及回答他的问题,杰斯就一把握住了她的手。

"我跟你一起去,"他说,"我也睡得不太好。"他朝塞巴斯蒂安点了点头。"晚餐时再见。"

塞巴斯蒂安没有回答。他们快要上楼梯时,塞巴斯蒂安大声喊道:"克拉丽。"

她转过身,把手从杰斯的手中抽出来。"怎么啦?"

"我的围巾。"他伸手问她要。

"哦，对了。"她朝他走了几步，手指紧张地拉扯着围在脖子上的布结。塞巴斯蒂安看了她好一会儿，不耐烦地哼了哼，然后大踏步地朝她走过来，他的腿修长，没走几步就来到她身边了。他把手放在她的脖子上，没几下就灵巧地解开了布结，她则浑身僵硬。有那么一刻，她认为他故意磨蹭着不完全解开，用手指碰了碰她的脖子——

她记得在菲尔柴尔德庄园烧毁的废墟附近的山坡上他吻她的情景，她记得当时觉得自己一直往下沉沦，陷入一片漆黑的无主之地，既感到迷失，又觉得很害怕。她赶忙往后退，转身时围巾从她身上落下来。"谢谢你借给我。"她说着赶紧跟着杰斯往楼下走，没有回头去看她哥哥注视着她离开，手里握着围巾，脸上露出迷惑不解的表情。

西蒙站在一堆了无生气的树叶当中，看着远处的小路，想做深呼吸的人类冲动再次向他袭来。他在中央公园里，就在莎士比亚花园附近。树叶散尽了它们最后一丝秋天的色泽，金色、绿色和红色正在变成棕色和黑色。大多数树枝都光秃秃的。

他又摸了摸手指上的戒指。"克拉丽？"

还是没有回答。他的肌肉像触了电似的紧绷起来。利用戒指联系到她已经是很久以前的事情了。他一遍又一遍地告诉自己她可能在睡觉，可是什么都没法解开他因为担惊受怕而纠缠在一起的心结。戒指是他联系到她的唯一方式，现在这只戒指犹如一大块死气沉沉的金属压得人喘不过气来。

他把手放在身体两侧，开始沿着小路朝前走，经过了雕像和镌刻着莎士比亚戏剧的诗行的长凳。小路向右弯曲，突然他看见了她，就坐在前面的长凳上，远远地看着他，黑色的头发编成长辫垂在后背。她一动不动，在等待。等待着他。

西蒙挺直后背，朝她走去，尽管每一步都像灌了铅似的沉重。

她听见他走过来，然后转过身，西蒙在她旁边坐下时她苍白的脸庞变得更加没有血色了。"西蒙，"她说话的时候吐出一口气，"我不知道你会不会来。"

"嗨，丽贝卡。"他说。

她伸出自己的手，他握着她的手，默默地庆幸那天早上出门时戴上手套的先见之明，这样当他碰到她时，她就不会感觉到他那冰冷的皮肤。离上次见面没有过太久——或许四个月吧——但看着她似乎就像看着他很久以前认识的某个人的照片，尽管她身上的一切还是那么熟悉——她的黑头发、和他一样的棕色眼眸，还有她鼻子上散布着的雀斑。她穿着牛仔裤、一件亮黄色的风雨衣，一条绿色的围巾上带着大大的黄色棉花图案。克拉丽将贝琪的风格称为"嬉皮风";她大概有一半的衣服是从古董店里买来的,还有一半是她自己缝的。

他捏了捏她的手,她乌黑的双眼噙满了泪水。"西。"她说着用胳膊搂住了他,紧紧地抱住了他。他任由她这样,笨拙地拍着她的胳膊和后背。她坐直身体,一边擦眼泪一边皱起眉头。"上帝啊,你的脸好冷,"她说,"你应该戴条围巾。"她责备地看着他。"不过话说回来,你这段时间去哪里了?"

"我告诉过你,"他说,"我借住在朋友家里。"

她冲他呵呵地笑了起来。"好吧,西蒙,那根本说不通啊,"她说,"到底发生了什么事?"

"贝……"

"我在感恩节的时候给家里打了电话,"丽贝卡说着直勾勾地盯着前面的树,"你知道,我乘哪趟火车,诸如此类的事情。你知道妈妈说什么吗?她说别回家,不会过什么感恩节。所以我给你打了电话。你没有接。我给妈妈打电话想弄清楚你在哪里。她挂了我的电话。后来我回了家,却看到门上挂的全是那些宗教秘符之类的怪东西。我被妈妈吓坏了,她告诉我你死了。死了。我自己的弟弟。她说你死了,恶魔占据了你的身体。"

"你做了什么?"

"我从那该死的地方跑了出来。"丽贝卡说。西蒙看得出她正假装坚强,但她说话时声音带着一丝淡淡的恐惧。"很显然妈妈疯了。"

"哦。"西蒙说。丽贝卡和妈妈的关系一直以来就很糟糕。丽贝卡喜欢用"疯子"或"神经兮兮的女士"来形容她妈妈,但这是第一次他觉察到她真是那么想的。

"真他妈对啊,哦,"丽贝卡厉声说,"我发了疯似的,每隔五分钟就给你发短信。终于我收到了那条回复,说你暂住在朋友家里。现在你想在这里跟我见面。到底怎么了,西蒙?这种情况持续多久了?"

"什么事情持续多久了?"

"你怎么看?妈妈完全疯掉了,"丽贝卡的小手指拉扯着围巾,"我们得做点什么。跟人谈谈。医生。让她去看医生之类的。没有你,我不知道该怎么办。你是我弟弟。"

"我不能,"西蒙说,"我的意思是,我帮不了你。"

她的语气柔和了些。"我知道这很糟糕,你才上高中,但是,西蒙,我们必须一起做决定。"

"我的意思是，我不能帮助你带她去看医生，"他说，"也不能送她去看医生。因为她说得没错，我就是恶魔。"

丽贝卡害怕得张大了嘴巴。"她给你洗脑了吗？"

"没有——"

她的声音颤抖了。"你知道，我以为或许她伤害过你——她说话的腔调——但那时我就想，不，无论如何，她都不会那么做。倘若她这么做了——倘若她动过你一根手指头，西蒙，那么帮帮我——"

西蒙再也忍不住了。他扯下手套，把手伸向姐姐。他的姐姐，曾经在他蹒跚学步还不能独自走到大海里去的时候在沙滩上牵着他的手，曾经在他练完足球后为他擦掉身上的血，在他们的父亲去世后妈妈像僵尸一样躺在床上死死地盯着天花板时为他擦掉泪水，在他还穿着连裤睡衣时躺在他那赛车状的床上给他读书。"我是罗雷斯，森林的守护者。"妈妈没有时间的时候是她给他打包午餐盒。丽贝卡，他心想，是他不得不斩断的最后一根纽带。

"握住我的手。"他说。

她握住他的手，紧接着打了个冷颤。"你这么冰冷。你是不是生病了？"

"你可以这么说。"他看着她，宁愿她觉察到他不对头，真的不对头，但她只是回看着她，棕色的眼睛充满信任。他忍住一阵不耐烦。不是她的错。她不知道。"摸摸我的脉搏。"他说。

"我不知道怎么搭脉，西蒙。我是学艺术史的。"

他把手伸过去，把她的手指放在他的手腕上。"往下压。你感觉到什么了吗？"

她顿时一动不动了，刘海在额头上晃来晃去。"没有。我该感觉到吗？"

"贝琪——"他挫败地把手缩回来。无计可施了，只剩最后一个办法了。"看着我。"他说道，当她抬起眼睛看着他的脸时，他嗖地露出了尖牙。

她尖叫起来。

她尖叫着从长凳上跌落下去，坐在硬邦邦的泥土和树叶上。几个路过的人好奇地看着他们，但这里是纽约，他们并没有停下来，也没有盯着看，只是继续赶路。

西蒙感到很悲惨。这是他想要的结果，但她趴在那里，脸色惨白，把她的雀斑映衬得像墨迹斑点一般，手捂着嘴巴，眼前的这一幕让他心如刀割。就像他妈妈的反应一样。他还记得曾经告诉过克拉丽，没有哪种感觉会比不再信任你所爱的人更糟糕的了；他错了。让你爱的人害怕会让你感觉更糟糕。"丽贝卡，"他说道，声音在颤抖，"贝琪——"

她摇了摇头，手仍然捂着嘴。她坐在地上，围巾飘落在树上。换个情景的话这一幕会很搞笑。

西蒙离开长凳，跪在她身边。他的尖牙不见了，但她仍然害怕地看着他，仿佛它们还在那儿似的。他非常犹豫地伸出手，摸了摸她的肩膀。"贝琪，"他说，"我永远都不会伤害你。我也绝不会伤害妈妈。我只是想见你最后一面，告诉你我要走了，你再也不会见到我了。我不会去打扰你们俩。你们可以过感恩节。我不会出现。我会努力不跟你们联系。我不会——"

"西蒙。"她一把抓住他的胳膊，然后把他拉向自己，就像钓鱼线上的鱼儿一样。他半倒在她身上，她拥抱着他，胳膊紧紧地搂住他，上一次她像现在这样抱着他还是父亲葬礼的那天。那时候他哭闹不止，好像永远也停不下来似的。"我不想再也见不到你。"

"哦。"西蒙说。他坐回到泥地上，非常惊讶，头脑一片空白。丽贝卡又用胳膊抱住了他，他任由自己靠在她身上，尽管她比他瘦多了。孩提时代曾经把他抱起来过，现在她又能这样做了。"我以为你不愿意再见到我呢。"

"为什么？"她问。

"我是吸血鬼。"他说。像这样听见这个词，听见它被大声地说出来，感觉很怪异。

"那么真有吸血鬼？"

"还有狼人。还有其他更怪的东西。只是——事情就这样发生了。我的意思是，我被袭击了。这并非我的选择，但这不重要。这就是现在的我。"

"你……"丽贝卡犹豫了，西蒙感觉到这是个事关重大的问题，"咬人吗？"

他想起伊莎贝尔，接着赶紧赶走脑海中的印象。我咬过一个十三岁的女孩。一个男孩。不像听起来那样怪异。不。有些事情跟他姐姐无关。"我喝瓶装的血。动物血。我不伤害人。"

"好吧，"她深深地吸了一口气，"好吧。"

"就这样了？我的意思是，'好吧'？"

"是啊。我爱你。"她说。她笨拙地摸摸他的后背。他感到手上有什么东西湿漉漉的，然后低下头去看。她在哭。她的一滴眼泪溅到了他的手指上。接着又是一滴，他紧紧地把它握在手中。他在颤抖，但不是因为寒冷；不过，她还是取下围巾，把他们俩都包裹起来。"我们会想出办法的，"她说，"你是我的弟弟，你这个大傻瓜。不管怎样我都爱你。"

他们坐在一起，肩并肩，望着树缝之间有阴影的地方。

杰斯的卧室很明亮,午后的阳光从敞开的窗户洒落进来。克拉丽一走进来,杰斯就关上了门,并且上了锁,她的靴子后跟踩在硬木地板上发出嘎吱嘎吱的声音。她刚要转身问他是不是平安无事,就被他搂住腰,紧紧地抱在怀里。

靴子给她增高了不少,但他还是得弯下腰才能吻到她。他的手放在她的腰间,把她抱了起来,紧紧地贴住他——一会儿之后他的嘴唇就印在了她的唇上,她忘却了跟身高和笨拙有关的所有问题。他的嘴巴里满是盐和火的味道。她尝试将一切挡在思绪之外,只想感受这悸动的感觉——他的皮肤和汗水散发着熟悉的味道,湿漉漉的头发扫在她的脸颊上感觉冷冰冰的,她的手掌感受着他的肩膀和后背的形状,体会着他俩的身体契合在一起的感觉。

他把她的毛衣拉到头顶上。她的 T 恤衫是短袖的,她感到他身体的热量传递到她的身体上来。他的嘴唇探进了她的嘴里,当他的手滑到她牛仔裤最上面的那颗纽扣上时,她觉得自己就要散架了。

她得使出全身的自制力才能用自己的手抓住他的手腕,让它停在那里一动不动。"杰斯,"她说,"别这样。"

他抽开身体,距离近得只够让她看清他的脸。他的眼睛像玻璃一样没聚焦。他的心脏顶着她的心脏怦怦直响。"为什么?"

她紧闭双眼。"昨天晚上——如果我们没有——如果我没有晕过去的话,我不知道会发生什么事,而我们就在挤满人的屋子正中央。你真的认为我希望自己跟你的第一次——或者跟你的任何一次——是在一群陌生人面前进行的吗?"

"那不是我们的错。"他说着用手指轻轻地推了推她的头发。他手掌心上的疤痕擦到了她的脸,有点痛。"那种银色的东西是精灵毒药,我跟你说过的。我们都很兴奋。但我现在很清醒,你也是……"

"而塞巴斯蒂安就在楼上,我筋疲力尽,而且……"而且这个想法非常非常糟糕,我们俩都会后悔。"而且我现在不想。"她撒谎道。

"你不想?"他简直难以置信。

"我很抱歉如果以前从来没有人对你说过这种话,杰斯,但不。我不想,"她低下头,严肃地看着他的手,而他的手还放在她的牛仔裤的腰带上,"而且现在我更不想了。"

他扬起两根眉毛,不过他什么都没说就放开了她。

"杰斯……"

"我打算洗个冷水澡。"他说着背对着她走开了。他脸上的表情很空洞,让人读不懂。当浴室的门在他身后砰的一声关上时,她朝床那边走去——这张床铺得很整齐,床罩上没有银色的残留物——她坐了下去,双手抱住头。不是说她和杰斯从来就不吵架;她一直以为他们会像普通的情侣那样吵吵闹闹,往往都是打情骂俏的那种,而且他们俩从来不会在重大问题上生对方的气。但这一次杰斯眼底的那种冷酷让她颤抖,那种遥不可及的感觉使她更难推开一直在她的脑海里回荡的那个问题:那个躯体里还有一点点真正的杰斯的影子吗?还有什么可以挽救的吗?

> 现在这是丛林法则,
> 和天空一样古老,一样正确,
> 保卫它的狼会繁盛,
> 而违背它的狼则必死无疑。
> 和缠绕着树干的蔓草一样,
> 法则此消彼长;
> 因为狼群的力量在于狼,
> 狼的力量在于狼群。

乔丹茫然地看着贴在他卧室墙壁上的这首诗。这是他在旧书店里找到的一张旧打印稿,文字被精致的树叶花边包围着。诗是约瑟夫·鲁德亚德·吉卜林[1]写的,非常准确地概括了狼人的生存规律和约束其行动的法则,他很想知道吉卜林本人是否是暗影猎族,或者至少了解《圣约》。乔丹忍不住想要买这个打印稿,把它贴在墙壁上,尽管他从来不爱读诗。

他过去一个小时都在公寓里踱来踱去,有时候会拿出手机看一看迈亚是否给他发过消息,偶尔也会打开冰箱探头进去看看是否有值得吃的东西出现。没有存货,但他不想出门去买吃的,以防他不在的时候她来到公寓。他也冲了个澡,打扫了厨房,试着看电视但却看不进去,于是索性开始根据颜色整理碟片。

他百无聊赖。这种感觉有时候在圆月之前也会出现,他知道变形即将到来,感到涌动的血液的牵引力。但现在是弯月啊,还没到时候,并不是变形使他感到仿佛就要破茧而出似的。是因为迈亚。是因为她不在他身边,在跟她耳鬓厮磨整

---

[1] 约瑟夫·鲁德亚德·吉卜林(Joseph Rudyard Kipling, 1865—1936),英国小说家、诗人。主要作品有诗集《营房谣》《七海》,小说集《生命的阻力》等。一九○七年吉卜林凭借《基姆》获诺贝尔文学奖。

整两天之后，在他俩卿卿我我难分难舍之后。

她独自一人去了警察局，她说现在还不是带上非狼群成员的时候，这样会使他们感到不满，尽管卢克正在康复。乔丹没有去的必要，她争辩说，因为她的任务只不过是问卢克是否可以让西蒙和马格纳斯明天到他的农场去，然后她会给农场打电话，提醒狼群可能要通宵达旦地清理。她是对的，乔丹知道。没有理由让他跟她一起去，但她一走，那种百无聊赖的感觉就在他心中蔓延开来。她离开是不是因为她已经厌倦跟他在一起了？她深思熟虑之后确定自己以前对他的看法是正确的？他们俩之间到底是怎么回事？他们在约会吗？笨蛋，在你们俩上床之前或许你本应该问她的，他责备自己，这时他才发现自己又站在了冰箱面前。里面的东西没有改变——一瓶瓶的血、一磅解冻了的牛肉糜和一只瘪了的苹果。

钥匙在前门的锁眼里旋转，他从冰箱旁边跳开，转过身来。他低头看着自己：赤脚，穿着牛仔裤和一件旧T恤衫。为什么他没趁她不在的时候剃一下胡须，看起来更体面些，喷一些古龙香水之类的？迈亚走进客厅，把多余的一套钥匙放在咖啡桌上，他则用手飞快地理了理头发。她换过衣服了，现在穿着一件柔软的粉红色毛衣，下面穿一条牛仔裤。她的脸冻得粉红，嘴唇殷红，眼睛明亮。他那么想吻她，想到心痛。

但他却忍住了。"那么——事情顺利吗？"

"很顺利。马格纳斯可以用农场。我已经给他发过消息了，"她悠闲地向他走去，胳膊肘撑住厨台，"我也把拉斐尔提到的有关莫林的事情告诉了卢克。这么做应该没关系吧。"

乔丹很迷惑。"为什么你认为他需要知道？"

她似乎很泄气。"哦，上帝。别告诉我我应该保密的。"

"不是——我只是好奇——"

"哦，如果真的有流浪吸血鬼在曼哈顿下城游荡，狼群应该知道。这是他们的领地。此外，我想听听他的建议，我们是否应该告诉西蒙。"

"那我的建议呢？"他装出很受伤的样子，但其实心里还是有点失落。他们以前讨论过，乔丹是否应该泄露莫林正在进行杀戮的消息，或许这又会增加西蒙的心理负担。乔丹决定不告诉他——不管怎样，他又能怎么办呢？但迈亚不是那么确定。

她跳到了台子上，转过身面对着他。即使坐着，她这样还是比他高，她的棕色眼睛闪着光芒，低头注视着他的眼睛。"我希望得到成年人的建议。"

他抓住她摇晃着的腿，用手摩挲着她的牛仔裤的压线。"我已经十八岁了——

对你来说还不够成熟？"

她把手放在他的肩膀上，手指跳跃着，仿佛在测试他的肌肉。"好吧，你绝对成熟……"

他把她从台子上拉下来，握住她的腰，亲吻着她。她回吻他，身体紧贴着他，而火焰则在他的血管里上下乱窜。他的手滑到了她的头发里，碰掉了她头上戴着的毛线帽，让她那头鬈发散开来。他吻着她的脖子，而她则把他的T恤从头上拉了下来，用手指抚摸着他的身体——肩膀、后背、胳膊，喉咙里发出咕噜声，像猫叫一样。他觉得自己就像氦气球——因为吻她而变得很兴奋，因为欣慰而轻飘飘的。这么说来，她还没有厌倦他。

"乔迪，"她说，"等一等。"

她一般不会这样叫他，除非情况很严重。他原本已经狂野的心，现在跳得更快了。"怎么啦？"

"只是——如果我们每次见到对方都要上床的话——我知道是我先开始的，我并不是在责怪你——或许我们应该先谈一谈。"

他目不转睛地看着她，看着她那双乌黑的大眼睛，看着她喉咙上的血管在轻轻地颤抖，看着她脸颊上的红晕。他非常努力地保持平静的语气。"好吧。你想谈什么？"

她只是看着他。过了一会儿，她摇摇头说道："没什么。"她用双手紧紧地抱住他的头，把他向自己拉近，用力地吻他，使自己紧贴着他的身体。"真的没什么。"

克拉丽不知道过了多久杰斯才从浴室里出来，他用毛巾擦拭着湿漉漉的头发。她仍然坐在床边，抬头看着他。他正在套一件蓝色的棉质T恤衫，光滑的金色皮肤上到处都是白色的疤痕。

他朝卧室走过来的时候，她赶紧看向别处。他在床边坐下来，就坐在她旁边，身上散发着浓郁的香皂味。

"对不起。"他说。

听他这么说，她这才正视着他，一脸惊讶。她曾经怀疑就目前他的状况而言，他是否会感觉抱歉。他表情严肃，还有些好奇，但并非不真诚。

"哇，"她说，"冷水澡肯定很残忍啊。"

他扬起嘴角，但表情几乎立刻又变得严肃起来。他用手托住她的下巴。"我本不该强迫你的。只不过——十个星期以前，就连拥抱都是那么不可思议的事情。"

"我知道。"

他用手捧住她的脸，冰凉而修长的手指碰到她的脸颊，使她的脸歪着朝上。他正低头看着她，他身上的一切都是那么熟悉——他眼睛里那双淡金色的瞳孔、一侧脸颊上的伤疤、饱满的下嘴唇，牙齿上小小的缺口使他不至于完美到让人恼火——然而，这种感觉就像回到她孩提时住过的房子，明白尽管外观上可能还是原来的模样，但已物是人非。"我从不在意，"他说，"不管怎样我都想要你。我一直都想要你。对我来说除了你什么都不重要。"

克拉丽哽咽了。她的胃一颤，不仅仅是因为跟杰斯待在一起时那种惯常的悸动，而是真的觉得不安。

"不过杰斯，这不是真的。你在乎你的家人。而且——我一直以为你为身为拿非力人而自豪。为身为一名天使而自豪。"

"自豪？"他反问，"一半是天使，一半是人类——你总是明白自己的不足。你不是天使。你不为上天所爱。拉结尔不在乎我们。我们甚至不能向他祈祷。我们不向任何东西祈祷。我们不为任何事情祈祷。还记得我曾经告诉你我以为我有恶魔的血液吗？因为这就解释了为什么我会那样对你。这么想在某种程度上是种安慰。我从来都不是天使，差得远呢。好吧，"他补充道，"或许是堕落的那种吧。"

"堕落的天使是恶魔。"

"我不想当拿非力人，"杰斯说，"我想当别的。更强，更快，比人类更好，但又不一样。不必服从对我们的关心少得不能再少的天使的律法。自由自在的。"他用手把弄着她的一绺鬈发。"现在我很幸福，克拉丽。难道这没有任何不同吗？"

"我以为我们俩在一起就很开心了。"克拉丽说。

"跟你在一起我一直都很开心，"他说，"但我以为我不配得到这种快乐。"

"那么，你现在觉得配了？"

"现在那种感觉消失了，"他说，"我只知道我爱你。而且第一次觉得这样就够好的了。"

她闭上眼睛。过了一会儿他又开始亲吻她了，这一次非常温柔，他顺着她的嘴唇的轮廓亲吻着她。她则不由自主地依偎在他的臂弯里。她感到他的呼吸加速，自己的脉搏跳得更快了。他的手轻轻地摩挲着她的头发，然后抚摸着她的背、她的腰。他的抚摸令人安慰——他们的心跳彼此呼应，像熟悉的音乐——就算曲调稍有不同，哪怕闭着眼睛她都能辨别出来。她心想，他俩在本质上完全相同，正如希丽宫女王曾经说过的；她的心跳跟随着他的心跳一起加速，他的心跳停止时自己的也差一点儿就停止了。她思量着，如果她又要重头来过一次，在拉结尔那毫无怜悯的注视下，她还是会做同样的事情。

这一次他主动抽开了身体，任由自己的手指停留在她的脸颊和嘴唇上。"我想要你想要的，"他说，"无论何时。"

克拉丽感到自己的脊背一阵颤抖。这些话很简单，但他压低的声音背后却暗含着一种危险而蛊惑人心的邀请：我想要你想要的，无论何时。他的手抚平了她的头发，抚摸着她的后背，停留在她的腰间。她咽了咽口水。这已经到了她能克制的极限。

"给我读书吧。"她突然说道。

他低头对她眨了眨眼。"什么？"

她朝他那头望去，看着床头柜上的书。"有好多东西要消化，"她说，"塞巴斯蒂安说过的话、昨天晚上发生的，一切的一切。我需要睡觉，但我太兴奋了。我年幼的时候睡不着，妈妈通常会给我读书，让我放松。"

"我现在让你想起妈妈了？看来我得洒一些更有男人味的古龙香水。"

"不是，只是——我觉得这样会很好。"

他躺到枕头上，伸手去拿床头书架上的书。"你有特别想听的书吗？"他动作夸张地拿起书架最上面的一本书。看起来很旧，皮质封面，正面印着金色的书名：《双城记》。"狄更斯的书向来引人入胜……"

"我以前读过，上学的时候。"克拉丽想起来。她把枕头竖起来放在杰斯旁边。"但我什么都不记得了，所以我不介意再听一次。"

"很好。有人跟我说过我读书时声音优美动听。"他把书翻开到扉页，书名是花体印刷。扉页上写着一长串致谢词，上面的墨迹已经淡得几乎看不清，尽管克拉丽辨认出了签名：

至少满怀希望，威廉·希伦戴尔。

"你的某位祖辈。"克拉丽说着用手指摸了摸这页书。

"是的。很奇怪瓦伦丁竟然有这本书。肯定是我父亲送给他的。"杰斯随便翻到一页开始读起来：

"过了一会儿他不再遮住脸了，然后平缓地说道：'别怕听我说话。别因为我所说的话而退缩。我只不过像个英年早逝的人。我的一生可能都是如此。'

"'不，卡顿先生。我肯定仍然还有很精彩的地方；我肯定你可能比自己想象的要更值得拥有。'"

"哦，我现在确实想起这个故事了，"克拉丽说，"三角恋。她选择了令人厌烦的那个人。"

杰斯温柔地轻声笑了笑。"对你而言令人厌烦。谁搞得清楚什么会让穿着衬裙的维多利亚淑女们春心荡漾？"

"你知道，是真的。"

"什么？你是说衬裙吗？"

"不是。我是说你读书的时候声音优美动听。"克拉丽把头靠在他的肩膀上。许多次就像此刻，不仅仅是当他吻她的时候，让她心痛——而是他可能是她的杰斯时。只要她一直闭上眼睛。

"哦，那全都是石杖的功劳，"杰斯说着翻到了另一页，"还有什么要求呢？"

第十七章

告　别

> 我沿着码头漫步。
> 傍晚时分，
> 我听见一位可爱的少女说：
> "呜呼哀哉，我受不了玩弄。"
> 一位吟游男孩听见了她的话，
> 赶紧奔过去助她一臂之力……

"我们还得一直听这首哭哭啼啼的歌吗？"伊莎贝尔追问道，她用穿着靴子的脚敲了敲乔丹卡车的仪表盘。

"我碰巧喜欢这种哭哭啼啼的歌，我的姑娘，既然是我开车，就得由我来做主。"马格纳斯傲慢地说。他的确是在开车。西蒙一直很惊讶他竟然知道怎样开车，尽管他不确定自己为什么会这么想。马格纳斯已经活了好多年了。他肯定挤得出几个星期的时间去考驾照。尽管西蒙忍不住怀疑他驾照上的出生日期。

伊莎贝尔转了转眼珠，很可能是因为皮卡车厢里没有做其他事情的空间，他们四个人全都挤在后排座上。西蒙没料到她会跟来。他没料到除了马格纳斯，其他人也都会跟着去农场，尽管亚历克一直坚持要来（这让马格纳斯非常恼火，因为他认为整件事"太危险"了）。然后，马格纳斯刚刚轰隆隆地启动发动机，伊莎贝尔就咚咚地冲下公寓的楼梯，穿过正门，气喘吁吁地跑了过来。她大声喊道："我也要去。"

就这样。没有人能让她让步或说服她不要去。她坚持己见的时候不愿意看西蒙，也不愿意解释为什么她想去，但她赢了，然后跟他们一道上路了。她穿着牛仔裤和一件紫色的绒面革夹克，肯定是她从马格纳斯的衣橱里偷来的。她的武器腰带悬挂在瘦削的臀部。她挤在西蒙身上，而西蒙的身体一侧则挤在车门上。一绺头发散落下来，摩挲着他的脸，痒痒的。

"不过，到底是什么歌啊？"亚历克问道，他正皱着眉头看CD播放机，尽管

第十七章 | 告　别

里面没有 CD 但却在放音乐。马格纳斯只是用闪着蓝光的手指按了一下音响系统，音乐就缓缓响起了。"某个精灵乐队？"

马格纳斯没有回答，但音乐声缓缓地升起，越来越响亮。

> 她径直朝镜子走去，
> 整理乌黑的头发，
> 长裙可花了她不少钱。
> 然后她沿着街道闲逛，
> 邂逅了一个英俊的小伙子，
> 黄昏时分她沾满灰尘的脚酸疼，
> 不过，所有的男孩都是同志。

伊莎贝尔嗤之以鼻。"亚历克。"她刚开口还没来得及说别的，就看见岔路标牌赫然出现在眼前：一个箭头状的木制标牌上写着"三支箭农庄"，是用油漆涂写的印刷体。西蒙记起卢克跪在农庄地板上，费力地用黑色油漆拼写出这些单词，而克拉丽则在底下补充了花卉图案，现在因为风吹日晒几乎看不见了。

"左拐，"他说着伸出胳膊，差点儿打到了亚历克，"马格纳斯，我们到了。"

读了几章狄更斯的小说，克拉丽才终于顶不住疲惫躺在杰斯的肩膀上睡着了。在半梦半醒之间，她回想起是他抱着自己下楼梯，然后把她放在自己来公寓的第一天所住的那个卧室里。他拉上了窗帘，离开时随手关上了门，使整个房间归于一片漆黑，她听着他在过道里喊塞巴斯蒂安的声音睡着了。

她又梦到了结冰的湖，梦到了西蒙为她哭泣，梦到了像阿利坎特的城市，但恶魔塔是由人骨建成的，运河里流淌的是鲜血。她在被子里蜷曲着身体醒来，头发纠缠在一起，窗外的光线随着暮色降临而变得昏暗。起初她以为门外的声音是梦的一部分，但随着声音越来越大，她抬起头倾听，虽然她仍然睡意蒙眬，尚未从睡梦中清醒过来。

"嗨，小弟弟，"从客厅传来的是塞巴斯蒂安的声音，飘浮在她卧室的下方，"好了吗？"

接着是长长的静默。然后传来了杰斯的声音，奇怪的是非常平淡，没有一丝感情色彩。"好了。"

塞巴斯蒂安吸了一口气，发出刺耳的声音。"那个老女人——按照我们要求的办了吗？做了圣杯？"

"是的。"

"给我看看。"

传来窸窸窣窣的声音。然后是一片寂静。杰斯说："瞧，如果你想要的话就拿去吧。"

"不要，"塞巴斯蒂安说话的语气有些好奇，又有些经过深思熟虑的慎重，"你暂时拿着吧。毕竟是你把它拿回来的。不是吗？"

"但这是你的计谋，"杰斯的语气有些异样，这使得克拉丽突然迫不及待地想听到更多，她倾身向前，把耳朵紧贴着墙壁，"我只不过是奉命执行罢了，正如你所希望的那样。现在，如果你不介意的话——"

"我确实很介意。"传来一阵沙沙声。克拉丽想象着塞巴斯蒂安站起来，低头看着杰斯，哪怕他只比杰斯高大约两厘米。"有问题。我看得出来。我猜得透你的心思，你知道。"

"我累了。而且流了很多血。瞧，我只是需要清洗一下，然后睡觉。还要……"杰斯的声音消失不见了。

"还要去看我妹妹。"

"我很想去见她，是的。"

"她睡着了。已经睡了几个小时了。"

"我需要征求你的同意吗？"杰斯说话的语气有些刺耳，这使克拉丽想起杰斯对瓦伦丁说话时的情景，她很久都没有听见他这样对塞巴斯蒂安说话了。

"不需要，"塞巴斯蒂安好像很惊讶，几乎有些吓到了，"我猜如果你想莽撞地冲进去，伤感地凝视着她沉睡的脸庞，那就去吧。我永远也理解不了为什么——"

"是的，"杰斯说，"你永远也不会理解。"

然后又是寂静。克拉丽可以如此清晰地想象塞巴斯蒂安盯着杰斯后背的样子，他脸上带着怀疑的表情，过了好一会儿她才意识到杰斯肯定正朝她的卧室走来。她刚躺在床上，闭上眼睛，门就开了，透进一缕黄白色的光，顷刻间让她什么都看不见。她动了动表示自己醒了，满心希望自己装得很逼真，然后翻了个身，用手捂着脸。"什么……"

门关上了。房间重又变得一片漆黑。她只能看见杰斯的影子慢慢地朝她的床走过来，直到他站在她身边，她不禁想起他趁她睡着的时候来到她房间的另一个晚上。杰斯站在她的床头，仍然穿着白色的孝服，他低头看她的时候没有一丝轻薄，没有一丝嘲讽，也没有一丝疏远。"我整晚都在游荡——我睡不着——我总是

238

情不自禁地走到这里来,走到你这里。"

现在他只是个轮廓,朦胧的光从门底下的缝隙透进来,使这个轮廓的头发显得格外明亮。"克拉丽。"他轻声说道。接着传来砰的一声,她意识到他在她的床边跪了下来。她没有动,但她的身体紧绷起来。他轻声地说着话。"克拉丽,是我。是我。"

她的眼睑睁开了,睁得大大的,他们的目光相遇。她目不转睛地盯着杰斯。因为跪在她的床边,所以他的眼睛现在正好跟她平视。他穿着一件黑色羊毛长大衣,扣子一直扣到喉咙口,她能看见那里的黑色印记——能使他来去无声,身手敏捷,动作精准——像挂在他皮肤上的一串项链似的。他的眼睛现在呈纯金黄色,而且非常大,仿佛她能透过这双眼看见杰斯——她的杰斯。那个当她因为吞噬魔的毒液而奄奄一息时将她抱在怀中的杰斯;那个注视着她在东河河畔升起的日光中抱着西蒙的杰斯;那个告诉她一个小男孩和被他父亲杀死的猎鹰的故事的杰斯;那个她挚爱的杰斯。

她的心脏仿佛一下子停止了跳动。她甚至喘不了气。

他的眼睛充满迫切和痛苦。"求你了,"他低声说道,"求你相信我。"

她相信他。他们流淌着同样的血,以同样的方式爱着对方:这是她的杰斯,就像她的手是自己的手,她的心脏是自己的心脏一样。但——"什么?"

"克拉丽,嘘——"

她开始挣扎着坐起来,不过他伸出手,扶着她的肩膀把她推回到床上。"我们现在不能说话。我得离开。"

她抓住他的袖子,感到他一阵退缩。"别离开我。"

他的头低垂了一会儿;当他再次抬起来的时候,双眼干涩,但其中的神情使她说不出话来。"我走后先等一会儿,"他轻声说,"然后溜出去,到我的房间里来。不能让塞巴斯蒂安知道我们在一起。今晚不行。"他迫使自己挪动脚步,双眼充满恳求。"千万别让他听见你的声音。"

她坐起身来。"你的石杖。把你的石杖给我。"

他的眼中闪过一丝怀疑;她坚定地注视着他的眼睛,然后伸出手。过了一会儿,他把手伸进口袋里,拿出一个朦胧发光的工具;他把它放在她的手掌里。不一会儿他们的皮肤触碰到一起,那一刻她颤抖了——哪怕只是轻轻地碰了一下杰斯的皮肤,就让她感到那天晚上他们俩在夜总会里互相亲吻、互相撕扯所带来的震撼力。她知道他也感觉到了,因为他立马把手抽开了,开始朝门口退去。她听得见他的呼吸声,起伏不定,急促不安。他用手摸着身后的门把手,走了出去,视线仍然停留在她身上,直到最后一刻,咔嗒一声响彻底地把他俩分割开来。

克拉丽坐在黑暗中,惊愕万分。她的血液仿佛在血管里变浓了似的,心脏不得不以双倍的速度跳动。杰斯。我的杰斯。

她握紧石杖。石杖似乎有种魔力,那种冰冷的坚硬感似乎能让她集中精神、思维敏捷。她低头看着自己。她正穿着一件吊带衫和短睡裤,胳膊上都是鸡皮疙瘩,但并不是因为冷。她用石杖尖端顶住自己胳膊的内侧,慢慢地顺着皮肤画,看到一个无声如尼文呈螺旋状地在自己那布满蓝色血管的苍白皮肤上铺展开来。

她把门打开一条缝。塞巴斯蒂安不见了,很可能是去睡觉了。电视机里传来模模糊糊的音乐声——古典音乐,是杰斯喜爱的那种钢琴乐。她怀疑塞巴斯蒂安是否欣赏音乐,或者任何一种艺术。这好像是人类才具有的能力。

尽管她担心他去了哪里,但她的双脚还是将她送往通向厨房的过道——接着她穿过客厅,冲向玻璃楼梯,她脚下没有发出任何声音地冲上最上面的一级台阶,小跑着穿过过道来到杰斯的房间。然后她一把拉开门,悄悄地溜了进去,门在她身后咔嗒一声关上了。

所有的窗户都是敞开的,透过窗户她能看见屋顶和弯弯的月亮,这是一个完美的巴黎之夜。杰斯的巫光石搁在他床边的床头柜上。它闪烁着昏暗的幽光,使整个房间多了一分明亮。在这种光亮下克拉丽能够看清杰斯,他正站在两扇长落地窗之间。他已经脱下了黑色的长外套,衣服皱皱巴巴地堆在他的脚下。她立即明白了他在进入房间时为什么不脱掉外套,为什么扣子一直扣到喉咙口的原因了。因为外套下面他只穿了一件灰色的领尖带扣衬衣和牛仔裤——上面全都被黏糊糊的血浸透了。衬衫的许多地方已经变成一条条的了,仿佛它们是被非常尖锐的刀划破的。他的左衣袖卷了起来,露出缠着一块白色绷带的前臂——他肯定是才缠上的——绷带的边缘已经被血浸透变黑了。他光着脚,鞋子踢掉了,他站着的那块地板上溅满了血。她把石杖放在他的床头柜上,发出叮的一声。

"杰斯。"她轻声喊道。

突然之间一切显得那么疯狂,他们之间竟然隔着那么遥远的距离,她站在房间的这一头离杰斯那么远,触碰不到对方。她开始朝他走去,但他举起一只手示意她别过去。

"别过来。"他的声音很沙哑。然后他的手指继而放在衬衣的纽扣上,把它们一粒接一粒地解开。他把沾满血渍的衣服从肩膀上抖落下来,任由其滑落到地面上。

她目不转睛地看着。莉莉丝的如尼文仍然在原处,就在他的心脏上方,不过上面没有散发出银红色的微光,看起来好像是炽热的火钳尖端在皮肤上拖过,留下一道烧焦的印记。她不由自主地把手放在自己的胸脯上,用手指捂住了自己的心口。她能感觉到自己的心跳,坚定而快速。"哦。"

"是的。哦,"杰斯平淡地说道,"不会持续太久的,克拉丽。我是说,我又成为我自己。只要伤口还没有痊愈,我就还是我。"

"我——我不知道,"克拉丽结巴了,"之前——在我睡觉的时候——我曾想过刻一个我们在与莉莉丝战斗时用过的那种如尼文。但我害怕塞巴斯蒂安会感觉到。"

"那样的话他会感觉到的,"杰斯的金色眼眸很淡然,和他的声音一样平淡无味,"他没有感觉到这个是因为这是用皮吉欧刻成的——是一种沾过天使血液的匕首。这种匕首非常罕见,以前我在现实生活中从来没见过。"他用手指捋了捋头发。"匕首碰到我之后就变成了炙热的灰烬,但却造成了必要的伤害。"

"你去战斗了。是恶魔吗?为什么塞巴斯蒂安没有跟去——"

"克拉丽,"杰斯用几乎耳语的声音说,"这——这种伤愈合需要的时间比普通的伤口长……但绝不是永久性的。到那时我又会成为他了。"

"有多长时间?在你恢复到之前的样子以前?"

"我不知道。但我想——我需要跟你在一起,像这样,像我自己,尽我所能地越久越好,"他僵硬地向她伸出一只手,仿佛不知道对方会作何反应似的,"你认为你能——"

她已经穿过房间朝他跑去了。她用胳膊搂住他的脖子。他一把接住她,把她抱了起来,将脸埋在她的脖子下方。她用力呼吸着他的气息。他身上散发着血液、汗水、灰烬和印记的味道。

"是你,"她低语道,"真的是你。"

他抽回身体看着她。用空闲着的那只手温柔地抚摸着她的颧骨。她朝思暮想的就是这个,就是他的温柔。这是最初使她爱上他的原因之一——她意识到这个满身伤痕、说话刻薄的男孩对自己挚爱的东西也会柔情似水。

"我想你,"她说,"我好想你。"

他闭上眼睛,仿佛这些话刺痛了他。她把手伸向他的脸颊,他则把脑袋紧贴着她的手掌,他的头发使她的指关节痒痒的。就在此刻,她才发现原来他的脸也是湿湿的。

这个男孩不会再哭了。

"这不是你的错。"她说。她用同样的温柔亲吻着他的脸颊。她尝到咸咸的味道——是血和泪交融在一起的味道。他仍然没有说话，但她能感受到他那狂野的心正贴着自己的心跳个不停。他的胳膊紧紧地搂着她，仿佛他永远也不想放开她似的。她吻着他的颧骨、他的下巴，最后开始吻他的嘴唇，轻轻地唇齿相亲。

没有夜总会那晚的疯狂。这个吻是为了安慰对方，是为了说明没有时间道明的一切。他回吻着她，起初很犹豫，然后更加急迫，他的手慢慢地摸到了她的头发，一绺一绺的头发缠绕在他的指间。他们吻得更投入了，缓慢而温柔，激情像以往一样在两个人之间慢慢升腾，就像一根火柴划过时点燃的火焰缓缓燃烧，变成了熊熊的野火。

她知道他有多么强壮，但当他抱起她走向床边，温柔地将她放在凌乱的枕头中间时，她仍然感到一阵震颤。他敏捷地将自己的身体压在她的上面，哪怕只有一个灵活的手势也能使她想起他身上所有的印记都起着什么样的作用。力量。优雅。轻盈。他们吻着对方时，她呼吸着他的气息，每个吻都吻得很深，久久不愿放开，企图探索更多未知的领域。她的手从他的身上划过：肩膀上、胳膊上的肌肉，还有他的后背。裸露在外的皮肤在她的手掌下感觉像滚烫的丝一般，既光滑，又热烈。

他的手摸到她的吊带衫的衣角时，她张开双臂，弓起背，希望他们俩之间的一切障碍都消失不见。吊带衫一脱掉，她就紧紧地抱住他，现在他们的吻更加猛烈了，仿佛他们正挣扎着到达彼此体内某个隐蔽的地方。她没有想过他们还能更加亲密，但他们亲吻着对方时，他们的身体不知怎么地缠绕在一起，像盘错在一起的细线一样，每个吻都愈加饥渴，愈加深沉。

他们的手飞快地在彼此的身上摸索着，然后更加缓慢，更加坦荡，更加从容。他吻着她的脖子、她的肩胛骨、她肩膀上的星形印记时，她的手指嵌进了他的肩膀里。她也用指关节的背面抚摸着他的伤疤，亲吻着莉莉丝在他的胸口刻下的印记。她感到他一阵震颤，想要她，她知道自己已经来到没有退路可走的边缘，而她一点儿也不在乎。她知道现在失去他结局会怎样。她知道随后而来的空洞洞的黑暗时光。她知道如果她再次失去他，她希望能记住这一刻，能抓住这一刻。记住她曾经与他那么亲密，而人与人之间的亲密接触最近的也莫过于此。她用脚踝勾住他的后背，他亲吻她的时候发出一声呻吟，一声温柔、低沉而无助的呻吟。他的手指嵌进她的臀部。

"克拉丽。"他抽开身体。他在颤抖。"我不能……如果我们现在不停下来，我们就停不下来了。"

"难道你不想吗？"她惊讶地仰望着他。他面露红晕，头发凌乱，漂亮的头发呈深金色，汗水使其贴在了额头和太阳穴上。她能感觉到他的心脏在他的胸腔里起伏不定。

"我想，只是我从不曾——"

"你没有过？"她很惊讶，"以前没做过？"

他深深地吸了一口气。"我做过。"他带着探寻的目光看着她的脸，仿佛他正在寻找她的评判、批评乃至厌恶。克拉丽平静地回看着他。不管怎样，这正是她猜想到的。"但在我很在意的情况下从来没过，"他用手指抚摸着她的脸颊，温柔得像羽毛拂过似的，"我甚至不知道怎样……"

克拉丽轻声笑了笑。"我认为众所周知的是你知道。"

"我不是那个意思。"他握住她的手，把它放在自己的脸上。"我想要你，"他说，"超过了我这一生想要的其他一切。但我……"他一阵哽咽。"以天使之名，这之后我会恨死自己的。"

"别说你是要保护我，"她情绪激动地说，"因为我——"

"不是那样，"他说，"我不是为了自我牺牲。我……很嫉妒。"

"你——嫉妒？嫉妒谁？"

"我自己，"他的脸抽搐了一下，"我讨厌想到他跟你在一起。他。另一个我。塞巴斯蒂安控制的那个我。"

她感到自己的脸开始变得滚烫。"在夜总会……昨天晚上……"

他的头低垂下来，倚靠在她的肩膀上。她感到有些迷惑，轻轻地抚摸着他的背，摸到了他皮肤上的抓痕，那是那天晚上在夜总会被她的指甲扎破留下的。想到那一幕令她更加害臊，脸羞得通红。同样让她感到难为情的是，她才明白如果他愿意的话可以用移除文消除这些抓痕，但他却没有这么做。"我记得昨天晚上的一切，"他说，"这都快使我发疯了，因为那个人既是我，又不是我。我们在一起的时候，我希望那是真实的你，真实的我。"

"难道我们现在不是这样吗？"

"是这样，"他抬起头，吻着她的唇，"但能持续多久？我随时都可能变成他。我不能对你做那样的事情。对我们做那样的事情。"他的语气充满怨恨。"我甚至都不知道你怎么能够忍受这一切，跟那个不是我的东西待在一起——"

"就算你在五分钟之内变成那样，"她说，"这一切都是值得的，只要再次像这样跟你在一起，而不是像在那个楼顶上那样结束。因为这是你，哪怕是另一个你——还是残存着真实的你的影子。就好像我透过一扇模糊的窗看着你，但并不是真实的你。而现在我至少知道了。"

"你是什么意思?"他放在她肩膀上的手握紧了,"你说至少你知道了是什么意思?"

她深深地吸了一口气。"杰斯,我们最初在一起的时候,真正在一起的时候,最开始的一个月你那么开心。我们在一起所做的一切那么有趣,那么快乐,令人惊叹。然后好像这种开心的感觉——所有的幸福感——开始慢慢地从你身上流失了。你不想跟我在一起,也不看我——"

"我害怕我会伤害你。我以为我精神失常了。"

"你没有微笑,没有大笑,也不开玩笑。而我并不怪你。莉莉丝那时正偷偷地溜进你的心里,控制你,改变你。但你得记住——我知道这听起来有多么愚蠢——我以前从来没有交过男朋友。我以为这可能是正常的,以为你可能正在厌倦我。"

"我不可能——"

"我不是在要你让我放心,"她说,"我告诉你,当你——像现在这样被控制的时候——你似乎很开心。我来这里是因为我想要救你。"她的声音变小了。"但我开始怀疑我要挽救你什么。我怎能把你带回到你好像并不觉得幸福的那种生活呢?"

"不幸福?"他摇了摇头,"我很幸运。那么、那么幸运。而我看不到这一切。"他的双眼紧紧地凝视着她的眼睛。"我爱你,"他说,"而且你给我带来了幸福,我曾经以为自己绝不可能这么快乐。而现在既然我知道了当另一个人是什么样子——失去自我是什么样子——我想要回我的生活。我的家人。你。所有的一切。"他的眼色阴沉下来。"我想要回来。"

他吻住她的唇,力道大得惊人,他们的嘴唇张开了,滚烫而饥渴,他的手抓紧她的腰——然后抓紧她身体两侧的床单,几乎要将它们撕碎。他抽回身体,大口喘着气。"我们不能——"

"那么不要吻我!"她喘着粗气,"实际上——"她从他的怀抱中探出头来,一把抓住自己的吊带衫,"我马上回来。"

她推开他,从他身边小跑着进了浴室,随手关上门。她打开灯,盯着镜子中的自己。她的眼神狂野,头发凌乱,嘴唇因为亲吻而红肿。她羞红了脸,然后穿上吊带衫,往脸上拍了拍冷水,然后把头发绕成一个发髻。她使自己确信自己看来不像是从言情小说封面里走出来的欣喜若狂的少女之后,才伸手去拿擦手巾——这一点都不浪漫——她扯下一条,用水打湿,然后用肥皂搓洗。

她走出浴室回到卧室。杰斯正坐在床沿,穿着牛仔裤和一件还没扣扣子的干

第十七章 | 告 别

净衬衣，月光照亮了他凌乱的头发，留下一个剪影。他看起来像一尊天使的雕像。只不过，天使可不常流血。

她走过来到他面前。"好吧，"她说，"脱下衬衣。"

杰斯挑起眉毛。

"我不会攻击你的，"她不耐烦地说，"我能看着你赤裸的胸膛而不晕倒。"

"你确定？"他问道，顺从地抖动肩膀让衬衣滑落下来，"许多女人不惜受重伤也要争先恐后地朝我跑过来，就是为了看一眼我赤裸的胸膛。"

"是啊，好吧，除了我，我可没看见别人。我只是想帮你把血擦干净。"他顺从地用手撑住身体。血已经浸透了他一直穿着的那件衬衣，流淌到胸膛和平坦紧实的腹部上，留下一道道血迹，不过当她的手指小心翼翼地从上面拂过时，她能感觉到大多数伤口都很浅。他早先在自己身上刻的移除文已经使伤疤开始消退了。

他仰起头面朝着她，双眼紧闭，任由她用湿湿的毛巾擦拭他的皮肤，血已经使白色棉质毛巾变成了粉红色。她擦拭着他脖子上已经变干的血迹，拧紧毛巾，在床头柜上的水杯里蘸一下水，然后开始擦拭他的胸膛。他坐着，头往后靠，注视着她拿着毛巾滑过他肩膀上的肌肉、胳膊和前臂上光滑的线条，结实的胸膛上布满白色的线条，还有黑色的永久印记。

"克拉丽。"他说。

"怎么啦？"

幽默的语气消失不见了。"我不会记得这一切的，"他说，"当我恢复原状后——像我之前那样，在他的控制下，我会忘记真实的自己。我会忘记此刻的你我以及我们说过的话。所以，只是告诉我——他们都好吗？我的家人？他们知道——"

"发生在你身上的事情？知道一点儿。而且不，他们一点儿都不好。"他闭上眼睛。"我本可以骗你的，"她说，"但你应该知道。他们那么爱你，而且他们想要你回来。"

"不是像这样。"他说。

她抚摸着他的肩膀。"你打算告诉我发生了什么事吗？这些伤口是怎么来的？"

他深深地吸了一口气，胸膛上的伤疤凸起来，像铅一样黑。"我杀了人。"

她很错愕，他的话像枪的后坐力一样使她全身一惊。沾满血的毛巾从她手中掉落，她弯腰去捡。当她抬头的时候，他正低头凝视着她。在月光下，他脸庞的轮廓非常精致，棱角分明却又充满悲伤。"是谁？"她问。

"你见过她，"杰斯继续说道，每说一个字都越发沉重，"你和塞巴斯蒂安一起去拜访的那个女人。钢铁修女，玛格达莱娜。"他痛苦地抽开身，离她远一些，伸手去拉床上的毯子中间缠在一起的什么东西。当他抓住那个东西回头看着克拉丽的时候，胳膊和后背上的肌肉在皮肤下抖动，而那个物体则在他的手中闪烁着微光。

那是一个晶莹剔透的玻璃高脚杯——不折不扣是圣杯的赝品，除了它不是由黄金打造的，而是由银白色的阿达玛斯刻成的。

"今晚塞巴斯蒂安派我——派他——去从她那里取回这个东西，"杰斯说，"而且他命令我杀死她，但她没有料到会这样。她没料到会有任何暴力，以为只是一手交钱一手交货。她以为我们在同一条船上。我让她把圣杯递给我，然后我拔出匕首，我——"他猛地吸气，仿佛回想这一幕令他备感痛苦。"我刺伤了她。我本来想一刀刺穿她的心脏，但她转过身，我失手刺到几厘米开外的地方。她踉跄着后退，伸手抓住工作台——上面放着粉末状的阿达玛斯——她将它朝我撒过来。我以为她想弄瞎我，所以，我把头扭向一边。当我回头看时发现她手上拿着伊吉斯刃。我想我知道那是什么。它的光刺痛了我的眼睛。她将它插进我的胸膛时我叫了出来——我感到印记里传来一阵烧焦的刺痛，然后匕首碎裂了。"他低着头，发出一声毫无笑意的大笑。"有趣的事情是，倘若我穿着战斗服的话，这样的事情就不会发生。我没穿是因为我认为根本不值得这么麻烦。我认为她不可能伤害我。但伊吉斯刃烧伤了这个印记——莉莉丝的印记——突然我就变回我自己了，站在这个死去的女人旁边，一只手握着一把血淋淋的匕首，另一只手则握着圣杯。"

"我不明白。为什么塞巴斯蒂安要你杀掉她？她本来就打算把圣杯给你们的。给塞巴斯蒂安。她说过——"

杰斯粗粗地呼出一口气。"你还记得塞巴斯蒂安对老镇广场上的钟发表过的评论吗？就在布拉格。"

"国王在钟表匠把钟做好之后就弄瞎了他的眼睛，这样他就再也不可能造出同样美丽的东西了，"克拉丽说，"但我不明白——"

"塞巴斯蒂安要玛格达莱娜死，这样她就再也不可能做出像这样的东西了，"杰斯说道，"并且她再也不可能开口了。"

"开口说什么？"她举起手，握住杰斯的下巴，把他的脸往下拉，这样他就能正视她，"杰斯，塞巴斯蒂安到底有什么阴谋？他在练功房说的事情，说想要唤来恶魔，这样他就能毁灭它们——"

"塞巴斯蒂安确实是想唤来恶魔，"杰斯的语气很凝重，"确切地说是一个恶魔。莉莉丝。"

"但莉莉丝已经死了。西蒙摧毁了她。"

第十七章 | 告 别

"大恶魔是不会死的。不会真死。大恶魔生活在世界之间的空间里，巨大的真空里，存在于虚无之中。西蒙所做的只是粉碎了她的能力，使她变成碎片回到她源自的那片虚无之中。但她会在那里慢慢地重新变形。再生。这需要数个世纪，如果没有塞巴斯蒂安帮忙的话。"

一股冰冷的感觉在克拉丽的胃部蔓延开来。"帮助她怎样？"

"通过将她召唤回这个世界，要把她的血和自己的血在这个杯子里混合，然后创造出一支黑暗拿非力人军队。他想成为复活的暗影猎手乔纳森，不过是与恶魔为友，与天使为敌。"

"一支黑暗拿非力人军队？你们两个就很难对付了，只是你们并不是严格意义上的军队。"

"有大约四十到五十个拿非力人，他们要么曾经效忠于瓦伦丁，要么憎恨圣廷目前的指挥，并且敞开心胸听命于塞巴斯蒂安要说的一切。他一直与他们保持联系。当他唤来莉莉丝时，他们会在场，"杰斯深深地吸了一口气，"在那之后呢？有了莉莉丝的力量在背后撑腰，谁知道还有谁会加入他的事业？他想要发动战争。他确信自己会赢，而我并不肯定他不会赢。加上他已经与之结盟的那些恶魔，我不知道圣廷是否准备好迎接战争。"

克拉丽放下手。"塞巴斯蒂安根本没有改变。你的血根本没有改变他。他完全还是老样子，"她的眼睛向上扫去，盯着杰斯的眼睛，"但是你，你也骗了我。"

"他骗了你。"

她的大脑一阵眩晕。"我知道。我知道那个杰斯不是你——"

"他认为这是为了你好，最终你会更开心，但他确实骗了你。而我永远都不会那么做。"

"伊吉斯刃，"克拉丽说，"如果它能伤害你而塞巴斯蒂安却感觉不到，它能不能杀死他而不伤到你？"

杰斯摇头说："我不这么认为。如果我有伊吉斯刃的话，我可能愿意试一试，但——不。我们的生命力量被捆绑在一起。一个受伤是一回事。他要是死了的话——"他的语气变得冷酷无情。"你知道结束这一切最简单的办法。把匕首刺进我的心脏。我很惊讶我睡觉的时候你没那么做。"

"如果是我的话，你会吗？"她的声音在颤抖，"我相信总有办法解决的。我仍然相信。把你的石杖给我，我要做个移空门。"

"在这里面你不能做移空门，"杰斯说，"这无济于事。进出这个公寓唯一的通道就是穿过楼下的墙壁，就在厨房旁边。这也是你能把这个公寓移开的唯一的途径。"

"你能把我们转移到无声之城吗？如果我们回去，无声使者就能想办法把你和塞巴斯蒂安分开。我们会告诉圣廷他的阴谋，这样他们就会有所准备——"

"我能把我们转移到其中一个入口，"杰斯说，"而且我会。我会去。我们一起去。不过，那样的话我们之间就不会有任何谎言了，克拉丽，你得知道他们会杀了我。在我告诉他们我所知道的一切之后，他们会杀了我。"

"杀了你？不，他们不会——"

"克拉丽，"他的语气很温柔，"作为尽责的暗影猎手，我理应自愿牺牲以阻止塞巴斯蒂安图谋要做的事情。作为尽责的暗影猎手，我会这么做。"

"但这一切都不是你的错，"她抬高音量，然后又尽力压低声音，不希望楼下的塞巴斯蒂安听见，"你阻止不了发生在你身上的一切。你是整件事的受害者。不是你，杰斯；是别人，是戴着你的面具的另一个人。你不该遭受惩罚——"

"这不是惩罚。是务实。杀死我，塞巴斯蒂安就会死。这与我战死沙场没有分别。而此刻的我很快就会消失。并且克拉丽，我知道这么说毫无意义，但我记得——我记得这一切。我记得跟你在威尼斯漫步，记得在夜总会的那个晚上，记得跟你一起睡在这张床上，难道你不明白吗？我想要这样。这是我曾经想要的一切，像这样跟你一起生活，像这样跟你在一起。当发生在我身上最糟糕的事情却赋予我真心想要的一切，我该作何感想？或许杰斯·莱特伍德能够看清所有这一切都是错误的、混乱的，但杰斯·维兰德，瓦伦丁的儿子却……喜爱这种生活。"他瞪大了金色的眼睛凝视着她，而她则想起了拉结尔，想起他的凝视似乎盛满了这世界所有的智慧和悲伤。"那就是我为什么要去的原因，"他说，"在这燃尽之前，在我再次变成他之前。"

"去哪里？"

"去无声之城。我要自己送上门去——还要交出圣杯。"

卷·三

一切都变了

一切都变了,彻底变了:
可怕的美丽女神诞生了。
————威廉姆·巴特勒·叶芝,《一九一六年复活节》

第十八章

拉结尔

"克拉丽?"

西蒙坐在农舍后院的台阶上,看着远处通向苹果园和湖畔的小路。伊莎贝尔和马格纳斯走在小路上,马格纳斯先是望向湖边,然后眺望着周边低矮的山陵。他用一支笔帽散发着蓝绿色光芒的笔在一本小书上做记录。亚历克站得有些远,抬头看着山坡上一排排的树,这些树把农舍和公路分隔开来。他似乎刻意保持着与马格纳斯的距离,尽管仍然听得见他们说话。在西蒙看来——首先得承认他对这些事情并不是那么有洞察力——尽管他们在车里开玩笑,近来马格纳斯和亚历克似乎有些疏远,那种距离他说不清楚,但他知道它是存在的。

西蒙的右手握着左手,用手指滚动着左手指上的金戒指。

"克拉丽,求你了。"

自从他收到迈亚发来的有关卢克的消息后,每隔一小时他都会试着联系她。但没有得到任何回应。

"克拉丽,我到农舍了。我记得我们一起来过这里。"

天气暖和得不合常理,一阵微风吹拂着树枝上残留的树叶。在花费大量的时间搞清楚会见天使应该穿什么样的服装之后——西装似乎太过头,尽管乔斯琳和卢克的订婚晚会后他确实留下一套——他还是穿了牛仔裤和T恤衫,他的胳膊裸露在阳光下。这个地方,这座房子,带给他那么多快乐的回忆。那时他们会在河里游泳。西蒙会晒成棕色,而克拉丽白皙的皮肤则会一次又一次地晒伤。她的肩膀和胳膊上因此长满了更多的雀斑。他们会在果园里打"苹果棒球",虽然乱糟糟的但却很好玩,还会在农舍里玩拼字游戏和扑克,尽管总是卢克赢。

克拉丽,我要做蠢事了,很危险,可能无异于自杀。情况那么糟糕,我想跟你最后说一次话。我做这件事是为了保护你的安全,但我甚至都不知道你是否还活着。倘若你死了,我会知道,是不是?我能感觉到。

"好吧。我们走吧。"马格纳斯说着出现在台阶脚下。他看了一眼西蒙手上的戒指,没有发表评论。

西蒙站起来，掸掉牛仔裤上的灰尘，然后领着他们沿着弯弯曲曲的果园小路往下走去。前方的湖面像冰冷的蓝色硬币一样波光粼粼。他们靠近时，西蒙能够看见突出水面的旧码头，他们以前把独木舟系在上面，后来一大片码头断开后漂走了。他以为自己几乎就能听见蜜蜂懒洋洋的嗡嗡声，在肩头感受到夏日的沉重。他们来到湖畔，西蒙转身眺望着远处的农舍，刷了白色油漆的隔板上挂着绿色的百叶窗，带顶棚的旧阳光房里摆放着褪了色的白色柳条家具。

"你真的很喜欢这儿，是吗？"伊拉贝尔问。她的黑发在湖畔吹起的清风中像旗帜一样飘扬。

"你怎么看出来的？"

"你的表情，"她说，"似乎勾起了你的美好回忆。"

"是的。"西蒙说。他伸手把眼镜推到鼻梁上，又想起自己已经不再戴眼镜了，然后放下了手。"我以前很幸运。"

她低头看着湖。她戴着一对小巧的金耳圈，有一只缠到了一些头发，西蒙想要伸手过去给她解开，用手指摸一摸她的脸庞。"那么现在你不幸运了？"

他耸了耸肩。他看着马格纳斯正拿着一根看起来像可以伸缩的长棍，把它伸进湖畔潮湿的沙子里。他打开魔法书，嘴里念念有词。亚历克也看着他，脸上露出一种看陌生人的表情。

"你害怕吗？"伊莎贝尔一边问，一边朝他稍稍挪近了一些。他能感觉到她胳膊上的温度正传送到他的胳膊上来。

"我不知道。感到害怕是一种生理反应。你会心跳加速、流汗、脉搏跳得很快。这些我都没有。"

"那太糟糕了，"伊莎贝尔看着水面嘟哝道，"全身是汗的男生很有魅力。"

他朝她露出一个似笑非笑的微笑；这比他预料的更难。或许他很害怕。"小姐，你粗鲁无礼的话也说够了吧！"

伊莎贝尔的嘴唇动了动，仿佛正准备微笑。然后她叹了口气。"你知道我想要什么却竟然从来都没在我脑海里出现过吗？"她说，"一个能让我大笑的男生。"

西蒙转身面对着她，伸手拉住她的手，并不在意此刻她的哥哥是否在场。"伊莎……"

"好了，"马格纳斯大喊道，"我好了。西蒙，过来。"

他们转过身。马格纳斯站在一个圆圈里面，圆圈正闪着淡淡的白光。实际上是两个圆圈，一个较小的套在较大的里面，在两个圈之间潦草地画着许多符号。它们也在发光，是一种钢铁般的蓝白色，像湖水的倒影一样。

西蒙听见伊莎贝尔小声地倒吸了一口气,他没来得及看她一眼就走开了。这只会让一切变得更加艰难。他朝前走着,跨过圆圈的边缘来到中央,站在马格纳斯的旁边。从圆圈的正中央看出去犹如透过水看出去一般。外面的世界仿佛在摇摆,模糊不清。

"给你。"马格纳斯将书塞到他手里。纸很薄,上面潦草地画着如尼文,但马格纳斯在咒语的上面粘上了这些文字的打印稿,并且按照发音拼写出来。"把它们读出来,"他低声说道,"应该有用。"

西蒙把书捧在胸前,摘下将他和克拉丽联系在一起的金戒指,把它递给马格纳斯。"如果没有用,"他说,很好奇这种陌生的镇静自若到底来自何方,"有人应该拿着它。这是我们与克拉丽之间唯一的联系。"

马格纳斯点点头,把戒指套在自己的手指上。"准备好了吗,西蒙?"

"嘿,"西蒙说,"你记住我的名字了。"

马格纳斯用金绿色的眼睛意味深长地瞪了他一眼,然后走出圆圈。他也立刻变得模糊不清了。亚历克和他会合,站在一边,伊莎贝尔站在另一边。她正抱着胳膊肘,即使透过摇摆不定的空气西蒙也看得出她看起来非常不高兴。

西蒙清了清嗓子。"我猜大家最好走开。"

但他们没有动。他们似乎在等待他再说些什么。

"谢谢你们跟我来这里。"他终于开口道,挖空心思地想着该说哪些有意义的话。他们似乎还在期待。他不是那种擅长临别宣讲或夸张地跟人家告别的人。他首先看着亚历克。"呃,亚历克。我一直对你颇有好感,胜过杰斯。"他转向马格纳斯。"马格纳斯,我希望我能有勇气穿你爱穿的那种裤子。"

最后才是伊莎。透过迷雾他能看见她正看着自己,眼睛犹如黑曜石一般。

"伊莎贝尔。"西蒙说。他看着她。他看懂了她眼里的疑问,但在亚历克和马格纳斯面前他似乎什么都不能说,无法道明他所感受到的一切。他往后退,退向圆圈的中心,点头道:"我猜,再见了。"

他想他们在跟他说话,但他们之间摇摆不定的迷雾模糊了他们的声音。他看着他们转身,朝穿过果园的那条小路撤退,朝房子撤退,直到他们变成黑乎乎的小圆点,直到他再也看不见他们。

在他死前究竟有没有跟克拉丽说最后一次话,他记不清了——他甚至记不起来他们最后一次谈话的内容。然而,如果他闭上眼睛,他仍然能听见她的笑声在果园上方回荡;他仍然记得在他们长大之前,在一切改变之前,生活是什么样子的。如果他死在这里,或许会死而无憾。毕竟,他在这里有一些最美好的回忆。

如果天使用火将他烧死，他的骨灰会穿过苹果园，飘向湖水。想到这里，他似乎颇感平静。

他想起了伊莎贝尔，然后还想到了自己的家人——他的妈妈、爸爸和贝琪。克拉丽，他最后想道，无论你在哪里，你都是我最好的朋友。你永远都是我最好的朋友。

他举起魔法书，开始吟唱。

"不要！"克拉丽站起来，湿毛巾从手中滑落，"杰斯，你不能去，他们会杀了你。"

他伸手拿出一件干净的衬衫，扭动肩膀穿在身上，扣扣子的时候没有看她。"他们首先会尝试把我和塞巴斯蒂安分开，"他说道，尽管听语气似乎连他自己都不信，"只有到失败时他们才会杀了我。"

"不行。"她向他伸出手，但他背对着她，把脚套进靴子里。当他转过身时，一脸严肃。

"我没有选择，克拉丽。这么做是正确的。"

"这很疯狂。你在这里很安全。你不能抛弃你的生命——"

"挽救自己是背叛，是把武器拱手让给敌人。"

"谁在乎背叛？或者《大律法》？"她咄咄逼人，"我在乎的是你。我们一起想办法——"

"我们想不出办法，"杰斯把放在床头柜上的石杖装进口袋，然后拿起圣杯，"因为我只打算再多花些时间做我自己。我爱你，克拉丽。"他抬起她的脸，不舍地吻着她。"为了我这样做吧。"他轻声说道。

"我绝对不会这么做，"她说，"我绝不会尝试帮助你让别人杀死你。"

但他已经大步流星地朝门口走去。她拖着他，他们跟跟跄跄地走向走廊，轻声地说话。

"这太疯狂了，"克拉丽厉声道，"让你自己踏上危险之路——"

他恼怒地吐出一口气。"好像你不是似的——"

"对啊，这使你勃然大怒，"她跟着他跑下楼梯的时候轻声说道，"记得你在阿利坎特对我说过的话——"

他们来到厨房。他把圣杯放在桌子上，伸手去拿石杖。"我没有权利那么说，"他告诉她，"克拉丽，我们生来如此。我们是暗影猎手。这是我们的使命。我们所冒的危险并不仅仅是你在战场上看到的那种。"

克拉丽摇着头，抓住他的两只手腕。"我不让你去。"

痛苦爬上他的脸。"克拉丽莎——"

她深深地吸了一口气，几乎不能想象她就要做的事情。但在她脑海里浮现出无声之城里停尸房的画面：暗影猎手的尸体在大理石地板上一字排开，她无法忍受杰斯将会是其中之一。她所做的一切：来到这里，承受她正在承受的一切，都是为了救他，并不仅仅是为了她自己。她想起亚历克和伊莎贝尔，他们曾经帮过她，玛丽斯深爱着他。她情不自禁地抬高音量大喊起来。

"乔纳森！"她尖叫着，"乔纳森·克里斯托弗·摩根斯特恩！"

杰斯的眼睛瞪得滚圆。"克拉丽——"他开口道，但已经太迟了。她松开他的手，开始往后退。塞巴斯蒂安可能已经来了；来不及告诉杰斯并不是因为她信任塞巴斯蒂安，而是因为塞巴斯蒂安是她手中能迫使他留下来的唯一的武器。

刹那间，塞巴斯蒂安已经到了。他懒得跑下楼梯，而是从一侧跳了下来，落在他们之间。他的头发因为睡觉而凌乱，穿着暗色系的T恤衫和黑色的裤子，克拉丽心不在焉地怀疑他是否穿着衣服睡着了。他看了看克拉丽和杰斯，黑色的眼睛揣摩着目前的局势。"情人间拌嘴了？"他问道。他手里有东西在闪光。是刀？

克拉丽的声音颤抖了。"他的如尼文被破坏了。就在这里，"她把手放在胸口，"他想要回去，把自己交给圣廷——"

塞巴斯蒂安赶紧伸出手，一把从杰斯手中抢过圣杯。他砰的一声把它放在厨房的桌子上。杰斯仍然因为震惊而脸色苍白，注视着他；塞巴斯蒂安向杰斯走近，一把抓住他的前襟，但他没有动弹一下。衬衫最上面的纽扣崩开了，露出他的衣领，塞巴斯蒂安用他的石杖尖从上面划过，在他的皮肤上划出一道长而深的移除文。塞巴斯蒂安松开他，往后退了一步，手里还拿着石杖，而杰斯则咬紧嘴唇，双眼充满仇恨。

"老实说，杰斯，"他说，"你以为你可以像这样逃之夭夭的想法真是让我震惊。"

移除文像焦炭一样黑，开始慢慢地渗入杰斯的皮肤时，他的双手握成了拳头。他气喘吁吁，慢慢地挤出这些话："下次……你想要被打败的话……我很高兴助你一臂之力。或许用一块砖头。"

塞巴斯蒂安发出啧啧声。"稍后你会感谢我的。甚至你还得承认你的死亡愿望有些过激了。"

克拉丽期望杰斯再厉声呵斥他。但他没有。他的视线慢慢地从塞巴斯蒂安的脸上扫过。在那一刻，房间里只有他们俩，杰斯开口说话时，他的语气冰冷而清晰。"我之后不会记得这一切，"他说道，"但你会。那个行为举止像你的朋友的人——"他朝前迈了一步，缩小了他和塞巴斯蒂安之间的距离，"那个表现得好像喜欢你的人。那个人不是真实的。这个才是真实的。这是我。而且我恨你。我会永远恨你。在这个世界上，或者在其他任何地方，没有哪个魔法或咒语会改变这一点。"

有一刻，塞巴斯蒂安脸上的笑容有些摇摆不定。但杰斯没有。相反，他将目光从塞巴斯蒂安身上移开，看着克拉丽。"我要你明白，"他说道，"真相——我并没有告诉你全部的真相。"

"真相很危险，"塞巴斯蒂安说话的时候，把石杖挡在面前，像握着一把刀似的，"小心你所说的话。"

杰斯退缩了。他的胸脯迅速地上下起伏；很显然他胸口上的移除文正在带给他身体上的疼痛。"这个计划，"他说，"召唤莉莉丝、制造新圣杯、创造黑暗部队——那都不是塞巴斯蒂安的计划。是我的。"

克拉丽僵住了。"什么？"

"塞巴斯蒂安知道他想要的是什么，"杰斯说，"但如何才能做到是我的主意。一个新圣杯——是我让他想到的。"他痛苦地抽搐着。她想象得出在他的衬衫底下正在发生的事情：皮肤缝在一起，正在愈合，莉莉丝的如尼文再次变得完整闪亮。"或者，我该说，是他想到的。那个看起来像我却不是我的东西？他会将世界夷为平地，如果塞巴斯蒂安希望他这么做的话，并且做的时候还会开怀大笑。那就是你正在挽救的一切，克拉丽。难道你不明白吗？我宁愿死——"

他弓着背的时候声音哽咽了。肩膀上的肌肉紧缩在一起，痛苦像波纹一样涌遍他的全身。克拉丽记起在无声之城当无声使者在他的头脑中搜索答案的时候她抱着他的情景——现在他抬起头看着她，一脸的迷惑不解。

他的眼睛首先看到的是塞巴斯蒂安而不是她。她感到自己的心陡然一沉，尽管她知道这一切都是她咎由自取。

"发生了什么事？"杰斯问。

塞巴斯蒂安冲他咧嘴一笑。"欢迎回来。"

杰斯眨了眨眼睛，瞬间露出迷惑的神情——然后他的眼神表明他心里正在琢磨，无论何时克拉丽试着提起他理解不了的事情时他就会露出这样的眼神——麦克斯遇害、阿利坎特的战争、他正在给他的家人带来的痛苦。

"时间到了吗？"他问。

塞巴斯蒂安假装看了看手表。"差不多了。为什么你不先去，我们随后就到？

你可以先准备起来。"

杰斯环顾四周。"圣杯——在哪里？"

塞巴斯蒂安从厨房的桌子上一把拿过来。"就在这儿。感觉有些心不在焉啊？"

杰斯瘪起嘴巴，他一把抢过圣杯，态度却很好。那个几分钟前站在塞巴斯蒂安面前告诉他自己恨他的男孩消失得无影无踪。"好，我在那里跟你会合。"他转身看着克拉丽，尽管她仍然因为震惊僵立在那里，然后亲了亲她的脸颊。"还有你。"

他往后退，对她眨了眨眼睛。他的眼睛里有喜爱，但这并不重要。这显然不是她的杰斯，她木然地看着他穿过房间。石杖一挥，墙壁上打开了一扇门；她瞥了一眼天空和岩石嶙峋的平原，然后他从门中穿过，消失不见了。

她的指甲嵌进了手掌里。

那个看起来像我却不是我的东西？他会将世界夷为平地，如果塞巴斯蒂安希望他这么做的话，并且做的时候还会开怀大笑。那就是你正在挽救的一切，克拉丽。难道你不明白吗？我宁愿死。

眼泪卡在她的喉咙口呼之欲出，使她疼痛不已，但她所能做的只是忍住不哭出来，因为她哥哥转向她，乌黑的眼睛非常明亮。"你为了我才喊的。"他说道。

"他想要把自己交给圣廷。"她低声说道，不确定她在向谁为自己辩护。她做了她不得不做的事情，使用她手中的武器，即使那是她所鄙视的。"他们会杀了他。"

"你为了我才喊的。"他又说了一遍，然后朝她走近了一步。他伸出手，从她的脸上拉起一绺长发，放到她耳后。"那么，是他告诉你的？我们的计划？全部都说了？"

她拼命忍住一阵恶心的颤抖。"并不是全部。我不知道今晚要发生什么。杰斯说'时间到了'是什么意思？"

他弯下腰吻了吻她的额头；她感到这个吻滚烫难忍，就像双眼之间的烙印。"你会明白的，"他说，"你赢得了待在这里的权利，克拉丽莎。今晚，在第七神圣基地，你可以站在我的身边从自己的立场观看这一切。瓦伦丁的两个孩子，终于可以……在一起了。"

西蒙一直看着纸，大声吟唱出马格纳斯为他写的咒语。念起来朗朗上口，有种音乐感，轻盈、急促而精致。这使他想起在成人仪式上大声朗读《先知书》中《哈夫塔拉》部分的情景，尽管彼时他明白那些话意义为何，而现在他不懂。

随着吟唱的继续，他感到四周的气氛越来越紧张，仿佛空气正变得越来越浓厚，越来越沉重。空气挤压着他的胸腔和肩膀，同时也变得更加温暖了。如果他是人类的话，可能受不了这样的高温。尽管如此，他还是能感受到空气灼烫着他的皮肤，烧焦他的睫毛和衬衣。一滴血从他的发际线滴到纸上时，他仍然紧紧地盯着面前的纸。

然后他唱完了。最后一个词——"拉结尔"——脱口而出，他抬起头。他能感觉到血正从脸上流下来。笼罩在他周围的雾气散开了，他看到前方的湖水幽兰，闪闪发光，犹如一片波澜不惊的玻璃。

就在这时湖面开始爆发。

湖中央变成了金色，然后又变成了黑色。湖水飞速朝湖畔翻滚而去，飞溅到空中，直到西蒙目瞪口呆地看到一个水环像一圈连绵不绝的瀑布，闪着微光上下倾泻喷涌，产生一种古怪而奇异的美。水滴淅淅沥沥地淋在他身上，使他灼烧的皮肤冷却下来。他向后仰起头，就在这时天空骤然暗下来——蓝色消失不见，滚滚乌云突然轰隆作响地翻腾而来，将其吞噬。水哗啦啦地溅落回湖里，然后就在湖中央，就在银色最浓厚的地方，一个金光闪闪的身影升腾而起。

西蒙突然口干舌燥起来。他曾见过无数张天使油画，相信他们的存在，也曾经听过马格纳斯的警告。然而，随着一双翅膀在他面前张开，他仍然觉得自己仿佛被长矛刺穿了一般。这双翅膀似乎浩瀚无边，呈白色、金色和银色，在翅膀上的羽毛中间有一双炯炯如炷的金色眼睛。这双眼睛正轻蔑地看着他。然后翅膀上扬，驱散了面前的乌云，之后又收了起来，一个男人——或者说一个男人体态的人缓缓出现，徐徐升起，高高耸立，像大楼那么高。

西蒙的牙齿开始咯吱作响。他不知道为什么。但是，随着天使完全站直身体，一阵阵的能量，甚至超越能量——宇宙的原始能量仿佛正从他身上奔腾而下。西蒙的第一个念头相当诡异：他看起来好像杰斯的模样，只不过把他变得像广告牌那么大。然而他看起来一点儿也不像杰斯。他全身金黄，从翅膀到皮肤再到眼睛，但他的眼睛没有眼白，只有一层薄膜般的金色。他的头发是金色的，一根根鬈发像铸铁锻造的金属片似的。他像外星人，令人恐惧。西蒙心想，任何东西一旦过量都会使人毁灭。过多的黑暗会夺去人的生命，但过多的光明则会使人什么也看不见。

"谁敢召唤我？"天使在西蒙的脑海中说道，声音犹如巨钟轰鸣。

棘手的问题，西蒙心想。如果他是杰斯，他会说"一个拿非力人"；如果他是马格纳斯，他会说"莉莉丝的孩子，一个大巫师"。克拉丽和天使已经见过面，所以他猜他们会交上朋友。但他是西蒙，他是无名小卒，也没有做过什么惊天动地的事情。"西蒙·刘易斯，"他最后说道，一边把魔法书放下，一边挺直了腰板，"黑夜之子，也是……您的仆从。"

"我的仆从？"拉结尔那冰冷的责备语气令人动弹不得，"你像呼唤狗一样地将我召唤来，还敢自称是我的仆从？你应该从这个世界上被摧毁，你的命运可能会对他人起到杀一儆百的作用。我自己的拿非力子孙严禁召唤我。为何要对你网开一面，日光行者？"

西蒙猜想天使知道他的身份不该让他感到错愕，然而这还是令人震惊，和天使的体型一样令人惊叹。不知为何，他本以为拉结尔会更有人情味一些。"我——"

"你认为因为你身上流淌着我的一个后代的血液，我就必须赦免你吗？倘若如此，你赌了但却输了。天堂的怜悯只留给值得拥有的人，而不是那些违反《盟约》《大律法》的人。"

天使举起一只手，一根手指笔直地指着西蒙。

西蒙振作精神。这一次他没有说话，而是在心中默念。"听，哦，以色列！主是我们的上帝，主是——"

"那是什么印记？"拉结尔带着一丝不解的语气，"你额头上的，孩子。"

"是印记，"西蒙结巴道，"第一个印记。该隐的印记。"

拉结尔的翅膀缓缓地垂落下来。"我本来要杀了你，但印记挡住了。那个印记本该是由上帝之手画在你的眉毛之间的，然而我知道事情不是这样。怎么可能呢？"

天使显而易见的迷惑为西蒙壮了胆。"您的一个孩子，拿非力人，"他说，"一个特别有天赋的拿非力人。她为了保护我而画。"他朝圆圈的边缘迈了一步。"拉结尔，我来请求您的帮助，以那些拿非力人之名。他们现在面临着严重的威胁。他们当中的一个已——已经转向黑暗，背叛了他们，他威胁到其他所有人的生命。他们需要您的帮助。"

"我不干涉。"

"但您确实干涉过，"西蒙说，"杰斯失去生命的时候，您把他救了回来。并非我们不知感恩，然而，倘若您不曾这样做的话，现在的这一切就不会发生。所以，在某种程度上，这依赖于您的亡羊补牢。"

"我可能无法杀死你，"拉结尔谨慎地说，"但我没有理由给你你想要的东西。"

"我还没说我想要什么呢。"西蒙说。

"你想要一件武器。一件能把乔纳森·摩根斯特恩和乔纳森·希伦戴尔分开的武器。你们要杀死其中一个，保留另一个。最简单的办法莫过于杀死他们两个。你们的乔纳森已经死了，或许死神仍然对他念念不忘，而他也想死。这一点你是否曾经想到过？"

"没有，"西蒙说，"我知道我们跟您无法相提并论，但我们不会杀害我们的朋友。我们尽力挽救他们。如果天堂不想如此，我们就不应该被赋予爱的能力。"他把头发向后推开，使印记更完整地暴露出来。"不，您没必要帮助我。不过如果您不帮的话，就没什么能阻止我一次又一次地呼唤您，反正现在我已经知道您无法杀死我了。想一想我一直靠在您天堂的门铃边……直到永远。"

听到这番话，拉结尔好像难以置信地笑出了声。"你很固执，"他说，"像你的族类中名副其实的战士一样，你也跟他同名，他叫西蒙·马加伯。像他把自己的一切都献给了他的兄弟乔纳森一样，你也应该把自己的一切献给你的乔纳森。或者说你不愿意？"

"这不仅仅是为了他，"西蒙说，他感到有些眩晕，"不过，是的，随便您想要什么，我都会答应。"

"如果我给你你想要的，你是否愿意发誓再也不来烦我？"

"我认为，"西蒙说，"那不会有问题。"

"很好，"天使说，"我会告诉你我想要什么。我想要你额头上那个渎神的印记。我要拿走你的该隐印记，因为你本来就不配拥有它。"

"我——如果您拿走印记，那么您就能杀死我了，"西蒙说，"难道这不是阻隔我和您的天堂怒火唯一的东西吗？"

天使停下来考虑了一会儿。"我会发誓不伤害你。不管你有没有印记。"

西蒙犹豫了。天使顿时勃然大怒。"天堂的天使的誓言是最为神圣的。你胆敢不信任我，暗影魅族？"

"我……"西蒙苦恼地停顿了片刻。他眼前闪现着克拉丽踮起脚尖用石杖按压他的额头的画面；他第一次见识到印记的威力，那时他觉得自己就像闪电般的导电体，纯粹的能量流遍他的全身，力量大得足以致命。这是个魔咒，既让他感到恐惧，又使他成为人人觊觎和害怕的对象。他曾经讨厌它。然而此刻，面对着将要放弃它，放弃那个使他与众不同的东西……

他艰难地咽了咽口水。"好极了。是的，我同意。"

天使微笑起来，他的笑很可怕，就像直视着太阳一般。"那么我发誓不会伤害你，西蒙·马克伯。"

"刘易斯，"西蒙说，"我姓刘易斯。"

"但你和马克伯血脉相连，拥有相同的信仰，有人说马克伯人是由上帝之手加印的。不管是哪种情况，你都是天堂的战士，日光行者，不管你喜不喜欢。"

天使动了动。西蒙的眼睛充满了泪水，因为拉结尔一动，像一块布似的划过天空，滚起一阵黑色、银色和云一样的白色。他身边的空气震颤了。头顶上什么东西像金属散发的光一样闪过，哐当一声一个物体插进西蒙旁边的沙子和石头里。

是一把剑——看起来也没什么特别的，一把饱经风霜的旧铁剑，剑柄已经变黑了。剑刃参差不齐，仿佛被酸侵蚀了一般，但剑尖却非常锋利。这把剑看起来像考古挖掘出来的文物，还没有擦拭干净。

天使说话了。"当年约书亚来到耶利哥附近时，他抬头看见一个男人站在他面前，手里握着一柄拔出来的剑。约书亚走过去对他说：'你是我们的伙伴，还是我们的敌人？'他答道：'都不是，但我是主的军队的指挥官，现在我来了。'"

西蒙低头看着脚边这个不讨人喜欢的物体。"就是这把剑吗？"

"这是天使长迈克尔之剑，他是天堂军队的指挥官。它拥有天堂之火的力量。用这把剑打击你的敌人，它将驱除其体内的邪恶。如果他体内的邪恶超过善良，更接近地狱而不是天堂，那么它也将燃尽其生命。这把剑肯定会砍断你的敌人与你的朋友之间的纽带——并且一次只会伤害其中之一。"

西蒙弯下腰捡起这把剑。一阵震动如电击般传到他的手上，然后沿着胳膊一直传进他那没有心跳的心脏里。他本能地举起剑，然后头顶上的云顷刻间好像被划开了似的，一道亮光呈弓形劈向这把剑，使其发出悦耳的声音。

天使冷冷地低头看着他。"人类那贫乏的口里无法说出这把剑的名字。你们可以称之为'荣耀'。"

"我……"西蒙开口道，"谢谢您。"

"不用谢我，我本来要杀了你的，日光行者，但彼时是你的印记，现在是我的誓言阻止其发生。该隐印记本该由上帝印在你的身上，但事情不是这样。它该从你的额头上移除，其保护能力已经被移除。如果你再呼唤我，我不会再帮你。"

突然之间，从云层投射下来的光束越来越亮，像火一样鞭打着剑，璀璨的光和热像牢笼一般将西蒙团团包围。剑在燃烧。他大叫一声倒在地上，头疼难忍，仿佛有人用一根赤红滚烫的针扎进了他的双眼。他蒙住脸，把头埋在胳膊里，任由痛苦涌遍他的全身。这是他死后那一夜以来他所经历过的最难以忍受的痛苦。

痛像潮水退潮一般慢慢地消退。他翻滚着平躺在地上，盯着头顶上的天空，头还在痛。乌云又开始滚滚而来了，露出一片面积越来越大的蓝色。天使已经消失不见了，湖水在粼粼的波光下像滚烫的水一般汹涌翻腾。

西蒙开始慢慢地坐起来，在阳光的照射下他痛苦地眯起眼睛。他能看见有人正沿着小路从农舍向湖边跑来。那个人有一头乌黑的长发，穿着一件紫色的夹克，像翅膀一样在她背后迎风招展。她跑到小路的尽头，跳到湖边，靴子在身后踢起一阵沙子。她来到他身边，趴下来用胳膊搂住他。"西蒙。"她轻声喊道。

他能感觉到伊莎贝尔有力而平稳的心跳。

"我以为你死了，"她继续道，"我看见你倒下了，我以为你死了。"

西蒙任由她抱着自己，用双手支撑着坐起来。他发现自己像一侧船身破了个洞的船一样侧倾着身体。他害怕自己一动就会摔倒。"我本来就死了。"

"我知道，"伊莎厉声说道，"我的意思是跟平常不一样的死。"

"伊莎。"他抬起脸想贴近她的脸。她正跪在他身上，两条腿夹着他，双臂搂着他的脖子，看起来很不舒服。砰的一声，他躺到冰冷的沙子上，她则趴在他身上，西蒙仰视着她，目不转睛地凝视着她那双乌黑的眼睛。它们似乎占据了整片天空。

她惊讶地摸了摸他的额头。"印记不见了。"

"拉结尔拿走了。为了交换这把剑。"他用眼神示意那把剑。在农舍那头，他能看见日光长廊前面有两个黑色的圆点，正看着他们。是亚历克和马格纳斯。"这是天使长迈克尔之剑，名叫荣耀。"

"西蒙……"她吻着他的脸颊，"你做到了。你召唤来天使，拿到了剑。"

马格纳斯和亚历克开始沿着小路向湖边走来。西蒙闭上眼睛，精疲力竭。伊莎贝尔趴在他身上，头发摩挲着他的脸庞。"别试着说话。"她闻起来有泪水的味道。"你不再受到诅咒了，"她轻声说道，"你不受诅咒了。"

西蒙和她十指交错在一起。他觉得自己好像漂浮在一条黑暗的河流上，周遭的影子正向他靠近。只有她的手牢牢地使他停靠在地面。"我知道。"

第十九章

爱与血

克拉丽仔仔细细地在杰斯的房间里搜寻，简直要把屋子翻个底朝天。她还穿着吊带衫，不过已经套上了一条牛仔裤；她的头发在脑后挽成一个凌乱的发髻，指甲里塞满了灰尘。她搜了他的床底下、所有的抽屉和柜子，爬进壁橱里和桌子下面，在他所有的衣服口袋里寻找另一根石杖，但她什么都没找到。

她告诉塞巴斯蒂安自己很累，需要上楼躺下休息；他似乎心不在焉，挥手示意她走开。每次当她闭上眼睛，杰斯的脸都会在她眼前一次次地闪过——他看着她的神情，写满背叛，仿佛他不再认识她。

但对此纠缠不休没有意义。她可以坐在床沿抱头痛哭，想一想自己所做的一切，但这对谁都没有好处。她必须这么做，为了杰斯，为了自己，也为了将来。搜寻。只要她能找到一根石杖——

她把床垫抬起来，在床垫和床架弹簧之间的空间里寻找，这时传来敲门声。

她放下床垫，尽管还没看清楚底下是否有东西。她把手握紧成拳头，深深地吸了一口气，大步走到门口，用力地把门拉开。

塞巴斯蒂安站在门槛上。第一次他没有穿黑色和白色的衣服。尽管还是穿着同样的黑裤子和靴子，但他也穿了一件猩红色的皮质短上衣，上面绣着精致的金色和银色的如尼文，一排金属搭扣把两侧的衣襟扣在一起。两只手腕上分别戴着铸打而成的银色手镯，手指上还戴着摩根斯特恩戒指。

她朝他眨了眨眼睛。"红色的？"

"有仪式，"他回答，"颜色对暗影猎手有不同于对人类的意义。"他说到"人类"时带着蔑视的语气。"你知道那首古老的拿非力童谣，对吗？"

> 黑色代表夜晚狩猎，
> 死亡和悲伤是白色。
> 金色代表穿着结婚礼服的新娘，
> 红色代表召唤魔力下凡。

"暗影猎手结婚时穿金色？"克拉丽问。并不是她特别在意，而是她正试着把身体挤进门和门框之间的缝隙里，这样他就看不到她身后的一片狼藉，往常杰斯的卧室都是干净整洁的。

"很抱歉毁了你举行白色婚礼的美梦，"他朝她咧嘴笑道，"说到这儿，我给你带了要穿的衣服。"

他从背后伸出手来，手里拿着一件折叠好的衣服。她接过来，将它打开。是一件飘逸修身的猩红色长袍，布料有种古怪的金色光泽，像火焰的边缘一样。腰带是金色的。

"我们的母亲在背叛父亲之前穿着这件衣服参加集团的各种仪式，"他说，"穿上吧，我希望你今晚穿这件衣服。"

"今晚？"

"哦，穿成你现在这个样子很难参加仪式的，"他的眼睛上下打量着她，先看了看她的光脚丫，然后又看了看因汗水沾在身上的吊带衫，最后看了看她那布满灰尘的牛仔裤，"今晚你看起来怎么样——你留给我们的新随从的印象——非常重要。穿上。"

她在心里飞快地想着。今晚的仪式。我们的新随从。"我有多少时间——准备？"她问道。

"可能一个小时，"他说，"我们午夜之前应该到达圣址。其他人会在那里会合。迟到可不行。"

一个小时。克拉丽的心脏怦怦直跳，她把衣服扔到床上，而它就像铠甲一样闪烁着微光。她转过身来时，他仍然站在门口，脸上露出似笑非笑的表情，仿佛他打算等着她换好衣服。

她走过去关上门。他一把抓住她的手腕。"今晚，"他说，"你叫我乔纳森。乔纳森·摩根斯特恩。你的哥哥。"

一阵颤抖传遍她的全身，她垂下眼睑，希望他看不见她眼中的憎恨。"你说怎样都行。"

他一走，她就去拿杰斯的一件皮夹克。她穿上衣服，从杰斯那熟悉的气味和温暖中寻找安慰。她把脚套进鞋子里，悄悄地溜出房间来到走道，希望能找到一根石杖，然后画上一个无声如尼文。她听得见楼下的流水声，塞巴斯蒂安跑调地吹着口哨，但她自己的脚步声在她听来仍然响得震耳欲聋。她一直悄悄地往前走，紧贴着墙壁，直到来到塞巴斯蒂安的房门口，然后溜了进去。

第十九章 | 爱与血

房间里很幽暗，唯一的光亮来自窗户，窗户上的窗帘拉了起来，四周的城市灯光透了进来。里面乱糟糟的，和她第一次来到这里时一样。她最先在他的壁橱里翻找，里面塞满了昂贵的衣服——真丝衬衣、皮夹克、阿玛尼西装、布鲁诺·马格里牌鞋子。壁橱的地板上是一件白色衬衣，揉成一团，上面沾满了血渍——已经很久了，血迹已经变干成了棕色。克拉丽定睛凝视了很久，然后关上壁橱的门。

接着她走到书桌旁，拉开抽屉，在一堆纸里面翻找。她非常希望找到某个简单的东西，比如一张画满横线的记录纸，最上面写着"我的邪恶计划"，但一点儿也不走运。有许多纸上面写着复杂的数字和炼金术图案，甚至还有一张信纸，塞巴斯蒂安用潦草的手写体写着"我美丽的人儿"。她停下来想了片刻，很好奇塞巴斯蒂安的美丽的人儿会是谁——在看见这样东西之前，她从来没把他当成一个能对任何人产生浪漫情愫的人。

她打开抽屉。里面有一叠便笺。最上面有个东西闪着微光。一个圆形的、金属的东西。

她的精灵戒指。

在他们驱车赶回布鲁克林的路上，伊莎贝尔的胳膊还搂着西蒙。他精疲力竭，头还在一阵阵地抽痛，全身钻心地疼。尽管马格纳斯在湖边已经把戒指还给他了，他还是不能通过戒指联系到克拉丽。最糟糕的是，他很饿。他很喜欢伊莎贝尔坐得离他那么近，她的手正好放在他的臂弯里，抚摸着那里的纹路，有时候手指还会滑到他的手腕那里，这种感觉真好。但她的气味——香水和血——使他的肚子咕噜噜直叫。

天色开始变黑了，晚秋的落日随着白昼的结束马上就要降临了，卡车的驾驶室内部变得越来越幽暗。亚历克和马格纳斯的声音在暗影中变成了连续不断的低语声。西蒙任由自己闭上眼睛，却看见天使紧贴着他的眼睑，发出耀眼的白光。

"西蒙！"克拉丽的声音在他的脑海里突然响起，一下子就把他惊醒了，"你在吗？"

他不由自主地倒抽了一口气。"克拉丽？我好担心……"

"塞巴斯蒂安把我的戒指拿走了。西蒙，时间可能不多了。我得告诉你。他们有了第二只圣杯。他们计划唤起莉莉丝，创造一支黑暗暗影猎手军队——一支与拿非力人的能力完全相同却和恶魔世界结盟的军队。"

"你在开玩笑。"西蒙说。他过了一会儿才意识到自己大声说出口了；伊莎贝尔在他身边动了动身体，马格纳斯好奇地扭头看着他。

"你没事儿吧，吸血鬼？"

"是克拉丽。"西蒙说。他们三个人全都看着他，脸上的震惊如出一辙。"她正试着跟我说话。"他用手捂住耳朵，懒洋洋地靠在座椅上，想要集中精神听她说话。"他们打算什么时候动手？"

"今晚。很快。我不知道我们确切的位置——但这里大概是晚上十点。"

"那么，你们大概比我们早五个小时，你们在欧洲吗？"

"我根本猜不出来。塞巴斯蒂安提到第七圣址之类的东西。我不知道那是什么，但我发现了一些他的便笺，很显然是一座古墓。看起来像某种门道，通过它能召唤来恶魔。"

"克拉丽，我从来没有听说过那样的东西——"

"但马格纳斯或者其他人可能听说过。求你了，西蒙。尽快通知他们。塞巴斯蒂安要让莉莉丝复活。他希望发动战争，一场与暗影猎手的大决战。他大概有四十到五十个随时准备追随他的拿非力人。他们也会去那里。西蒙，他想要烧毁整个世界。我们得尽一切可能阻止他。"

"如果情况如此危险，你需要从那里脱身。"

她的语气听起来很疲倦。"我正在努力，但可能已经太迟了。"

西蒙朦朦胧胧地意识到卡车里的其他人全都盯着他，一脸的关切。他不在乎。他脑海里克拉丽的声音像悬在峡谷上的绳子，不断地在摇晃，如果他能抓住绳子的一头，或许就能将她拉回安全之地，或者至少能防止她溜走。

"克拉丽，听着。我没法告诉你来龙去脉，说来话长，但我们有一个武器，可以用在杰斯或塞巴斯蒂安身上而不伤到另一个人，根据……给我们武器的那个人所说，或许能够把他们分开。"

"把他们分开？怎么分开？"

"他说我们把它用在哪个人身上，那个人身上的邪恶就会被烧毁。所以，如果我们将它用在塞巴斯蒂安身上，我猜就会将他们之间的联结烧掉，因为这个联结是邪恶的，"西蒙觉得他的头还在抽痛，他希望他的声音在别人听起来要比他自己认为的更加自信一些，"我不确定。不管怎样，它很强大。它的名字叫荣耀。"

"你们要把它用在塞巴斯蒂安身上？它会将他们分开但却不会杀死他们俩？"

"好吧，这是个想法。我的意思是，还是有机会摧毁塞巴斯蒂安的。这取决于他身上还残留着多少善良。'如果他更接近地狱而不是天堂'，我想天使是这么说的——"

"天使？"他感觉得到她的警觉，"西蒙，你做——"

她的声音消失了，西蒙突然百感交集——惊讶、愤怒，还有恐惧。痛苦。他大叫出声来，猛地坐直了身体。

"克拉丽？"

但只有沉默在他的脑海里回旋。

"克拉丽！"他大喊，然后大声地说道："该死。她又不见了。"

"发生了什么事？"伊莎贝尔追问，"她还好吗？到底怎么回事？"

"我想我们的时间远远少于我们预计的，"西蒙说话的语气要比他感觉到的平静一些，"马格纳斯，赶紧掉头。我们得谈一谈。"

"那么，"塞巴斯蒂安挤进门口，低头看着克拉丽，"如果我问你你在我的房间里做什么，小妹妹，是不是有种似曾相识的感觉呢？"

克拉丽突然感到喉咙发紧，她咽了咽口水。走道里的灯在塞巴斯蒂安身后大放光明，把他照成了剪影。她看不清他脸上的表情。"找你？"她斗胆地猜道。

"你坐在我的床上，"他说，"你认为我在床下吗？"

"我……"

他走进房间——步态悠闲，仿佛他知道一些她所不知道的事情，一些其他人都不知道的事情。"那么，你为什么要找我？还有，你为什么还没换上参加仪式的衣服？"

"那条裙子，"她说，"不——不合身。"

"当然合身了。"他说着坐在她旁边的床沿上。他转身面对她，背靠在床头板上。"那个房间里的其他一切你都穿得下。这一件应该也不例外。"

"这件是丝绸的，没有弹性。"

"你是个皮包骨头的小东西。没必要有弹性，"他抓住她的右手腕，她则握住拳头，拼命地藏起戒指，"瞧，我的手指能一把握住你的手腕。"

他的皮肤触碰着她，感觉滚烫，一阵猛烈的刺痛传遍她的神经。她记得在伊德里斯他的触摸像酸一样烫伤她的感觉。"第七圣址，"她说话的时候没有看他，"是杰斯去的地方吗？"

"是的，我让他先去了。他要准备好我们到达时的各项事宜。我们会在那里跟他会合。"

她的心一沉。"他不会回来了？"

"在仪式之前不会，"她注意到塞巴斯蒂安微笑时弯起的嘴角，"这很好，因为当我告诉他这件事的时候他会那么失望。"他迅速地将手放到她的手上，掰开她的手指。金戒指散发着光芒，像发信号的火焰一样。"你认为我会认不出精灵的把戏？你认为女王那么蠢，会派你为她收回这些东西而不知道你会把它留下？她想让你把这个带到这里来，这样我就会发现它。"他得意地笑着，从她的手指上拔下戒指。

"你一直在跟女王联系？"她逼问，"怎么会？"

"用这只戒指。"塞巴斯蒂安用喉音说道，克拉丽记得女王用她那特别哆的声音说过："乔纳森·摩根斯特恩会是非常强大的盟友。精灵族是古老的民族；我们不会做出草率的决定，但会见风使舵，伺机而动。""你真的认为她会交给你能让你跟你的小朋友们联系的东西，而让自己无法听见？戒指是我从你那里拿来的，我已经跟她说过话了，她也跟我说过话了——你是个大傻瓜才会信任她，小妹妹。希丽宫女王，她喜欢站在胜券在握的那一边，而那一边将会是我们的，克拉丽。我们的。"他的声音低沉而柔和。"忘了他们吧，你的暗影猎手朋友们。你跟我们在一起。跟我在一起。你的血渴望权力，就像我的一样。不管你妈妈可能做过什么扭曲了你的良知，你都知道你是谁。"他的手又抓住了她的手腕，将她往他怀里拉。"乔斯琳做了所有错误的决定。她跟圣廷站在一起背叛家人。这是你纠正她的错误的机会。"

她试着抽回自己的胳膊。"放开我，塞巴斯蒂安。我是认真的。"

他的手滑到她的手腕上方，握住她的上臂。"你是那么个小东西。谁想得到你竟然是那么个烈性的女子？特别是在床上。"

她跳了起来，猛地挣脱他。"你刚才说什么？"

他也站起来了，嘴角向上弯起。他比她高那么多，几乎跟杰斯跟她的身高差距一样。他说话的时候向她靠近，声音低沉而粗暴。"在杰斯身上留下印记的，就会在我身上留下印记，"他说道，"就在你的手指甲下面。"他正咧嘴笑着。"我的背上也有八个并排的抓痕，小妹妹。你是说不是你抓的？"

她的脑海里响起一阵轻柔的轰鸣，就像喑哑的烟火爆发一样。她看着他那大笑的脸，想起杰斯，想起西蒙，还有他们刚刚谈过的话。如果女王真的能够偷听她的谈话，那么她可能已经知道荣耀了。但塞巴斯蒂安不知道。不能知道。

她一把夺过他手里的戒指，将它扔在地上。她听见他一声大叫，但她已经用脚去踩了，感到它在脚下变软，金色变成了粉末。

他难以置信地看着她把脚收回来。"你——"

她抽回右手，最强有力的那只手，猛地一拳揍在他的肚子上。

他比她高大，比她魁梧，比她强壮，但她有出其不意的优势。他弯下腰来，不停地咳嗽，她则从他的武器带上拔下石杖，然后转身就跑。

马格纳斯飞快地在路边紧急刹车，轮胎发出刺耳的摩擦声。伊莎贝尔尖叫起来。他们颠簸着撞到马路肩上，停在一簇叶子快掉光了的灌木丛的树荫下。

西蒙只知道，车门打开了，大家全都跌跌撞撞地往柏油马路上退。太阳就要落山了，卡车的前灯还亮着，使他们身上蒙上一层诡异的光。

"好了，吸血鬼男孩，"马格纳斯说道，他用力地摇着头，力气大得都快使头发发光了，"到底是怎么回事？"

亚历克斜靠在卡车上听西蒙解释，西蒙趁所有的一切从他的脑袋里飞出去之前赶紧尽可能准确地重复他和克拉丽之间的对话。

"她说过能让她和杰斯离开那里的办法没有？"伊莎贝尔等他一说完就问道，她的脸庞在前灯黄色的灯光照射下显得格外苍白。

"没有，"西蒙说，"而且伊莎——我认为杰斯没有想过要离开。他想留在那里。"

伊莎贝尔抱起双臂，低头看着靴子，黑色的头发扫到了她的脸上。

"这个第七圣址是什么东西？"亚历克问，"我知道世界上的七大奇迹，但七大圣址是什么？"

"比起拿非力人，巫师对它们更感兴趣，"马格纳斯说，"每个圣址都是灰色的直线交会形成矩阵的地方——一种网状物，里面的魔力会被放大。第七圣址是爱尔兰的一座石墓，普纳布隆石桌坟，这个名称的意思是'哀之空洞'。它位于一个叫巴伦的非常荒凉、人迹罕至的地方。是召唤大恶魔的好地方。"他拉了拉竖起的一绺头发。"这很糟糕，真的很糟糕。"

"你认为他能做到？创造——黑暗暗影猎手？"西蒙问。

"一切皆有盟友，西蒙。拿非力人的盟友是天使，但如果换作恶魔的话，他们依然会很强大。不过他们会致力于铲除人类而不是救助他们。"

"我们得到那里去，"伊莎贝尔说，"我们得阻止他们。"

"'他'，你的意思是，"亚历克说，"我们得阻止他。塞巴斯蒂安。"

"杰斯现在是他的盟友。你得接受现实，亚历克。"马格纳斯说道。天空下起了一阵轻如薄烟的小雨。雨滴在车灯的光亮下散发着金色的光。"爱尔兰比我们早五个小时。他们在午夜举行仪式。现在这里是五点钟。我们只有一个半小时——最多两个小时——去阻止他们。"

"那我们也不应该坐以待毙。我们应该去，"伊莎贝尔说话的时候声音里有种恐慌的意味，"如果我们不去阻止他——"

"伊莎，我们只有四个人，"亚历克说，"我们甚至都不知道我们要跟多少人对抗——"

西蒙瞄了一眼马格纳斯，他正看着亚历克和伊莎贝尔争论，脸上露出一种特别冷漠的表情。"马格纳斯，"西蒙说，"为什么我们不使用移空门到农场呢？你把半个伊德里斯都移到了布罗斯林德平原。"

"我本想给你足够的时间改变主意。"马格纳斯说话的时候眼神并没有从亚历克身上移开。

"但我们可以从这里用移空门，"西蒙说，"我的意思是，你可以为我们这么做。"

"是的，"马格纳斯说，"但就像亚历克所说的，我们都不知道要迎战多少人。我只是个力量强大的巫师，而乔纳森·摩根斯特恩不是普通的暗影猎手，就这一点而论，杰斯也不是。并且，如果他们成功地唤起莉莉丝——她会比之前弱很多，但她仍然是莉莉丝。"

"可是她已经死了，"伊莎贝尔说，"西蒙杀死了她。"

"大恶魔不会死，"马格纳斯说，"西蒙……只是将她打散到不同的世界里去了。她要经过很长的时间才会重新成形，在许多年的时间里她都会很虚弱。除非塞巴斯蒂安又把她召唤起来。"他用手推了推竖起来的湿头发。

"我们有剑，"伊莎贝尔说，"我们可以驱赶塞巴斯蒂安。我们有马格纳斯，还有西蒙——"

"我们甚至都不知道剑有没有用，"亚历克说，"如果我们接近不了塞巴斯蒂安，剑根本就帮不上什么忙。并且西蒙再也不是不可摧毁的先生了。他会像我们其他人一样被杀。"

他们全都看着西蒙。"我们得试一试，"他说道，"听着——我们不知道那里会有多少人，不。我们时间很少。不多，但还足够——如果我们用移空门——去找一些援军。"

"从哪里找援军？"伊莎贝尔追问。

"我会回到公寓找迈亚和乔丹，"西蒙说话的时候脑子里飞快地想着各种可能性，"看看乔丹能不能从卢普斯护卫队找到一些支援。马格纳斯去市区警察局，看看能不能召集到那里的狼群成员。伊莎贝尔和亚历克——"

"你要把我们分开？"伊莎贝尔抬高音量追问，"用烽火怎么样，或者——"

"像这样的事情没有人会信任烽火，"马格纳斯说，"此外，烽火是暗影猎手们用的。你真的想通过烽火把这个信息传递给圣廷，而不是亲自去学院？"

"好吧。"伊莎贝尔转身大步走到车的一侧。她一把拉开车门，但没有进去。相反，她探身进去拔出荣耀。它在昏暗的灯光下像黑暗中的闪电一样耀眼，刻在剑刃上的拉丁文在车灯下闪烁着光芒：

谁像上帝？

雨越下越大，令伊莎贝尔的黑发贴在脖子上。她走回来加入其他人的时候气势逼人。"那么我们把车留在这里。我们兵分几路，一小时内在学院集合。不管谁跟我们去，我们就在那时出发。"她与伙伴们一一对视，看他们是否要质疑她。"西蒙，拿着这个。"

她把荣耀递给他，剑柄朝前。

"我？"西蒙很吃惊，"但我不——我以前从来都没真正地用过剑。"

"是你召唤了它，"伊莎贝尔说，她那乌黑的眼睛在雨中发光，"天使把剑给了你，西蒙，所以，由你来拿剑。"

克拉丽飞快地跑过走道，哐当一声踩在台阶上，赶紧朝楼下跑，朝墙壁上的那个地方跑去，杰斯告诉过她那是进出公寓的唯一通道。

她对能逃脱这里不抱任何幻想。她只需要片刻的时间做需要做的事情。她听见塞巴斯蒂安的靴子在她身后的玻璃楼梯上哐当作响，然后猛地加速，差点儿撞到墙壁上。她把石杖尖端插进墙壁，疯狂地在上面画着：一个像十字架一样简单的图案，是这个世界上崭新的——

塞巴斯蒂安一把拉住她夹克的后背，把她往后一拖，石杖从她手中飞走。他一把将她拎起来朝墙上撞去，让她差点儿没法呼吸，她大口地喘着气。他看着她在墙壁上画下的印记，嘴唇嘲讽地歪起来。

"打开如尼文？"他说。他倾身向前，在她的耳畔厉声嘘道："你还没完成呢。这没用。你真的以为在这个地球上有你能去而我找不到的地方？"

克拉丽用咒骂作答，这话可会把她从圣泽维尔学校的课堂上赶出去。他正准备大笑时，她举起手用力地朝他的脸上扇了一巴掌，力气大得使她的手指生疼。他惊讶地松开紧抓着她的手，她猛地往后脱身，一跃而起跳过桌子，想逃到楼下的卧室，那里的门上面至少有锁——

但他已经来到她面前，一把抓住她夹克上的翻领，拎着她转了个圈。她的脚悬在半空中，要不是他用身体把她顶在墙壁上，她肯定会摔倒，他的胳膊夹在她身体的两侧，把她困在当中。

他张嘴笑起来，像魔鬼一般狰狞。那个跟她一起在莱茵河畔漫步、一起喝热巧克力、讨论归属感的时尚男孩已经不见了。他的眼睛是全黑的，没有瞳孔，像隧道一样。"怎么啦，小妹？你很恼火啊。"

她差点儿不能呼吸。"裂开了……我的……指甲油扇在你……那张一文不值的脸上。瞧见没？"她给他看了看她的手指——只有一根。

"很可爱，"他嗤之以鼻，"你知道我怎么知道你会背叛我们的吗？我怎么知道你会情不自禁？因为你跟我太像了。"

他把她朝墙上挤压得更紧了。她能感觉到他的胸膛顶着自己的身体上下起伏。她的眼睛正好对着他的锁骨那笔直且棱角分明的线条。他的身体像牢笼一样将她困住，把她钉得死死的，不能动弹。"我根本不像你。放开我——"

"你跟我如出一辙，"他在她的耳朵边低吼，"你混到我们中间来，假装跟我们是朋友，假装在乎我们。"

"我根本不用假装在乎杰斯。"

就在这时她看见他眼里闪过一丝什么，是一种邪恶的嫉妒，她甚至不确定他为什么要嫉妒。他把嘴唇靠近她的脸颊，距离那么近，她感到他说话的时候嘴唇在她的皮肤上移动。"你骗了我们。"他嘟哝道。他的手像老虎钳一样抓紧她的左臂，然后慢慢地往下移动。"很可能真的跟杰斯有一腿——"

她无能为力，感到一阵畏缩。她感到他刺耳地吸着气。"你是，"他说道，"你跟他睡过了。"他听起来几乎有种被背叛的感觉。

"不关你的事！"

他抓住她的脸，使她看着自己，手指嵌进了她的下巴。"你不能强迫别人做好人。不过，倒是没心没肺的一招，漂亮，"他好看的嘴唇上扬，露出一个冷酷的微笑，"你知道他什么都不记得，对吗？至少，他让你感到满意了吧？因为要是我的话就会。"

她感到喉咙里泛起一阵苦味。"你是我的哥哥。"

"这些话对我们没有任何意义。我们不是人类。他们的规则不适用于我们。愚蠢的法律，规定什么DNA能跟什么混合。想一想，真是虚伪。我们已经有过实验了。你知道，古埃及的统治者以前跟他们的兄弟姐妹通婚。克里奥佩特拉嫁给了她的哥哥，强化了他们那一支血脉。"

她憎恶地看着他。"我早知道你疯了，"她说，"可是我没想到你竟然那么疯狂。"

"哦，我不认为这有什么疯狂的。我们除了彼此还属于谁？"

"杰斯，"她说，"我属于杰斯。"

他轻蔑地说道："你可以拥有杰斯。"

"我以为你需要他呢。"

"我确实需要，但跟你需要他的理由不同，"他的手突然放到了她的腰上，"我们可以共同拥有他。我不在乎你们做什么。只要你知道你属于我。"

她举起手，意思是要把他推开。"我不属于你。我属于我自己。"

他眼中的神情让她僵在原地。"我认为你想得很清楚。"他说道，然后用力地吻住她的嘴。

顷刻间，她回到了伊德里斯，站在烧毁的菲尔柴尔德庄园前面，塞巴斯蒂安在那里亲吻她，她感到自己正跌入黑暗的深渊，跌入一个深不见底的隧道。那时候她以为自己有问题。除了杰斯她谁也不会吻。她身心俱碎。

现在她更明白了。塞巴斯蒂安的嘴巴在她的唇上移动，像黑暗中的刀锋一般坚硬而冰冷，她绷直脚尖抬高自己的身体，狠狠地在他的嘴唇上咬了一口。

他大叫一声从她身边跳开，手捂着嘴巴。她尝到了他的血的味道，像铜一样苦涩；鲜血从他的下巴上流下来，而他则用不可思议的眼神盯着她。"你——"

她转身朝他的肚子狠狠地踢了一脚，希望刚刚那一拳的效力还在。他弯下腰时，她一个箭步从他旁边跑过，朝楼梯跑去。她刚跑到一半，就感到自己被他拽住了后衣领。他把她一把旋转过来，像挥动棒球棒似的，将她直接扔到墙上。她狠狠地撞到墙上，无力地跪在地上，差点儿没法呼吸。

塞巴斯蒂安开始朝她走来，双手在身体两侧摇晃，眼睛像鲨鱼的眼睛一样闪着黑光。他看起来很吓人；克拉丽知道她该感到害怕，但一阵冰冷无情的疏离感将她淹没。时间似乎慢了下来。她想起在古董店的战斗，想起自己怎样消失在自己的世界里，每一个动作都像钟表那样精确。塞巴斯蒂安来到她面前，她撑起自己，使身体离开地面，用腿踢打他的双脚。

他身体往前一个跟跄，而她则翻滚着躲开了，然后马上爬了起来。这一次她懒得逃跑了。相反，当塞巴斯蒂安站起来的时候，她抓起桌子上的瓷花瓶，朝他抛去。花瓶砸碎了，水和叶子洒了一地，他摇晃着往后一退，血在银白色的头发下面泼溅出来。

他一声低吼朝她扑过来。感觉像是被球猛地撞击到似的，力量大得足以摧毁一切。克拉丽向后飞出去，撞碎了那个玻璃桌面，在玻璃碎片的轰隆声和痛苦中撞到地面。塞巴斯蒂安骑到她的身上，使那些破裂的玻璃插进了她的身体，她尖叫起来，他的嘴唇翻起，大声吼叫。他用胳膊外侧顶住她的脸，用力碾压。血模糊了她的视线；嘴里的鲜血使她窒息，咸味刺痛了她的眼睛。她猛地抬起膝盖，顶住他的肚子，但就像踢墙一样纹丝不动。他抓住她的手，把它们按在她身体的两侧。

"克拉丽，克拉丽，克拉丽。"他说道。他在大口喘着气。她至少使他喘不过气来。血从他额头上的口子里缓慢地流出来，使他的头发变成了猩红色。"还不赖。你在伊德里斯可不怎么会打架。"

"从我身上滚开——"

他把脸凑近她的脸，突然吐出了舌头。她试着躲开，但动作不够快，而他则舔掉了她脸颊上的血，咧嘴笑了起来。这笑让他的嘴唇裂开了，更多的血顺着他的下巴流下来。"你问过我我属于谁，"他低声说，"我属于你。你的血就是我的血，你的骨头就是我的骨头。你第一次见我时，我看起来很熟悉，是不是？就像我觉得你也很眼熟一样。"

她目瞪口呆地看着他。"你疯了。"

"这写在《圣经》里，"他说，"《雅歌》。'我的妹子，我的新妇，你夺去了我的心；你的秋波一转，你项链上的一颗明珠，都足以把我倾倒。'[①]"他的手指抚摸着她的喉咙，绕进那里的链子，上面挂着摩根斯特恩戒指。她不知道他是否会捏碎她的气管。"'我身虽卧，我心却醒。我听见我的爱人在敲门，他在说：我的妹子，我的爱人，求你给我开门！'[②]"他的血滴到她的脸上。她撑着一动不动，整个身体因为用力而不由得发抖，他的手从她的喉咙处滑下来，来到她的身侧，落到她的腰上。他的手指滑进她的牛仔裤的腰带里。他的皮肤很烫，像在燃烧似的；她能感觉到他想要她。

"你不爱我。"她说。她的声音很细，因为他正挤压着她的肺使她不能呼吸。她想起妈妈曾经说过的话，塞巴斯蒂安表现出的每一种情感都是装出来的。她的想法像水晶一样清晰；她默默地感谢战斗的兴奋发挥了应有的作用，并且使她在塞巴斯蒂安的抚摸使她难受作呕时能集中精神。

"而你也不在乎我是你哥哥，"他说，"我知道你对杰斯的感情，即使当你认为他是你的哥哥的时候。你骗不了我。"

"杰斯比你好多了。"

[①] 本译文参考《圣经》新标点和合本（第1027页）和《当代圣经》(新力出版社出版，第482页)。
[②] 本译文参考《圣经》新标点和合本（第1028页）和《当代圣经》(新力出版社出版，第482页)。

第十九章 | 爱与血

"没人比我好。"他咧嘴一笑，露出一口白牙和满口鲜血。"'我的妹子，我的新娘，就像个私有的园子，'"他说着，"'像一口紧闭的井，一个只属于我的泉源。'① 不过不再是这样了，对吧？杰斯做过了。"他在她的牛仔裤纽扣上摸索，她趁着他走神的片刻从地上抓起一大片三角形的玻璃碎片，用力地将参差不齐的边缘插进他的肩膀。

玻璃划过她的手指，把它们划开了。他尖叫一声，缩了回去，不过与其说是疼痛不如说是惊讶；战斗服保护着他。她更用力地挥动玻璃片，这一次插进了他的大腿，当他抽身往后的时候，她用另一只胳膊肘顶住了他的喉咙。他窒息着倒向一边，她赶紧一翻身，将他压在身下，并从他的腿上拔出血淋淋的玻璃。她正准备把玻璃碎片插进他颈项处跳动的血管里——却停住了。

他在大笑。他躺在她身下，大笑着，他的笑声颤动着传遍她自己的身体。他的皮肤上溅满了鲜血——她的血正滴在他身上，他自己的血从她刺伤他的地方流出来，他那银白色的头发和着血缠绕在一起。他任由自己的胳膊垂落在身体的两侧，像翅膀一样张开，像断翅的天使从天空坠落一般。

他说道："杀了我，小妹妹。杀了我，你也就杀了杰斯。"

她把玻璃碎片往下扎去。

---

① 本译文参考《圣经》新标点和合本（第1028页）和《当代圣经》(新力出版社出版，第482页)。

第二十章

进入黑暗之门

　　克拉丽气急败坏地大声尖叫着将玻璃碎片插进木质地板，离塞巴斯蒂安的喉咙只有咫尺之遥。

　　她感到他在她身下大笑。"你做不到，"他说，"你杀不了我。"

　　"下地狱去吧，你！"她低吼道，"我杀不了杰斯。"

　　"反正都一样。"他说着迅雷不及掩耳地坐了起来，她几乎没看清他移动，他一掌挥向她的脸，力量大得使她从玻璃密布的地板上滑了出去。撞到墙时她才停了下来，噎得作呕，咳出血来。她把头埋在前臂里，血腥气弥漫四周，是她的血，浓烈的金属味道让人很不舒服。片刻之后，塞巴斯蒂安用力抓起她的夹克，一把将她举起。

　　她没有挣扎。挣扎有什么意义呢？当他们想要杀死你，却知道你不愿意杀死他们，甚至不愿严重地伤害他们时，挣扎又有什么意义呢？他们总是会赢。他打量着她时她一动不动地站着。"可能会更严重，"他说，"似乎夹克保护了你，让你没有受到真正的损伤。"

　　真正的损伤？她的身体就像被刀片全部划开了似的。他把她拉进怀里时她透过睫毛愤怒地盯着他。他在巴黎时曾帮她躲过恶魔的袭击，那时的她——即便不是心存感激，至少也曾一度迷惑，而此刻她心里充满了沸腾的憎恨。他把她抱上楼的时候她的身体始终紧绷着，他的靴子踏在玻璃上，发出很响的脚步声。她正努力忘记他在抚摸自己，他的胳膊夹住她的大腿，他的手抓住她的背。

　　我要杀了他，她心想，我要想个办法，我要杀了他。

　　他走进杰斯的房间，把她扔在地板上。她踉跄着后退了一步。他扶住她，扯下她身上的夹克。夹克下面她只穿了一件T恤衫，全都撕成破布条了，仿佛她用奶酪磨碎器在上面碾过似的，衣服上全都是血。

　　塞巴斯蒂安吹了个口哨。

　　"你一团糟，小妹妹，"他说，"最好去卫生间把身上的血洗掉。"

　　"不，"她说，"就让他们看看这样的我。让他们看看你得做什么才能逼迫我跟你一起去。"

他猛地伸出手，一把抓住她的下巴，让她与自己面对面。他们的脸离得那么近。她想要闭上眼睛，但又不想让他感到满意；她目不转睛地回瞪着他，看着他那黑色的眼睛里一圈圈的银色，看着被咬过的嘴唇上的血。"你属于我，"他又这么说了，"而且我会让你站在我身边，不管我用什么手段强迫你跟我去那里。"

"为什么？"她恶狠狠地逼问道，语气就像她嘴唇上鲜血的味道一样苦涩，"你在乎什么？我知道你不能杀杰斯，但你可以杀我。为什么你不干脆这么做呢？"

突然之间，他的眼神显得很遥远、很清澈，仿佛他正看着她看不见的东西。"世界将被地狱之火烧毁，"他说，"而我将带着你和杰斯穿越火焰，只要你乖乖听我的。这是我对其他任何人都不会发的慈悲。你难道不明白拒绝的话会有多么愚蠢吗？"

"乔纳森，"她说道，"难道你不明白你想烧毁世界却还要我跟你并肩作战是多么不可能的事情吗？"

他的眼睛重新看着她的脸。"但是为什么？"几乎是哀怨的语气，"为什么这个世界对你那么珍贵？你知道还有其他的世界。"苍白的皮肤把他的血映衬得格外鲜红。"告诉我你爱我。告诉我你爱我，会跟我一起战斗。"

"我永远都不会爱你。你说我们拥有相同的血，你错了。你的血是毒药，恶魔的毒药。"她愤愤地吐出最后几个字。

他只是微微一笑，眼睛里闪着阴郁的光。她突然感到上臂上有东西在灼烧，她跳了起来，发现是石杖；他正在她的皮肤上刻下移除文。尽管疼痛在消退，但她还是恨他。他娴熟地移动手臂完成如尼文的时候，手镯在他的手腕上叮当作响。

"我知道你说了谎。"她突然对他说道。

"我说了那么多的谎，甜心，"他说，"你指的是哪一个？"

"你的手镯，"她说，"上面那句话的意思是'我要升起地狱'，不是'这就是暴君的下场'。这是维吉尔写的。'如果我不能移动天堂，那么我就升起地狱。'"

"你的拉丁语比我想象得要好嘛。"

"我学得很快。"

"还不够快，"他松开紧抓着她下巴的手，"现在去洗手间，把自己清理干净。"他边说边把她往后推。他一把从床上抓起她妈妈的礼服裙，塞到她的怀里。"时间更紧了，我的耐心在减少。十分钟内你不出来的话，我就进去找你。相信我，你可不喜欢那样。"

"我快饿死了,"迈亚说,"我觉得自己好像好多天没吃过东西了。"她打开冰箱,探头进去看。"哦,糟糕。"

乔丹把她拉回来,用胳膊搂住她,用鼻子摩擦她的脖子后面。"我们可以叫外卖。比萨饼、泰国菜、墨西哥菜,随便你想吃什么,只要不超过二十五美元。"

她大声笑着从他的怀抱里转过身来。她穿着他的衬衣,他穿着有点儿大,但穿在她身上差不多都到她的膝盖了。她把头发在脑后挽成了一个发髻。"大富豪。"她说。

"为了你,什么都行。"他握住她的胳膊把她抱了起来,放在一张高脚凳上。他的嘴唇很甜,带着牙膏的淡淡的薄荷味。她感到他的抚摸带给她一阵震颤,从脊柱根部一直传遍她所有的神经。

她在他的唇下咯咯地笑着,胳膊搂着他的脖子。一阵刺耳的铃声穿透了她血液中的嗡嗡声,乔丹抽开身体,皱起眉头。"我的电话。"他的一只手仍然抱着她,另一只手在身后的桌子上胡乱地摸索,直到摸到电话。电话铃声已经停了,但他还是皱着眉头打开了。"是护卫队。"

护卫队从来不打电话,至少很少见,除非是生死攸关的大事。迈亚叹着气把身体往后倾。"接吧。"

他点点头,已经把电话放到了耳边。她从桌子上跳下来,走到冰箱那边,因为外卖菜单就贴在上面,而他的声音在她的潜意识里变成了轻柔的咕哝声。她迅速地翻着菜单,直到找到了她喜欢的那家本地泰国餐厅,然后拿着它转过身来。

乔丹现在正站在客厅的正中央,脸色惨白,全然不觉手里握着电话。迈亚隐约听见一个微弱的声音远远地传过来,在叫他的名字。

迈亚丢掉菜单,赶紧跑到他身边。她拿起他手中的电话,挂断,然后把它放在桌子上。"乔丹,怎么啦?"

"我的室友——尼克——你还记得吗?"他说道,浅绿褐色的眼睛流露出不相信的神情,"你从没见过他,但——"

"我见过他的照片,"她说,"出事了吗?"

"他死了。"

"怎么会?"

"喉咙被撕裂,血流干了。他们认为他一直在跟进他的任务,而她杀了他。"

"莫林?"迈亚很惊愕,"但她只是个小姑娘啊。"

"她现在是吸血鬼了,"他喘了一口粗气,"迈亚……"

她目不转睛地看着他。他的眼睛了无生气,头发凌乱。一阵恐慌在她心里油然而生。亲吻、爱抚，乃至于性是一回事。当别人受到失去亲朋好友的打击时安慰对方却是另一回事。这意味着承诺，意味着关心，意味着你想要缓解他们的痛苦，同时你对上帝充满感激，无论发生的事情有多么糟糕，幸亏没有发生在他们身上。

"乔丹，"她轻声说道，踮起脚用胳膊搂住他，"我很难过。"

乔丹的心脏和她的心脏一起强有力地跳动着。"尼克只有十七岁。"

"他是护卫队队员，像你一样，"她温柔地说，"他知道这份工作很危险，而你也只有十八岁。"他把她抱得更紧了，但什么都没说。"乔丹，"她说，"我爱你。我爱你，但我很难过。"

她感到他的身体僵硬了。从她被咬之前的几个星期以来这是她第一次说这些话。他似乎屏住了呼吸。最后他才放松地呼出了一大口气。

"迈亚。"他声音沙哑地说。就在这时，他还没来得及说完——难以置信的是，她的电话响了。

"别介意，"她说，"我不接。"

他松开她，一脸温柔，因为痛苦和惊讶而百感交集。"不，"他说，"不，可能很重要。你去吧。"

她叹了口气，然后向桌子走去。她还没拿起电话，铃声就停了，不过屏幕上有一条短信在闪烁。她感到心里一紧。

"什么事？"乔丹问，仿佛他已经感觉到她突如其来的紧张。或许他确实感觉到了。

"是911，紧急情况，"她手里拿着电话转向他，"战斗召集令。狼群的每个人都收到了。是卢克发来的——还有马格纳斯。我们得立刻出发。"

克拉丽坐在杰斯卫生间的地板上，背靠在浴缸的瓷砖上，两腿向前伸直。她已经擦干净脸上和身体上的血迹了，并且在水槽里洗干净了沾满血的头发。她正穿着妈妈的礼服，裙摆在大腿上褶皱起来，因为她光着脚，小腿肚子也裸露在外，铺着瓷砖的地面感觉冷冰冰的。

她低头看着自己的手。它们应该有所不同，她心想。但它们还是跟以前一模一样，修长的手指，四四方方的指甲——艺术家可不想留长指甲——手指关节上还有许多雀斑。她的脸也还是那样。她全身上下似乎一如从前，但实际上却不是这样。过去的几天以一种她还无法完全理解的方式改变了她。

她站起来，看着镜子中的自己：在她火红的头发和礼服裙的映衬下，她显得很苍白，肩膀和脖子上到处都是擦伤。

"自我欣赏吗？"她听见塞巴斯蒂安开门的声音，接着他就进来了，靠着门框，和往常一样令人无法容忍地假笑着。他穿着一种她以前从未见过的战斗服：和平常一样的耐磨布料，但却是像鲜血一样的猩红色。他在外套上还加上了一件饰品——是一把向内弯的石弓。他用一只手漫不经心地握着它，尽管这把石弓一定很重。"你看起来很漂亮，妹妹。和我很般配。"

她忍住没说话，嘴里还残留着血的味道，然后走向他，试着从他旁边的门缝里挤出去，但他一把抓住了她的胳膊。"很好，"他说，"你这里没有画印记。我讨厌女人们因为伤疤糟蹋了自己的皮肤。留着你胳膊和腿上的印记。"

"我希望你不要碰我。"

他哼了一声，扬起石弓，上面装着一支弩箭，火焰呼之欲出。"走，"他说，"我跟在你后面。"

她得付出一百倍的努力才没从他身边畏惧地躲开。她转身朝门边走去，想象着石弓的箭插进肩胛骨之间，感觉那里滚烫发热。他们像这样走下玻璃楼梯，穿过厨房来到客厅。看到克拉丽在墙壁上潦草刻下的如尼文，他哼了一声，然后伸手绕过她，在他的手掌下出现了一个门道。门自动地打开了，眼前出现一方黑暗。

石弓狠狠地顶住克拉丽的后背。"走。"

深深地吸了一口气，她走进了黑暗之中。

亚历克拍了一下小电梯轿厢里的按钮，无力地靠在墙上。"我们还有多少时间？"

伊莎贝尔看了看她手机上的闪光屏幕。"大概四十分钟。"

电梯摇晃着往上走。伊莎贝尔偷偷地瞄了一眼她的哥哥。他看起来很疲倦——眼睛下都是黑眼圈。尽管他个子很高、力气很大，亚历克却有着一双蓝色的眼睛，一头柔软的黑发几乎长及领口，让他平添了一分纤弱。"我没事，"他回答了她没说出口的问题，"你才是那个因为离家出走而有麻烦的人。我已经超过十八岁了，能做我想做的任何事。"

"我每天晚上都给妈妈发消息，告诉她我跟你和马格纳斯在一起，"电梯停下来的时候伊莎贝尔说道，"她知道我在哪里。说到马格纳斯……"

亚历克伸手绕过她，把电梯内部轿厢的门拉开。"什么？"

"你们俩没事吧？我的意思是，相处融洽吗？"

亚历克走出电梯来到过道时怀疑地看了她一眼。"所有的一切都糟透了，你却想知道我跟马格纳斯的关系?"

"我一直对此表示怀疑。"伊莎贝尔快步跟着哥哥沿着过道走去时若有所思地说道。亚历克的腿很长很长,尽管她速度很快,但要在他想甩开她的时候跟上他还是很难的。

亚历克跟杰斯做战斗伙伴的时间够长,他已经学会忽略对话中的转移话题。他说道:"我猜,马格纳斯和我还好吧。"

"哦,"伊莎贝尔说,"还好,你猜?我知道你这么说是什么意思。发生什么事了?你们吵架了?"

他们沿着过道赶路时,亚历克用手指敲打着墙壁,显然这表明他很不自在。"别再插手我的生活了,伊莎。你自己怎么样?为什么你和西蒙不是一对呢?显然你很喜欢他。"

伊莎贝尔粗糙地尖叫一声。"才不明显呢。"

"真的,很明显,"亚历克说,这么想来,他觉得自己也蛮惊讶的,"眼神恍惚地注视着他。天使出现时你在湖边快吓坏的样子——"

"我以为西蒙死了!"

"什么?死得更彻底了?"亚历克不友善地说道。看见他妹妹脸上的表情,他耸了耸肩。"听着,如果你喜欢他,很好。我只是不明白为什么你们不约会。"

"因为他不喜欢我。"

"他当然喜欢。男生都很喜欢你。"

"如果我认为你的想法有偏见,请原谅我。"

"伊莎贝尔,"亚历克说道,现在他的声音里有种关心的语气,那是兄妹之间说话的语气——关爱和恼火夹杂在一起,"你知道你很美。男生们一直都追逐着你……永远都是这样。为什么西蒙会不一样?"

她耸了耸肩。"我不知道,但他就是。我想他掌握着发球权。他知道我的感觉。但我认为他不会对此仓促行动。"

"公平地说,他也不像无动于衷啊。"

"我知道,但——他一直都是这样。克拉丽——"

"你认为他仍然爱着克拉丽?"

伊莎贝尔咬着嘴唇。"我——并不完全是。我想她是他的人类生活留给他的唯一东西。而且只要他不想放手,我不知道是否有我存在的位置。"

他们差不多已经到图书室了。亚历克透过睫毛瞄了一眼伊莎贝尔。"要是他们只是朋友——"

"亚历克。"她伸出手,示意他应该保持安静。有声音从图书室里传来,第一个声音很严厉,他们立即就辨认出来是妈妈的声音。

"你说她失踪了是什么意思?"

"两天都没人看见过她了,"另一个声音说——是一个柔和的女声,略带歉意,"她一个人住,所以人们不能确定——但我们以为,既然你们认识她哥哥——"

亚历克没有停下脚步,伸直手臂推开图书室的门。伊莎贝尔猫着腰从他旁边走进去,看见她妈妈正坐在书房中央那张巨大的红木书桌后面。她面前站着两个熟悉的身影:艾琳·潘海洛,她穿着战斗服,她身边站着海伦·布莱克索恩,她的鬓发很凌乱。门打开时,她们俩都转过身来,面露惊讶。海伦的脸上长着雀斑,但肤色苍白;她也穿着战斗服,更显得她面无血色。

"伊莎贝尔,"玛丽斯站起身说道,"亚历山大。发生了什么事?"

艾琳握住海伦的手。银戒指在她们的手指上闪耀。潘海洛戒指,上面有山脉图案,在海伦的手指上闪光,而布莱克索恩家族的戒指上绕着荆棘图案,装扮着艾琳的手指。伊莎贝尔感到自己的眉毛扬了起来;交换家族戒指是很严肃的事情。"如果我们有所叨扰,我们可以离开——"艾琳开口道。

"没有,留下,"伊莎大步向前说道,"我们可能需要你们。"

玛丽斯重新坐回到自己的椅子上。"那么,"她说,"我的孩子们回来了,我真是备感荣幸。你们俩去哪里了?"

"我告诉过你,"伊莎贝尔说,"我们在马格纳斯家。"

"为什么?"玛丽斯追问,"我没有问你,亚历山大。我在问我女儿。"

"因为圣廷停止寻找杰斯了,"伊莎贝尔说,"但我们没有。"

"而马格纳斯愿意帮忙,"亚历克补充道,"他这些晚上一直在寻找,从魔法书中搜寻蛛丝马迹,试图搞清楚杰斯可能在哪里。他甚至召唤了——"

"不要,"玛丽斯举起手让他闭嘴,"别告诉我。我不想知道。"她桌边的黑色电话机响了起来。他们全都盯着它。黑色电话是来自伊德里斯的电话。没有人移步去接电话,过了一会儿,铃声停了。"你们为什么来这里?"玛丽斯追问道,重新看着自己的孩子。

"我们在寻找杰斯——"伊莎贝尔又开口道。

"那是圣廷的工作。"玛丽斯打断她。伊莎贝尔注意到,她看起来很疲倦,眼底的皮肤显得很松弛;嘴角边的皱纹使她的嘴唇显得像是在皱眉头似的,显然她不同意他们这么做。她瘦得皮包骨头,手腕上的骨头好像都突出来了一般。"不是你们的工作。"

亚历克用力地把手按在书桌上，力气大得就连抽屉都咔嗒一声响了起来。"你要听我们说话吗？圣廷找不到杰斯，但我们找到了。塞巴斯蒂安一直和他在一起。而且现在我们知道他们打算干什么，我们——"他瞥了一眼墙上的钟，"就快没有时间阻止他们了。你到底打不打算帮忙？"

黑色的电话又响了。玛丽斯还是没有动手去接。她看着亚历克，因为震惊而脸色惨白。"你们做了什么？"

"我们知道杰斯在哪里，妈妈，"伊莎贝尔说，"或者说，至少知道他要去哪里，也知道他打算做什么。我们知道塞巴斯蒂安的计划，他必须被制止。哦，我们知道怎样能够不杀死杰斯而干掉塞巴斯蒂安——"

"停下，"玛丽斯摇摇头，"亚历山大，解释一下。言简意赅，不要歇斯底里。谢谢。"

亚历克开始道出事情的始末——美好的部分全都没讲，伊莎贝尔心想，这样他才能如此简练地总结事情的来龙去脉。尽管他的复述已经删减了很多，但艾琳和海伦听完后还是禁不住发出了惊呼。玛丽斯一动不动地站着。亚历克说完后，她急忙说道：

"你们为什么做这些事情？"

亚历克大吃一惊。

"为了杰斯，"伊莎贝尔说，"为了把他找回来。"

"你们要明白，你们将我置于如此境地，这让我没有选择，只能通知圣廷，"玛丽斯说着把手放在了黑色的电话上，"我希望你们没来这里。"

伊莎贝尔的嘴巴很干涩。"在我们终于把一切都告诉了你之后，你真的那么生我们的气吗？"

"如果我通知圣廷，我们会派出所有的援军。吉亚除了下令让他们见到杰斯格杀勿论外别无选择。你们知道有多少暗影猎手追随瓦伦丁的儿子吗？"

亚历克摇摇头。"或许四十个，听起来像是那么多。"

"假如我们带领比这多一倍的人手，这样我们就能稳操胜券击败他的军队，但杰斯会有多少机会？他活下来的可能性几乎为零。为了确保万一，他们肯定会杀了他。"

"那么，我们不能告诉他们，"伊莎贝尔说，"我们自己去。我们要自己单打独斗，不要圣廷帮忙。"

而玛丽斯只是看着她，摇头道："《大律法》要求我们必须汇报。"

"我不在乎《大律法》——"伊莎贝尔生气地开口道。她发现艾琳正看着自己，一下子闭了嘴。

"别担心，"艾琳说，"我不会告诉我妈妈的。我欠你们的。特别是你，伊莎贝尔。"她咬住下唇，伊莎贝尔想起伊德里斯桥下的黑暗，她的皮鞭撕裂了一个爪子正死死抓住艾琳的恶魔。"此外，塞巴斯蒂安杀害了我的表哥。真正的塞巴斯蒂安·维莱克。你知道我有恨他的理由。"

"不管怎样，"玛丽斯说，"如果我们不告诉他们，我们就会违背法律法规。我们会受到惩罚，甚至更糟糕。"

"更糟糕？"亚历克说，"我们在这里讨论什么？被放逐？"

"我不知道，亚历山大，"他母亲说，"这取决于吉亚·潘海洛，无论谁赢得了大审判官的职位，谁就对我们的惩罚有定夺权。"

"或许会是爸爸呢，"伊莎嘟哝道，"或许他会对我们网开一面。"

"如果我们没能通知他们这一情况，伊莎贝尔，你爸爸是没有机会当选大审判官的。一点儿机会都不会有。"玛丽斯说。

伊莎贝尔深深地吸了一口气。"我们会被移除印记吗？"她说，"我们会……失去学院吗？"

"伊莎贝尔，"玛丽斯说，"我们会失去一切。"

克拉丽眨了眨眼睛以适应黑暗。她站在一片岩石密布的平原上，风在耳畔呼啸而过，没有任何东西能阻挡狂风的力量。一片片的绿草从灰色的岩石缝里长出来。远远望去，乱石堆覆盖着的石灰岩小山拔地而起，在夜空下呈黑色和铁色，显得格外苍凉。前面有灯光。公寓的门在他们身后关上时，她认出那是巫光，白色的亮光上下摇曳。

突然传来一阵喑哑的爆炸声。克拉丽转身看见门消失不见了；原来门所在的地方出现了一堆烧焦的灰尘和草地，还在冒烟。塞巴斯蒂安目不转睛地盯着眼前的一幕，惊愕万分。"什么——"

她大笑起来。看着他的表情，她心中升起一阵不怀好意的沾沾自喜。她从未见过他像如此震惊，他的伪装不见了，赤裸裸的恐惧写在脸上。

他举起石弓，离她的胸口只有几厘米远。如果他此时开弓的话，弩箭会穿透她的心脏，使她立刻毙命。"你做了什么？"

克拉丽看着他，满脸阴郁的胜利。"那个如尼文。那个你以为没有完成的开启如尼文。才不是呢。它是你前所未见的。那是我创造的一个如尼文。"

"干什么的如尼文？"

她记得用石杖在墙壁上画下了一个如尼文的形状，是那天晚上杰斯来卢克家找她时她想出来的。"一有人打开门就摧毁公寓。公寓不见了。你再也用不了了。没人能用了。"

"不见了？"石弓摇晃了；塞巴斯蒂安的嘴唇在抽搐，眼神狂野，"你这个婊子。你个小——"

"杀了我，"她说，"来吧。然后跟杰斯解释。看你敢不敢。"

他看着她，胸口上下起伏，手指在扳机上颤抖。他慢慢地把手从上面移开，眯缝起来的眼睛里充满狂怒。"还有比死更糟糕的事情，"他说，"等你一喝圣杯里的东西，我就会把它们全都加诸在你身上，小妹妹。你会很享受的。"

她朝他吐口水。他用石弓的尖端使劲地戳她的胸口，令她疼痛不已。"转身。"他低吼道，她照做了。他逼着她步履艰难地走下一条岩石密布的斜坡时，她感到头昏脑涨，内心深处恐惧和胜利交织在一起。她穿着薄薄的拖鞋，所以，能感觉到岩石中的每一块鹅卵石、每一道裂缝。他们越来越靠近巫光，克拉丽看到一番景象在他们面前展开。

在她面前，地面缓缓上升，形成一座低矮的山丘。在山丘顶上，面朝北，是一座巨大的古代石墓。这使她隐约记起史前巨石柱：两排直立的窄石柱顶着一块扁平的压顶石，整个构造很像一个门道。在石墓前面，一块扁平的粉砂石像舞台的地板一样横在页岩和青草之间。一块扁平的石头前聚集着半圈拿非力人，大概有四十人，全都身着红色长袍，手里举着巫光火把。在他们的半圈内，在黑色地面的映衬下，一个蓝白色的五角星形正在发光。

在那块扁平的石头上站着的是杰斯。他像塞巴斯蒂安一样穿着一套猩红色战斗服；他们从未如此相似过。

哪怕隔着这么远的距离，克拉丽都能看见他头发上的光亮。他正在这块扁平的粉砂石边缘走来走去。克拉丽被塞巴斯蒂安逼着往前走，随着他们越走越近，她听得清他在说什么了。

"……为你们的忠诚心存感激，尽管过去这些年来我们历经艰难，但仍然对你们心存感激，感激你们过去对我们的父亲坚信不疑，现在对他的儿子们深信不疑。还有他的女儿。"

周围传来一阵连续而低沉的说话声。塞巴斯蒂安推着克拉丽往前走，他们穿过阴影，然后爬上杰斯身后的石头。杰斯看见他们后歪了歪脑袋，然后转而看着人群；他正在微笑。"你们将会是得到救赎的人，"他说，"一千年前，天使将他的鲜血给了我们，让我们与众不同，让我们成为战士。但这还不够。一千年过去了，我们仍然躲在阴影里。我们保护我们并不喜爱的盲呆们，使他们免受邪恶势力的伤害。但他们却全然不知我们的存在，古老僵化的《大律法》阻止我们向他们暴露我们才是他们的拯救者的真实身份。我们的同胞数以百计地死去，却未曾获得除了我们自己的同胞之外应有的感谢，也未获得创造了我们的天使的救援。"他朝这个岩石平台的边缘走了几步。站在平台前面的暗影猎手们还是围成了半个圆圈。他的头发看起来像淡淡的火焰一样。"是的。我敢说出来。创造了我们的天使不会支援我们，我们孤立无援，甚至比盲呆们还要孤立无援，正如他们的一个伟大科学家曾经说过的，他们像是在海边玩鹅卵石的孩子们，对围绕在他们身边的真相浑然不觉。但我们了解真相。我们是这个地球的拯救者，我们应该统治它。"

杰斯很擅长演讲，跟瓦伦丁如出一辙，克拉丽心中痛楚地想道。她和塞巴斯蒂安现在来到他身后，他们面对平原和人群；她能感觉到聚集在一起的暗影猎手们正目不转睛地看着他们俩。

"是的，统治它，"他微笑着说，是一种可爱而放松的微笑，在黑暗的笼罩下充满魅力，"拉结尔很残忍，对我们的痛苦很冷漠。是时候背弃他而转向莉莉丝，转向我们伟大的母亲了，她愿意给予我们力量而不惩罚我们，给予我们领导力而不受《大律法》的约束。权力是我们与生俱来的权利。是时候宣示这一权利了。"

塞巴斯蒂安朝前走的时候，他面带微笑，用眼角的余光看了看他。"现在我要让你们听乔纳森说剩下的内容，这是他的梦想。"杰斯流利地说完，后退了一步，让塞巴斯蒂安从容地走到他的位置上。他又后退了一步，来到克拉丽的身边，握住她的手。

"说得好。"她低声说道。塞巴斯蒂安正在讲话；她没有理会，只是注视着杰斯。"非常令人信服。"

"你真的这么认为？我本打算一开始就说'朋友们，罗马人，坏蛋们……'的，不过我认为他们领会不到其中的幽默。"

"你认为他们是坏蛋？"

他耸了耸肩。"圣廷会这么认为。"他将目光从塞巴斯蒂安身上移开，低头看着她。"你美极了，"他说道，不过他的语气平淡得古怪，"发生了什么事？"

她大吃一惊。"你是什么意思？"

他打开他的夹克。在夹克下面他穿了一件白衬衣，两侧和袖子上都染红了。她注意到他把血给她看的时候，小心翼翼地转过身背对着人群。"他有什么感受，我就有什么感受，"他说，"还是你忘记了？我得给自己刻上移除文，而不引起别人的注意。这种感觉就像有人用剃刀划伤我的皮肤一样。"

克拉丽与他四目相对。没有撒谎的理由，是不是？"塞巴斯蒂安和我打了一架。"

他的眼睛打量着她的脸。"哦，"他说着合上了夹克，"不管怎么样，我希望你们的问题解决了。"

"杰斯……"她正要开口，他却全神贯注地听塞巴斯蒂安讲话去了。他的侧影在月光下冰冷而清晰，像是从黑纸上剪下来的剪影。在他们面前，塞巴斯蒂安已经放下石弓，举起了手臂。"你们追随我吗？"他大声喊道。

四周顿时响起一阵咕哝声，克拉丽紧张起来。拿非力人中的一个年纪较长的男人把兜帽往后一推，板着脸说道："你的父亲给我们许下许多诺言。没有一个兑现过。我们为什么要信任你？"

"因为我现在就会兑现我的诺言。就在今晚。"塞巴斯蒂安说着从他的束身宽松外衣下拿出仿制的圣杯。它在月光下散发着柔和的白光。

现在咕哝声更大了。趁着这阵嘈杂杰斯说道："我希望事情进展顺利。我觉得自己昨晚根本就没睡过觉。"

他正面对着人群和五角星形，脸上露出兴致勃勃的神情。他的脸在巫光下显得棱角分明。她看得见他脸颊上的伤疤、太阳穴，还有美丽的唇形。我会忘记这一切的，他曾说过。当我恢复原状后——像之前那样，在他的控制下，我会忘记做自己是什么样子。尽管她那时明白并且亲眼目睹了他忘记的过程，但现实摆在眼前的那种痛苦，不知为何，还是那么强烈。

塞巴斯蒂安从岩石上跳下来，朝五角星形走去。走到那里时他开始吟唱："我深深地呼唤。呼唤莉莉丝。呼唤我伟大的母亲。"

他从武器带上抽出一把薄薄的匕首。把圣杯夹在臂弯里，然后用刀刃划开手掌。血汩汩涌出，在月光下显得黑黑的。他把匕首插进武器带，把流血的手举到圣杯上方，仍然吟唱着拉丁语。

千钧一发定生死。"杰斯，"克拉丽低声说道，"我知道这不是真正的你。我知道在你内心某个地方绝不会认同这一切。努力想一想你是谁，杰斯·莱特伍德。"

他的头猛地转过来，震惊地看着她。"你在说什么？"

"请努力想一想，杰斯。我爱你。你爱我——"

"我确实爱你，克拉丽，"他说话的时候有种急切的语气，"但你说过你明白。就是这样。我们一直为之努力，现在这一切的高潮就要到来。"

塞巴斯蒂安把圣杯中的东西抛向五角星形的中央。"这是盛满我的血的圣杯。"

"不是我们，"克拉丽低声说，"我不参与其中。你也不——"

杰斯用力地吸了一口气。有一刻克拉丽以为那是因为她所说的话——或许，不知怎的她正打破他的躯壳——但她追随着他的目光却看见一个旋转的火球出现在五角星形的正中央。和篮球差不多大，但她定睛细看却发现火球不断地拉长成形，直到最后出现一个火焰形成的女人轮廓。

"莉莉丝，"塞巴斯蒂安高喊道，"正如你召唤我，现在我召唤你。正如你给予我生命，现在我给予你生命。"

慢慢地，火焰变暗了。她，莉莉丝，现在站在所有人的面前，有普通人一半那么高，浑身赤裸，黑头发像瀑布似的从后背一直垂落到脚踝。她的身体像灰烬似的，上面布满黑色的线条，像火山岩浆一样。她把目光转向塞巴斯蒂安，从中喷出痛苦翻滚着的黑蛇。

"我的孩子。"她低声说道。

塞巴斯蒂安好像在发光，仿佛他本人就是巫光似的——苍白的皮肤，苍白的头发，衣服在月光下却呈黑色。"母亲，我如你所愿将你唤起。今夜你将不仅是我的母亲，还将是一个新族群的母亲。"他暗示那些等待着的暗影猎手，他们一动不动，很可能是惊呆了。知道大恶魔将要被唤起是一回事，看见她活生生地出现则是另一回事。"圣杯。"他说着递给她，惨白的边缘还沾着他的血。

莉莉丝轻声笑了。听起来像巨大的石头互相碾压发出的声音。她接过圣杯，用牙齿在灰色的手腕上撕开一个口子，漫不经心的样子犹如人们从昆虫身上拿起一片树叶。被她触碰之后圣杯好像发生了变化，正从清澈的透明状变成泥泞状。"正如圣杯曾经之于暗影猎手的，既是护身符又是转变的手段，这只地狱之杯对于你同样如此。"她说话时张开烧焦似的嘴巴，声音像风吹过一般。她跪下，把地狱之杯递给塞巴斯蒂安。"接住我的血，喝下去。"

塞巴斯蒂安从她手中接过地狱之杯，现在杯子已经变成黑色，闪着微光，像赤铁矿似的。

"随着你的军队扩大，我的力量也会增强，"莉莉丝嘘声说，"用不了多久我就会强大到真正归来——而且我们将共享权力之火，我的儿子。"

塞巴斯蒂安歪着脑袋。"我们称你为'死神'，我的母亲，宣布你的复活。"

莉莉丝举起手臂，大笑起来。火舔舐着她的身体，她跃然而起跳向空中，轰的一声爆炸成许多飞旋着的光粒子，逐渐暗淡下去变成渐渐熄灭的火的灰烬。当灰烬全都消失不见之后，塞巴斯蒂安踢了踢五角星形，使其不再连接在一起，然后抬起头，脸上露出可怕的笑容。

"卡特莱特，"他说，"把第一个带上来。"

人群分开了，一个穿长袍的人快速走上前，旁边跟着一个踉踉跄跄的女人。一根链子把她绑在他的胳膊上，凌乱的长发缠绕在一起挡住了视线。克拉丽全身紧绷。"杰斯，这是什么？要干什么？"

"没什么，"他看着前方心不在焉地说道，"没有人会受伤。只是被改变。仔细看。"

卡特莱特，克拉丽隐隐约约想起她在伊德里斯时听过这个名字，他把手放在囚徒的头上，迫使她跪下，然后弯腰一把抓住她的头发，让她抬起头来。她抬头看着塞巴斯蒂安，眨了眨充满恐惧和藐视的眼睛，月光使她脸庞的轮廓清晰分明。

克拉丽倒抽一口气。"阿玛提斯。"

第二十一章
升起地狱

卢克的姐姐抬起头来,她湛蓝的眼睛和卢克的那么像,正紧紧地盯着克拉丽。她似乎有些迷惑,有些震惊,表情有些恍惚,仿佛她被人下过药似的。她努力想要站起来,但卡特莱特把她推了回去。塞巴斯蒂安朝他们走去,手里握着地狱之杯。

克拉丽慌忙走向前,但杰斯抓住了她的胳膊,把她拉了回来。她踢了踢他,但他已经把她拉进自己的怀抱里,用手捂住了她的嘴。塞巴斯蒂安用一种催眠式的音调低声对阿玛提斯说着话。她猛烈地摇头,但卡特莱特抓住她的长发,把她的头拽回来。克拉丽听见她哭出声来,在风中听不太清。

克拉丽想起那天晚上她熬夜看着杰斯的胸膛上下起伏的情形,那时她想着自己如何一刀结束所有这一切。但所有这一切还没有脸庞,没有声音,没有计划。现在它披着卢克姐姐的脸,克拉丽知道了这个计划,然而一切都太迟了。

塞巴斯蒂安一只手紧抓着阿玛提斯的头发,将地狱之杯塞进她的嘴里。当他强迫她咽下杯子里的东西时,她干呕着咳嗽起来,黑色的液体从她的下巴上滴下来。

塞巴斯蒂安抽回地狱之杯,但它已经完成了自己的使命。阿玛提斯发出一声可怕的干咳声,她的身体猛地绷直了。她的眼珠鼓了出来,像塞巴斯蒂安的眼睛那样变黑了。她一巴掌打在自己的脸上,发出一声呻吟,克拉丽惊恐万状地看见占卜如尼文正从她的手上消失——慢慢地变成灰白色——然后不见了。

阿玛提斯放下双手。她的表情变得很平静,眼睛又变蓝了,紧紧地盯着塞巴斯蒂安。

"放开她,"克拉丽的哥哥对卡特莱特说,眼睛一直看着阿玛提斯,"让她到我这里来。"

卡特莱特扯断将他和阿玛提斯绑在一起的链子,后退一步,脸上露出一种既恐惧又着迷的怪异表情。

阿玛提斯一动不动地待了一会儿,双手无力地垂在身体两侧。然后她站起身,朝塞巴斯蒂安走去。她在他面前跪下，头发擦到了泥土。"主人，"她说道，"有什么我可以为您效劳吗？"

"站起来。"塞巴斯蒂安说道，阿玛提斯感激涕零地从地上站起来。突然之间，她的动作好像变得不一样了。所有的暗影猎手都很敏捷，但她现在却有一种寂静无声的优雅，克拉丽发现这让人感到莫名的不寒而栗。她笔直地站在塞巴斯蒂安面前。克拉丽这才发现她之前以为是白色长裙的衣服原来是睡衣，仿佛她是被人叫醒，从床上拖起来似的。在这里，在这群戴兜帽的人中间，在这个严寒荒芜之地，醒过来该是怎样的一种梦魇啊！"到我这里来。"塞巴斯蒂安示意道，阿玛提斯朝他走去。她至少比他矮一个头，她伸长脖子听他在她耳边低语。一个冰冷的微笑在她脸上荡漾开来。

塞巴斯蒂安举起手。"你愿意跟卡特莱特一决高下吗？"

卡特莱特放下一直握在手里的链子，他的手伸进斗篷缝隙里去取武器带上的武器。他年纪很轻，一头浅发，脸庞很宽，下巴很方。"但我——"

"当然需要展示一下她的力量，"塞巴斯蒂安说道，"来吧，卡特莱特，她是个女人，而且比你年纪大。你害怕了吗？"

卡特莱特一脸迷惑，不过他还是从武器带上抽出一把匕首。"乔纳森——"

塞巴斯蒂安的眼睛一亮。"打败他，阿玛提斯。"

她的嘴唇弯了起来。"我很乐意。"她说着一跃而起。她的速度快得惊人。她跳了起来，一只脚朝前一踢，踢掉了他手中的匕首。克拉丽惊愕地看着她疾步冲向他，用膝盖猛击他的肚子。他脚底不稳朝后退了一步，她则用头撞击他的头，在他身体周围绕圈子，然后死死地抓住他的长袍后襟猛地一拖，把他推倒在地。他在她脚边跌倒，发出一声令人难受的咔嚓声，然后痛苦地呻吟起来。

"这是为了教训你半夜把我从床上拖起来。"阿玛提斯说着用手背擦了擦嘴唇，上面正在渗血。干巴巴的大笑声隐隐约约地在人群中传开。

"你们看见了，"塞巴斯蒂安说，"就连没有特别技能或力量的暗影猎手——原谅我，阿玛提斯——都能变得更强、更敏捷，超过与天使结盟的对手。"他啪的一拳击打在另一只手掌上。"力量。真正的力量。谁准备好了？"

先是一阵犹豫，然后卡特莱特摇摇晃晃地站起来，一只手做保护状地捂住肚子。"我要。"他说着朝阿玛提斯恶狠狠地瞪了一眼，而阿玛提斯只是笑了笑。

塞巴斯蒂安举起地狱之杯。"那么，到前面来。"

卡特莱特朝塞巴斯蒂安走去，他走过去的时候，其他的暗影猎手打散队形，朝塞巴斯蒂安所在的位置蜂拥而去，形成一条弯弯曲曲的队列。阿玛提斯平静地站在一边，双手交握。克拉丽盯着她，希望这个老妇人看看自己。她是卢克的姐姐。如果事情按计划进行，她现在就已经是克拉丽的姑妈了。

阿玛提斯。克拉丽想起她在伊德里斯的运河边的那幢小房子，那时她那么友善，那么爱杰斯的父亲。请看着我，她心想，请告诉我你仍然是你自己。阿玛提斯仿佛听见了她默默的祈祷，她抬头直视着克拉丽。

然后她笑了。这微笑既不友好也不令人欣慰。她的笑容阴郁而冰冷，却有一种静静的被逗乐的愉悦。那是一种看着你淹死却冷眼旁观的笑，克拉丽心想。那不是阿玛提斯的笑容。根本不是阿玛提斯。阿玛提斯不见了。

杰斯移开捂在她嘴巴上的手，但她没有尖叫的欲望。这里没有人会帮助她，那个用胳膊搂着她、站在她身边、用自己的身体困住她的人不是杰斯。就像多年不穿的衣服仍然保持着主人的体型，睡在枕头上的人已经死去多年、枕头上仍然留着那个人的头型一样，他只不过如此而已。她用自己所有的心愿、所有的爱、所有的梦想填满了一只空壳。

而这么做她却真真切切地冤枉了真正的杰斯。在她挽救他的过程中，她几乎忘记了她在拯救谁。她想起他在做回自己的片刻里曾经对她说过的话。"我讨厌想到他跟你在一起。"他。"另一个我"。杰斯知道他们是不一样的人——知道被夺去了灵魂的杰斯根本不是他本人。

他曾经试着将自己交给圣廷，但她不让。她听不进去他的心声。她替他做选择——在逃避与惊慌的那一瞬间，她做了选择——殊不知她的杰斯宁愿死也不愿像这样，殊不知她这么做与其说是挽救他，还不如说是诅咒他，使他过上为他所鄙视的生活。

她在他怀里无力地瘫软下来，杰斯以为她突如其来的改变表明她不再跟他对抗，所以也松开了她。最后一批暗影猎手站在塞巴斯蒂安面前，迫不及待地伸手想要接过他递来的地狱之杯。"克拉丽——"杰斯开口道。

她再也不可能弄清楚他要说什么了。传来一声喊叫，伸手拿地狱之杯的暗影猎手摇晃着后退，喉咙上插着一支箭。克拉丽不敢相信眼前发生的一切，赶紧扭头环顾四周，她看见站在史前墓碑牌坊上的是亚历克，他穿着战斗服，手里握着弓。他满意地咧嘴笑了，然后把手伸到背后去取另一支箭。

接着，其他人出现在他身后，他们倾泻而下出现在平原上。一群狼匍匐前进，棕底花条纹的皮毛在斑驳的月光下闪闪发光。她猜测迈亚和乔丹也在他们当中，他们身后一群熟悉的暗影猎手一字排开：伊莎贝尔和玛丽斯·莱特伍德，海伦·布莱克索恩和艾琳·潘海洛，乔斯琳，她那一头红发即使远远地看过去也很醒目。跟他们在一起的是西蒙,一把银剑的剑柄从他的背后露出来,还有马格纳斯,蓝色的火焰在他的手上劈啪作响。

她的心一下子跳到了嗓子眼。"我在这里!"她冲他们大喊道,"我在这里!"

"你能看见她吗?"乔斯琳急切地问,"她在那儿吗?"

西蒙努力集中精神,在面前涌动的黑暗中搜寻,他的吸血鬼感官闻到清晰可辨的血腥味一下子变得敏锐起来。不同的血混合在一起——有暗影猎手的血、恶魔的血,还有塞巴斯蒂安特有的苦涩的血腥气。"我看见她了,"他说道,"杰斯抓着她。他正把她拖到暗影猎手防线的后面。"

"如果他们像集团对瓦伦丁那样效忠于乔纳森的话,他们会组成人墙保护他,还会一起保护克拉丽和杰斯,"乔斯琳语气冰冷,散发着母性的怒火,绿色的眼睛目光如炬,"我们要攻破那道防线才能接近他们。"

"我们需要接近的是塞巴斯蒂安,"伊莎贝尔说道,"西蒙,我们会为你杀出一条血路。你去找塞巴斯蒂安,将荣耀插进他的胸膛。一旦他倒下——"

"其他人或许会分散,"马格纳斯说,"这取决于他们与塞巴斯蒂安的联系有多紧密,他们可能会跟他一起死去或者倒下。至少我们寄希望于此。"他缩回脖子。"说到希望,你看见亚历克射出去的那支箭了吗?"他满脸笑容,摇了摇手指,上面闪出许多蓝色的火焰。他全身都在闪耀。西蒙无奈地想,只有马格纳斯有办法弄到镶片铠甲。

伊莎贝尔松开绕在手腕上的鞭子。刹那间一道金色的火焰出现在眼前。"好了,西蒙,"她说道,"你准备好了吗?"

西蒙的肩膀绷紧了。他们离敌军的防线还有一段距离——他不知道其他人怎么看他们——那些人穿着红色的长袍和战斗服严防死守,手中全都握着武器,令人汗毛倒竖。他们当中有些人迷惑不解地大声叫嚣着。他忍不住咧嘴笑了。

"以天使之名,西蒙,"伊莎说,"有什么可笑的?"

"他们的天使之刃不再起作用了,"西蒙说,"他们想弄清楚到底是怎么回事。塞巴斯蒂安只是冲着他们大叫,让他们使用别的武器。"一支箭从坟墓后面射来,直接插进了一个身披红袍的健壮暗影猎手的后背,他向前扑倒了。防线一松,稍稍打开了一个缺口,仿佛墙壁中出现了一道裂缝。西蒙发现机会来了,他一个健步朝前冲去,其他人跟他一起向前疾跑。

这种感觉就像在午夜跳进漆黑的大海,海里到处都是鲨鱼,长着毒牙的海洋生物摩肩接踵,挤成一团。这并不是西蒙参加的第一场战斗,但在圣战中,他刚刚被刻上了该隐印记。那时它还没开始起作用，尽管许多恶魔一看到就开始摇摇晃晃地撤退。他从未想过自己会想念它，但他现在很想念这个印记，因为他正努力地在暗影猎手密不可破的防线中艰难地向前推进，寻找突破口。这些暗影猎手全都手持刀刃向他劈来。伊莎贝尔在他的一侧，马格纳斯在他的另一侧，保护着他——保护着荣耀。伊莎贝尔的鞭子鞭答着敌人，发出坚定而有力的呼啸声；马格纳斯的手吐出火焰，有红色，有绿色，也有蓝色。多彩的火焰像鞭子一样击中黑暗拿非力人，使他们燃烧起来。其他暗影猎手则尖叫起来，因为卢克的狼人军团从他们当中偷偷溜过，对他们又咬又啃，扑上他们的脖子。

一把匕首以惊人的速度飞掷出去，划伤了西蒙的身体。他大叫一声，但还是一刻未停，因为他知道不一会儿伤口就会自己愈合。他向前推进——

然后僵住不动了。一张熟悉的脸庞出现在他的面前。卢克的姐姐，阿玛提斯。她的视线落在他身上，他知道她认出他来了。她在这里做什么？她到这里来跟他们一起战斗吗？但是——

她向他扑来，手里握着一把闪着黑光的匕首。她速度很快——但还没快到使他的吸血鬼条件反射救不了他的地步，假如他不是太惊讶而不能动弹的话。阿玛提斯是卢克的姐姐；他认识她；要不是马格纳斯及时跳到他面前，把他往后一推，这难以置信的片刻会使他命丧黄泉。蓝色的火焰从马格纳斯的手中射出去，但阿玛提斯还是比巫师快一些。她转身躲开火焰，来到马格纳斯的胳膊下面，西蒙看见她的刀在月光下闪着光。她的黑色刀刃往下划，割破了他的铠甲，马格纳斯吓得目瞪口呆。她抽回刀，刀刃上闪着血光；马格纳斯跪倒在地的时候伊莎贝尔尖叫起来。西蒙想要朝他跑去，但战斗着的人群不断的涌动推挤使他力不从心。他大声呼喊着马格纳斯的名字，阿玛提斯站在倒下的巫师后面，又一次举起匕首，想要刺中他的心脏。

"放开我！"克拉丽大叫着扭摆踢打，竭尽全力地想挣脱杰斯。站在她、杰斯和塞巴斯蒂安前面的暗影猎手的红色长袍此起彼伏地涌动着，除此以外她几乎什么都看不见，就是这道防线将她和她的家人、朋友们阻隔开来。他们三个人离战线仅咫尺之遥；因为她拼命地挣扎，杰斯紧紧地抱住她，塞巴斯蒂安站在他们的旁边，观看眼前的战局，脸上露出恐怖的愤怒。他的嘴唇在动。她不清楚他是在咒骂、祈祷，还是在念魔咒。"放开我，你——"

塞巴斯蒂安转过身，脸上露出令人畏惧的表情，介于微笑和咆哮之间。"让她闭嘴，杰斯。"

杰斯仍然抱着克拉丽，说道："我们只是站在这后面，让他们保护我们吗？"他扬起下巴指着暗影猎手的防线。

"是，"塞巴斯蒂安说道，"我们太重要了，你和我，不能有丝毫的差池，受半点伤。"

杰斯摇了摇头。"我不喜欢这样。那边人太多了，"他伸长脖子，视线越过人群，"莉莉丝怎么办？你能召唤她回来吗，让她来帮我们？"

"什么，在这里吗？"塞巴斯蒂安的语气夹杂着鄙视，"不必。而且，现在她太虚弱，帮不上什么忙。她曾经可以击溃一支军队，但那个该死的暗影魅族用该隐印记将她的精华分散到世界之间的虚空之中去了。她能做的只是出现，给我们她的血。"

"胆小鬼，"克拉丽怒斥着他，"你把这些人全都变成了你的奴隶，而你甚至不愿参加战斗去保护他们——"

塞巴斯蒂安举起手，仿佛要用手背捆她的脸。克拉丽希望他那么做，希望杰斯可以在这里亲眼目睹，但塞巴斯蒂安的嘴角却露出了得意的笑。他放下手臂。"那么如果杰斯松开你，我猜你会战斗？"

"我当然会——"

"站在哪一边？"塞巴斯蒂安一个箭步朝她走来，举起地狱之杯。她看得清里面装的是什么。尽管许多人都喝过了，但里面的血还是一样多。"把她的头抬高，杰斯。"

"不要！"她使出双倍的力气想要挣脱。杰斯的手滑到她的下巴下，但是她以为自己感觉到了他动作的犹豫。

"塞巴斯蒂安，"他说，"不——"

"就现在，"塞巴斯蒂安说，"我们没必要留在这里。我们才是重要人物，不是这些炮灰。我们已经证明地狱之杯有用。那才是重要的事情。"他抓住克拉丽裙子的前襟。"不过逃跑会容易得多，"他说，"如果没有这个东西一路上又踢又叫又捶的话。"

"我们可以迫使她以后再喝——"

"不行，"塞巴斯蒂安低吼道，"扶着她别动。"他举起地狱之杯塞进克拉丽的嘴唇里，想要迫使她张开嘴。她挣扎着咬紧牙齿。"喝，"塞巴斯蒂安恶毒地低语着，声音那么轻，她怀疑杰斯听不见，"我告诉过你，过了今晚你会对我言听计从。喝。"他的黑眼睛变得更黑了，他把杯子往她嘴里硬塞，磨破了她的下嘴唇。

她尝到了血的味道，她把手往后伸，抓住杰斯的肩膀，利用他的身体踢动双腿往后退。她觉得裙子的缝合线撕裂了，因为她不停地用脚猛踢塞巴斯蒂安的胸口，裙子不断往上爬，终于被撑破了。风大得使他喘不过气来，他摇摇晃晃地往后退，她则把头往后一扬，听到硬邦邦的哐当一声响，她的后脑勺撞到了杰斯的脸。他大叫一声，手稍稍松了一些，她趁机摆脱了他，头也不回地冲进战场。

迈亚在岩石密布的地面上奔跑，冷冷的星光穿透了她的外套，战斗的刺鼻气味刺激着她灵敏的鼻子——血、汗和黑暗魔法散发出的橡胶燃烧的恶臭。

狼群在战场上分得很散，他们跳跃着，用致命的牙齿和爪子杀死敌人。迈亚紧紧跟在乔丹的旁边，并不是因为她需要他的保护，而是因为她发现他们并肩作战效果更好。她以前只参加过一次战斗，在布罗斯林德平原，那时恶魔和暗影猎手乱作一团。巴伦战场的战斗人员要少得多，但黑暗暗影猎手们战斗力很强，他们挥动着剑和匕首，出手迅猛，咄咄逼人。迈亚看见一个身材纤瘦的男人使用一把短刃剑趁一只狼跳到半空中时砍掉了他的头；瘫倒在地上的只是一具没有头的人类身体，血淋淋的，辨不清是谁。

就在她沉思的时候，一个身穿红色长袍的拿非力人从他们的正前方逼近，两只手握着一柄双刃剑，月光下剑刃闪着暗红色的血光。乔丹就在迈亚的旁边低吼着，不过她已经纵身跃起扑向那个人。他手中的剑一挥，猫着腰躲开了。她感到肩膀上一阵刺痛，四只爪子落在地上，疼痛传遍了她的全身。哐当一声，她知道自己已经踢掉了那个男人手中的剑。她满意地低吼着转过身来，但乔丹已经跳起来准备去咬拿非力人的喉咙了——

但那个男人以迅雷不及掩耳之势一把抓住他的脖子，仿佛抓住一只反抗的小狗似的。"暗影魅族废渣，"他骂道，虽然这并不是迈亚第一次听到这样的侮辱，但他那冰冷的憎恶口吻使她不寒而栗，"你应该是一件大衣。我应该穿着你。"

迈亚的牙齿咬进他的腿。铜色的血在她的嘴里迸发出来，这个男人疼得大叫起来，蹒跚着往后退，一脚向她踢来，松开了抓着乔丹的手。乔丹又扑了过去，她咬得更紧了，这一次狼人的爪子撕开了他的喉咙，拿非力人的怒吼声戛然而止。

阿玛提斯将刀刺进马格纳斯的心脏——就在这时，一支箭呼啸着飞过来，砰的一声扎进她的肩膀，冲击力大得将她撞到一边，她转了半圈，面朝乱石地面扑倒在地。她在尖叫，但声音很快就淹没在他们周围刀刃相逢时此起彼伏的碰撞声中。伊莎贝尔在马格纳斯的身边跪下来；西蒙抬头看见亚历克站在石墓上，手里握着弓箭一动不动。很可能他离得太远，无法清楚地看见马格纳斯。伊莎贝尔用手捂住马格纳斯的胸口，但马格纳斯——那个永远活力无限的马格纳斯——在伊莎贝尔的照顾下完全静止不动了。她抬起头看见西蒙正盯着他们；她的手上沾满鲜血，但她仍然朝他猛摇头。

"继续前进！"她大叫道，"找到塞巴斯蒂安！"

西蒙悲痛地猛地转身，重新奔向战场。红色长袍暗影猎手的严防死守开始被冲破。到处都是疾跑奔驰的狼人，他们把暗影猎手一个接一个地驱赶开了。乔斯琳与一个男人刀剑相向，他没有握剑的那只胳膊正在滴血——西蒙跟跄着向前奔跑，在战斗四起的狭窄缝隙中挣扎前行，他突然意识到一件怪异的事情：身穿红色战袍的拿非力人全都没有了印记。他们的皮肤上没有任何装饰。

他从眼角的余光里还看见一个拿非力人正杀气腾腾地冲向艾琳，但却被从旁边飞奔而来的海伦刺穿了内脏——这时他还发现这些人的身手比他以前见过的任何拿非力人都要敏捷，除了杰斯和塞巴斯蒂安以外。他心想，他们像吸血鬼那样身手灵敏，其中一个人一剑划开了跳到半空中的狼人的肚子。毙命的狼人轰的一声跌落在地面上，现在却变成了一具身材魁梧的男人的尸体，他还有一头金色的鬈发。幸好不是迈亚或乔丹。欣慰之情将他淹没，紧接着又是一阵内疚；他蹒跚着向前冲，周遭的血腥味越来越浓，他又一次想念起自己的该隐印记了。他心想，要是他还有该隐印记保护的话，他早就把敌方的拿非力人全都在原地烧成灰烬——

一个黑暗拿非力人在他面前跳了起来，挥舞着一柄单刃大砍刀。西蒙赶紧弯腰躲开，但他根本没必要这么做。那个人还没挥刀跳到半空中，一支箭飞过来插入他的脖子，他倒了下去，血汩汩地流出来。西蒙猛地抬头，看见了亚历克，他仍然站在石墓上面，紧绷着脸，仿佛带着一副石头面具，他射箭的动作精准得犹如机器一般，手机械性地伸到背后去取另一支箭，装在弓上，然后射出去。一箭命中，但亚历克好像根本没注意到这一切似的。箭还在空中，他就伸手去取另一支了。西蒙朝前疾跑时，听见一支箭从他身边呼啸而过，插进一具尸体里，从而使战场出现一道明显的分区——

他僵住了。她就在那儿。克拉丽那个小小的身影正在人群中赤手空拳地艰难前行，她又踢又推地想穿过去。她穿着一条撕破的红裙子，头发纠缠在一起乱作一团，当她看见他时，难以置信的惊讶表情立即在她脸上闪过。她的嘴唇做出喊他的名字的口型。

杰斯就跟在她身后。他的脸上都是血。他从人群中穿过时他们都自觉地分开给他让道。在他身后，在他留下的防线缺口里西蒙看见红色和银色的微光——一个熟悉的身影，最上面是一头白色的头发，跟瓦伦丁的一模一样。

塞巴斯蒂安。仍然躲在黑暗暗影猎手的最后一道防线后面。看见他后，西蒙把手伸向背后，握住剑柄拔出荣耀。不一会儿，人潮中的一阵涌动将克拉丽推向了他。她的眼睛因为肾上腺素的关系显得近乎黑色，但见到他的喜悦清楚地写在脸上。欣慰之情在西蒙的全身蔓延开来，他意识到自己一直想知道她是否还是原来的她，或者已经被改变了，就像阿玛提斯那样。

"把剑给我！"她大叫道，声音几乎被金属碰撞的哐当声淹没了。她飞快地伸长胳膊要他把剑抛给她，在那一刻她不再是克拉丽，他儿时的朋友，而是一个暗影猎手，一个复仇天使，手里正握着一柄属于她的剑。

他将剑柄递向她。

乔斯琳心想，战场像一个漩涡，她穿行在逼近的人群之中，挥动着卢克的双刃剑劈向她所见到的任何红点。一切向你逼近，接着又迅速退去，而你只意识到一种无法控制的危险，为了活下去不被淹没而挣扎。

她的眼睛慌张地在战斗着的人群中四处张望，寻找自己的女儿，希望瞥见一头红发——甚至想要看一眼杰斯，因为他在哪儿，克拉丽肯定就会在哪儿。平原上到处都是大石块，犹如不能移动的大海中的冰山。她手脚并用地顺着一块大石头的粗糙边缘爬上去，想要更好地看一看战场，但她只能看清紧紧贴在一起的身体、武器散发的寒光，还有在战斗者中间俯身疾跑的狼人的黑影。

她转身想要从大石块上跳下去——

却发现有人正在底下等着她。乔斯琳大吃一惊，目不转睛地盯着对方。

他穿着红色长袍，脸颊上有一道铁青的伤疤，可能是她所不知道的战斗中留下的印记。他的脸有褶皱，不再年轻，但肯定是他。"杰里米，"她悠悠地喊道，声音在战斗的喧嚣中几乎听不见，"杰里米·庞特梅西。"

这个曾经是集团中年纪最小的成员的男人看着她，双眼布满血丝。"乔斯琳·摩根斯特恩。你是来加入我们的吗？"

"加入你们？杰里米，不——"

"你曾经也是集团的成员。"他说着向她迈近了一步。他右手握着一柄长剑直指地面，剑刃犹如锋利的剃刀一般。"你是我们当中的一员，而现在我们追随你的儿子。"

"你们追随我丈夫的时候我就跟你们分道扬镳了，"乔斯琳说，"你为什么认为我的儿子领导你们我就会追随你们呢？"

"乔斯琳，你要么跟我们并肩作战，要么跟我们势不两立，"他绷紧了脸，"你不能跟自己的儿子作对。"

"乔纳森，"她轻声说道，"他是瓦伦丁犯下的最大罪恶。我永远都不会站在他这一边。最终，我也没有站在瓦伦丁的那边。那么，现在你还指望说服我吗？"

他摇了摇头。"你误会了，"他说，"我的意思是你不能跟他作对，跟我们作对。圣廷也不能。他们对我们能做的一切毫无准备。对我们愿意做的一切毫无准备。每个城市的街道都会血流成河，世界会被烧成灰烬。你所知道的一切都会被毁灭。我们会从你们的溃败中升起，凤凰会涅槃重生。这是你唯一的机会。我怀疑你的儿子会不会给你第二次机会。"

"杰里米，"她说道，"瓦伦丁招募你的时候你还那么年轻。你可以回来，甚至可以回归圣廷。他们会宽待你们，网开一面——"

"我永远都不会回归圣廷，"他斩钉截铁地说道，"难道你不明白吗？那些跟你的儿子并肩作战的人，我们不再是拿非力人了。"

不再是拿非力人了。乔斯琳正要回答，还没等她开口，血就从他的嘴巴里涌出来。他瘫倒在地，乔斯琳看见站在他身后的是玛丽斯，她的手里正握着一把大砍刀。

两个女人越过杰里米的尸体看了看对方。然后玛丽斯转身返回战场。

克拉丽的手指一触到剑柄，剑就迸发出一阵金色的光芒。熊熊燃烧的火焰从剑尖蔓延到剑身，照亮了侧面雕刻着的黑色文字——谁像上帝？剑柄仿佛蕴含着太阳的光芒，闪闪发光。她差点儿没拿稳，心想着剑着火了，但火焰似乎被包裹在剑身内部，她手中握着的剑柄是凉的。

此后，一切似乎都进行得非常缓慢。她转过身，手中的剑仍然在燃烧。她在人群中拼命地寻找塞巴斯蒂安的身影。她看不见他，但她知道他就躲在暗影猎手严防死守的防线后面，刚刚她才从那里艰难地穿过来。她紧紧地握着剑，朝他们走过去却发现自己的路被堵住了。

是杰斯。

"克拉丽。"他喊道。她竟然能听见他的声音，这简直是不可能发生的事情啊；他们周围的声音震耳欲聋：尖叫声、咆哮声和金属碰撞发出的哐当声。然而，战斗着的人们的海洋仿佛从他们两侧退去了，一如分开的红海，给她和杰斯留出一片空旷的地带。

剑在燃烧，差点儿从她的手掌中滑落。"杰斯。让开。"

她听见西蒙在叫她，就在她身后，喊着些什么；杰斯正在摇头。他那双金色的眼眸了无生气却深不可测。他的脸上布满鲜血；她用头撞伤了他的颧骨，那里的皮肤有些红肿淤青。"把剑给我，克拉丽。"

"不。"她摇摇头，往后退了一步。荣耀照亮了他们所在的地方，照亮了她周围被踩烂的沾满了鲜血的青草，也照亮了正在向她走来的杰斯。"杰斯，我能把你和塞巴斯蒂安分开。我能杀死他但不伤到你——"

他的脸一阵抽搐。他眼睛的颜色和剑中之火一样，或者只不过是火光的反射，她不确定是哪一种，当她注视着他的时候才明白原来这无关紧要。她正看着的是杰斯，但又不是杰斯：她对他的记忆，她初次遇见的那个英俊的男孩，对自己和别人都满不在乎，正在学习关心别人，做事小心谨慎。她想起他们在伊德里斯共同度过的那个夜晚，在那张狭窄的床上紧握着对方的手，那个沾满血污的男孩用着了魔似的眼神看着她，向她坦白在巴黎杀了人。"杀了他？"不是杰斯的杰斯现在在追问，"你疯了吗？"

她还想起那个夜晚，在林恩湖畔，瓦伦丁一剑刺穿了他的胸膛，那一刻她自己的生命仿佛也随着他往外流淌的血一起悄然逝去。

她眼睁睁地看着他死去，就在伊德里斯的沙滩上。而且后来，当她将他从死神手中拉回来的时候，他蜷缩在她的怀里，低头看着她，眼睛里也燃烧着像这把剑一样的光芒，就像天使那白炽的血一样。

"我刚才在黑暗中，"他那时说，"那里什么都没有，只有影子，我也只是个影子。然后我听到你的声音。"

然而，那个声音跟另一个，最近的一个声音糅合在一起：在瓦伦丁的公寓起居室里杰斯低头看着塞巴斯蒂安，告诉她，自己宁愿死也不要像这样活着。她现在能听他说话，让她把剑给他，告诉她如果她不给的话，他就从她手中夺过来。他的语气很严厉，很不耐烦，好像在跟小孩子说话似的。就在这一刻她知道他不是杰斯，他所爱的克拉丽也不是她，只不过是记忆中的她，既模糊又扭曲：那个人很温驯，很顺从；那个人不懂不是发自内心的爱或真诚的爱根本不是爱。

"把剑给我，"他伸出手，抬起下巴，语气专横跋扈，"把剑给我，克拉丽。"

"你想要？"

她举起荣耀，就像他曾教她的那样，努力使剑保持平衡，尽管她觉得剑沉甸甸的。里面的火焰燃烧得更亮了，直到火光似乎向上升腾，飞向天际的星辰。杰斯离她只有剑身那么远的距离，他的眼睛露出难以置信的光芒。即使到现在他仍然不相信她会伤害他，真正地伤害他。哪怕是现在。

她深深地吸了一口气。"拿着。"

她看见他的眼睛顿时亮了，就像那天他在湖边一样，然后她把剑插进了他的身体里，就像瓦伦丁曾经做的那样。她此刻理解了事情本来就该这样，他要像这样死去，她将他从死神手中夺回来，而现在死神再次降临。

你不能欺骗死亡。最终它还是会得手。

荣耀插进他的胸膛，刺穿他的身体，她感到沾满鲜血的手在剑柄上打滑，但她没有松手，直到她感到自己握着剑柄的手随着他的身体一起砰砰作响，那一刻她僵住不动了。他没有动，而她此刻则紧紧地顶住他，紧紧地抓住荣耀，任由鲜血开始从他受伤的胸膛涌出来。

传来一声尖叫——愤怒、痛苦和恐惧交织在一起，那是有人被残忍地撕裂后才会发出的声音。塞巴斯蒂安，克拉丽心想。塞巴斯蒂安与杰斯的联结被切断，他开始尖叫起来。

但杰斯。杰斯没有发出一点儿声音。他的表情平静安详，犹如一具雕像的脸。他低头看着克拉丽，眼神如炷，仿佛光充满了他的身体。

然后他开始燃烧起来。

亚历克不记得自己是怎么从石墓上面跟跟跄跄地爬下来的，也不记得自己是怎么跌跌撞撞地穿过碎石密布的平原、艰难地在遍地尸野中跋涉的：黑暗暗影猎手、死了的和受伤的狼人。他四处寻找，只为找到一个人。他深一脚浅一脚地往前走，差点儿摔倒了；他抬头望去，搜索着眼前的大地，看见伊莎贝尔跪在马格纳斯身边的石头地面上。

他感觉自己的肺像被吸干了似的。他从未见过马格纳斯这么苍白，这么安静。他的皮铠甲上沾满了血，他的身体下方也都是血。但这根本不可能啊。马格纳斯活了那么久。他永生不灭，是常驻人物。亚历克从来没有想过马格纳斯会先他而去。

"亚历克，"是伊莎的声音，像从水底缓缓地朝他漂浮上来似的，"亚历克，他还有呼吸。"

亚历克声音颤抖地大喘一口气。他向妹妹伸出一只手。"匕首。"

她默默地给了他一把匕首。她从来没有像他那样专心听过战场上的急救课；她总是说如尼文包治百病。他咬紧牙关，划开马格纳斯的皮铠甲，然后划开下面的衬衣。很可能是因为铠甲的支撑他才活着。

他小心翼翼地卷起衣襟，很惊讶自己的手法竟然还那么平稳。那里有好多血，在马格纳斯的肋骨右侧有很大一道划伤。不过，从马格纳斯呼吸的节奏来看，很显然他的肺没有被刺伤。亚历克扯下他的夹克，卷成一团按住仍然在流血的伤口。

马格纳斯的眼睛睁开了。"哎哟，"他虚弱地说，"别压着我。"

"拉结尔，"亚历克心存感激地轻声说道，"你没事了。"他用空着的那只手托住马格纳斯的头，大拇指抚摸着马格纳斯满是鲜血的脸颊。"我以为……"

他抬头去看自己的妹妹，以免自己说出一些太令人尴尬的话，结果却发现她已经悄悄地离开了。

"我看见你倒下了，"亚历克平静地说，"我以为你死了。"

马格纳斯歪着嘴笑起来。他瞥了一眼亚历克手中被血浸透的夹克。"好吧，很深的一道口子。像被一只很大很大的猫抓伤了。"

"你精神错乱了吗？"亚历克问。

"没有，"马格纳斯的眉毛紧蹙在一起，"阿玛提斯本来是要刺中我的心脏的，但她没刺中要害。问题是失血过多耗尽了我的精力，也耗尽了我自愈的能力。"他深深地吸了一口气，结果却咳嗽了一声。"唉，把你的手给我。"他举起手，亚历克跟他十指交错在一起。"你还记得那天晚上，在瓦伦丁的船上的那场战斗吗？那时我需要借你一臂之力。"

"你现在又需要了吗？"亚历克问，"因为你可以拥有。"

"我一直都需要你的力量，亚历克。"马格纳斯说着闭上了眼睛，他们交错在一起的手指开始闪光，仿佛他们俩正举起一缕星之光一样。

火沿着天使之剑的剑柄向上顺着剑刃迸发出来。火焰像电击似的穿透克拉丽的胳膊，将她击倒在地。火热的闪电在她的血管里嗤嗤作响，窜来窜去，她痛苦地蜷缩在一起，紧紧地抱住自己，仿佛这样就能防止身体炸裂似的。

杰斯跪倒下来。剑仍然插在他的胸膛上，但此刻它还在燃烧，发出白金色的火焰。火充满他的身体，就像水彩填满了透明的玻璃水壶似的。金色的火焰射穿他的身体，把他的皮肤变得通透明亮。他的头发呈古铜色；骨骼坚硬，像火绒一样在皮肤下闪耀。荣耀自己却渐渐熄灭了，融化成一滴滴液体，像黄金在坩埚中熔化了一般。杰斯的头猛地往后一甩，火焰涌遍他的全身，他的身体像弓箭一样弯曲起来。克拉丽趴在岩石密布的地面上拼命地拖着自己的身体朝他爬过去，但从他身体里散发出来的热量太强烈了。他的双手紧握在胸前，金色的血液像河水似的从他的指缝中流下来。他跪着的那块岩石变黑了，然后咔嚓一声裂开了，最后化为灰烬。紧接着荣耀像篝火最后的余烬似的熊熊升腾起来，喷出一阵火星，杰斯砰的一声向前跌倒，扑倒在石头上。

克拉丽挣扎着想站起来，但她的腿却不听使唤，没有一点儿力气。她的血管有种被火刺透的感觉，疼痛在她的皮肤表面窜来窜去，仿佛被滚烫的火钳烫伤了似的。她拖着身体往前爬，手指流出血来，她听着自己的礼服裙撕裂的声音，终于来到了杰斯身边。

杰斯侧躺在地面上，头枕在一只胳膊上，另一只胳膊无力地向外伸展开去。她瘫倒在他身边。热量从他的身体上辐射出来，仿佛他是一堆就要燃尽的煤，但她毫不在意。她看见他的战斗服的后背被荣耀撕裂的口子，里面还有灰烬，夹杂着被燃尽的石头和他的金色头发，还有血。

她慢慢地移动身体，每动一下就浑身疼痛，仿佛她已垂垂老矣，仿佛杰斯每燃烧一秒，她就老了一岁似的。她把他拉向自己，这样他就能平躺在沾满血污的黑石头上。她看着他的脸，不再是金色的了，但仍然那么美丽。

克拉丽把手放在他的胸口，血的鲜红色在深红色战斗服的映衬下愈加醒目。她曾感觉到剑刃顶着他的肋骨咯吱作响的刺痛；她曾目睹鲜血从他的手指缝里流淌出来。流了那么多的血，他身下的石头都被染成黑色的了，也使他的发梢变硬了。

"杰斯。"她轻声喊道。他们周围传来奔跑的脚步声。塞巴斯蒂安的小军队的残部在巴伦高地上四处逃窜，所到之处丢盔弃甲。她没有理会。"杰斯。"

他没有动。他的表情很平静，在月光下显得格外安宁。他的睫毛上翘，在颧骨最上方留下一道道蛛丝似的影子。

"求你了。"她声音沙哑地说着，甚至显得有些刺耳。她吸气的时候肺好像在燃烧。"看着我。"

克拉丽闭上眼睛。当她睁开眼睛时却发现妈妈在她身边跪了下来，抚摸着她的肩膀。眼泪正从乔斯琳的脸上流下来。但这不可能啊——为什么她妈妈会哭呢？

"克拉丽，"她妈妈轻声说道，"让他去吧。他死了。"

远远地，克拉丽看见亚历克跪在马格纳斯的身边。"不会，"克拉丽说，"剑——剑只会燃尽邪恶的东西。他有可能仍然活着。"

她妈妈用手摸了摸她的背，手指和克拉丽那脏兮兮的鬈发缠在一起。"克拉丽，没……"

杰斯，克拉丽激动地想着，她的手紧紧地握住他的胳膊，你比这要坚强。如果这是你的话，真的是你的话，你就会睁开眼睛看我。

突然，西蒙来了，在杰斯的另一边跪了下来，他满脸是血和灰。他把手伸向克拉丽。她猛地抬头盯着他，盯着他和她妈妈，然后看见伊莎贝尔从他们后面过来了，她的眼睛瞪得很大，但走得很慢。她的战斗服的前襟沾满了血。克拉丽无法直视伊莎，她别开头，眼睛盯着杰斯金色的头发。

"塞巴斯蒂安。"克拉丽说，或者是努力想要说。她的声音很沙哑。"应该有人去追他。"然后让我一个人待着。

"他们现在已经去追他了，"她的妈妈靠近她，一脸焦虑，眼睛瞪得很大，"克拉丽，让他走吧。克拉丽，宝贝……"

"随她吧。"克拉丽听见伊莎贝尔突然说道。她听见妈妈抗议的声音，但她们所做的一切仿佛离她那么遥远，仿佛克拉丽正坐在最后一排观看表演。除了杰斯什么都不重要。杰斯，燃烧了。眼泪在她的眼眶里打转，使她的眼睛一阵刺痛。"杰斯，该死的，"她说道，声音很疲惫，"你没有死。"

"克拉丽，"西蒙温柔地说，"或许……"

离开他。那是西蒙真正想说的话，但她不能。她不愿。"杰斯。"她轻声喊道。像颂歌一般，在伦维克的时候他曾经这样拥她入怀，一遍又一遍地唱着她的名字。"杰斯·莱特伍德……"

她僵住了。他醒了。那个动静那么小，根本算不上是动静。一边的睫毛闪了闪。她探身过去，差点儿失去平衡，用手按住他胸口上方被撕破的红色布块，仿佛她能治愈她造成的伤痕似的。不过，她感到——感到那么惊叹，在那一刻，她简直不敢相信，这不可能发生——在她的指尖下，她感觉了到他的心跳！

后　记

一开始，杰斯对什么都毫无意识。接着，是黑暗，在黑暗之中传来一阵炙烤的痛。仿佛他被火焰吞噬了一般，这使他窒息，灼烧着他的喉咙。他拼命地想要呼吸空气，想要让新鲜的空气冷却这团火，然后他猛地睁开了眼睛。

他看见黑暗和影子——在一个灯光朦胧的房间里，似曾相识又完全陌生，里面摆着一排排的床，空洞的蓝光从窗户里倾泻进来，他躺在一张床上，毯子和床单都拉下来了，像绳子似的绕在他的身体上。他的胸口很疼，仿佛上面放着什么东西沉得他无力承受，他的手胡乱地摸索着想要搞清楚是什么，却只摸到一块厚厚的绷带缠在他裸露的皮肤上。他又大喘了一口气，吸进另一口令火焰冷却的空气。

"杰斯。"这个声音像他自己的声音那么熟悉，然后一只手握紧了他的手，两人的手指交错在一起。他条件反射似的也紧紧握住了对方的手，这种条件反射只有历经多年的爱和熟悉才能形成。

"亚历克。"他说道，听见自己的声音时差点儿惊呆了。声音没有变，但他却觉得自己被炙烤、被融化、被再造过似的，就像坩埚中的黄金那样——但变成了什么呢？他还可能再成为他自己吗？他抬头看着亚历克焦急的蓝眼睛，知道了自己身处何方。在学院的医务室里。在家里。"我很抱歉……"

一只消瘦、青筋暴露的手轻轻地摸了摸他的脸，另一个熟悉的声音说道："别道歉。没什么需要道歉的。"

他半闭起眼睛。胸口还是沉甸甸的：一半是因为伤，一半是因为愧疚。"伊莎。"

她吸了一口气。"真的是你，对吗？"

"伊莎贝尔。"亚历克开口道，仿佛是要提醒她别让杰斯难过，但杰斯摸了摸她的手。他能看见伊莎的黑眼睛在黎明的晨光中闪闪发光，她的脸充满期望。这是只有她的家人才熟知的伊莎，懂得关爱家人，为他们担心。

"是我，"他说着清了清嗓子，"如果你不相信我，我能理解。但我以天使之名发誓，伊莎，是我。"

　　亚历克什么也没说，但他把杰斯的手握得更紧了。"你不需要发誓，"他说着用那只空着的手摸了摸他锁骨附近的生死搭档如尼文，"我知道。我能感觉到。我不再觉得自己身上少了什么了。"

　　"我也感觉到了，"杰斯急促地吸了一口气，"即使跟塞巴斯蒂安在一起的时候也有这种感觉，但我不知道我少了什么。现在我知道了，是你，我的生死搭档。"他看着伊莎。"还有你。我的妹妹。还有……"他的眼睑因为刺痛的光线突然灼痛起来：他胸口上的伤在抽搐，他看见她的脸，被剑的光芒照亮。他的血管里突然燃起一阵莫名的灼痛，就像白色的火焰一样。"克拉丽。请告诉我——"

　　"她安然无恙。"伊莎贝尔急切地说。她的语气里还有别的——是惊讶，是不安。

　　"你发誓，你不是因为不想让我难过才这么说的。"

　　"她刺伤了你。"伊莎贝尔指出。

　　杰斯哽咽着笑了一声，好疼。"她救了我。"

　　"她是救了你。"亚历克表示同意。

　　"我什么时候能见她？"杰斯竭力使自己听起来不那么急切。

　　"真的是你。"伊莎贝尔顽皮地说道。

　　"无声使者们进进出出，在给你做检查，"亚历克说，"检查这个。"他摸了摸杰斯胸口上的绷带。"他们发现你醒来后，很可能想跟你谈一谈，然后才会让你见克拉丽。"

　　"我昏睡了多久？"

　　"大约两天，"亚历克说，"既然我们把你从巴伦带回来，我们非常有把握你不会死。结果呢，要完全治愈天使之刃留下的伤口并不是那么容易。"

　　"那么你是在说我会留下疤痕啦。"

　　"非常大，而且很丑，"伊莎贝尔说，"正好横切在你的胸口上。"

　　"好吧，该死，"杰斯自嘲地说，"我还指望参加那场我特别支持的猛男内衣模特秀来赚钱呢。"但一边想着不知道为何留下一道伤疤倒是好事一桩：他应该为发生在自己身上的事情留下印记，不管是身体上的，还是精神上的。他差点儿迷失了灵魂，伤疤会时刻提醒他意志之薄弱，仁慈之艰难。

　　提醒他更加阴暗的事物。提醒他前方还有许多艰难险阻，提醒他不能让什么样的事情发生。他的力量在恢复。他能感觉到，他可以用尽这份力量打败塞巴斯蒂安。想通这点之后，他突然觉得浑身一阵轻松，胸口上的重压似乎减轻了一些。

他别过头，正好可以看见亚历克的眼睛。

"我从未想过自己会在战场上跟你为敌，"他声音沙哑地说，"从来没有过。"

"而且你再也不会了。"亚历克说着绷起了下巴。

"杰斯，"伊莎贝尔说，"努力保持平静，好吗？只是……"

怎么了？"还有别的问题吗？"

"哦，你有些发光，"伊莎贝尔说，"我的意思是，只是一点点。一点点发光。"

"发光？"

亚历克举起握着杰斯的那只手。杰斯看见，在黑暗中，他的前臂上闪过一道幽光，仿佛正沿着他血管的线条移动，像地图一样。"我们觉得这是天使之剑的余留效应，"他说，"很可能不久就会消失，但无声使者很好奇。他们当然会啦。"

杰斯叹了口气，让自己的头躺回到枕头上。他太累了，打不起精神来研究自己发光的新状态。"你是说你们得走了？"他问道，"你们得去叫无声使者？"

"他们告诉我们等你醒来后就去叫他们，"亚历克说道，但他一直在摇头，就连说话的时候也是，"不过，如果你不愿意的话，我们就不去。"

"我觉得很累，"杰斯坦白说，"如果我能再多睡几个小时……"

"当然。你当然可以。"伊莎贝尔用手指把他的头发拨回去，以免遮住他的眼睛。她的语气坚定而决绝，就像护崽心切的熊妈妈一样猛烈。

杰斯闭上了眼睛。"你们不会离开我？"

"不会，"亚历克说，"不会，我们再也不会离开你。你知道的。"

"再也不会。"伊莎贝尔握住亚历克没握着的那只手，用力地捏了捏。"莱特伍德，永远在一起。"她轻声说。杰斯的手突然很潮湿，就在她握住的地方，他意识到她在哭泣，眼泪滴滴答答地溅落下来——为他哭泣，因为她爱他；就算发生了那么多事情，她仍然爱他。

他们俩都爱他。

他就这样睡着了，一边是伊莎贝尔，一边是亚历克，而太阳正随着黎明的到来缓缓升起。

"我不能见他，你是什么意思？"克拉丽追问道。她正坐在卢克家客厅的沙发边缘，电话线紧紧地绕在她的手指上，连指尖都发白了。

"才过了三天，他有两天都是不省人事。"伊莎贝尔说。她的身后有声音，克拉丽支起耳朵拼命想听清楚是谁在说话。她觉得她能听出玛丽斯的声音，不过她是在跟杰斯说话吗？还是跟亚历克？"无声使者还在给他做检查。他们仍然说谢绝

307

来访。"

"去他的无声使者！"

"不行，谢谢啦。他们力量强大，不说话，而且他们真的很吓人。"

"伊莎贝尔！"克拉丽坐回去靠在柔软的靠枕上。这是一个阳光明媚的秋日，阳光透过起居室的窗户洒落进来，但却没法使她的情绪开朗一点儿。"我只是想知道他好不好。想知道他不是永久受伤，没有肿得像只瓜——"

"他当然没有肿得像只瓜，别胡思乱想。"

"我不知道啊。因为大家什么都不告诉我，我怎么会知道呢？"

"他没事，"伊莎贝尔说，不过她的语气里有些什么让克拉丽觉得她有所隐瞒，"亚历克睡在他旁边的那张床上，妈妈和我整天轮流跟他在一起。无声使者也没有折磨他。他们只是想知道他所知道的一切。有关塞巴斯蒂安、公寓等等的一切。"

"但我不相信杰斯如果可以会不打电话给我。除非他不想见我。"

"或许他不想，"伊莎贝尔说，"可能是因为你刺伤了他这件事吧。"

"伊莎贝尔——"

"我只是在开玩笑，信不信由你。以天使之名，克拉丽，难道你就不能多一些耐心吗？"伊莎贝尔叹气道，"别介意。我忘了自己在跟谁说话。听着，杰斯说——本不该由我来重复这些话的，提醒你一下——他需要亲自跟你谈。如果你能再等一等——"

"我一直都在等啊，"克拉丽说，"等待。"这是实话。过去两个晚上她一直躺在卢克家她的卧室里，等待杰斯的消息，在脑海里一遍又一遍地回想过去一周发生在她生活中的一切，不遗漏一丁点儿细节。狂野的捕猎；布拉格的古董店；血流成河的喷泉；塞巴斯蒂安深不可测的眼睛；杰斯的身体压在她的身上；塞巴斯蒂安把地狱之杯塞进她的嘴唇，想把它们撑开；恶魔脓液的恶臭。荣耀照亮了她的胳膊，像火束一样刺穿杰斯，她的手指感受到他微弱的心跳。他甚至没有睁开眼睛，但克拉丽情不自禁地尖叫着说他还活着，说他的心脏还在跳动，他的家人也跑过来围在他们身边，就连还半搂着格外苍白的马格纳斯的亚历克也跑过来了。"我所做的一切就在我自己的脑袋里一遍一遍地重放。这都快让我发疯了。"

"那是我们不谋而合的地方。你知道是什么吗，克拉丽？"

"什么？"

一阵停顿。"你不需要得到我的许可才能到这里来看杰斯，"伊莎贝尔说，"你不需要得到任何人的许可。你是克拉丽·弗雷。你只是奋勇向前，哪怕不知道结局究竟会怎样，然后你仅仅凭借勇气和疯狂就做到了。"

"我个人生活方面不是这样，伊莎。"

"哈，"伊莎贝尔说，"好吧，或许你应该这样。"然后她挂断了电话。

克拉丽盯着听筒，远远地听见小小的拨号音的嗡嗡声。然后，她叹了口气，挂断电话，冲进卧室。

西蒙伸展着身体趴在床上，他的脚搁在她的枕头上，双手撑着下巴。他的笔记本电脑打开着放在床脚边，定格在《黑客帝国》的一幕上。她进来的时候他抬头看着她问道："有好消息吗？"

"并不算。"克拉丽朝她的衣橱走去。她已经穿着今天可能见到杰斯时会穿的衣服了，一条牛仔裤和一件柔软的蓝色毛衣，她知道他喜欢她这样。她穿上一件灯芯绒外套，在西蒙旁边坐下来，把脚套进靴子里。"伊莎贝尔什么也不愿意告诉我。无声使者不愿杰斯见任何人，不过管他呢，反正我要去。"

西蒙合上笔记本电脑，翻身躺在床上。"那才是我勇敢的小跟班。"

"闭嘴，"她说道，"你想跟我一起去吗？去见伊莎贝尔？"

"我要见贝琪，"他说，"在公寓跟她见面。"

"很好。代我向她问好，"她系好鞋带，伸手想把挡在西蒙额头上的头发拨开，"一开始我得习惯你的额头上有该隐印记。现在我得习惯你的额头上没有它了。"

他那深棕色的眼睛扫视着她的脸庞。"不管有没有印记，我还是我啊。"

"西蒙，你还记得写在剑上的字吗？荣耀上的？"

"'谁像上帝？'"

"是拉丁文，"她说，"我查过字典了。这是吊诡的问题。答案是没有人——没有人像上帝。难道你没看出来吗？"

他看着她。"看出来什么？"

"上帝。"

西蒙欲言又止。"我……"

"我知道卡米尔告诉过你，她能说上帝的名字因为她不信仰上帝，但我认为这跟你对自己的看法有关。如果你认为自己被诅咒了，那么你就是这样了。但如果你不……"

她摸了摸他的手；他稍稍捏了一下她的手指，然后就松开了，脸上写满了烦恼。"我需要时间想一想这件事。"

"不管你需要什么。如果你想找人聊一聊的话，我都会在你身边。"

"如果你需要，我也会。不管在学院你和杰斯会怎么样……你知道如果你想找人聊一聊，随时欢迎你来我家找我。"

"乔丹怎么样？"

"很好，"西蒙说，"他和迈亚现在真的在一起了。而且他们俩现在如漆似胶，我觉得自己应该给他们留些空间。"他皱起鼻子。"她不在的时候，他就开始抱怨自己感到惶恐不安，因为当她跟一群花花公子约会的时候，他却经历了三年的护卫队军训，假装自己对异性毫无兴趣。"

"哦，得了吧。我怀疑她根本不会在意这事儿。"

"你了解男性。我们的自尊心很脆弱。"

"我可不会用脆弱两个字来形容杰斯的自尊心。"

"不会啊，杰斯的男性自尊就像那种高射炮坦克一样。"西蒙承认道。他正躺在床上，右手搁在自己的肚子上，手指上的精灵金戒指闪着微光。由于另一只戒指已经被毁了，它不再有任何魔力，不过西蒙还是戴着。克拉丽冲动地弯下腰，吻了吻他的额头。

"你是任何人一生中能拥有的最好的朋友，你知道的，对吧？"她问。

"我不知道啊，不过再听你这么说还是很开心。"

克拉丽大笑着站了起来。"好吧，我们不如一起走到地铁站去。除非你想待在这里瞎忙活，而不是回到你们那酷毙了的市中心单身汉公寓。"

"对极了。跟我那害相思病的室友和姐姐待在一起，"他从床上滑下来，跟着她走出卧室来到客厅，"你不直接用移空门？"

她耸了耸肩。"我不知道。好像……很浪费。"她穿过走道，飞快地敲了敲门后，把头探进主卧里。"卢克？"

"进来。"

她走进去，西蒙站在她旁边。卢克坐在床上。透过他的法兰绒衬衫，可以看见绑在他前胸的那一堆绷带的轮廓。他面前的床上摆着一摞杂志。西蒙拿起一本。"'像冰雪公主一样闪亮：冬之新娘'，"他大声读出来，"我不知道，天哪。我不确定雪花做成的三重冠会最适合你。"

卢克环顾了一下床，叹气道："乔斯琳认为婚礼筹备可能对我们有好处。回归正常之类的。"他的蓝眼睛下面有黑眼圈。是乔斯琳将阿玛提斯的消息告诉他的，那会儿他还在警察局。尽管他回家的时候克拉丽拥抱着问候他，但他并没有提起过他的姐姐，她也没提。"如果由我来做主，我会私奔到拉斯维加斯，花五十美元让猫王给我们主持海盗主题的婚礼。"

"我可以当伴娘。"克拉丽建议。她满心期待地看着西蒙。"而你可以……"

"哦，不，"他说，"我可是时髦人士。我太酷了，对主题婚礼不感冒。"

"你还打《龙与地下城》呢。你是个电脑迷。"她溺爱地纠正他。

"电脑迷是时尚,"西蒙宣布道,"女士们喜爱电脑呆子。"

卢克清了清嗓子。"我猜你们进来是想告诉我什么事儿吧?"

"我准备动身去学院看望杰斯,"克拉丽说,"你有什么东西需要我带回来吗?"

他摇了摇头。"你妈妈在书店盘点。"他探身过去抚弄了一下她的头发,然后一阵抽痛。他在康复,但很慢。"玩儿得开心。"

克拉丽想到她在学院里可能要面对的事情——生气的玛丽斯、疲倦的伊莎贝尔、心不在焉的亚历克,还有不想见她的杰斯——然后叹气道:"当然啦。"

地铁隧道里有股冬天终于降临到城里的味道——冰冷如铁,阴冷潮湿,到处都是泥泞,还有一股淡淡的烟味。亚历克沿着轨道走着,看见自己呼出来的气一圈圈的,像白云团似的在他面前升腾起来,他把闲着的那只手插进蓝色厚呢短大衣的口袋里取暖。他的另一只手举着巫光,照亮了隧道——绿色的、奶油似的瓦片,随着岁月的流逝而褪色,一团团的电线像蜘蛛网一样从墙壁上垂下来。这条隧道已经很久不通车了。

又一次,亚历克在马格纳斯醒来之前就起床了。马格纳斯起得很晚;他从巴伦战役回来后就一直在疗养。他用了大量的精力治愈自己,但还没有完全康复。巫师们永生不灭,但并非坚不可摧。"再高几厘米的话,我就完蛋了,"马格纳斯一边忧伤地说,一边检视刀伤,"这一刀会让我的心脏停止跳动。"

有好一会儿——甚至有好几分钟——亚历克真的以为马格纳斯死了。在他花了那么多时间担心自己会先他之前变老死去之后。这会是多么辛辣的讽刺!他甚至还认真地考虑过卡米尔向他提出的条件,哪怕只有一秒。

他能看见前面的灯亮了——市政厅站,由枝形吊灯和天窗照亮。他正准备熄灭巫光,这时他听见身后传来一个熟悉的声音。

"亚历克,"那个声音喊道,"亚历山大·吉迪恩·莱特伍德。"

亚历克心里一沉。他慢慢地转过身。"马格纳斯吗?"

马格纳斯向前走来,走进亚历克的巫光照亮的圆圈里。他一脸凝重,眼神阴郁,和平时完全不一样。他那一撮撮竖起来的头发很凌乱。他穿着一件T恤衫,上面套了一件西装外套,亚历克情不自禁地想知道他冷不冷。

"马格纳斯,"亚历克又说道,"我以为你还在睡觉。"

"显然是的。"马格纳斯说。

亚历克用力地咽了咽口水。他从没见过马格纳斯生气,真正的生气。不像现在这样。马格纳斯猫一般的眼神很缥缈，深不可测。"你跟着我？"亚历克问道。

"你可以这么说。这让我知道你去哪儿了。"马格纳斯僵硬地走着，从口袋里拿出一张折得四四方方的纸。在昏暗的灯光下，亚历克能看到的只是上面一丝不苟地写着花体字。"你知道当她告诉我你在这里时——告诉我她跟你之间的交易时——我根本不相信她。我不想相信她。但你在这里。"

"卡米尔告诉你——"

马格纳斯举起一只手打断了他。"别说了，"他不耐烦地说道，"当然是她告诉我的。我警告过你她很擅长操纵人心、玩弄手段，但你不听我的。你认为她宁愿谁跟她站在一边——你还是我？你只有十八岁，亚历山大。你根本算不上真正强大的盟友。"

"我已经告诉她了，"亚历克说，"我不会杀死拉斐尔。我来这里告诉她交易结束，我不会这么做——"

"你跑了那么远来到这个废弃的地铁站就是为了传递这个讯息？"马格纳斯扬起眉毛，"难道你不认为实际上可能只要离她远远的就可以传递同样的信息？"

"只是——"

"就算你来到这里——非常没必要——告诉她交易结束了，"马格纳斯继续说道，语气镇定得足以致命，"你为什么现在到这里来？社交拜访？只是来看看？解释给我听，亚历山大，要是我有什么事情没想到的话。"

亚历克咽了下口水。肯定得有办法解释清楚。他来到这里，和卡米尔会面，因为她是唯一一个能跟他谈论马格纳斯的人。唯一一个像他一样知道马格纳斯不仅仅是布鲁克林的大巫师，而且是一个能够爱别人，也能得到别人的爱的人。他有人类的弱点，性格古怪，脾气乖张，经常会出现变化无常的情绪波动，没有人给他建议的话亚历克不知道该如何应对。"马格纳斯——"亚历克朝他的朋友迈近一步，第一次在他的记忆中，马格纳斯朝后退了一步，和他保持距离。他的姿势僵硬，而且不友好。他看亚历克的样子就好像看陌生人一样，一个他不是很喜欢的陌生人。

"我很抱歉。"亚历克说。他的声音在自己听来都很刺耳，很不平稳。"我从没想过——"

"我正在想，你知道，"马格纳斯说，"那就是我为什么想要《白色魔法书》的部分原因。永生不灭会是一种负累。你想一想在你面前展开的日子，当你去过了所有的地方，见过了所有的事情。我从未经历过的一件事就是跟一个人——跟一个我爱的人一起——慢慢变老。我以为很可能会是你。但这并不赋予你决定我寿命长短的权利，我也无权对你这样做。"

"我知道，"亚历克的心跳加快了，"我知道，我本来就没打算这么做——"

"我一整天都会在外面，"马格纳斯说，"过来把你的东西从公寓里拿走。把你的钥匙放在餐厅的桌子上。"他的眼睛打量着亚历克的脸。"结束了。我再也不想见到你，亚历克。或者任何一个你的朋友。我厌倦了成为他们的宠物巫师。"

亚历克的手开始颤抖，抖得那么厉害以至于巫光石从他手中掉落。光闪了一下就熄灭了，他跪在地上，在满是垃圾和尘土的地面上到处摸索。终于眼前有什么东西亮了起来，他站起来看见马格纳斯站在他的面前，手里拿着巫光石。巫光亮着，摇曳着，发出颜色奇怪的光。

"但那只是个错误，"亚历克轻轻地说道，犹如耳语，"一个错误——"

马格纳斯语气尖刻地大笑道："一个错误？好像把泰坦尼克号的处女航称之为无关痛痒的航海事故一样。亚历克，你试图缩短我的寿命。"

"那只是——她提出来的，但我考虑过，我做不到——我不能对你那么做。"

"但你还是想过了。而且你从来没跟我说过，"马格纳斯摇摇头，"你不信任我。你从来没有过。"

"我信任你，"亚历克说，"我会——而且我愿意尝试。再给我一次机会——"

"不行，"马格纳斯说，"我不妨给你一个忠告：避开卡米尔。战争要爆发了，亚历山大，你不想自己的忠诚受到质疑。对吧？"

说完他转身走开了，手还插在口袋里——他走得很慢，仿佛他受了伤似的，不仅仅是因为身上的伤。亚历克眼睁睁地看着他走出巫光照射的范围，消失在自己的视线之外。

学院内部还是像夏天那样凉爽，但此刻，随着冬天的来临，克拉丽心想，真的很温暖。一排排的枝形大烛台把正殿照得通亮，彩色玻璃窗散发着柔和的光。她任由正门在她身后旋转着关上，径直朝电梯走去。她走在中心过道的半路上，这时，她听见有人在大笑。

她转过身。伊莎贝尔正坐在教堂一排旧长椅中间，长长的双腿蹬着她前面那排椅子的靠背。她穿着一双长及大腿中部的靴子、紧身牛仔裤、一件露肩的红毛衣。她的皮肤上画着各种各样黑色的图案；克拉丽记起塞巴斯蒂安曾说过他不喜欢女人用印记糟蹋她们的皮肤，她心中一颤。"难道你没听见我喊你的名字吗？"伊莎追问，"你真的一根筋到让人震惊的地步。"

克拉丽停下脚步，靠在长椅上。"我不是故意不理你的。"

伊莎贝尔把腿放下，然后站起身。她靴子的后跟很高，比克拉丽高过了几个头。"哦。我知道。所以我说的是'一根筋'而不是'粗鲁'啊。"

"你在这里是不是要我离开？"克拉丽很高兴自己的声音没有颤抖。她想见杰斯。她想见到他超过其他任何东西。但经历了过去这一个月所发生的一切之后，她知道重要的是他还活着，他还是他自己。其他的一切都是次要的。

"不是。"伊莎说着开始动身朝电梯走去。克拉丽跟上她的步伐，走到她旁边。"我认为整件事太荒谬了。你救了他的命。"

克拉丽咽下喉咙中冰冷的感觉。"你说过有些事情我不明白。"

"是有，"伊莎贝尔按下电梯的按钮，"杰斯向你解释过。我下来是因为我认为还有几件事情你应该知道。"

克拉丽在等着听到那个熟悉的声音，旧箱式电梯移动时哐当作响的嘎吱声。"比如？"

"我爸爸回来了。"伊莎贝尔说道，她没有看克拉丽的眼睛。

"有事回来，还是永远留下？"

"永远，"伊莎贝尔听起来很平静，但克拉丽记得他们发现罗伯特一直觊觎大审判官的职位时她有多么受伤，"基本上，艾琳和海伦救了我们，使我们免于在爱尔兰的战斗中深陷恶战。我们来帮助你们时并没有通知圣廷。我妈妈确定如果我们告诉他们的话，他们会派部队杀死杰斯。她办不到。我的意思是，这可是我们的家人啊。"

克拉丽还没来得及说话，电梯就到了，先是哐当一声，接着是一阵轰响。她跟着另一个女孩进去，拼命地克制住想要抱一下伊莎贝尔的莫名冲动。她怀疑伊莎会不喜欢。

"所以，艾琳告诉执政官——毕竟，她是她母亲——没有时间通知圣廷，她受命留下通知吉亚，可是却出现了某种电话故障，没法通话。实际上，她是撒了弥天大谎。不管怎样，我们的口径是这样，而且我们要保持一致。我认为吉亚不会相信她，但那没关系；好像吉亚并不希望惩罚我妈妈。她只是需要编一个自己能抓住的理由以免她迫不得已要处罚我们。毕竟，这次行动好像也没造成什么灾难。我们去了，杰斯得救了，杀死了大多数黑暗暗影猎手，而塞巴斯蒂安逃跑了。"

电梯停止上升，轰的一声停了下来。

"塞巴斯蒂安逃跑了，"克拉丽重复道，"那么我们不知道他在哪儿？我还以为既然我毁掉了他的公寓——三维空间——也许能找到他的行踪。"

"我们试过了，"伊莎贝尔说，"不管他在哪儿，他仍然超过或者不在我们的追踪能力之内。据无声使者说，莉莉丝产生的魔力——好吧，他很强大。克拉丽。真的很强。我们不得不揣测他正逍遥法外，带着地狱之杯，计划着下一次行动。"她拉开电梯的轿厢门，迈步出去。"你认为他会回来找你——或者杰斯吗？"

克拉丽犹豫了。"不会立刻就回来，"她最后说，"对他而言，我们是拼图的最后几片。他会先安排好一切。他想要一支军队。他想要万事俱备。我们好像……是他想要赢得的战利品。并且这样一来他就不必孤单一人了。"

"他肯定非常孤单。"伊莎贝尔说道。她说话的语气不带一丝怜悯，只不过就事论事罢了。

克拉丽想到他，想到她一直努力遗忘的那张脸，想到萦绕着她的那些噩梦，还有那些使她惊醒的梦。你问我我属于谁。"你不明白。"

她们来到通往医务室的楼梯。伊莎贝尔停下脚步，把手放在脖子那里。克拉丽能看见她毛衣下面红宝石项链的轮廓。"克拉丽……"

克拉丽突然觉得很笨拙。她拉紧毛衣的下摆，不想看伊莎贝尔。

"那是什么感觉？"伊莎贝尔唐突地问。

"什么感觉？"

"坠入爱河，"伊莎贝尔说，"你怎么知道你恋爱了？你怎么知道另一个人也爱上你了？"

"呃……"

"比如西蒙，"伊莎贝尔说，"你怎么判断他爱上你了？"

"哦，"克拉丽说，"是他这么说的。"

"他这么说的。"

克拉丽耸了耸肩。

"在那之前，你不知道？"

"不知道，我真的不知道，"克拉丽说着回想起那一刻，"伊莎……如果你对西蒙有感觉，或者说如果你想知道他是否对你有感觉……或许你应该直截了当地告诉他。"

伊莎贝尔拨弄着袖口并不存在的绒毛。"告诉他什么？"

"你对他的感觉。"

伊莎贝尔显得桀骜不驯。"我应该不必这样做。"

克拉丽摇头道："上帝啊。你和亚历克，你们俩那么像——"

伊莎贝尔睁大眼睛。"我们才不像呢！"

克拉丽坚决地说："你们俩都那么坚忍。这是谈恋爱，又不是温泉关战役。你们不必非得对待所有的事情都像是最后的抵抗。你们不必非得把所有的事情都藏在心里。"

伊莎贝尔甩起双手。"你突然变成专家了？"

"我不是专家，"克拉丽说，"但我确实了解西蒙。如果你不跟他说明白，他就会觉得你不感兴趣，于是他就放弃了。他需要你，伊莎，而且你也需要他。他只是需要你开口说出来。"

伊莎贝尔叹了口气，转身开始爬楼梯。克拉丽听见她边走边嘟哝。"这是你的错，你知道的。如果你没伤过他的心——"

"伊莎贝尔！"

"哈，你确实伤过。"

"是啊，我似乎还记得他被变成老鼠时，你才是那个建议让他保持老鼠样子的人呢。而且还是永远。"

"我没有。"

"你有——"克拉丽话没说完，她们已经来到上面一层，一条长长的走廊向左右延伸出去。在医务室的双扇门前站着一个身穿羊皮纸色长袍的无声使者，他的双手抱在一起，脸朝下保持沉思的姿势。

伊莎贝尔夸张地挥了挥手示意他在那儿。"你到了，"她说，"祝你好运，能从他那里通过见到杰斯。"然后她朝走廊那头走去，靴子在木质地板上发出噔噔的脚步声。

克拉丽在心里叹了口气，把手伸到腰带上去拿石杖。她怀疑是否存在能够愚弄无声使者的迷惑如尼文，不过或许，她能离他足够近，在他身上刻上一个睡眠如尼文……

"克拉丽·弗雷。"她脑海中的声音愉快而熟悉。

"撒迦利亚使者。"她无奈地把石杖塞回去，朝他走去，希望伊莎贝尔跟她待在一起。

"我猜你不顾无声使者的命令。"他从沉思的姿势中抬起头说。他的脸仍然隐藏在兜帽的阴影之中，尽管她能看出他颧骨棱角分明的轮廓。"到这里来是为了见乔纳森。"

"请你叫他杰斯。否则会搞混的。"

"'乔纳森'是一个古老而尊贵的暗影猎手的名字，第一批。希伦戴尔家族一直保留着这些名字——"

"他的名字不是希伦戴尔家的人起的，"克拉丽指出，"尽管他有一把他父亲留下的匕首。匕首刃上写着 S.W.H.。"

"斯蒂文·威廉·希伦戴尔。"

克拉丽又朝门口走了一步，朝撒迦利亚走去。"你很了解希伦戴尔家族，"她说，"而且在所有的无声使者当中，你好像最有人性。他们大多数人从不流露任何感情。他们就像雕像一样。不过你似乎有情感。你记得自己的生活。"

"成为一名无声使者就是生活，克拉丽·弗雷。但如果你指的是我记得成为无声使者之前的生活的话，的确如此。"

克拉丽深深地吸了一口气。"你曾经恋爱过吗？在成为无声使者之前？是否曾经有个人让你愿意为之付出生命？"

接着是长长的沉默。然后：

"有两个人，"撒迦利亚使者说道，"有些记忆是时间无法抹去的，克拉丽莎。如果你不相信我，问一问你的朋友马格纳斯·贝恩。永恒并不会使失去的东西被遗忘，只是更加能够承受罢了。"

"好吧，我没有永恒，"克拉丽小声说道，"请让我进去见杰斯。"

撒迦利亚使者没有动。她仍然看不见他的脸，只能看见长袍兜帽下影子和脸部的轮廓。只有他的手还紧握在身前。

"求你了。"克拉丽说。

亚历克一跃而起跳上市政厅地铁站的平台，大踏步地朝楼梯走去。他屏蔽掉马格纳斯转身离他而去时的影像，满心只有一个念头。

他要杀掉卡米尔·贝尔科特。

他大步爬上楼梯，边走边从腰带上拔下一把天使之刃。这里灯光摇曳，也很幽暗——他出现在市政厅站的底层楼厅，带色玻璃天窗投射出冬天的冷光。他把巫光石塞进口袋，举起了天使之刃。

"阿姆利艾尔。"他轻声说道，天使之刃一下亮了起来，从他手中投射出一束光。他抬起下巴，目光扫过大厅。高背沙发在那里，但卡米尔没有坐在上面。他给她传过消息，告诉她自己会来，但在她像那样出卖他之后，他猜就算她没等着见他，自己也不应该奇怪。他气冲冲地大步穿过房间，用力地踢了一下沙发；沙发砰的一声倒在地上，木头砸碎了，扬起一阵灰尘，一根腿也折断了。

从屋子的一个角落传来一阵银铃般的笑声。

亚历克一转身，天使之刃在他手中发出刺眼的光芒。角落里影影绰绰，既浓厚又幽深，就连阿姆利艾尔的光也不能穿透。"卡米尔？"他喊道，声音镇定却暗藏杀机，"卡米尔·贝尔科特。现在出来吧。"

又传来一阵咯咯的笑声，一个人影从黑暗中走向前来。但不是卡米尔。

是个女孩——很可能不超过十二三岁——非常消瘦，穿着一条破破烂烂的牛仔裤，上身穿一件印着闪光独角兽的粉红色短袖T恤。她还围着一条粉红色的围巾，围巾边缘浸染着鲜血。血沾满了她整张脸的下半部分，弄脏了她T恤的下摆。她瞪着大大的眼睛开心地看着亚历克。

"我认识你。"她低声说。她开口说话的时候，亚历克发现她那针一样锋利的尖牙闪着光。吸血鬼。"亚历克·莱特伍德。你是西蒙的朋友。我在演奏会上见过你。"

他盯着她。他以前见过她吗？或许吧——在酒吧里的人影中闪过一张脸的形象，那是伊莎贝尔拖着他去观看过的一场表演。他不确定。但那并不意味着他不知道她是谁。

"莫林，"他说，"你是西蒙的莫林。"

她看起来很高兴。"是我，"她说，"我是西蒙的莫林。"她低头看着自己的手，上面沾满了血，仿佛她将双手浸入过一摊鲜血里似的。而且不是人血，亚历克心想。是吸血鬼的那种红宝石色的深色血迹。"你在找卡米尔，"她吟唱般地说道，"不过她不在这里了。哦，不，她走了。"

"她走了？"亚历克追问道，"你说她走了是什么意思？"

莫林咯咯地笑起来。"你了解吸血鬼的规矩，对吗？谁干掉了吸血鬼部落的首领，谁就能当头。卡米尔以前是纽约部落的首领。哦，是的，她曾经是。"

"那么——有人杀死了她？"

莫林突然爆发出一阵爽朗的大笑。"傻瓜，"她说，"那个人就是我。"

医务室的拱形天花板是蓝色的，上面画着洛可可风格的小天使图案，他们身后还飘着金色的丝带、白色的浮云。一排排金属床靠着墙从左到右一字排开，中间留着一条过道。明亮的冬日阳光从两扇高高的天窗洒落下来，但一点儿也没使寒冷的房间暖和一些。

杰斯坐在一张床上，背靠着他从其他床上拿过来的一堆枕头。他穿着一条裤脚磨损的牛仔裤，上身穿一件灰色的T恤衫。一本书稳稳当当地搁在他的膝盖上。克拉丽走进房间时他抬起头来，但她来到他的床边时他什么也没说。

克拉丽的心脏开始怦怦地跳起来。沉默给人一种静止不动的感觉，几乎令人窒息。杰斯的目光跟随着她，她来到他的床脚，然后停留在那里，双手放在金属床板上。她端详着他的脸。那么多次她曾试着给他画像,她心想,试着捕捉他那无法形容的特质,但她的手指从来都不能将她看见的画在纸上。现在它就在这儿,当它不再被塞巴斯蒂安控制的时候——不管你将之称作什么,灵魂或精神,正从他的眼睛里流淌出来。

她把床板握得更紧了。"杰斯……"

他把一绺淡金色的头发拂到耳后。"是——无声使者告诉你可以来这里的吗?"

"不完全如此。"

他的嘴角动了动。"那么你三下两下撂倒他们然后破门而入?圣廷可不赞成这样的事情,你知道的。"

"哇。你总是那么不依不饶,是不是?"她在他旁边坐了下来,部分原因是这样他们就能在同一水平线上,同时又能掩饰她的膝盖在颤抖的事实。

"我已经学会不要这样了。"他说着把书放在一边。

她感到这些话就像扇了她一巴掌。"我不想伤害你,"她说道,但说话的声音就像耳语一般,"对不起。"

他坐直身体,把腿伸过去放在床沿。他们离对方并不远,坐在同一张床上,但他很克制;她看得出来。她看得出来他轻松的眼神背后隐藏着秘密,她看得出他在犹豫。她想把手伸过去,但她让自己保持静止,让自己的声音保持平稳。"我从没想过要伤害你。我所说的不只在巴伦发生的事。我的意思是从你——真实的你——告诉我你想要什么的那一刻起。我本应该听你的,但我想到的只是救你,把你带走。你说你想要将自己交给圣廷的时候我没有听你的,因为这样,我们俩差点儿跟塞巴斯蒂安一样了。而且当我拿着荣耀做了我所做的一切之后——亚历克和伊莎贝尔,他们肯定已经告诉过你这把剑本来是应该刺杀塞巴斯蒂安的。但我没法穿过人群接近他。我就是不能。而且我想到你跟我说的话,想到你说你宁愿死也不愿在塞巴斯蒂安的影响下活着,"她的声音哽咽了,"我是说,那个真实的你。我不能问你。我只能猜。你得知道像那样伤害你简直糟透了。知道你可能会死,而且是我亲手握着杀死你的剑。我宁愿死,但我却拿你的生命去冒险,因为我想这也会是你想要的,在我背叛过你一次之后,我想这是我欠你的。但如果我错了……"她停住了,但他还在沉默。她的胃一紧,泛起一阵痛苦而难受的痉挛。"那么,对不起。我不能做什么来弥补你。但我希望你知道。我很抱歉。"

她又停顿下来,这一次,沉默在他们之间蔓延,越来越长,越来越长,那根线绷得越来越紧,紧得让人无力承受。

"你现在可以说话了,"她最后忍不住唐突地说道,"那样我会好受些。"

杰斯难以置信地看着她。"让我理理头绪，"他说，"你来这里是为了跟我道歉的？"

克拉丽大吃一惊。"当然。"

"克拉丽，"他说，"你救了我。"

"我刺伤了你。用一把巨大的剑。你都燃烧起来了。"

他的嘴唇动了动，几乎无法察觉。"好吧，"他说，"那么，很可能我们的问题跟其他情侣间的不一样吧。"他抬起一只手好像想要抚摸她的脸，然后又匆忙放了下去。"你知道，我听见你的声音了，"他说话的时候更加温柔了，"告诉我我没有死。要我睁开眼睛。"

他们静静地凝视着对方，很可能只有几秒钟，但在克拉丽看来却像几个小时那么长。像这样见到他真是太好了，完全是他自己，这几乎抹去了接下来的几分钟里事情会进展得极为糟糕的恐惧。最后杰斯开口了。

"你觉得我为什么会爱上你？"

她可从来没想到他竟然会说这件事。"我不——这样问不公平。"

"在我看来很公平，"他说，"你认为我不了解你，克拉丽？那个不顾一切走进一屋子吸血鬼的房间里的女孩，只是因为她最好的朋友在那里需要人营救？她造了个移空门把自己送到伊德里斯，只是因为她讨厌自己被排斥在行动之外？"

"因为这件事你还冲我大吼大叫过——"

"我只是冲自己大吼大叫，"他说，"在很多方面我们俩都很像。我们莽撞不顾后果。我们不会三思而后行。我们会为了所爱的人付出一切。而我从来没想过那样对爱我的那些人而言是多么可怕的事情，直到我在你身上看到了我自己的影子，而这让我感到害怕。如果你不愿让我保护你，我又怎么能够做到呢？"他倾身向前。"顺便说一下，这是句反问句。"

"很好。因为我不需要保护。"

"我知道你会这么说。但事实是，有时候你需要。有时候我需要。我们本该互相保护，但并不是为了抵御一切。不是抗拒真相。这就是爱一个人且让他们做真正的自己的意义所在。"

克拉丽低下头看着自己的手。她非常想伸出手抚摸他。这就像探监似的，你能那么清楚地看见对方，离他们那么近，却有一片坚不可摧的玻璃把你们隔开。

"我爱上你，"他说，"因为你是我认识的最勇敢的人之一。所以，只因为我爱你，我怎能要求你不要那么勇敢呢？"他用双手梳理了一下头发，使它们一圈圈、一卷卷地竖了起来，克拉丽很想用手把它们抚平。"你为我而来，"他说，"几乎其他所有人都放弃的时候,你救了我,就连没有放弃的人也无计可施的时候你还是那么执着。你认为我不知道你所经历的一切?"他的眼神暗淡下来。"你怎么会觉得我可能会生你的气呢?"

"那么,你为什么不想见我?"

"因为……"杰斯吐了一口气,"好吧,问得好,但有些事情你不知道。你使用的剑,那把拉结尔给西蒙的剑……"

"荣耀,"克拉丽说,"天使长迈克尔的剑。它毁掉了。"

"不是毁掉了,一旦天堂之火将之烧尽,它就回到原处了,"杰斯淡淡地笑着说,"否则,一旦迈克尔发现他的伙伴拉结尔把他最喜欢的剑借给了一群粗心的人类,我们的天使可就得好好地解释一番了。不过我跑题了。剑……它燃烧的方式……那可不是普通的火。"

"我猜到了。"克拉丽希望杰斯伸出胳膊把她揽入怀里。但他似乎想要跟她保持距离,所以,她只能坐在原处。这种感觉就像她身体的某个地方很疼似的,离他那么近却不能触摸到他。

"我希望你没穿这件毛衣。"杰斯低声说。

"什么?"她低头看了一眼,"我以为你很喜欢这件毛衣呢。"

"我是很喜欢,"他说着摇了摇头,"别介意。那种火——是天堂之火。燃烧的灰烬,地狱之火,在以色列之子之前就有的火柱——我们正在讨论的就是这种火。'由于我的愤怒被点燃的火,将燃烧到地狱的最底层,随着她越来越强将燃尽地球,点燃山脉之基。'将莉莉丝加诸在我身上的东西烧掉的就是这种火。"他伸手拉住自己衬衫的下摆,把它拉了起来。克拉丽倒抽一口气,因为在他的心脏上面,在他胸口光滑的皮肤上面,不再有印记了——只留下剑刺穿时留下的一道已经痊愈的白色疤痕。

她把手伸过去,想要抚摸他,但他摇着头躲开了。他把衬衫放下来的时候,她还没来得及掩饰,脸上露出很受伤的表情。"克拉丽,"他说,"这种火——还在我的体内。"

她目不转睛地看着他。"你是什么意思?"

他深深地吸了一口气,伸出手,掌心朝下。她看着他的双手,既修长又熟悉,右手上的预见力如尼文已经变淡了,只留下一层层白色的疤痕。他们一起观察的时候,他的手抖动了一下——然后,变成透明的了,克拉丽简直不敢相信自己的眼睛。就像荣耀的剑刃开始燃烧时那样,他的皮肤似乎变成了玻璃,里面装着流动的变成黑色的燃烧过的黄金。透过他那透明的皮肤她能看见他骨骼的轮廓,金色的骨头由火一般的肌腱连在一起。

她听见他急促地吸了一口气。然后他抬头看她，两人的视线交织在一起。他的眼睛是金色的，一直都是，但她发誓这种金色好像有过生命并且燃烧过。他的呼吸更困难了，脸颊和肩胛骨上已经渗出汗来。

"你说得对，"克拉丽说，"我们的问题真的跟其他人的不一样。"

杰斯难以置信地盯着她。慢慢地他把手握成拳头，火消失不见了，只剩下他那普通、熟悉且没有受伤的手。他笑了一声却差点儿被呛到，然后说道："这就是你要说的话？"

"不是，我还有好多话要说。发生了什么事？你的手现在是武器了吗？你是人肉火把吗？到底怎么——"

"我不知道人肉火把是什么，但——好吧，听着，无声使者告诉过我现在我的身体里拥有天堂之火了。就在我的血管里。在我的灵魂里。我最初醒过来时，我感觉吸进去的空气就像火一样。亚历克和伊莎贝尔都认为这只是天使之剑暂时的影响，但它并没有消失，他们叫来无声使者，撒迦利亚说他不知道这会持续多长时间。而且我烧伤了他——他这么说的时候正好碰到我的手，我感到一阵能量穿透我的身体。"

"烧伤得很严重？"

"没有。不严重。但还是——"

"这就是为什么你不碰我的原因，"克拉丽恍然大悟后大声说道，"你担心烧伤我。"

他点点头。"没有人曾经见过这种事，克拉丽。以前没有过。从来没见过。剑没有杀死我。但却留下这个——这一致命的东西留在我的身体里。它那么强大，很可能会杀死普通人，甚至普通的暗影猎手，"他深深地吸了一口气，"无声使者现在正在想办法看看我怎样才可能控制它，或者除掉它。但正如你可能猜想到的，我不是他们最优先考虑的事情。"

"因为塞巴斯蒂安才是。你一定听说我摧毁了那个公寓。我知道他还有其他的办法藏身，但是……"

"这才是我喜欢的女孩。但是他有备用方案。其他藏身之处。我不知道它们在哪里。他没告诉过我。"他把身体往前倾，离她很近，近得她都能看清他的眼睛改变了颜色。"我醒来以后，无声使者实际上时时刻刻跟我待在一起。他们又要在我身上施行仪式了，那种暗影猎手出生时就要举行的仪式，以确保他们的安全。然后他们进入我的脑海。寻找，试图找到任何关于塞巴斯蒂安的蛛丝马迹，任何我可能知道却被我遗忘的信息。但——"杰斯挫败地摇了摇头,"可是什么都没有。我通过在巴伦举行的仪式知道了他的一些计划。除此之外,我不知道他接下来要干什么、他可能会攻击哪里。他们确实知道他正在跟恶魔们合作,所以他们设置了魔法屏障,特别是在伊德里斯周围。但我总觉得在这整件事情中还有一个有用的信息——我自己身上的一些秘密信息——不过我们还没弄明白是什么。"

"假如你真的知道,杰斯,他就会改变计划,"克拉丽反对道,"他知道他失去了你。你们两个以前联结在一起。我刺伤你的时候我听见他尖叫了。"她浑身一抖。"是那种可怕的濒死的声音。我想,他真的以某种奇怪的方式在乎你。尽管整件事情很可怕,但我们俩还是都从中得到了些东西,可能还是有用的。"

"是什么?"

"我们了解他。我的意思是,有史以来对他最彻底的了解。那可不是通过改变计划就能消除的东西。"

杰斯慢慢地点点头。"你知道我觉得我现在了解的另一个人是谁吗?我的父亲。"

"瓦伦……不,"克拉丽一边说,一边观察着他的表情,"你是说斯蒂文。"

"我一直在读他的信。阿玛提斯给我的那只盒子里的东西。他给我写了一封信,你知道,他是想在他死后让我读的。他告诉我要做一个比他更好的人。"

"你本来就是啊,"克拉丽说,"在公寓里当你还是你的那些时刻,你更在意做正确的事情而将自己的生死置之度外。"

"我知道,"杰斯说着低头看了看伤痕累累的关节,"感觉很奇怪。我知道。我对自己有那么多的怀疑,一直以来都是这样,但我现在知道区别是什么了。我和塞巴斯蒂安之间。我和瓦伦丁之间。甚至知道了他们两个人之间的区别。他憎恨恶魔。而对于塞巴斯蒂安而言,他将之视为自己母亲的生物就是一个恶魔。他会很开心地统治一支接受恶魔命令的黑暗暗影猎手军队,而这个世界上的普通人类被杀只是为了让恶魔们开心。瓦伦丁仍然相信暗影猎手的使命就是保护人类;塞巴斯蒂安却视之为蝼蚁。而且他谁也不想保护。他只想在自己想要的那一刻得到他想要的东西。而且他曾经感到过的唯一真实的东西就是计划落空时的懊恼。"

克拉丽很惊讶。她曾经见过塞巴斯蒂安看杰斯甚至看自己的眼神,知道在他内心深处的某个地方,回荡着一种孤独感,就像宇宙里最漆黑的空洞一样。孤独是他的驱动力,跟他对权力的觊觎一样——孤独,还有一种被爱的需要,可他却根本理解不了爱是需要付出努力才能获得的。不过,她没有说出来,反而只是说道:"好吧,那么让我们一起来摧毁他的计划。"

他的脸上露出一抹不易察觉的微笑。"你知道我想求你置身事外，对吗？这会是一场恶战。我想比圣廷意料的还要残酷。"

"但你不会这么做，"克拉丽说，"因为那会使你成为一个大傻瓜。"

"你是说因为我们需要你的如尼文能力？"

"好吧，那个，嗯——难道你没听见刚才你自己说的话吗？关于互相保护？"

"我会让你知道我可是排练过那段演讲的。在你来这里之前站在镜子面前。"

"那么你认为那是什么意思？"

"我不确定，"杰斯承认，"但我知道我做这番演讲的时候看起来棒极了。"

"上帝啊，我忘记你得意忘形的时候有多么惹人厌了，"克拉丽嘟囔道，"需要提醒你一下，你说过你不得不接受不能事事都保护我的话吗？我们能互相保护的唯一办法就是我们是否能齐心协力。我们是否能共同进退，患难与共。我们是否能信任对方。"她直视着他的眼睛。"我本不该叫塞巴斯蒂安阻止你到圣廷去的。我应该尊重你的决定。而你也应该尊重我的决定。因为我们要在一起很长时间，只有这样我们才能长相厮守。"

他的手在毯子上朝她靠近了一点点。"在塞巴斯蒂安的影响下，"他声音沙哑地说道，"现在在我看来就像一场噩梦。那个疯狂的地方——那些为你妈妈准备的满橱子的衣服——"

"那么你记得。"她几乎是在耳语。

他的指尖碰到了她的，她差点儿吓了一跳。当他碰到她的时候他们俩都屏住了呼吸；她没有动，看着他的肩膀慢慢地放松下来，焦虑的表情缓缓地从他脸上消失。"我记得所有的事情，"他说，"我记得在威尼斯的船上。在布拉格的夜总会里。在巴黎的那个夜晚，当我还是我自己的时候。"

她感到血在自己的皮肤下翻涌，自己的脸滚烫。

"在某些方面，我们所经历的一切是其他任何人都不会理解的，除了我们俩，"他说，"而且这使我明白，我们在一起一定会更好，永远如此。"他抬起头面对着她。他的脸色很苍白，火焰在他的眼中摇曳。"我要杀死塞巴斯蒂安，"他说道，"我要杀掉他，为他对我所做的一切，为他对你所做的一切，为他对麦克斯所做的一切。我要杀死他，为他曾经做过的一切，为他将要做的一切。圣廷希望他死，他们会追捕他。但我希望亲手将他处决。"

然后她伸出手，放在他的脸颊上。他颤抖起来，半闭起眼睛。她本以为他的皮肤会很温暖，但摸起来却很凉爽。"如果是我杀死他的话，情况会怎样？"

"我的心就是你的心，"他说，"我的手就是你的手。"

他的眼睛是蜂蜜的颜色，像慢慢地在她身上漾开的蜂蜜一样，他的眼睛上下打量着她，从被风吹起的头发到她穿着靴子的脚，仿佛这是她走进房间以来他第一次这样看她。当他们四目相对时，克拉丽只觉得自己口干舌燥。

"你还记得吗？"他说，"我们第一次相遇时，我告诉你我有九成的把握刻在你身上的如尼文不会害死你——结果你因为剩下百分之十的可能扇了我一巴掌。"

克拉丽点点头。

"我总觉得恶魔会杀死我，"他说，"可能是一个离群的暗影魅族，也可能是一场战斗。但我那时忽然明白要是我能吻到你，死了都值得，而且越快越好。"

克拉丽舔了舔干干的嘴唇。"好吧，你做到了，"她说，"我的意思是，吻我。"

他伸出手，手指间握着一绺她的头发。他离她那么近，她能感觉到他身体的热量，闻到他的身体散发出的香皂味，他的皮肤、他的头发的味道。"还不够，"他说，任由她的头发从他的指缝里滑落，"即便用尽我的余生，还是不够。"

他低下头。她情不自禁地仰起自己的脸。她的脑海里全是巴黎的记忆，紧紧地拥抱着他，仿佛这是她最后一次抱着他，不过这差点儿就变成现实了。他的气味、他的感觉、他的呼吸。她现在能听见他的呼吸声了。他的睫毛碰到她的脸颊，痒痒的。他们的嘴唇只有一线之隔，然后再也没有距离了，它们轻轻地摩挲着，然后吻得更深更用力了；他们俩紧紧地靠近对方——

克拉丽感到有个火花在他们之间闪过——不会把人弄疼，更像是温和的静电的跳动。杰斯赶紧抽开身体。他的脸很红。"我们可能需要想想办法。"

克拉丽的脑袋还在眩晕。"好吧。"

他直勾勾地盯着前面，呼吸还是很急促。"我有个东西要给你。"

"我猜到了。"

听到这句话，他赶紧收回凝视着她的眼神——几乎是极为不情愿地——然后咧嘴一笑。"不是那个。"他把手伸到自己的衬衫领口下面，拉出挂在链子上的摩根斯特恩戒指。他从头上取下来，身体往前倾，轻轻地放在她的手里。上面还留有他身体的余温。"亚历克替我从马格纳斯那里拿回来了。你愿意再次戴上它吗？"

她的手紧紧地握着戒指。"永远。"

他的笑容慢慢地凝成一个微笑，然后她鼓起勇气把头靠在了他的肩膀上。她感到他急促的呼吸声，但他没有动。起初，他一动不动地坐着，但慢慢地他紧绷的神经松弛下来，他们紧紧地靠在一起。这种感觉既不炎热也不沉重，而是一种有人陪伴的甜蜜感觉。

他清了清嗓子。"你知道我们做过的事情——我们在巴黎差一点儿就做的事情——意味着什么吗？"

"去埃菲尔铁塔？"

他把她的一缕头发拂到耳后。"你让我一分钟都放不下你，对吗，哪怕只有一分钟？别介意。这也是我爱你的原因之一。不管怎样，我们在巴黎差一点儿就要做的另外一件事情——恐怕得搁置一段时间了。除非你希望'哦，宝贝，我们接吻时我整个人都要燃烧'真的变成疯狂的现实。"

"不能接吻？"

"哦，接吻，可能可以。但至于其他的嘛……"

她用自己的脸颊轻轻地摩挲着他的脸。"如果你觉得没关系，我就没关系。"

"我当然有关系啦。我可是气血方刚的小伙子呢。在我看来，自从我弄明白为什么马格纳斯被禁止进入秘鲁以来，这是最糟糕的事情，"他的眼神变得柔和一些了，"但这并不改变我们对于彼此的意义。就好像，我总觉得自己的灵魂里缺失了什么，而它就在你心里，克拉丽。不过我跟你在一起的时候，就没有这样的感觉。"

她闭上眼睛，这样他就不会看见她的眼泪——幸福的眼泪，这是好久以来她第一次这样。虽然发生了那么多事情，虽然事实上杰斯的手还是小心翼翼地放在他的腿上，克拉丽还是有一种如释重负的感觉，它来得那么强烈，竟然将其他的一切全部淹没——担心塞巴斯蒂安身在何处、对未知的未来的恐惧——所有的一切都退到幕后，不再重要了。所有的一切都不重要。他们在一起，杰斯再一次恢复了自我。她感觉到他转过头，轻轻地吻了吻她的头发。

"我真的希望你没有穿这件毛衣。"他在她的耳畔轻声呢喃道。

"伊诺克使者，"玛丽斯说着从书桌后站起来，"非常感谢您在接到那么紧急的通知后就来跟我和撒迦利亚使者会合。"

"是跟杰斯有关吗？"撒迦利亚询问道，如果玛丽斯不够了解情况的话，她一定会觉得他的声音里有种焦虑的意味，"我今天给他检查了好几次。他的状况没有改变。"

伊诺克在他的长袍里动了动。"我一直在查阅文献以及有关天堂之火的古老文献。我查到一些关于如何将其释放的信息，但你们必须有耐心。没有必要召唤我们。如果我们有消息，我们会召唤你们。"

"这件事跟杰斯无关，"玛丽斯说着绕过书桌，她的鞋后跟敲在图书室的大理石地板上咣当作响，"关乎其他。"她低头看着地面。地板上胡乱地铺着一块地毯，以前是没有的。地毯没有铺平,而是垂落下来,堆叠在一起呈不规则状。这挡住了勾勒着圣杯、圣剑和天使形状的精致图案。她弯腰去拉,抓住了地毯的一只角,把它扯到一边。

无声使者当然没有惊呼;他们不能发声。但一个刺耳的声音充满了玛丽斯的脑海,那是他们震惊错愕的心理回应。伊诺克使者后退一步,而撒迦利亚则举起一只指甲很长的手捂住脸,仿佛他能遮住毁掉的眼睛不去看眼前的景象。

"今天早上还不在这里,"玛丽斯说,"但我今天下午回来后,它就在这里等着我了。"

乍一看,她还以为是某种大鸟碰巧飞进图书室死掉了,或许是因为在高高的窗户上撞断了脖子。但等她靠得更近时才发现逼近她的真相是什么。她对自己因绝望而震惊的本能反应只字未提,那种感觉像箭一样穿透她的身体。也没有提她是怎样蹒跚着走到窗户边,意识到自己正在看的是什么时的那种恶心的感觉。

一对白色的翅膀——实际上并不是那么白,而是多种颜色不断变化闪烁的混合体,她仔细看的时候才发现:苍白的银色、一缕缕的紫色、深蓝色,每一根羽毛都有金色的轮廓。然后,在脚底下,从一个丑陋的大口子里露出剥落的骨骼和肌腱。天使的翅膀——天使的翅膀从一个活生生的天使身体上撕裂下来。天使的赭色血液,液态黄金的颜色,溅得地板上到处都是。

在翅膀上面有一张折叠着的纸片,地址是纽约学院。玛丽斯往脸上拍了一些水之后,取下信读了起来。信很短——只有一句话——上面有签名,笔迹对她而言有种莫名的熟悉感,因为里面有着瓦伦丁式的草体,字体繁复,笔法有力稳健。但不是瓦伦丁的名字,而是他儿子的。

乔纳森·克里斯托弗·摩根斯特恩。

现在她把信递给无声使者撒迦利亚。他从她的手中接过信,把它打开读了起来,就像她一样,单个字的古希腊文精致手写体爬满了页面的顶端。

上面写着:

我会来。

· 致　谢 ·

和平常一样，我必须感谢我的家人：我的丈夫、我的父母，还有吉姆·希尔和凯特·科纳、梅兰妮、乔纳森和海伦·刘易斯、佛罗伦斯和乔伊斯。感谢最早一批读者和评论家霍莉·布莱克、莎拉·里斯·布雷南、迪莉娅·谢尔曼、加文·格兰特、凯莉·林克、埃伦·库什纳和莎拉·史密斯。特别感谢霍莉、莎拉、莫琳·约翰逊、罗宾·瓦瑟曼、克里斯蒂·雅克，还有保罗·巴奇加卢皮帮助我进行准确的场景分类。莫林、罗宾、霍莉、莎拉，你们总是在我身边听我抱怨——你们是明星。感谢马堂吉帮忙进行法语翻译，感谢印度尼西亚的粉丝们协助我完成马格纳斯向亚历克表白的部分。维恩·米勒一直以来协助我进行拉丁语翻译，阿斯帕西娅·狄阿发和蕾切尔·科里为我的古希腊语翻译提供了额外的帮助。我的代理人巴里·戈德布拉特和我的编辑凯伦·沃依提拉给我提供了非常宝贵的帮助，还有我的经理人艾米丽·法布尔。感谢克里夫·尼尔森和罗素·戈登设计了精美的封面，感谢西蒙-舒斯特出版公司和沃克图书公司使其他的魔法发生。

《失落灵魂之城》使用的是 Scrivener 创作软件，于巴黎古尔镇。